U0022621

戰後台灣現代詩的演變與特質

1949-2010

丁威仁·著

目次

第一章
前言

　　談論台灣現當代詩史的構成，無非是從歷時性與共時性的角度做兩種向度的思索。從歷時性的角度言之，強調縱的時間座標，亦即是談論事件的連續性如何去組構一個文化思維與時代意識？而事件的發生又和整體的文化、社會思潮有何重大的聯繫？亦或是受到此思潮的影響？這些討論在歷時性的角度上是互動相涉的，縱使是斷代的定位，每一個被定位的斷代，實際上也是一首連續性的史詩，在史詩裡以一中心主旨去貫串說明歷史片段如何銜接的疑問，進而構築出所謂的「時代思潮」，其中所有的事件、人物，似乎都應被史家處理成此共相思潮下的一個環節，殊相則成為典律之外的歧出。當然，從共時性的角度討論詩史時，則注意的是在一空間內所有並列事物的殊異與同一性，尤其針對殊異點，共時性研究的詩史學者，著眼於橫的空間座標，所以力圖去建立各系統思維之間的關係與結構，在長時期的編年過程裡去定位形成斷代的可能，在已被定位的斷代中，去重現各集團群體的互動場域、界限、層次、觀念的區隔和辯證是如何組構出一個斷代的整體風格，這是共時性史家著力之處。如果說歷時性的討論忽視了整體文化思潮是由各種差異的辯證而組成此一事實的話，那共時性的思考則避開了整體文化思潮內在於各差異群體的深層影響此一問題，張漢良云：

連續性史觀統領了傳統通史的寫法。文學史的情況其實亦無二致。……我們經常聽到下面的論調：一切歧異現象都可透過傳統在源頭認同；任何創新都根植在一亙古不變的基礎上；文學的一切傳遞行為都可訴諸影響。更具體的說，文學史的材料是銜接的。……如果說連續論者的工作，是把缺乏自明環結的孤立歷史事件串連起來，非連續論者的工作則是把表面看來連續的編年史瓦解。非連續性並不是指歷史事件本身的時間斷層，而係史家的觀物方式與整理材料的方法。他眼中的歷史充滿了斷層與空白的材料，由差異、距離、代換與變形的交互作用構成……換言之，他的工作是建立分散的空間。[1]

　　這個展示的過程中，所有正文彼此辯證，形成一個相互指涉的文化系統，每個被編年史定義的斷代，在非連續的史觀中，均成為相互侵奪的狀態，所有材料重新被閱讀，層次與界線並非獨立的狀態，而是交互地以網狀的方式構造出多重詮釋的詩史系統，在這樣的分散空間裡，詩史家詮釋思維或許就佔領填補了那個被連續性史觀所抹滅的空白與斷裂。然而，我們也必須承認，縱使所收集到的史料是客觀敘述的材料，甚至也有可能具備了某種程度的完整性，但詩史的構成絕不只是材料收集與方法運用的問題，還有一個根本的核心，就是史家的詮釋問題，因為「詩史的構成絕無律法可循，律法無非是史家對史實的詮釋」[2]，所以詩史家的詮釋便成為了一種具有霸權性格的典律，但弔詭的是，這個典律雖然並非具備文化的控制能力，卻可能因為一種錯誤的詮釋、過度的詮釋，會引起其他詩人以至於詩史家的辯證與討論。這種詮釋系統一旦寫定，的確在詩潮當中必然會引起一波波如潮汐般反覆出現的漣漪，這種文化上的影響是源遠流長而意義重大的。

　　就當代詩學研究的趨向而言，西方學者的關注從物理科學的認識角度，轉向於意識現象的思維研究，因而如何連結知識哲學的分析，與想像

---

[1] 引自張漢良〈創世紀：詩潮與詩史〉一文，原載於《創世紀詩雜誌》65期，引自於《創世紀四十年總目》，P.189，創世紀詩雜誌社，1994。

[2] 同前註。

詩學的心靈探究，是相當重要的思維進路。也就是說，本書面對的正在於物理空間與想像空間互相結構的問題，畢竟場域本來就是人類意識的存在領域，提供了文化、心理、社會與經濟層面的功能；而詩論則是詩人對於其處身之場域文化中，關於詩歌創作與反省的理論書寫。如果運用了場域（空間）分析的方式涉入詩論的思維意識，必然會得到新的可能，傳達不同系統詩學之間，彼此角力與融合的真實現象。艾倫‧普列德（Allan Pred）說：

> 「地方感」概念的形成，須經由人的居住，以及某地經常性活動的涉入；經由親密性及記憶的積累過程；經由意象、觀念及符號等意義的給予；經由充滿意義的「真實的」經驗或動人事件，以及個體或社區的認同感、安全感及關懷（concern）的建立，才有可能由空間轉型為「地方」。[3]

對於詩人而言，空間是情感投射的焦點，是讓他們架構文化建築，充斥文化意義的「場域」，各地域與地域間因著組成份子與領導核心之歧異，導致彼此的文化型態有極大的差異，詩人以自身為本位透過詩歌創作與詩歌理論的書寫，往往呈現場域影響下的特殊感受，不同場域便形成各自的藝術範型與人文意識。布爾迪厄（Pierre Bourdieu）提出一個重要概念：

> 文學場是一個力量場，也是一個爭鬥場。這些鬥爭是為了改變或保持已確立的力量關係：每一個行動者都把他從以前的鬥爭中獲取的力量（資本），交託給那些策略，而這些策略的運作方向取決於行動者在權力鬥爭中所佔的地位，取決於他所擁有的特殊資本。[4]

---

[3] Allan Pred著，許坤榮譯〈結構歷程和地方——地方感和感覺結構的形成過程〉一文，刊載於《空間的文化形式與社會理論讀本》，台北明文書局，1993.3，P.86。

[4] 布爾迪厄（Pierre Bourdieu）著，包亞明譯《文化資本與社會煉金術——布爾迪厄訪談錄》，上海：人民出版社，1997，P.83。

　　五〇年代迄今之文化場域，不斷產生新的權力資本，此資本的累積形成了新的文化權力與策略，控制了整個台灣的詩學走向。當然，斷代共時性的詩論研究，除對於空間、時間與權力場域的掌握分析外，最重要的還是屬於詩學理論這個主軸範疇，涉及了空間概念的社會學思維，方能架構場域詩學的深度視野。加斯東・巴舍拉（Gaston Bachelard,1884-1962）在《空間詩學》一書裡也提出了一個現象學式的研究思維：

> 即使是一個孤立的詩意象，若是經過持續的表現鍛造而成為詩句，就可能發生現象學式的迴盪。……透過可感知的實在來證實它，並釐清它在詩句組構中的位置與角色，這兩件任務在我們要考慮的事情中只具有次要的地位。在詩意想像的初步現象學研究中，孤立的詩意象、發展它的詩句，和偶有詩意象在其中光芒四射的詩節，共同形構了語言空間（espaces de langage），我們應該運用場域分析（toponanlyse）來加以研究。[5]

　　的確，就詩歌創作而言，必然有其運用的意象與結構；就詩人的表現型態而言，這些限制加上澎湃的情感，以及環境與交誼的影響，也必然會形成可研究的詩論空間。換句話說，場域研究是一個討論詩學有效的方法。嚴勝雄認為：「空間的配合是人類經濟行為的產物，依經濟原則形成各空間位置與空間大小相互密切的有機關係，其間存在著某種秩序……」[6]，這段話蘊含重要的意義，經濟狀態必然影響空間呈現的文化秩序，場域詩學的研究，乃屬於地理、經濟、社會、文學以及空間思維的複合體。加斯東・巴舍拉提出「空間詩學」的論述方法：

---

[5] 加斯東・巴舍拉為法國著名科學哲學家、現象學家，做過郵局職員、中學教師等，後自學成為索邦大學教授。是法國新認識論的奠基者，他的認識論與詩學研究，強調數學、心理學、客觀性、敏感性、想像性等，啟迪當代如傅科、德勒茲等重要哲學家。其主要著作有《瞬間的直覺》、《火的精神分析》、《理性唯物論》、《夢想的詩學》與《空間詩學》等二十八部著作。引文選自龔卓軍、王靜慧所譯的《空間詩學》，張老師文化出版，2003，P.47。

[6] 嚴氏《都市的空間結構》（經濟學百科全書第八冊），聯經出版社，1986，P.209。

就這種取向來看，這些研究可以稱得上是空間癖（topophilia），它們想釐清各種空間的人文價值，佔有的空間，抵抗敵對力量的庇護空間、鍾愛的空間。由於種種的理由，由於詩意明暗間所蘊涵的種種差異，此乃被歌頌的空間（espace louanges）。這種空間稱得上具有正面的庇護價值，除此之外，還有很多附加的想像價值。……在意象的支配下，外在活動的空間與私空間並不是相互均衡的活動空間。[7]

由此可知，詩論與群體思維的誕生，都與詩人面對的各種複雜空間有對應關係。當然，斷代共時性的詩論研究，除對於空間與時間的掌握分析外，最重要的還是屬於詩學理論這個主軸範疇，涉及了場域概念的社會學思維，方能架構詩學討論的深度視野。瑪格麗特・魏特罕（Margaret Wertheim）在《空間地圖》一書說：「由於空間必定是眾人群力的產物，空間概念會反映這一群人的社會形態也就不足為奇。」[8]，以此探討台灣現代詩發展趨向，與社會群體意識的互構狀態，亦能突顯本書的研究意義。

因此，本書便在此研究方法學概念的基礎上，分成十三章討論戰後台灣現代詩學的發展趨勢，從戰後至2010年做為討論斷限。第一章〈前言〉說明本文的研究動機與方法，並就本文的每章書寫作一聯繫性的概要說明。第二章〈現代詩學的啟航點——「現代派論戰」重探〉以「現代派論戰」作為討論的對象，在過往學者研究的基礎上，重新思維「現代派論戰」在台灣戰後現代詩學發展趨勢的重要意義，藉此呈現五、六〇年代詩學的文化傾向，與社會群體意識的互構狀態，亦能突顯本文的價值。本章在前述立論上討論台灣「現代派論戰」時期的詩論問題，分析討論當時各流派提出的寫作態度、方法、理論，其實也肩負著他們自身對於開創新文化視野的某種期待，這種想型塑「文化新典範」的意識，對於任何有機組成的詩社（刊），或多或少地都成為創社的宗旨之一。

---

[7] 同註5，P.55。

[8] 瑪格麗特・魏特罕（Margaret Wertheim）著，薛絢譯《空間地圖》，台灣商務印書館，2001. 8，P.251。

　　第三章〈七〇年代《笠詩》論研究〉、第四章〈八〇年代《笠詩》論研究〉與第五章〈九〇年代《笠詩》論研究〉是以本土詩學的建立作為聚焦的重點，以1964年創立的本土詩刊（社）：「笠」作為討論範疇，分成七〇年代與八〇年代兩大部份，分別分析台灣本土詩學的建立到完成，透過七〇年代《笠》批判現代詩走向超現實主義的末流，經過經過鄉土文學論戰與美麗島事件後，在八〇年代眾聲喧嘩的詩壇下，笠同仁是如何在政經環境的劇烈演變中，繼續拓深織廣其在七〇年代建立的本土詩學，並將其深化於九〇年代台灣現代詩壇的場域中，創建出台灣本土且具備高度現代性的現實詩學。

　　第六章〈九〇年代台灣現代詩都市主題的多向變奏〉與第七章〈九〇年代「新世代詩人」都市詩的空間想像〉則關注台灣戰後詩學的另一個趨向，隨著台灣八〇年代以降各區域都市化與工業化的傾向日趨明顯，現代詩的書寫思維，也逐漸在嶄新的台灣社會中呈現都市化的傾向，也使得本土的定義必須要涵括日新月異的都市地域，書寫者以生活在都市中的經驗，作為都市觀察者對都市流動與變化的內在思維，其中主要的是要完成人走入都市叢林裡的各種樣態，詩人們開始思考到都市進入人類身體內來彼此互構的生活經驗，年輕一代的詩人運用各種流竄在頹廢與解消邊界的語彙、語法、修辭技巧，去象徵或寫實人類本體即都市本體的內在經驗；另一方面新一代的書寫者，透過對於都市內空間群的書寫，再次傳達出與前行代相當不同的新詩思維與趨勢，那種與自身共生，在自體之內同化依存的都市思考，使得他們筆下的各種都市空間，不僅反映出單一的主題動線，更產生出某些可供他者重新填充的問號與括號。

　　第八章〈數位時代的來臨（上）——論九〇年代網路詩界的發聲〉聚焦於台灣當代的詩文化卻使得新世代的一群處於矛盾與糾葛的狀態中，再加上接近世紀末出現的主體掙扎與荒蕪頹廢，更讓處於校園的學生陷溺在既不穩定卻又想尋找主體的確立的這種相互辯證的生命糾結裡，當他們抒寫生活思考的作品在平面詩壇場域的封殺下，似乎難以有刊登的出路與抒寫的管道，於是他們只有透過另一種糾合群眾的方式來自我夢囈，前往網路張貼扮裝後的原始自我，畢竟中生代和前行代對於新世代本來就抱著

許多疑慮的態度，或許因為如此，我們反而可以在網路與校園詩刊裡看到更多的新詩創作。而網路詩的呈現，無論是將網路當成發表介面，或是網路本身就是創作工具（如超文本詩），實際上都存在「反文化霸權」的延伸思考，又因平面文字出版媒體掌握在特定權威的手上，網路創作者便採取以網路精選的方式，反過來再以文字出版品去尋求自我的定位，使得網路詩人橫跨兩個界域，取得了雙重身份的建構。新世代的詩人群體，也不需再執著於文字出版品的單向建構，或許經由網路仲介之後的雙向身份建構，反而可以擺脫前行代的夢魘，建立新的發表策略與模式。

　　第九章〈數位時代的來臨（下）——八〇至九〇年代詩社群比較研究〉則關注著自八〇年代以降，至九〇年代台灣詩社群與詩學之走向的兩條思考路線，一是大眾消費文化所宰制的詩出版場域，二是大型詩刊與報紙副刊所宰制的詩文學場域，台灣的新詩文化卻受制於這兩類型場域複雜錯綜的互涉控制，這種文化或隱或顯的控制使得九〇年代產生的新世代的一群處於矛盾與糾葛的狀態中，而此時全新的媒體工具：網路得到快速的發展，讓對於平面媒體不滿的青年寫手，透過網路解構的特色抵拒平面的文化霸權，不再執著於文字出版品的單向建構，經由網路仲介之後的雙向身份建構，力圖擺脫前行代的夢魘，建立新的發表策略與模式。網路寫手便採取迂迴的方式，先以網路做為發表的工具與場域，反過來再以文字出版品去尋求自我的定位，使得網路詩人橫跨兩個界域，取得了雙重身份的建構。而此時的網路詩人的結社觀念，必然與前行代、中生代的社群觀念產生極大的差異，本章便透過這兩者概念與實際狀態的比較，呈現出戰後新詩走向九〇年代以降的發展趨勢。

　　自第十章至第十三章，分別以詩人票選、兩大報文學獎新詩獎、情詩書寫與新世代定義的再商榷作為四個重要的討論對象，一方面我們從另一種爭奪文化權力與型塑典律的方式來觀察「詩人票選」，可以證明台灣新詩的發展趨勢存在著主流與邊緣藉由「抵制／抗拒（解構、顛覆）」、「收編／反利用」的辯證，來塑造所謂的經典，提高自身社群的文化權力。另一方面則透過文學獎場域的觀察，觀看文學獎書寫的結構與格式，而透過情詩書寫更能看出所為年輕一代在這最常經營的書寫主題中是如

何與前世代作一區隔，結論時再次提出新世代定義的商榷，並非挑戰世代的定義，而是希望能夠找出另一種觀點與視角。畢竟在台灣戰後詩壇的權力架構中，可以發現過去以紙媒體為主的詩壇，似乎將本土的詩人視為邊緣，而九〇年代的紙媒詩壇，則刻意忽視網路詩界的存在，而網路百大詩人的票選，便可以視為對紙媒詩界的嘲弄。另一方面藉此論述，突顯台灣戰後新詩的發展趨勢，由新詩的現代化，走向本土詩學的建立；同時，都市詩的大量書寫，更使現代詩走向都市化，迫使本土詩學接受都市也屬於本土的概念；九〇年代以降，發表媒體與書寫工具的迅速進步，使得年輕詩人進入網路，讓平面媒體與數位媒體在九〇年代迄今，變成背離卻又互構的狀態。

第二章
「現代詩」詩學的啟航點
──「現代派論戰」重探

　　從歷時性的角度觀察詩社（刊）的場域，我們不難發現在詩史的長流裡，詩社（刊）扮演著詩潮內主導或改變的契機角色，不同的群體透過不同的鏈結，形成不同的運動與運作，力圖去形成或改變時代意識，見證時代思維，推動時代潮流。「部分詩人所實驗的形式與素材，逐漸為多數詩人與讀者接受時，便形成了詩潮」[1]，實際上詩潮的歷史持續程度不一，在當時或許是文化的主流，但未必在未來的歷史定位中呈現出相同的判準與評價，而詩潮的興盛及沒落，以及新詩潮對舊有詩潮的抗拒與取代，也不斷地推動詩史的延展，這種推動除了某些少數特殊的詩人以個體身分創造之外，其實往往需要「同儕」的互構，此互構也就是詩社（刊）扮演的重要催化劑。布爾迪厄（Pierre Bourdieu）提出的一個重要概念：

　　　　文學場是一個力量場，也是一個爭鬥場。這些鬥爭是為了改變或保持已確立的力量關係：每一個行動者都把他從以前的鬥爭中獲取的力量（資本），交託給那些策略，而這些策略的運作方向取決於行動者在權力鬥爭中所佔的地位，取決於他所擁有的特殊資本。[2]

---

[1] 引自張漢良〈創世紀：詩潮與詩史〉一文，原載於《創世紀詩雜誌》65期，引自《創世紀四十年總目》，創世紀詩雜誌社，1994.9，P.189。

[2] 布爾迪厄（Pierre Bourdieu）著，包亞明譯《文化資本與社會煉金術──布爾迪厄訪談錄》，上海：人民出版社，1997，P.83。

　　五、六〇年代的詩學場域，便是一個新的權力資本，此資本的累積形成了新的文化權力與策略，控制了五、六〇年代的詩學走向。當然，斷代共時性的詩學研究，除對於空間、時間與權力場域的掌握分析外，最重要的還是屬於詩學理論這個主軸範疇，涉及了空間概念的社會學思維，方能架構空間詩學的深度視野。瑪格麗特・魏特罕（Margaret Wertheim）在《空間地圖》一書說：「由於空間必定是眾人群力的產物，空間概念會反映這一群人的社會形態也就不足為奇。」[3]以此探討五、六〇年代詩學的文化傾向，與社會群體意識的互構狀態，亦能突顯本書的價值。而詩史本身既應存在無數作品寫作與發生事件所疊架的結構裡，也有關於詩史家詮釋系統的方法運用，而流派的存在與互動正是架構成詩史的一個重要部分，流派的產生「往往只是一群風格各異的詩人，在情感的凝結下組合而成的散漫組織，當詩社和文學運動結合時，或者形成師徒承傳的流派時，才能顯現其文學史的背景性」[4]，林燿德此言仍可商榷，然而林氏的重點卻是要說明社團、社群實際上有可能在特定斷代中扮演著推動文學發展的重要角色，但未必是單一的社團組織，而是透過互動而完成文學史運行的軌跡。

　　本章在前述立論上討論台灣「現代派論戰」時期的詩論問題。從共時性的角度觀察，其實詩人作為詩歌文本的抒寫者，除了因自身審美意識、創作原則、寫作形式……等因素去完成一首作品之外，也的確會受到同時期集體文化意識的影響，詩人不僅介入文化生命，同時也被集體構成的文化思維所建構，詩社、詩刊的形成，不僅是在前述所提及的同仁懷有類似的文化理想，有意識地揭示他們的寫作態度、方法、理論，其實也肩負著自身對於開創新文化視野的某種期待，或是力圖去抵禦與抗拒主流的文化霸權，這種想型塑「文化新典範」的意識，對於任何有機組成的詩社（刊），或多或少地都成為創社的宗旨之一，只是包裝的糖果紙不同而已。而現代詩社在台灣的風格演變，的確隨著各斷代的文化視角不斷變化，最後都落實在書寫作品上，有趣的是，台灣現代詩史上所形成的詩

---

[3]　瑪格麗特・魏特罕（Margaret Wertheim）著，薛絢譯《空間地圖》，台灣商務印書館，2001.8，P.251。

[4]　引自林燿德〈環繞現代台灣詩史的若干意見〉一文，收於《現代詩學研討會論文集》，P.15。

潮，泰半是由詩社間的互動與辯證去完成，論戰的主體表面上或許看來是詩人間對於創作理念的交流，實際上卻是不同社群在創作意識型態上的攻防，「選集」的編纂也代表著不同陣營互相抵拒的內在思維，詩社所定期出版的詩刊，更是出現群體組織之間差異的代表性展現，每一個詩社群體都力圖去尋找一個自我表現的「劇場空間」，他們彼此之間可能相涉，而此空間的塑構，也端視不同社群所控制的權力場域範疇，並且他們也藉此完成自性的生殖，證明主體的完全確立，而詩論就變成主體確立與文化權力角逐的重要發聲。

我們可以從前述立體結構的思考來觀察，或許是仍然可以區分出主流與邊緣的界限，然而因為主流與邊緣藉由「抵制／抗拒（解構、顛覆）」、「收編／反利用」的辯證與互構中，才創造出台灣精采的現、當代詩史。一個好的詮釋者也應該奠基在客觀的詮釋基礎上，去觀察並且合理的詮釋各斷代的詩歌現象，給予一個並非過度的定位，或許一部好的詩史可以在這種基礎之上呈現出真實的史觀態度與歷史詮釋，這也才能經過時間的檢證，而後世代方能透過它去感受前行代在台灣現代詩的發展中披荊斬棘所走過的歷史，和付出的努力與用心。

第一節　現代主義概念的興起

五〇年代，國府遷台，1949年11月，《民族報》副刊主編孫陵，首先喊出「反共文學」的口號，揭開戰鬥文藝的序幕。向陽說：

> 這樣的年代，政治主宰了一切，意識形態的鬥爭決定了一切，文學藝術被要求成為「反共尖兵」……在這樣的大環境與政治氛圍下，在五〇年代台海兩岸的對峙與炮火中，甫受共產黨擊潰的國民黨政府因而強化它對台灣人民的宰制……反共戰鬥文藝之所以成為五〇年代台灣文學的主要色調，不能不說是政治力介入所致。[5]

---

[5] 向陽〈五〇年代台灣現代詩風潮試論〉，收於《兩岸詩刊學術研討會論文集》，中國詩歌藝術學會主辦編印，1998.9.26-27。

而王德威更進一步地論析此時的文化思潮：

> 反共文學因應歷史環境而起，固然有強烈的自發性，但若無政治力量的因勢利導，亦不足以形成日後的氣勢。……作為一種見證歷史傷痕，宣揚意識形態的文學，反共小說蘊藏一套獨特的敘事成規，不是一兩句「夢囈」或「八股」可以一筆勾銷的。[6]

　　對於此時期「反共文學」的論述頗豐，大多集中在兩個方向討論，一是就其產生的外因，認為是政治力與意識形態的聯合所致；另一則是從內因論及多數作家本身就是國民黨的追隨支持者，筆耕的目的是為了從文字中喚起反共的力量。但無論如何，五〇年代的文化氛圍可認為是反共戰鬥的思維作為主導，文藝活動被國民黨遷台後的意識形態所把持控制的年代[7]。然而，這其中必然是有縫隙破口的空間，1953年的《自由中國》、1956年的《文學雜誌》、1957的《文星》、甚且是1958年胡適發表〈中國文藝復興‧人的文學‧自由的文學〉一文裡說：

---

[6] 引自王德威〈五十年代小說新論：一種逝去的文學〉，張寶琴等編《四十年來中國文學》，聯合文學，1997，P.68-69。

[7] 以下列出當時重要的反共文藝大事（按鄭明娳〈當代台灣文藝政策的發展、影響與檢討〉一文整理，收於鄭氏編《當代台灣政治文學論》，時報文化，1994，P.13-68）：

1950.3	中華文藝獎金委員會成立
1950.5	中國文藝協會成立
1951.3	文藝界聯合發表「抗議共匪暴行宣言」
1952.8	中國文藝協會發表「為揭發共匪文藝整風運動暴行陰謀宣言」
1953.8	中國青年寫作協會成立
1954.5	中國文藝協會成立「文化清潔運動專門研究小組」
1954.8	「除三害（赤、黃、黑）宣言」發表
1955.1	蔣介石以「戰鬥文藝」號召文藝工作者
1955.9	《創世紀》第四期推出「戰鬥詩特輯」
1956.1	國民黨中常會通過「展開反共文藝戰鬥工作案」
1957.7	中華民國文化界支援大陸知識份子抗暴運動委員會成立
1958.5	中國文藝協會發表「向全世界控訴宣言」

文學這東西，不能由政府來輔導，更不能夠由政府來指導。[8]

　　這些似乎都可以看出某些作家力圖想要突破苦悶環境限制的努力，如我們從文化工業的角度觀察，在五〇年代，反共復國文學的大量製造，不僅在市場中佔有主流地位，更享有政治力所賦予的豐沛資源，形塑了台灣戰後初期的文藝基調，以（長篇）小說這種文類作為主要的發聲場域[9]。假使想要穿透突破瓦甕中的縫隙，在文壇裡露出一點曙光，似乎必須選擇另一種文類作為新的文化場域。既然政治力透過反共的意識形態主導文化走向，那麼是否可以選擇新的文化理念（論）來包裹所選擇的文類，另闢一條嶄新的進路？張頌聖說：

　　　　作為一個衝激性思潮，「現代主義」的指涉可以相當寬泛。在戰後許多非西方國家的文化場域中，它是一個前衛的符號，伴隨著從近

---

[8]　此文收於王夢鷗編《當代中國新文學大系・文學評論集》，台北：天視出版，1980。

[9]　以下整理當時重要的反共小說與發表時間（整理自王德威〈五十年代小說新論：一種逝去的文學〉，張寶琴等編《四十年來中國文學》，聯合文學，1997，P.67-84）：

出版時間	作者	書名
1951	陳紀瀅	《荻村傳》
	端木方	《疤勳章》
1952	潘人木	《漣漪表妹》
	朱西甯	《大火炬的愛》
	潘壘	《紅河三部曲》
1954	張愛玲	《秧歌》
		《赤地之戀》
	趙滋蕃	《半下流社會》
	陳紀瀅	《赤地》
1955	潘人木	《馬蘭自傳》
	彭歌	《落月》
1956	陳紀瀅	《賈雲兒外傳》
1957	姜貴	《旋風》
1958	尼洛	《近鄉情怯》
	王藍	《藍與黑》
1961	姜貴	《重陽》
	司馬中原	《荒原》
	鄧克保（郭衣洞）	《異域》

代世界史殖民期以來，一直在衝激著東亞各國本地主導文化的世界
性／西方「當代思潮」而來。這種本身也在迅速演變中的當代思
潮，經常萌芽於校園、進而擴展於整個社會，提供給每一代年輕知
識階層一整套新視野（alternative visions）。在擴散過程中，思潮本
身的genealogy經常被隱藏，而其內容迅速被轉化為絕對值。同時，
作為一種新視野，往往具有強大的象徵性、儀式性，儼然成為推動
文化生產的主要動力。[10]

就上述的話語中可發現「現代主義」在當時的文化意義：

（一）是種橫向移植的前衛概念，是主導東亞文化的當代思潮，而台
　　　灣是東亞的一環。

（二）思潮的拓展由校園推向社會，符合青年人對於新視野的要求。

（三）擴散的過程，本身也將吸收擴散地域的文化性格而迅速演變，
　　　具有一定的動力、包容性與變化性。

（四）可推動新的文化生產，因其具備啟蒙性格與現代性格，可作為
　　　新的文化動力。

　　因此，「現代主義」在當時雖作為一種「前衛」的文化符號，但在
反共的文化氛圍中，因其具有非抵抗國黨政治結構，與仍可吸納反共思維
的特點，而表現型態雖不一定具備反共文學的主題要求，但創作風格之晦
澀，語言的象徵性格，都使得在審查上可以避開被透明解讀而安然過關。
再者，胡適主張的「人的文學」與「自由的文學」更是五四時期「中國式
自由主義（Sino-liberalism）」的餘緒，使得文化的自由觀亦有其接軌的
對象而不致無根。凡此種種，五〇年代所謂「現代派」的作家，往往戴著
「戰鬥文藝」的帽子、穿著「反共思維」的外衣，卻可以傳達某種自由與
真理。當然，對應於此的文類，必要去除過多的敘述語言，甚至於可以自

---

[10] 引自張氏〈當代台灣文學與文化場域的變遷〉一文，收於《文學場域的變遷——當代台灣小說
　　論》，2001.6，P.197-198。

由型塑結構，其最佳的場域便是「新詩」，五四時期慣用的「新詩」也在現代主義概念的推展與辯爭中，走向新名詞的確立：「現代詩」。

第二節 現代派理論的提出

1953年2月，紀弦在《詩誌》停刊後，籌畫主編的《現代詩》季刊問世，在「宣言」中強調：

> 我們認為，一切文學是時代的。唯其是一時代的作品，才會有永久的價值。這就是說，對於詩的社會意義和藝術性，我們同樣重視；而首先要求的，是它的時代精神的表現與昂揚，務必使其成為有特色的現代的詩，而非遠離著今日之社會的古代的詩。更不應該是外國的舊詩！
>
> 要的是現代的。我們認為，在詩的技術方面，我們還停留在相當落後十分幼稚的階段，這是毋庸諱言和不可不注意的。唯有向世界詩壇看齊，學習新的表現手法，急起直追，迎頭趕上，才能使我們的所謂新詩到達現代化。而這，就是我們創辦本刊的兩大使命之一。另一個更重大的使命是反共抗俄，⋯⋯
>
> 凡是販賣西洋古董到中國市場上來冒充新的，例如用中文效顰商籟體，我們也一概拒絕接受。在我們看來，就連拜倫雪萊濟慈華茲華斯歌爾利治等等，也已老遠地老遠地成為過去了。我們不要！[11]

這段宣言可說是標誌「現代」兩字進入文化場域的重要里程碑，我們先檢視此宣言所傳達的詩論意義：

（一）文學的時代性：紀弦對於「時代性」的定義從「反古代的詩」
　　　出發，這裡需要釐清的是「反古代的詩」指的是「舊詩」，

---

[11] 參見《現代詩》詩刊春季號第一期，1953.2.1，P.1。

亦即是「古典詩」，還是有其更擴大的意義？其實紀弦的立論在於「社會性」，因此凡是與古代社會有關的，無論是語言或主題似乎都應在摒棄之列，亦即是「舊詩」都不應成為當代書寫，此舊詩有兩個指涉，一為「古典漢語詩」，另一其實是「五四時期的新詩」。

（二）詩的技術性：紀弦其實要談的是詩的「藝術性」，在此處則是從「反外國舊詩」的思考出發。既然說「反外國舊詩」，又談到「向世界詩壇看齊」，這兩者的連接點又該如何說明？就此而言，紀弦的立論在於「藝術性」，他認為詩創作的技巧必須向世界詩壇看齊，使新詩現代化，在此他導入了新詩現代化的概念，強調有特色的新詩必須是現代的詩，也必須揚棄外國舊詩的創作思維與方法，所以他所聲明的概念其實就是學習「同時期」外國詩壇的理論與創作技巧，並且視所有當代之前的外國「詩」一律都是不應效法的「舊詩」而拒絕接受。（見下圖）

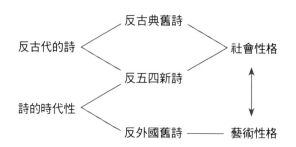

（三）當然，反共的使命在此時是必然要提到的，但這並不違背他所宣稱的時代性與社會性，畢竟此時的文化氛圍本就是「反共抗俄」，因此反共使命出現在此宣言中並不會有理論上的矛盾性，但此段言語的簡短與略述，似乎不過就是對政治力干預的某種交代而已。

至1956年1月15日紀弦發起，在台北舉行，九人籌備委員會籌備的現代派詩人第一屆年會，正式宣告現代派的成立，其實是上述理論的行動化與深刻化。2月1日公布的現代派詩人名單有83人，4月30日公布的第二批名單有19人，也都可以看出一群新興的文化力量。同年2月出版的《現代詩》季刊第13期封面，刊出「現代派的信條」：

> 第一條：我們是有所揚棄並發揚光大地包容了自波特萊爾以降一切新興詩派之精神與要素的現代派之一群。
>
> 第二條：我們認為新詩乃是橫的移植，而非縱的繼承。這是一個總的看法，一個基本的出發點，無論是理論的建議或創作的實踐。
>
> 第三條：詩的新大陸之探險，詩的處女地之開拓。新的內容之表現，新的形式之創造，新的工具之發見，新的手法之發明。
>
> 第四條：知性之強調。
>
> 第五條：追求詩的純粹性。
>
> 第六條：愛國。反共。擁護自由與民主。

此六信條其實承繼著前述1953年的「現代詩宣言」而來，更清楚並精確地提出理論的原則與信仰，就第一條而言，紀弦在〈現代派信條釋義〉一文中有清楚的解釋：

> 正如新興繪畫之以塞尚為鼻祖，世界新詩之出發點乃是法國的波特萊爾。象徵派導源於波氏。其後一切新興詩派無不直接間接間蒙受象徵派的影響。這些新興詩派，包括十九世紀的象徵派、二十世紀的後期象徵派、立體派、達達派、超現實派、新感覺派、美國的意象派、以及今日歐美各國的純粹詩運動，總稱為「現代主義」。我們有所揚棄的是它那病的、世紀末的傾向；而其健康的、進步的、向上的部分則為我們所企圖發揚光大的。

　　換言之，紀弦所謂的現代主義所借鑑的是西方（歐美）的主要文學藝術之流派，並且以象徵派作為學習的基礎取向，統合其他各種派別的創作技巧與經驗。因此我們要從紀弦此論述所提到的幾個重要流派來觀察分析他所謂的「現代」概念[12]：

（一）象徵派：19世紀末文藝（繪畫）中的主要流派之一，起於法國，為某些畫家、雕刻家所共同形成的風格。認為詩的目的在暗示「另一世界」，並主張用晦澀難解的語言刺激感官，產生恍惚、迷離的神秘聯想，即「象徵」。採取主觀的、感情的表現方法，亦即著重心靈的活動，相信外在形式與主觀意境之關係，反對寫實主義與印象主義，可說是精神主義與理想主義。

　　（按：雖然紀弦強調「時代社會性」，認為一時代有一時代的文學，但現代派詩論蘊含著一種「反寫實」的傾向，移植「象徵派」的創作方法與思維，代表著詩語言的運用將走向晦澀難解，如果聯合對於「主知」的要求，可發現「心靈活動」加上「迷離語言」可能帶來的詩走向與結果為何。而對於「象徵派」的論爭，後來則由覃子豪延承，繼而在第二階段與蘇雪林論戰。）

（二）立體派：強調突破傳統單一視點觀察，以多視點、多角度表現事物，建立新空間概念，主張所將描繪的物體形貌破壞解體，予以重新組合，並且更進一步將一樣物體各種不同的角度，同時呈現在一個畫面上，以達到平面繪畫表現立體空間視點的效果，可說是揭示現代藝術的序幕。（按：此處可看出移植西方藝術創作形式於新詩創作的技巧影響，者也可以了解紀弦在當時不僅是透過「橫的移植」去揚棄舊傳統，其實是在找尋新詩創作在根源與技巧上的突破口，他認為必須透過一種有別於以往的全新面貌來重新組合新詩的語言，也藉此能讓台灣的新詩創作成為現代文化的序幕，可以說是一種強烈企圖心的展示。）

---

[12] 詳參《世界藝術史》，修・歐納（Hugh Honour）、約翰・符萊明（John Fleming）作，吳介禎等譯，木馬文化出版，2001。

（三）達達派：達達主義（Dadaism）1913年杜象在紐約領導，現代
　　藝術可說都是達達的變奏或展開，達達派多創造反戰、反現代
　　生活、反藝術的作品。他們反對嚴肅的藝術。認為破壞藝術反
　　而為新藝術開新的途徑與可能。主要概念為「造形（形式）須
　　有助於功用和機能」。（按：移植「達達派」其實或許隱含著
　　一種反戰的內在思維，可以說是在反共復國年代，一種避開政
　　治干擾與抵拒政治的隱喻，藉此或將可以把新詩的創作從政治
　　控制中解放出來（雖然在宣言裡依然要明說「愛國」）。）

（四）超現實主義派：受佛洛伊德精神分析學影響所產生出的一派，
　　並從達達派發展而來，而「超現實」一詞，是由詩人阿波里奈
　　爾首用的，後來才用於繪畫上。1924-1929年法國作家布列東
　　（Breton）在巴黎先後發表兩次「超現實主義宣言」，認為潛
　　意識的領域、夢境、幻覺、本能是創作的泉源，否定文學藝
　　術反映現實生活的基本規律，表現在藝術上則是把潛意識中的
　　矛盾：生與死、過去和未來、真實和幻覺等在所謂「絕對的現
　　實」的探索中統合起來。（按：就台灣詩史的角度觀察，「楊
　　熾昌於1930年由日本Bon書店以日文出版的《熱帶魚》，則是日
　　本自20年代開始的現代派超現實風潮所影響的結果。1935年楊
　　熾昌與林永修、張良典、李張瑞和日本人戶田房子、岸麗子、
　　尚梓鐵平等人於台灣組成的風車詩社，是超現實主義首次在台
　　灣正式結社的行動」[13]。其實眾多論者都指出超現實主義運動源
　　於台灣日治時期，換言之紀弦所提出的思考，有部分與銀鈴會
　　成員、亦為現代派重要成員與詩論家林亨泰有相當的關係，藉
　　此觀察現代派的詩論思維，將會發現許多來自日本的影響。）

---

[13] 引自楊菀喻〈台灣現代詩的超現實風格〉一文，佛光大學「當代詩學中心」網站，網址是：http://66.102.7.104/search?q=cache:uji-RR1GixoJ:www.fgu.edu.tw/～literary/poetry/paper2.htm+%E7%94%E7%B2%B9%E8%A9%A9%E9%81%8B%E5%8B%95&hl=zh-TW。

（五）新感覺派：1916年後起於日本，川端康成與橫光利一是代表作家，他們強調創作是賦予萬物主觀的感受，通過自由聯想等手法，表達作者內心的變化。並且重視藝術的象徵性，相信結構的象徵比寫實更具有美的意識。而中國的新感覺派出現於2、30年代的上海，代表人物為劉吶鷗（1900-1939）、穆時英（1912-1940）、施蟄存（1905）等人，以短篇見長，創造一種以情調（mood）為主的作品[14]。（按：此處相當清楚地與日本以及2、30年代的中國「新感覺派」有相當的承繼關係，換言之，這個部分相關於前述所提及的「日治時期」與「中國式自由主義」，正好在「新感覺派」的部分都找到了相同的根源，而「現代派」的思考亦可證明有「日治時期」的直接影響。）

（六）意象派：20世紀初在歐美興起的詩歌流派，此派詩人批判維多利亞詩風的傷感和空洞，認為人們需要一種新的詩歌，主張詩不要冗詞贅語，詩人必須不斷創造新的意象。（按：紀弦似乎把意象派作為「自由詩派」理解和接受，他認識到意象主義者對詩的內容和形式所持的革新態度和反傳統精神。於是他主張革新語言、韻律、題材，想通過意象思考和感覺，然而其主知的理論，反而使得詩歌創作走向敘述、描寫、甚至議論，使說理多於「表述」。）

（七）純粹詩運動則提倡新詩精神或純粹詩精神的藝術至上主義，儘量排除一切抒情性想像，彷彿冷靜的鏡頭般捕捉物體。而表達上，所有的用詞都要純粹化，以線性觀點予以組合，用詞遣字上不論意義或態度，都不容大量的曲線性表現。（按：當強調純粹化時，文學創作就可以擺脫政治意識的干涉，我們從紀弦苦心且孤獨經營的詩論架構中，不難看見他使用各種隱喻想使新詩透過「現代化」的進路，成為冷靜不受非文化因素干擾的主體，這些詩論的「隱喻系統」在在都於他的詩論語言中可以發現。）

---

[14] 可參彭小妍〈新女性與上海都市文化──新感覺派研究〉，《中國文哲研究集刊》第十期，1997.3。

　　正因為紀弦處於一個時代環境的交接點上，又想使新詩創作擺脫政治意識的干擾，所以他便採取「愛國反共」的「直述表態」，與「藝術純粹」的「隱喻系統」兩種看來二律背反的詩論語言，傳達他所謂「橫的移植」之「現代」立場。一方面避開背離文化政策之指責，另外一方面又透過「現代主義」的旗幟開創新的文化走向，使新詩早於小說便進入於現代主義的論辯與實踐中。然而其中的二律背反也明確存在，因此林亨泰〈中國詩的傳統〉便巧妙地解決其中的問題：

　　　　註釋（一）：紀弦的這一句話，在消極方面，即意味著「傳統」的
　　　　　　　　　　　繼承，在積極方面，即意味著「新」的開拓。
　　　　註釋（二）：「現代主義即中國主義」──這就是在本文中我所要
　　　　　　　　　　　強調的一點，那麼，紀弦在積極方面，也就意味著
　　　　　　　　　　　「傳統」的繼承，而且是廣義的繼承[15]。

　　林亨泰替紀弦辯護，將「橫的移植」說是積極的開拓，把「傳統的繼承」視為一種消極的繼承，但卻又將廣義的傳統繼承說成為「積極」的，在這樣的論式中，不禁令人懷疑林亨泰的詩論思維怎麼如此錯亂且矛盾。然而如果我們仔細觀察上述林亨泰模糊且義界不清的各項理論詞彙，將會發現一些有趣的部分。首先林亨泰作為早期現代派的理論健將，但其身分實為日治時期以降銀鈴會的成員，換言之他代表的是台灣自日治時期以來的新詩文化發聲者，所以他所謂的消極上「傳統」的繼承，或許指的便是日治時期第一次「超現實主義運動」的延續[16]；而當時又是反共復國的年代，因此他第二個廣義積極的傳統繼承，就必須選擇中國的傳統，但又不能背離現代詩宣言裡「橫的移植」，所以廣義的說，他指向的繼承可能是中國自五四到象徵派運動的「中國式自由主義」的繼承。如果以此兩段論

---

[15] 林亨泰，〈中國詩的傳統〉，《現代詩》詩刊，1957.12，P.34。
[16] 實際上，陳千武也提及水蔭萍在紀弦之前二十年就已經實踐過「超現實主義」，換言之台灣早已在日治時期就實踐過「泰西的poem」。詳參〈台灣的新詩精神〉一文，收於《陳千武全集12：陳千武詩思隨筆集》，台中市文化局編印，2003.8，P.132-144。

式來觀察林亨泰這段話，就可以了解當時他們在肅殺的政治環境下，要開闢新的沃土，就必須使用相當「隱喻」的詩論系統之用心良苦。

　　就上述的討論與分析可知「橫的移植」這個詩論命題相當複雜，如就其理論根源而論有四：

（一）以日本與台灣日治時期的「超現實主義」運動或流派，輔以西方純詩與象徵派之理論，架構其「移植論」之基礎。

（二）藉由繪畫、雕塑、建築等藝術理論，介入詩論之中，以別於以往的全新面貌來重新組合新詩的語言，也藉此能讓台灣的新詩創作成為現代文化的序幕。

（三）從達達等超現實文學與藝術中隱藏的政治抵制與批判，來架構其欲使文學擺脫政治干擾的隱喻內核。

（四）從廣義的繼承論及「中國式的自由主義」，藉此宣示對大環境的必然妥協，並積極避開被扣上「反傳統」的大帽。

第三節　再論橫的移植

　　如果說「橫的移植」是總的方向，那麼我們就必須檢視紀弦對於其他的理論分向的內在意義，與是否符合「橫的移植」的概念。紀弦〈戰鬥的第四年・新詩的再革命〉一文進而說明第三信條的含意：

　　　而我們的理論之要點，歸納起來，則有下列之三綱：第一、新詩必須是以散文之新工具創造了的自由詩；第二、新詩的表現手法必須新；第三、現代的詩素、詩精神之追求，換言之，詩的新大陸之發見，詩的新天地之開闢。正因為境界之新，意味之新，舊的手法不能表現，所以才以新的表現手法為必要；既然採取新的表現手法，舊的工具當然不適用了，於是新的工具應運而生；使用新的工具，採取新的表現手法，表現新的境界，新的意味，而其結果所創造了的新的形式，便是今日之自由詩（不是採取中間路線，抱持妥協態度，看法和我們有距離的那種半舊不新的所謂自由詩）。

在這段話裡，紀弦強調新詩的時代走向應該「使用新的工具，採取新的表現手法，表現新的境界，新的意味，而其結果所創造了的新的形式」，從基礎根源、本質功能到創作方法都強調「新」，而「新」到底是應該如何做？刊於《現代詩》第11期上的〈誰願意開倒車誰去開吧〉說：

> 我們認為，新詩必須是自由詩，而且必須以散文的句子寫，不押韻，無格律。[17]

其實紀弦「新詩再革命」的理論，是以「移植」作為根本，在表現手法上首先必須打倒傳統五四時期延續的格律詩派、韻文即詩的詩觀，要以散文的形式取代過去以韻文格律作為文字工具的表現方法，他將此稱之為「自由詩」，所以他在〈五四以來的新詩〉一文裡，就強調格律至上的新月派，就是時代的倒車與白話詩的反動。換言之，對於1956年之前在《現代詩》上的論述，幾乎都集中在「形式問題」：

第一、新詩必須是自由詩，不是舊式的「自由韻文」，而是以「散文」為表現工具的新自由詩。可是，在這裡，誰要是還沒有把「散文」之二義（一是「質」的一是「形」的）弄明白，則「分行的散文」──比比皆是的偽自由詩──當然可以拿來魚目混珠了。

第二、「詩」是文學，「歌」是音樂。所以我們決不輕易使用「詩歌」一詞。而新詩，尤須排斥一切「歌」的成分。故說：詩是不唱的。至於大人先生們所提倡的「朗誦詩」，以其本質非詩，只好稱之為「應用詩歌」了。

第三、「詩」與「散文」之區分，應在其文學的本質上加以考察。因此，我們對於「新詩要不要押韻」這一個天真的，原始的問題之答案是：「韻文即詩觀」之死刑的宣判；「格律至上

---

[17] 此引文係〈社論〉中的一段話，參見《現代詩》詩刊，1955秋，P.89。

　　　主義」之根本的打倒。

　第四、「散文」是新工具，「韻文」是舊工具。自波特萊爾以降，

　　　詩素為之一新。人們要從事於新的表現，就非使用新的工具

　　　不可：這是極自然的趨勢，一種史的發展，沒法子反對的。

　　　但是「如何表現」，這卻是一個有關於「方法」的問題了。

　　要曉得，沒有一種文學，一種藝術可以不講求方法的；而方法

　有新舊。

　　　新詩之所以為新詩，要緊的是看你怎樣去表現，表現得新不

　新。[18]

就此觀察，可以發現幾個細微之處來辨析：

（一）既然紀弦「橫的移植」有「中國式自由主義」的來源，但他所
　　　取的是「自由詩」創作思維，其中包含著李金髮的「象徵派」
　　　與後起的「新感覺派」，而非徐志摩等人的「格律詩派」。也
　　　因此他要打倒的舊詩，有兩個範疇，一是「古典漢語詩」，另
　　　一就是「格律詩」，反對韻文即詩的創作觀，這一步可以說是
　　　「形式的革命」。

（二）就「形式革命」進而言之，為避免新詩句法流於散文化的質
　　　疑，紀弦特別強調所謂的偽詩，即是指「分行的散文」，也就
　　　是說：「凡使用散文，採取自由詩之新形式的，謂之新詩；凡
　　　使用韻文，採取格律詩之舊形式的，謂之舊詩」，「分行的散
　　　文」絕不屬於新詩的範疇。而其區分正在於「反格律」詩觀的
　　　實踐，排斥韻文在詩裡的使用。

（三）所以，不僅是「新詩」與「舊（偽）詩」的區別，紀弦更強調
　　　必須將舊有的「詩歌」觀念作「新」的思維，「詩」與「歌」
　　　應分途而行，認為詩必須排除「歌」的功能與表現，必須去除
　　　掉「韻（音樂）」的觀念，亦即是將「聽覺韻律」的要素降到

---

[18] 《現代詩》第十四期〈社論〉，1956。

最低，所以才會將「朗誦詩」視為「應用詩歌」。

（四）然而只有「形式的革命」是不夠的，紀弦把新舊詩的定義直接
　　　表明為「新詩」與「格律詩」的兩種場域，其實是要進一步從
　　　新詩過渡到具備「現代本質」的詩，這就不能只停留在「形式
　　　的革命」上，必須更深入地進行「精神的革命」，他對於第四
　　　信條的釋義指出：

　　　現代主義之一大特色是：反浪漫主義的。重知性，而排斥情緒
　　　之告白。單是憑著熱情奔放有什麼用呢？[19]

〈自反而縮雖千萬人吾往矣〉一文亦表示：

　　　天真爛漫的「抒情」，……最為新詩所排斥，所唾棄與不
　　　取。[20]

而《現代詩》第18期的〈社論一〉表達得更為清楚：

　　　相對於舊詩之以「詩情」為詩的本質，新詩則以「詩想」為詩
　　　的要素。……
　　　凡以「詩情」為詩的本質的，都是廣義上的抒情主義，屬於浪
　　　漫主義的血統；凡以「詩想」為詩的要素的，都是廣義上的理智主
　　　義，以徹底反浪漫主義為其革命的出發點。前者是十九世紀的，保
　　　守的，落伍的；後者是二十世紀的，革新的，進步的。[21]

---

[19] 紀弦，〈現代派信條釋義〉，《現代詩》詩刊第十三期，1956.2.1，P.4。
[20] 見《現代詩》詩刊第十六期，1957.1.1，P.2。
[21] 見〈社論一新與舊‧詩情與詩想〉，《現代詩》詩刊第十八期，1957.5.20，P.2。

　　紀弦認為新詩創作應以「詩想」作為要素，而並非是「詩情」，換言之他區分了「主知（新詩：二十世紀）」與「抒情（舊詩：十九世紀）」兩種範疇，如果讀者無法讀懂現代新詩，那是因為讀者依舊受到舊詩思維的影響，以舊思維來作為新世界的判準所造成的，因此要使新詩從本質上現代化，就必須針對抒情與情緒加以批判，透過理智表現新的世界，正如林亨泰〈談主知與抒情〉一文替紀弦辯護所言，在次序上讓知性排在抒情的前面，讓意志活動在詩的創作中獵取優位。如果以下圖應可更清楚地觀察紀弦與林亨泰的想法：

　　舊詩 → **新詩**（自由詩：形式革命）**→ 現代詩**（主知：精神革命）

　　（古典漢語詩）

　　（五四格律詩）

　　而林氏的〈符號論〉更從「象徵」與「隱喻」的創作技巧替「主知」的現代化新詩找到一個創作的出口：

　　　　詩裡的「象徵」所能給予「詩」的也就是代數學裡的「符號」所能給予「代數學」的。再說得明白一點，所謂「象徵」也不過就是語言的「符號價值」之運用而已。正因為如此，一箇符號代表任意一箇數目的一次象徵往往是含有其由不同不同解釋而來的許多「意思」的可能。

　　林亨泰移植立體主義的概念加上漢字單音獨體的符號性格，企圖在廣義積極的角度將移植所得的概念改造，從「隱喻」手法的運用造成新詩的象徵性，認為唯有如此方能使詩的「音樂性」在擺脫格律以後，有全新的轉變。筆者認為這或許就是從「聽覺的韻律」轉向「視覺的韻律」之改造過程。也正因如此，新詩開始擺脫「單義性」而通向「歧義性」，亦使新詩經過現代派的洗禮出現更多元的形式，不再以分行作為唯一創作的方式。

第四節　再論縱的繼承

　　然而，「橫的移植」卻引起許多的喧嘩，針對紀弦〈現代派信條釋義〉，覃子豪在1957年《藍星詩選》獅子星座號，發表了〈新詩向何處去？〉：

> 　　中國新詩之向西洋詩去攝取營養，乃為表現技巧之借鏡，非抄襲其整個的創作觀，亦非追隨其蹤跡。技巧之借鏡，無時空的限制，無流派的規範。其目的在求新詩有正常之進步與發展。
>
> 　　中國新詩應該不是西洋詩的尾巴，更不是西洋詩的空洞的渺茫的回聲，而是中國新時代的聲音，真實的聲音。
>
> 　　外來的影響只能作為部分之營養，經吸收和消化之後變為自己的新血液。新詩目前極需外來的影響，但不是原封不動的移植，而是蛻變，一種嶄新的蛻變。
>
> 　　最理想的詩，是知性和抒情的混合產物。

就以上的論點可以先提出初步的觀察：

（一）覃子豪並不反對向西方借鑑表現技巧，所反對的是亦步亦趨地追隨其蹤跡，換言之，就他解讀紀弦的詩論，認為紀弦的「移植說」是一種原封不動的移植，或許也是一種渺茫的回聲，無法表現出民族性的氣質，沒有自我完成的風格，所以他強調「蛻變」，也就是在西洋不同詩派的同時影響中，吸收消化其中可供滋潤的營養，尋得一種屬於中國的相同信念與理想。

（二）因此，他對於紀弦與林亨泰的「主知」說，採取相當不同的態度，他批判紀弦：

> 　　新詩人對於新的表現頗為重視與努力，但是有的衝力過猛，超過了本身的能力與中肯的限度，並沒有達到目的，僅僅做到了

　　一個詩的破壞者，而不能作為一個建設者。因此要改進這種缺失，必須從準確中求新的表現。（〈新詩向何處去？〉）

　　他以為紀弦的「移植說」過於強調對西洋詩的學習，對於紀弦理論的認識，認為是「玩弄技巧」、是「詩的破壞者」，「主知」帶來的並不是準確，而是空洞。因而提出了「蛻變說」，想融合「主知」與「抒情」，尋求一種屬於民族詩型的巧妙平衡。於是針對紀弦的六大信條，提出了「六條正確原則」：

（一）詩的再認識：詩並非純技巧的表現，藝術的表現實在離不開人生；完美的藝術對人生自有其撫慰與啟示、鼓舞與指導的功能。

（二）創作態度應重新考慮：一些現代詩的難懂不是屬於哲學的或玄學的深奧的特質，而是屬於外觀的，即模糊與混亂，暗晦與曖昧。詩應該顧及讀者，否則便沒有價值。

（三）重視實質及表現的完美：所謂詩的實質也就是它的內容，是詩人從生活經驗中對人生的體驗和發現，沒有實質則詩無生命，如何表現這實質，詩人應該嚴肅的苦心經營，有中肯的刻劃。

（四）尋求詩的思想根源：強調由對人生的理解和現實生活的體認中產生新思想。詩要有哲學思想為背景，以追求真理為目標。故詩的主題比玩弄技巧重要。

（五）從準確中求新的表現，樹正標準，有了標準才能有準確。

（六）風格是自我創造的完成：自我創造是民族的氣質、性格、精神等等在作品中無形的表露，新詩要先有屬於自己的精神，不能盲目地移植西方的東西。

　　就第一原則而言，覃子豪在「形式」與「內容」的兩個端點，其實選擇的是「內容」，尤其強調「為人生而藝術」，也就是說文學藝術有其目的性，其目的性在對於「人生」有撫慰指導等等功能。然而如果對應紀弦在「宣言」裡論及「時代性」時所說「一切文學是時代的。唯其是一時代的作品，才會有永久的價值。這就是說，對於詩的社會意義和藝術性，我

們同樣重視」，兩者之間對於文藝創作的出發點，覃子豪強調「人生」，紀弦強調「社會」，其實是有一定的共通點。

　　就第二原則而言，覃子豪與紀弦的確有相當的差異性，其差異點在於覃子豪強調「讀者」閱讀的「接受性」，紀弦則從「作者」創作的「原創性」與「完成度」。換言之，覃子豪批判「現代派」過度強調「作者」、「移植」與「主知」，反而使新詩走向晦澀與難懂、模糊與混亂，不利於詩走向民眾的接受與閱讀，而詩的價值也在於使否能讓讀者讀懂；但紀弦在1957年12月〈對於所謂六原則的批判〉（以下簡稱〈批判〉）一文中，認為讀者的問題屬於次要問題，畢竟讀者的欣賞能力有其高下優劣，創作者寫作時必須考慮的是作品的完成度，而並非先思考讀者是否能懂得自身的作品。簡言之，覃子豪與紀弦歧異的地方在於「讀者論」還是「作者論」的問題，當然這個問題的延伸也必然關乎新詩應走向「大眾」或是「小眾」，更絕對會牽涉到表現手法應該「單純易懂」還是「複雜難懂」。

　　而第三原則不過是第二原則的進一步闡釋，既然覃子豪強調「讀者」、「大眾」、「單純易懂」與「為人生而藝術」，當然就更強調新詩創作的重點在於「實質」與「內容」，於是「生活經驗」就變成新詩創作的重要主題。也就說覃子豪在此原則裡隱含著對「現代派」的批判，認為現代派「玩弄技巧」，脫離對於人生經驗的關注，使詩空洞乏味。假使我們在觀察上述紀弦的詩論，其實現代派並非「玩弄技巧」而是「重視技巧」，現代派並非不關注人生，反而相當強調時代與社會性，所以紀弦在〈批判〉一文裡才會認為覃子豪是「惡意傷人」。

　　第四原則集中火力批判「現代派」玩弄技巧，提出三個詩創作應「重視主題」角度：「人生現實」、「哲學思想」、「追求真理」。如果檢視「現代派」的詩論，會發現他們強調「時代社會」與覃子豪所言的「人生現實」相通；紀弦「主知」，強調「理性精神」，就必須高度發揚「哲學精神」，至於現代派所談論的「真理」則在於前述「詩想」的完成，不要被主題所束縛而僵死。就這三個層次相對討論，不難發現覃子豪「六原則」對現代派批判的著力處都不夠精準，並且似乎所指責的只有兩個部

分：「玩弄技巧」與「橫的移植」。

　　如就詩論的準確度而言，第五原則相當不精準，並且容易被敵論找到突破的出口，覃子豪以「從準確中求新的表現」來批判現代派，反而會引來紀弦〈批判〉一文打蛇隨棍的說法，畢竟「現代派」就是提倡新的表現方法，就是強調新詩創作的準確性，並且徹底要透過「新」推翻揚棄過去的「舊」，反而突顯覃子豪遊移在「新」與「舊」當中無所適從。

　　尤其第六原則，覃子豪強調：

> 風格在個人來說，是人格的代表，也是一個人精神的超越的表現。在一個民族來說，是一個民族氣質，精神的代表，也是一個民族氣質，精神的超越的表現。在一個時代來說，是一個時代精神的代表，也是一個時代精神超越的表現。時代風格，就是超越了舊傳統的新風格。民族風格，就是超越了民族古老氣質的新風格。個人的風格，就是超越了現實中的舊我的新風格。而這新風格要在自我創造中求完成，和個人氣質，民族氣質，時代精神不可分割的。

　　覃子豪其實在根本上就認為「現代派」是一種對西方的「盲目移植」，所以在最後一個原則更強調「民族氣質」、「民族精神」與「民族風格」，也提出「個人氣質」的自我創造，然而如果我們再次比對紀弦「宣言」裡的這段話：

> 我們認為，一切文學是時代的。唯其是一時代的作品，才會有永久的價值。這就是說，對於詩的社會意義和藝術性，我們同樣重視；而首先要求的，是它的時代精神的表現與昂揚，務必使其成為有特色的現代的詩，而非遠離著今日之社會的古代的詩。更不應該是外國的舊詩！

　　不難發現這兩段論述在基本精神上有極多的共通處，莫怪乎紀弦在〈批判〉一文裡不僅贊同覃子豪此語，並且還強調這些話他早就說過了，

反而可以說完全抵擋住覃子豪第一波的批判。到了1958年覃子豪〈關於新現代主義〉則進行第二波的批判，但實際上他揚棄了前次論爭中較為疏散的論點，回歸到他的基礎思維，以「橫的移植」作為火力集中的陣地，再次回到現代派六大信條的第一條，認為紀弦並未將那些所謂波特萊爾以降的新興藝術流派找出「移植」之秩序，只是一種囫圇吞棗的游離式吸收，幾乎無法選擇其優而揚棄流弊。實際上覃子豪此篇論述方切中「現代派」所延伸的弊病，也使論戰的焦點開始有對焦的可能，與前一次略顯散漫的宣言式討論有其區隔與差異，當然紀弦面對這個直接命中要害的問題也必須提出其對應的說法。於是，他寫了〈兩個事實〉與〈六點答覆〉，其中集中在幾個論點上：

（一）紀弦認為覃子豪是一個「折衷主義」者，筆者認為此語並不過分，綜觀覃子豪所有的論點，其實是針對紀弦的激進，而提出折衷調和的論述，既強調個人氣質與自我創造，又認為必須把握民族風格與民族精神，他並未反對「移植」，但移植的基礎並不是揚棄所有的優良傳統，更不是否定「抒情」，亦非強調絕對的「主知」，他反而希望從中找出折衷的可能，讓新詩的創作能夠在以讀者為主軸的情況下，也使作者能夠創造出符合個人氣質與品格的詩作。然而紀弦卻無法認同這樣的觀點，他觀察到新詩必須有所革命，並且隱約發現過度重視讀者的創作可能會喪失藝術性格而走向媚俗，所以他認為覃子豪的詩論擁有「游離式性格」，是一種「機會主義」。

（二）既然覃子豪回到批判「移植說」的要害，紀弦就必須更清晰的針對此一影響當時巨大的新詩風潮作定調的詮釋，首先他強調第一信條並無任何錯誤，這些藝術流派雖眾多，但都指向「否定感情的告白與觀念的直陳」，換句話說，「現代主義」並非落伍，亦無「壽終正寢」的狀態，並且在〈現代詩的創作與欣賞〉一文裡，更認為必須排除一種徒具現代詩外貌，卻無實質內容的「偽現代詩」，而「現代主義」的倡導，更是將新詩的方向與世界詩壇的方向接軌的重要方向，是「新詩的再革

命」，這是一種「革新了的，健康的，積極的新現代主義」
（〈從現代主義到新現代主義〉）。

其實正如羅行所言，經過當時互相的觀摩與切磋後，現代詩作者面臨
兩個重大課題：

　一、揚棄古典主義後，如何保持通俗而不媚俗。──在散文後如何
　　　保持詩的本質，在普通化後如何捏塑個人的特質。

　二、跳脫詩的格律後，如何創造詩的形式。失去音韻後，如何表現
　　　詩的音樂性[22]。

的確，紀弦與覃子豪的論爭，反而延伸了更多關於現代詩創作的可能
與疑問，而論戰至此，屬於詩壇內部的紛爭也即將劃上句點，接下來要面
對的反而是來自外部的挑戰。1959年4月，《創世紀》11期擴版，並延續
紀弦「新現代主義」的詩學主張，提出詩的「世界性、超現實性、獨創性
以及純粹性」，顯然地標舉「超現實主義」作為詩學的嶄新走向，似乎也
回答了覃子豪「新詩向何處去」的疑問，往紀弦高舉的「現代主義」大步
走去，而新詩的名稱也被「現代詩」取代，標誌出一種新的詩學精神。

第五節　新民族詩型的提出

洛夫〈建立新民族詩型之芻議〉認為：

依目前新詩的類型來分約有三種：一種是專事兜售西洋古董的商籍
型（豆腐干體），一種是專寫標語口號歌詞的戰鬥型，一種是力倡
以波特萊爾詩風為中心的現代型。這三種類型除後者已組成獨立之
現代派，並正從事新興詩體之創造外，餘均不值一談，而現代派亦
間有冷癖新奇之作，惟各自主張不同，對詩之觀點迥異，我們自未

---

[22]　引自羅行〈現代詩運動探源〉，收於《兩岸詩刊學術研討會論文集》，中國詩歌藝術學會主辦
　　編印，1998.9.26-27。

便列論。由於這三大對流互相衝激，彼此對立，致使一般讀者如面臨三叉路口，無所適從[23]。

洛夫所言的第一型，正是紀弦所強力批判的「格律詩」，第二種指向的是「戰鬥詩」，而第三種指的便是紀弦等「現代派」所主張的理念，他認為此三種型態的詩構成當時詩壇的總體面貌，而也因這三大對流的激盪，使得讀者反而在面對新詩時，無法有一個確切的道路。於是創世紀詩人針對上述三大型態的新詩概念與流弊，想找出一種可以吸納、包容並揚棄謬誤的一條道路，並稱之為「新民族詩型的體系」，首先提出了「三不是」、「兩並非」、「一必須」的基礎思維：

> 新民族詩型絕不是過去大陸上一般赤色詩棍，表面上以詩作幌子，
> 而骨子裡卻用以統戰工具的民族詩型的濫觴，也不是像目前一般堆
> 砌口號標語的民族詩型。詩就是詩，詩有它的獨立性與創造性，詩
> 不是論文、口號、歌詞、政策宣言、思維的概念。詩可含蘊哲理而
> 並非哲學，詩可闡揚道德而並非經典。詩即使要傳達某一種思想和
> 主張，亦必須通過藝術的特定的形象。（同上）

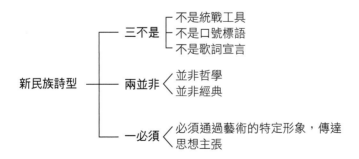

也就是說，新民族詩型就任務而言必然是要反共的（這是基於當時時代需要而發），但卻又揚棄毫無詩質的口號標語，亦排開歌詞與論理，就此角度觀察，其實與「現代派」反「格律詩」與「歌」的概念無異。或許

---

[23] 1956年3月《創世紀》第5期代「社論」。

此處將有人質疑，《創世紀》第4期不是「戰鬥詩特輯」嗎？這不就與上述反「標語口號」，存在著理論與創作的悖論，其實在「戰鬥詩特輯」裡所提出的概念並非矛盾於上述「新民族詩型」之基點，反而可以作為互相參照，更能透顯出《創世紀》詩論之精神：

> 詩的本質原就是戰鬥，……凡是美的、人性的、自由的，都是詩的，都是戰鬥的。
>
> 詩不是浮泛的叫喊，無力的呼號，而是沉默在槍膛中的子彈。
>
> 我們不能苟同那些沒有詩素，沒有思想，沒有通過藝術形象，而只高喊口號，空發議論的概念的分行排列稱為詩。
>
> 生活是培育詩最肥沃的土壤，詩的旋律就是生活的旋律，詩的哭笑就是生活的哭笑，愈深刻的體驗人生，愈能創造出真實的詩篇……

第一，可以看到他們並不是反對「戰鬥詩」本身，而是認為無論用哪種主題作為詩創作的選擇，都必須通過藝術形象，凡口號與議論的概念入詩，都一律反對。第二，強調「為生活而藝術」的詩觀，與紀弦所說「一切文學是時代的。唯其是一時代的作品，才會有永久的價值。這就是說，對於詩的社會意義和藝術性，我們同樣重視」，以及覃子豪所言「詩的實質也就是它的內容，是詩人從生活經驗中對人生的體驗和發現」，有相近與相通之處，而更能把握「為人生而藝術」概念的精髓。第三，也暗示了詩應該屬於人性與自由，不應該受限於各種非詩因素的干擾，在這個理念上，所有詩作都應以戰鬥的態度來與「非屬於詩」的一切抗衡到底。雖然此處並沒有像紀弦直接以「移植說」來振聾發聵，但以「戰鬥」隱喻詩創作所應追尋自由，亦給新詩帶來一個避開政治力干預的進路。而表面上響應政府號召的「戰鬥詩特輯」，其實早就替「新民族詩型」與後來的「超現實主義」提供了一種隱喻性的「上膛戰鬥」。而在此期裡與後來「新民族詩型」更為直接相關的則是王岩的〈談民族新詩〉一文，提出了「民族新詩的六原則」：

（一）民族新詩要負起培養民族生機，喚醒民族靈魂的使命。

（二）民族新詩必須肩負指導時代，促進人生的任務。

（三）民族新詩必須是大眾化的需求而誕生，從群眾中來，也要歸向群眾中去！

（四）民族新詩必須是我國文字高度美的表現。

（五）民族新詩必須是承繼我國往昔白話文學的血統。

（六）民族新詩必須是在大時代中代表我們民族的聲音的，一切都以善良人性、同胞愛及祖國愛出發。

　　就表面上而言，王岩所論及的民族新詩似乎是一種「繼承說」，然而進一步觀察可以發現幾個重點：

（一）民族新詩必須是「為人生而藝術」，就這點來說與覃子豪「六條正確原則」的主張「藝術的表現實在離不開人生；完美的藝術對人生自有其撫慰與啟示、鼓舞與指導的功能」不謀而合。

（二）民族新詩是「讀者論」的，應走向「大眾」，這點與覃子豪的看法亦不謀而合。

（三）民族新詩是漢字單音獨體結構的高度表現，亦必須「承繼」五四時期「白話文」之傳統。

（四）有趣的是，此文早出於覃、紀之論戰，卻直接碰觸到新詩方向的幾個主要問題；而此文卻又晚於紀弦的「現代詩創刊宣言」，也可見其有象徵《創世紀》回應紀弦初期觀點的詩學主張。換言之，覃子豪批判紀弦的立論基礎，在《創世紀》的「新民族詩型」提出時，已有初步的論點。

　　然而，「新民族詩型」雖然以王岩的觀點做基礎，卻吸納了紀弦對於「形式革命」的思維，讓《創世紀》的詩學主張在當時，形成一種「折衷」、「調合」的論述，既保持紀弦之前衛革命，又存在如覃子豪般的精神反省，使得「新民族詩型」的提出，反而更能達到紀弦所言「對於詩的社會意義和藝術性，我們同樣重視；而首先要求的，是它的時代精神的表現與昂揚，務必使其成為有特色的現代的詩，而非遠離著今日之社會的古

代的詩。更不應該是外國的舊詩！」（「現代詩創刊宣言」）的全新的新詩走向。洛夫從形式、技巧與本質三個角度全面而精闢地論述「新民族詩型」：

> 新民族詩型之形式要素有二：（一）藝術的——非純理性的闡發，亦非純情緒之直陳，而是美學上的直覺的意象的表現，主張形象第一，意境至上。且必須是最精粹的、詩的，而不是散文的。乾乾淨淨，毫不蕪雜。（二）中國風、東方味的——運用中國語文之獨特性，以表現東方民族生活之特有情趣。中國人以自己的工具表達自己的思想與情感，用中國瓶裝中國酒，這是應該的也是當然的。
>
> 　　就技巧而言，我們是有所闡發也有所揚棄的，新民族詩派接受民族詩遺產的精髓，也接受西洋新舊詩派技巧的英華。擷取各類派之精粹而又不形似任何類派，乃融合各派之精神、風格於一爐，新而不怪，嚴謹而不陳腐。
>
> 　　再談到新民族詩型之本質：其本質乃屬於美感的，亦即意境至上主義。從自然與生活中採取詩素，運用各種新興詩派之技巧，通過鮮活的形象，來表達中國「天人合一」、「心物一體」的最高深、最微妙、最淨化美化之境界。它的中心意識受儒家思想（仁）之影響，而不拘泥於儒家思想之界域，受道家思想（自然）之啟導，而不限於道家思想之範疇，所追求的是一種入世的、愛心的精神，做到以詩來審判世界、教育世界、美化世界[24]。

　　洛夫首先論及的是「形式要素」，他從「藝術性」與「中國味」兩個角度敘述，從藝術的角度來講，他認為最重要的是「直覺的意象」，如果我們進一步詮釋，當不難發現從中國古代的論述思維中，早已出現「直覺意象」的觀點，嚴羽說：「盛唐諸人，惟在興趣，羚羊挂角，無跡可求。故其妙處，透徹玲瓏，不可湊泊。如空中之音，相中之色，水中之月，境

---

[24] 〈建立新民族詩型之芻議〉，1956年3月《創世紀》第5期代「社論」。

中之象，言有盡而意無窮。」[25]所謂透徹之悟就是妙悟，不僅是創作者要無所待，無所執著，連讀者也要以無跡可求的心態，從詩中悟得所當悟，這是創作與閱讀詩歌的最高境界。即是創作歸於自然而然，亦即是強調「通過直觀感受→形成直觀意象」的重要性，此即是洛夫所言的「形象第一、意境至上」；當然筆者這樣的論斷，正在於洛夫對於第二個形式要素：中國味的回歸，不僅是詩歌批評應回溯中國的固有思維，詩歌創作也必須以單音獨體的文字，書寫自身的情感與思維。就這一點來說，其實與覃子豪的思考有切近之處。

就「技巧要素」而言，洛夫承繼了紀弦「移植說」的概念，試將紀弦第一條「信條」、「信條釋義」再次引出：

> 第一條：我們是有所揚棄並發揚光大地包容了自波特萊爾以降一切新興詩派之精神與要素的現代派之一群。
>
> 我們有所揚棄的是它那病的、世紀末的傾向：而其健康的、進步的、向上的部分則為我們所企圖發揚光大的。（〈現代派信條釋義〉）

如果與與上述洛夫「我們是有所闡發也有所揚棄」的說法比對，可發現兩者之間的差距不大，所不同的是《創世紀》所提倡的「新民族詩型」，是將「移植說」與「繼承說」加以融合，所提出的「折衷說」，而此文發表的時間又早於覃子豪的〈新詩向何處去〉，可以看出「折衷說」的思維同時並存於其他兩說，而此說的基礎精神仍是屬於「中國的」，亦即是在「繼承說」的基礎思維上，輔以「移植說」的概念，補救各執一端的弊病。

就「本質要素」言，洛夫提出了「意境至上主義」的觀點，認為此觀點的構成須從幾個方面：（1）自然與生活的詩素、（2）新興詩派的技巧、（3）表達心物一體的境界、（4）儒家思想的中心意識、（5）道

---

[25] 南宋・嚴羽撰，郭紹虞校釋《滄浪詩話校釋》，臺北：里仁書局，1987。

家思想的啟導、（6）入世的精神、（7）審判、教育、美化世界的功能。
此七者可說是「新民族詩型」的七大信條，其中涵括的層面相當的廣，無
論是新詩創作的本質、根源，或是功能、方法，甚至是批評論都清楚地呈
現，如果講此論述放在「移植說」與「繼承說」的辯證面來看，不難發現
就精神與意識的層面是「繼承」的，技巧與方法的層面是「移植」的，境
界與功能的層面，反而成為「折衷說」的重要觀點。換言之，「新民族詩
型」的提出，預言著六〇年代的到來，《創世紀》是重要的先知。

第六節　小結

五〇、六〇年代成立的重要詩社（詩刊）有：

成立時間	刊物名	發起人
1951.11	新詩週刊	鍾鼎文發起
1952.8	詩誌	紀弦與潘壘合辦（只出一期）
1953.2	現代詩	紀弦為首
1954.3	藍星	覃子豪、鍾鼎文、鄧禹平、夏菁、余光中為主
1954.10	創世紀	張默、瘂弦、洛夫為軸
1955	海鷗	陳錦標主編
1956.4	南北笛	羊令野、葉泥主編
1957.1	今日新詩	上官予主編
1960.4	仙人掌	林佛兒主編（僅出一期）
1960.10	中國詩友	黎明主編（共出九期）
1962.3	縱橫詩刊	羊城、江聰平等人為主
1962.4	葡萄園	文曉村主編
1962.5	野火詩刊	綠蒂、素跡主編
1964.3－6	笠	吳瀛濤、詹冰、陳千武、林亨泰等人

而據多數學者對五、六〇年代的台灣詩壇大事的看法，幾乎都認定
「現代派」的成立與三大論戰（現代主義論戰、象徵派論戰、新詩閒話風
波）是最重要的事件，並且也有許多論文從各個角度討論此時期的詩歌思

潮與理論[26]。然而如果我們不從所謂「三大」的系統或範疇來觀察，而將
其視為五、六〇詩論的「一系三階段」重新思考，或許會發現一些既整合
又各自具有內核的結論，以下先整理此時期重要詩論的發表時間、篇名與
發聲場域：

刊載時間	撰者	論題	刊物
1953.2	紀弦	現代詩創刊宣言	現代詩1期
1954.10	創世紀	創世紀的路向	創世紀第1期
1955.10	王岩	談民族新詩	創世紀第4期
	創世紀	詩人的宣言	同上
1956.2.1	紀弦	現代派信條釋義	現代詩13期
1956.2.1	紀弦	戰鬥的第四年・新詩的再革命	現代詩13期
1956.3	洛夫	建立新民族詩型之芻議	創世紀第5期
1956.4.30	紀弦	從「形式」到「方法」	現代詩14期
1956.4.30	紀弦	對〈所謂「現代派」〉一文之答覆	現代詩14期
1956.6	創世紀	再論新民族詩型	創世紀第6期
1956.9	創世紀	新民族詩型筆談會（共五文）	創世紀第7期
1956.10.20	紀弦	現代詩的特色	現代詩15期
1956.10.20	紀弦	大踏步奔赴我們的目標	現代詩15期
1956.10.20	紀弦	不跟他們爭一日之短長	現代詩15期
1956.10.20	紀弦	誰有資格做詩神的上賓	現代詩15期
1956.12	梁文星	現在的新詩	文學雜誌1卷4期
1957.1.1	紀弦	自反而縮雖十萬人吾往矣	現代詩16期
	紀弦	抒情主義要不得	現代詩17期
	林亨泰	關於現代派	現代詩17期
1957.2	周棄子	説詩贅語	文學雜誌1卷6期
1957.3	夏濟安	白話文學新詩	文學雜誌2卷1期
	夏濟安	對於新詩的一點意見	自由中國16卷9期
	創世紀	詩人之理性與創造	創世紀第8期
	張默	論中國詩中應有的感性	同上
1957	覃子豪	論新詩的發展——兼評梁文星、周棄子、夏濟安先生的意見	筆匯

---

[26] 舉其要者，如向明〈古今多少詩，盡付笑談中〉，《文星雜誌》，1988.1。向陽〈五〇年代
現代詩風潮試論〉，收於《兩岸詩刊學術研討會論文集》，中國詩歌藝術學會主辦編印，
1998.9.26-27。蕭蕭〈五〇年代新詩論戰述評〉、渡也〈五十年代現代派中的古典〉，收於
《台灣現代詩史論：台灣現代詩史研討會實錄》，文訊雜誌社，1996.3，P.116。羅青〈銀山拍
浪的氣象：戰後的台灣新詩（1946-1980）〉，《詩的風向球》，爾雅出版社，1994.8等。

1957.5.20	紀弦	詩壇的團結和我們的立場	現代詩18期
1957.5.20	紀弦	新與舊‧詩情與詩想	現代詩18期
1957.5.20	紀弦	捧與罵‧做詩與做人	現代詩18期
1957.5.20	林亨泰	符號論	現代詩18期
1957.8.20	覃子豪	新詩向何處去	藍星詩選獅子星座號
1957.8.31	紀弦	從現代主義到新現代主義——對於覃子豪先生〈新詩向何處去〉一文之答覆（上）	現代詩19期
1957.10.25	羅門	論詩的理性與抒情	藍星詩選天鵝星座號
1957.10.25	黃用	從現代主義到新現代主義	藍星詩選天鵝星座號
1957.12.1	紀弦	對於所謂六原則之批判——對於覃子豪先生〈新詩向何處去〉一文之答覆（下）	現代詩20期
1957.12.1	林亨泰	中國詩的傳統	現代詩20期
1958.3.1	紀弦	多餘的困惑及其他——答黃用文	現代詩21期
1958.3.1	紀弦	兩個事實	現代詩21期
1958.3.1	林亨泰	主知與抒情	現代詩21期
1958.4	張默	新民族詩型之特質	創世紀第10期
1958.4.16	覃子豪	關於「新現代主義」	筆匯21期
1958.6.1	紀弦	六點答覆	筆匯24期
1958	余光中	兩點矛盾	藍星週刊207、208期
1958.12.20	紀弦	一個陳腐的問題	現代詩22期
1958.12.20	林亨泰	鹹味的詩	現代詩22期
1959.4	陳世驤	關於傳統、創作、模仿	《詩論》文學雜誌社
1959.4	勞幹	對於白話文與新詩的一個預想	《詩論》文學雜誌社
1959.7.1	蘇雪林	新詩壇象徵派創始者李金髮	自由青年22卷1期
1959.8.1	覃子豪	論象徵派與中國新詩兼致蘇雪林先生	自由青年22卷3期
1959.8.16	蘇雪林	為象徵詩體的爭論敬告覃子豪先生	自由青年22卷4期
1959.9.1	覃子豪	簡論馬拉美、徐志摩、李金髮及其他	自由青年22卷5期
1959.9.16	蘇雪林	致本刊編者的信	自由青年22卷6期
1959.9.16	門外漢	也談目前台灣的新詩	自由青年22卷6期
1959.10.1	覃子豪	論新詩的創作與欣賞	自由青年22卷7期
1959.10.16	門外漢	再談目前台灣的新詩	自由青年22卷8期
1959.11.1	覃子豪	致本刊編者一封關於論詩的公開信	自由青年22卷9期
1959.11.20-22	言曦	新詩閒話（四篇）	中央日報
1959.12	余光中	文化沙漠中多刺的仙人掌	文學雜誌7卷4期
1959.12.30	虞君質	談新藝術	台灣新生報
1960.1.1	余光中	新詩與傳統	文星雜誌27期
1960.1.1	陳紹鵬	略論新詩的來龍去脈	文星雜誌27期
1960.1.1	張隆延	不薄今人愛古人	文星雜誌27期

1960.1.1	黃用	論新詩的難懂	文星雜誌27期
1960.1.1	夏菁	以詩論詩——從實例比較五四與現代的新詩	文星雜誌27期
1960.1.1	覃子豪	從實例論因襲與獨創	文星雜誌27期
1960	葉珊	自由中國詩壇的現代主義	大學雜誌
1960.1.8-11	言曦	新詩餘談（四篇）	中央日報
1960.1	孺洪	「閒話」的閒話	中華日報
1960.2.1	余光中	摸象與畫虎	文星雜誌28期
1960.2.1	黃用	從摸象說起	文星雜誌28期
1960.2.1	李素	一個詩迷的外行話	文星雜誌28期
1960.2.18	虞君質	解與悟	台灣新生報
1960.2	白萩	從新詩閒話到新詩餘談	創世紀14期
1960.2	張默	現代詩藝術的潛在面	創世紀14期
1960.3.1	陳紹鵬	由閒話談到摸象	文星雜誌29期
1960.3.1	陳慧	有關新詩的一些意見	文星雜誌29期
1960.3.1	孔東方	新詩的質疑	文星雜誌29期
1960.4.1	錢歌川	英國新詩人的詩	文學雜誌30期
1960.4.1	陳慧	現代·現代派、及其他	文學雜誌30期
1960.4.1	余光中	摸象與捫蝨	文學雜誌30期
1960.4.10-11	言曦	詩與陣營（二篇）	中央日報
1960.4.16	夏菁	詩的想像力	自由青年
1960.4.16	張明仁	畫鬼者流	自由青年
1960.5	紀弦	表明我的立場	藍星詩頁18期
1960.5.3	李思凡	新詩論辯「旁聽」記	聯合報

從上表我們可以初步觀察到幾個面向：

（一）紀弦從1956-1958年底共發表約20篇詩論，主要集中在「新與舊」、「現代主義與新現代主義」、「理性與抒情」三大概念的釐清與針對論敵的辯駁。而其發表場域均為《現代詩》；此時覃子豪共發表約3篇論述，主要是針對「現代主義」與「理性論」的質疑與辯駁，均發表在《藍星詩學》。

（二）而與紀弦同是現代派理論健將的林亨泰在此時則提出4篇論述，論述範疇為「現代與傳統」、「主知與抒情」，藉此深刻補充並縫合紀弦論點上的薄弱與不足，發表場域亦為《現代詩》；同樣地羅門、黃用和余光中也集中在「理性與抒情」、

「現代與新現代」對紀、林兩人的論點提出諸多質疑，聲援覃子豪所提出的諸多批判，均發表在《藍星詩學》。

（三）可見1956-1958年底的三大論題集中在理論根源、表現基礎形態與創作方式三個面向，就理論根源言，或許學者都以「橫的移植與縱的繼承」作為觀察出發點，其實更精確地講應該在於「（新）現代主義與（新）古典主義」的根源選擇；就表現基礎形態而言則是詩歌表現應「主知（理性）」或是「抒情（浪漫）」的風格呈現；就「新的表現方式（偏工具形式）與人生體驗的實質（偏創作內涵）」的論爭，這樣的論爭其實是繼承「主知與抒情」的討論延伸而來，也因為有著對於創作本身的方法討論，使得覃子豪在面對後來蘇雪林等人的質疑時，有效地運用並吸收紀弦與林亨泰論述中的長處作為長矛，對抗接踵而來的論辯。

（四）1959年由覃子豪與蘇雪林做為主軸的論辯，論者或稱為「象徵派論戰」，視為是五〇年代新詩史上的第二場重要論戰。然而就筆者的「一系三階段」的觀察角度切入，此次關於「象徵詩體」的爭論，其實有著詩論轉變期的重要意義。一方面覃子豪總結了與紀弦論爭的經驗，並吸收紀弦所謂「新現代主義」的創作理論，從中提煉出統合自身思維的「象徵」概念，以之為矛，反而出現紀弦詩論裡「主知」與「哲理」的思考傾向，以此對應蘇雪林批判象徵詩體的理論。

（五）有趣的是，在《自由青年》裡不到一年的短短對話，迅速地在1959年底轉移了新的焦點，從門外漢的引線文章，爆燃了言曦的〈新詩閒話〉，出現了一種奇特的回歸，亦即是回到了「新與舊」、「橫與縱」的討論起點，只不過這次的論戰相當深刻並且對於根源的思維，各自都有精采的立場表述。在此表述中可以看見兩個陣地：《中央日報》與《文星雜誌》，《中央日報》以言曦為主軸，以中國古詩為例抨擊新詩的創作；以藍星為主軸的詩人則集中於《文星雜誌》論番推出論述，從新詩的創

作方法、實例、根源種種角度捍衛新詩這塊陣地，論證新詩存在的必要性。然而，如果我們進一步觀察藍星詩人的思考，不難發現曾經抨擊「（新）現代主義」最力的一群，卻在此時不斷運用「現代」兩字，作為攻擊的矛與抵擋的盾，而此時的「現代」定義，到底是延承1956年時紀弦的思考，還是有其統合覃子豪思維新變？

（六）值得注意的是《創世紀》早已提出「新民族詩型」的詩學主張，看來似乎從調合的論點對應「現代派」與當時的詩創作走向，在紀、覃的論戰中，仍然繼續深化「新民族詩型」的理論系統，到六〇年代似乎成為「現代詩」的代表場域，其中張默〈現代詩藝術的潛在面〉一文，是否正標誌著承認「現代」這個寬泛的概念，還是有其轉化的思考？

以下引述幾位學者的判斷，《笠》34期社論說：

> 想起當年紀弦與覃子豪的論爭，為了主知與抒情，為了現代派與反現代派，幾乎成了水火不相容的地步。然而，當年急進的現代派，畢竟回到自由詩的安全地帶了。反而穩健的浪漫主義者覃子豪，卻邁向現代詩的荒原來。……因為論爭的結束，紀弦與覃子豪彼此都有了修正，急進者保守起來了，穩健者前進起來了。

向陽〈五〇年代台灣現代詩風潮試論〉亦說：

> 「現代主義論戰」中紀弦的幾個主要的而被覃子豪與「藍星」詩人批駁的論點（現代價值的自覺、絕對的現代化、獨創性、世界性、純粹性、反大眾化、反社會、反傳統、反抒情、反韻文、反格律等），到了「新詩閒話論戰」時期，已多數被「藍星」所吸收，作為反駁言曦的重要論點。[27]

27　向陽此文收於《兩岸詩刊學術研討會論文集》，中國詩歌藝術學會主辦編印，1998.9.26-27。

蕭蕭〈五〇年代新詩論戰述評〉則說：

> 一九五七年覃子豪與紀弦的「現代派論戰」之後，雖然主張「主
> 知」、「橫的移植」的是紀弦；主張「抒情」、「縱的繼承」亦不
> 可忽略的是覃子豪。其實，真正的走向是：紀弦以詩言志，詩中都
> 有生活裡可以依循的本事；覃子豪則逐漸深化其詩，詩中的知性、
> 思理愈增繁複而深濃。[28]

　　就上述引文，不難發現學者幾乎都認為此次論戰，使紀、覃兩人都有
了修正，並且相互吸收彼此的觀點，紀弦的部分觀點也作為後來覃子豪面
對接踵而至論戰的矛。其實，向陽在〈五〇年代台灣現代詩風潮試論〉一
文裡已提出了一個思維方向，他認為「現代主義論戰」裡幾個紀弦主要被
覃子豪批駁的論點，到了「新詩閒話論戰」時期，已多被藍星詩人吸收，
用來反駁言曦；而言曦對於新詩的批評卻又略似覃子豪當時批判紀弦現代
派信條的觀點，如果把論戰全部聯繫起來，他認為是在正反合的弔詭規律
下的不斷延伸與反撥[29]。的確這樣的觀察相當清楚，但依舊是在傳統「三
系說」的角度聯繫觀察的結論。就本文的分析，不難看出「移植說」、
「折衷說」與「繼承說」三者間「正→反→合」的多元聲響。因此，我們
必須再次全面檢視當時論戰的所有論述，更細膩地分析討論這「一系三階
段」的運動方向與規律，或將更清楚的呈現五〇年代社群詩論的交錯與互
構，帶來的定位與影響。

28　蕭蕭此文收於《台灣現代詩史論：台灣現代詩史研討會實錄》，文訊雜誌社，1996.3，P.116。
29　向陽此文收於《兩岸詩刊學術研討會論文集》，中國詩歌藝術學會主辦編印，1998.9.26-27。

第三章
台灣本土詩學的建立（上）：
七〇年代《笠》詩論研究

　　民國六十一年（1972）二月二十八至二十九日，連續兩天的中國時報「人間副刊」海外專欄，關傑明以〈中國現代詩的困境〉一文，具體批判台灣當時現代詩的書寫現象。同年的九月十日至十一日，關氏又發表了〈中國現代詩的幻境〉，繼續延續他對台灣現代詩的批判。隨後，唐文標於民國六十一年（1972）十一月在《中外文學》一卷六期的〈先檢討我們自己吧〉，以及隔年（1973）七月在《龍族評論專號》的〈甚麼時代甚麼地方甚麼人〉，八月在《文學季刊》第一期刊登的〈詩的沒落〉，與《中外文學》二卷三期刊登的〈僵斃的現代詩〉，逐步地對於台灣現代詩走向思想晦澀，變成「文學殖民主義的產品」，提出殺傷力極高的理論批判。兩年內連續六篇針砭台灣現代詩壇的論述，無疑地對台灣的現代詩發展投下了一顆炸彈，也帶來了現代詩壇繼五〇年代「現代派論戰」之後，另一次沸沸揚揚的重要論戰。

　　然而，面對這個可能足以撼動台灣現代詩發展的批判聲浪，台灣現代詩人與台灣學者，除了顏元叔在民國六十二（1973）年十月第二卷五期的《中外文學》以〈唐文標事件〉為題定調回擊之外，就是屬於藍星詩社的余光中在隔期的《中外文學》發表〈詩人何罪〉，以及隔年（1974）七月，洛夫在《創世紀詩論專號》中以一篇長文〈請為中國詩壇保留一份純淨〉，痛批唐文標是所謂的「赤色先鋒」，以較為政治性的言語力圖轉移

關、唐二人批判的焦點。但有趣的是，在這場論戰之中，《笠》詩人的採取的態度似乎並沒有像洛夫、余光中等人如此憤怒激動，並未有任何回擊或是防禦的言語與論述，反而像是冷眼旁觀地觀察這個事件的發展。其實這個原因或許可以從郭楓的說法中看出端倪，他說：

> 關、唐二位，對西方文學涵養有素，在學術立場中持中執正，他倆評論現代詩⋯⋯直指要害，一針見血，使得一貫挾洋自重習於詭辯的嘴巴無閃避餘地，除了謾罵、侮蔑和扣紅帽子，無言以對。關傑明、唐文標所發動的「現代詩批判」，揭開了台灣現代詩派的實在面目，受到極大鼓舞的是台灣各地的青年詩群，他們見識到了真正的新詩評論，也宣洩了本身長期被矇蔽和壓制的抑鬱。[1]

從引文可以發現，關、唐以西方文學的素養，揭穿笠詩人眼中那些強調「超現實主義」的詩人在理論與書寫上的薄弱，有其理論之真確性，而笠詩人自六〇年代創社（刊）後，便逐漸以現實經驗的書寫作為導向，本就與《創世紀》等詩社走向不同，並早就對於這些刻意「洋化」的新詩影響整個詩壇，表示極度之不滿，關、唐以西方專業之領域，揭穿詩人「挾洋自重」的假象，對於笠詩人而言，是一件好事，或許可以藉此讓現代詩回到現實性的軌道中。關、唐與《笠》之間，雖然沒有多大的交集，在對於台灣現代詩壇的過度晦澀洋化的現況，台灣詩壇脫離現實經驗的不滿與批判，在本質上則是雷同的。阮美慧說：

> 而《笠》從六、七〇年代開始，所關注的現實幾經轉折、拓展，已逐漸發展出獨特、沉穩的現實風格。笠詩人們藉著共同的藝術習癖，以相同的主題思想、語言形式，實踐共同的美學信念，反覆映襯現實生活的不同層面。[2]

---

[1] 引自郭楓〈滄桑歲月──《笠》詩群的壯美演出〉，《笠與七、八〇年代台灣詩壇關係學術研討會論文集》，東海大學中文系主編，2007.11，P.3-4。

[2] 引自阮美慧〈社會與政治：「笠」戰後世代詩人的現實詩學〉，鄭炯明編《笠詩社四十周年國際學術研討會論文集》，1994.11，P.181。

　　其實，七〇年代的初期，《笠》同仁就處於這樣一個詩壇正在轉變的時期，一方面再次出現了論戰，另一方面台灣詩壇新一代的青年詩人也逐漸崛起，對於《笠》而言，這是可以扭轉台灣詩壇長期陷於「晦澀夢囈」、脫離現實的局面；而七〇年代中期爆發的「鄉土文學論戰」，雖然沒有直接衝擊到台灣現代詩壇，但整個論戰均揭示並深刻地碰觸到台灣鄉土的各個層面，所謂「現實性」、「社會性」的書寫呼聲，也逐漸成為台灣本土主體文化的重要取向，到了七〇年代晚期，台灣的政治活動愈加激烈，本土的知識份子從各方面反省注意到現實意義的重要性，各種正式活動也異常激烈，尤其是1979年的「美麗島事件」，更加深了本土意識的深化，以「現實關懷」作為創作本質的《笠》詩人，在七〇年代的十年變遷中，並未缺席，反而透過現代詩的創作，以及詩學理論的初步建構，尤其是「本土現實詩學」的概念逐步建立，更替八〇年代的《笠》建立了堅實良好的基礎。

　　本章便力圖透過閱讀並分析七〇年代裡共六十本《笠》詩刊裡的詩學論述，初步以「本質論」、「語言論」、「意象論」三個範疇，討論此時期笠詩社的詩學傾向，希望能夠呈現笠詩人在七〇年代所奠定的詩學基礎，並藉此突顯《笠》與同時期詩壇群體性思維之差異與辯證，並揭示他們的書寫的態度、方法、理論，探討笠同仁如何在七〇年代肩負著自身對於開創詩壇新視野的某種期待與實踐。

第一節　創造性的現實詩學——本質論

　　到底詩的本質是什麼？不同的詩社群體，甚至於不同的詩人之間，對於詩歌本質都有可能提出相異的看法，而現代詩並沒有固定的形式，卻又必須存在著一種自由的形式，討論詩歌的本質一方面呈現著現代詩形式的依歸，另一方面則又面對詩歌內容與主題的選取與呈現，因而透過七〇年代《笠》詩論中關於現代詩本質的論述，可以更深刻了解七〇年代笠同仁的詩學觀念。林鍾隆在〈淺見一束〉一文裡以較為印象式的說法論及詩的本質：

> 只不過，古詩的感性，強調感情和情緒，現代詩強調「心靈」的感
> 受罷了。這心靈，是包含思想、感情兩種質素在其中的。兩者是分
> 不開的，就是理性的思想，也帶有感情的成分。如果只是思想的、
> 理智的，而沒有感情的成分，那是哲學、心理學、而不是文學，那
> 是知識而不是詩。[3]

　　林氏從「心靈的感受」區分古詩與現代詩在本質上的歧異，或許有論
者並不贊同，然而林氏將現代詩以「心靈」作為本質，這樣的說法的確呈
現了幾個可供思考之處：第一，因為本質源於心靈，故詩人必須透過感受
而並非理知寫詩；第二，詩人既然只能透過心靈的感受書寫，那麼就必須
排斥目的性，詩人書寫並非有任何目的，唯一的希求，「只是希求讀者能
有同樣的感受──發生共鳴而已」；第三，林氏如此說並非排除了較為理
性的詩作，而是認為理性思維也必須帶有一定的「感情成分」，如此才能
將文學（詩）從其他學術中獨立出來。以下用圖示呈現林氏的詩本質論：

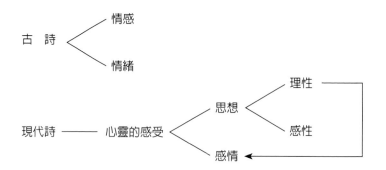

　　林氏從詩人生命存在之內部，提出了以「心靈的感受」作為詩本質的
看法。但詩不能只存在於詩人心靈的內部，也必須透過書寫才能完成情感
之實踐，桓夫針對書寫的層次，提出了詩以語言作為本質的論述，不僅清
晰地呈現了《笠》的語言觀，更涉及了《笠》的詩本質論，他說：

3　引自林鍾隆〈淺見一束〉，《笠》47期，1972.2，P.11。

詩是語言的藝術，語言雖用文字做表達的工具，但詩的本質是溯自語言的發生根源去追求的，並非單靠既成的有其象徵意義的文字知識，再組織成詩的。[4]

桓夫認為詩的本質必須從「語言的發生根源」來思考，也就是說詩並非依靠著「表象文字」去書寫呈現詩人內在的心靈感受，而是透過對語言的本質性思考，再以文字紀錄語言思考的結果，這才是真正可以「看得見的詩」，也才具備真實的生命感動，畢竟語言先起，文字後起，因此一首詩是否呈現出詩人心靈精神之所在，並不是由文字的精簡與否去判斷的，而是必須透過詩質與詩意的精準與濃淡來分析討論的，這都是因為詩的本質是語言而非文字之故。杜國清說：「詩的語言是根據日常的語言，因此詩人不必要也不應該專意追求異於日常語言的另一種語言。」[5]換言之，詩的語言必須立基於現實之上，以自然和現實做為材料，杜國清又說：

詩是根據經驗但不是直接地表示經驗。所謂經驗，意味著詩人的一切知識、意識、回憶、感覺、思想、意念、心情、慾望、本能等等。……所有這些經驗都是人腦中既存的自然或現實……所謂根據經驗是說以經驗為材料，藉以建造出詩的世界來。所有的經驗都是現實，因此所有的詩都必須立於現實之上。……[6]

詩的本質既是桓夫說的語言，也就是杜國清所言的現實經驗，詩人的存在經驗隨時在增加與擴充，所以經驗越豐富，詩人可以使用的材料就越多，現實的經驗轉化為材料之後，就必須透過詩人的「心靈」才能變成豐富的詩想與詩意，詩人的心靈越靈敏，感受就越深刻，詩意就會越加濃烈。以下圖綜合表述以上的詩本質論：

4　引自桓夫〈看不見和看得見的詩〉，《笠》47期，1972.2，P.18。
5　引自杜國清〈「雪崩」序〉，《笠》50期，1972.8，P.114-115。
6　同前註。

現實經驗→材料主題→心靈感受→詩意詩想→語言→文字→詩作

　　由此可以發現笠同仁對於詩的本質，有著較為全面的論述，一方面透過心靈的感受探討詩人的內部，另一方面藉由語言呈現詩作的本質，並且透過現實經驗的材料主題，從外部探討詩作的基礎應奠基於日常生活，賦予了現代詩現實的精神與本質。陳千武（桓夫）在〈詩的性格〉一文裡，從五個面向完整而系統地論述了現代詩的本質與精神，首先是「紀錄性」：

　　　紀錄本來就是要記錄事實與事件，但是為了使紀錄詩有其紀錄的價值，就必須要求新聞和真實性。在此，說真實性似乎不太適當，應該說核心性吧，迫近事物的核心，在如何迫近的技巧裡，才有紀錄方法的問題。……不論於詩，凡藝術表現上窮極的要求，是實現真實性。實現真實性不是說要照樣畫葫蘆，應該說是迫近於原有的核心才對。[7]

　　陳千武認為現代詩的本質首先在於其紀錄事物的「核心性」，其實就是以真實的態度迫近欲表現事物的核心，呈現此事物之真實面貌，然而詩並非紀錄片，所以詩縱使要忠實捕捉現象，也不能毫無脈絡中實地捕捉「支離滅裂」的現實，如此反而會呈現「紀錄」這個本質的狹隘。那要如何以詩表現「現實」呢？陳千武提出了第二個詩的本質——象徵：

　　　從詩裡丟棄了象徵，詩便不成立。……因為，詩是依靠象徵機能成立的，而自然又是象徵的總和。所以表現事物屬於自然的狀態時，在這種狀態裡多少會顯出心裡的象徵動態。例如，表現落日的風景，等於表現心理的落日。[8]

---

[7] 引自陳千武〈詩的性格〉，《笠》77期，1977.2，P.77。
[8] 同前註，P.78。

引文裡所言的象徵，比較集中在討論所謂的自然狀態的象徵，詩人透過書寫自然事物，透過象徵，將自身心靈內部的詩想呈現出來，換言之，詩人無論快樂或者悲哀，都不一定要直接寫出直接表達情緒的詩句，可以用具體的意象來象徵內在的情感（黑色的花象徵悲哀）。陳千武這樣的說法，仍然是將象徵的概念立基於「自然現實」的基礎上，並且扣緊了上述的「紀錄性」概念，提出一個既可以避開「再現」現實，又可以「表現」現實的本質性思考。然而，象徵奠基於現實，但詩人又如何面對想像中的世界呢？陳千武提出了「寓意」作為詩的第三個本質性格：

> 寓意是一種逆理的世界。像岩石暢流、樹葉沉溺的逆說也是真的一世界，那是一種倒置的現實。……寓意並非謂了幻想而幻想，是從幻想的現實出發意圖迫近現實的核心的方法。[9]

陳氏論「寓意」與「象徵」之不同，在於「寓意」是透過被倒置的現實，迫近事物之核心；「象徵」是透過存在之現實，表現詩人的心象。但兩者相同的是，必須透過「現實」，無論是「幻想（倒置）的現實」，還是「真實（存在）的現實」，對於陳千武而言，都屬於詩的本質，兩者所不同的在於，「象徵」表現了詩人的詩想，「寓意」則寓含著某種「教訓的意義」，陳千武視為詩的另一種本質——「諷刺」：

> 但諷刺並非攻擊個人的問題，而大部分都是揶揄社會制度，或有時含有攻擊政治的意義。……諷刺詩，就是這種社會性或政治性批判的變形的表現，必須具有銳敏的批判精神。[10]

看起來諷刺應該屬於詩的功能，但其實也屬於詩的本質，諷刺本質所傳達的是詩的社會性與批判性格，也必須建立在「現實基礎」之上，才能有效地從側面給予社會政治狀態一個嘲笑的揶揄。可見陳千武相當強調

---

[9]　同前註，P.79。
[10]　同前註，P.80。

詩的「社會性」與「現實性」，認為詩的本質都必須回歸到「現實價值」中，然後透過語言呈現：

> 尋找語言，不是為了吝嗇的自我表現，卻要作為與人連繫的唯一方法。首先並沒有所謂「詩」的型態，從頭到尾有的是語言而已。詩人的目標，不在於寫詩，而是在意圖造型語言擴大的世界。[11]

綜合以上所述，陳氏認為「詩」相對於「語言」而言，是後起的，詩人透過語言的「象徵─詩想」與「寓意─諷刺」，將詩人之所見，在現實或者倒置現實的基礎上，擴大世界的內涵，如此才會誕生「詩」的型態。因此，詩的另一重要的本質就是「語言」，沒有語言就不會產生詩。以下圖表述陳千武的詩本質論：

紀錄性	現實（真實）的呈現 忠實觀察捕捉現實	迫近事物的核心
象　徵	自然現實的象徵 詩人內在的詩想	
寓　意 ↓	倒置現實的呈現 幻想迫近現實	
諷　刺	社會現實的批判 教訓揶揄的意義	
語　言	象徵─詩想 寓意─諷刺	造型語言擴大的世界

陳千武提出了五個分向討論詩的本質，實際上指向的是兩個重要的概念，就內在本質言「現實性」，就外部提出了「語言思維」，透過兩者的結合，形塑了七〇年代《笠》詩學中關於現代詩本質論的兩大基柱。在此兩大基柱上，他在杜國清的論述基礎上，擴大解釋三個詩要素──驚訝、諷刺、哀愁，作為兩大基柱上的建築結構：

---

[11]　同前註。

第一個要素「驚訝」，是指詩的產生以及詩傳播給讀者，使作者和讀者都有「驚訝」的衝擊性感動，這是很重要的。會叫人驚訝的感受，是怎樣的狀態呢？那就必須要「創新」。……因此要創新，就要打破習慣，走在流行之前，甚至要超越現實才能得到「新」。……第二個要素的「諷刺」，是帶有揶揄或幽默感的批判精神表現在詩裡的精神要素。……這種重視主知，是詩的新方法。……第三個要素「哀愁」，是感性的甜蜜的情緒。如果把語言的作用分為意義的和情緒的二大機能，「諷刺」是屬於硬性的，發揮意義的機能，而「哀愁」是屬於柔性的顯露情緒的機能。「諷刺」所表現的心象是較繪畫性的，而「哀愁」所構成的詩味是較音樂性的。……[12]

以下先以圖示整理陳氏的思維：

驚訝——創新	打破習慣 超越現實	衝擊性感動
諷刺——知性	知識體驗 繪畫性心象	批判性
哀愁——感性	情緒顯露 音樂性心象	幽雅含蓄美

陳氏以驚訝、諷刺、哀愁分別對應創新、知性、感性三個詩的本質或要素，就驚訝而言，強調詩創作要打破原有的習慣，要走在流行之前，甚至他不反對超越現實去得到「新」，就這一點而言，似乎表面上與創世紀同仁所強調的「超現實主義」雷同，但實際上此處的超越現實，其實就是前述詩本質論裡的「寓意」，指的是倒置現實的呈現，陳千武認為「形式的新，只能給人短暫而淡薄的驚訝感受，而具有意義性內容的新，才能給人深刻而存續於永恆的驚訝感受。」[13]這段話很清楚的表達，其所言之

12　引自陳千武〈新的詩想〉，《笠》75期，1976.10，P.26-27。
13　同前註。

「超越現實」，並不是《創世紀》以形式為主的「超現實主義」之創作技巧，而是透過深入物象本質，捕捉詩的內容，在深入的過程中，或許會打破原有的現實，以幻想迫近現實，這是屬於意義內容上的新，並非形式修辭上之新。

至於「諷刺」，陳千武指的則是詩裡的「知性要素」，所以他提出了image的觀念，認為從「意識」可以分析各種情緒，然後客觀地探索情緒本身與外界之關係，這時候產生的詩，不需要依靠音樂性，而是以各種表現意象的技巧，「增長了想像的世界觀」，具備諷刺本質的詩作多半帶著批判性與高度的社會性。相對而言，「哀愁」則屬於現代詩的感性本質，以音樂性作為表現的方式，往往會直接顯露詩人內在的情緒，是主抒情的基調，與前述主知的諷刺本質，是構成詩的兩個重要元素。

因此，陳千武認為「詩具備諷刺的批判性和哀愁的美感，這兩個要素構成的主題，而能令人感到驚訝的衝擊性感動，才會使我們寫詩或看詩獲得無限的樂趣。」[14]而這些要素都必須奠基於「現實性」的基礎上，透過「語言」思考，才能夠真正的呈現，非馬提出了詩的四個本質特性：「社會性」、「新」、「象徵性」、「濃縮」[15]，也相對呼應了陳千武所提出的各項概念。趙天儀說：

> 詩，在本質的關鍵上，有抒情性、敘事性及戲劇性。抒情的樣式是透入，敘事的樣式是表象，戲劇的樣式是緊張。……詩，在表現的功能上，有鄉土性、民族性及社會性。鄉土性是詩的溫床，民族性是詩的根苗，社會性是詩的莖幹。以鄉土性為基礎的民族精神，才能往下紮根。然後開花結果。[16]

就上述引文所論及的詩本質三性，其實與陳千武「驚訝」、「諷刺」、「哀愁」可以互相對照發明，反而是趙天儀所提出的功能論三性

---

[14] 同前註。
[15] 詳參非馬〈畧談現代詩——在芝加哥中國文藝座談會上講〉，《笠》80期，1976.8，P.44-45。
[16] 引自趙天儀〈詩的斷想〉，《笠》80期，1976.8，P.46。

裡，正好可以詮釋笠同仁所謂「現實性」的內涵，也就是說，所謂的現實
性在七〇年代的笠同仁思維中，存在著「鄉土性」、「民族性」與「社會
性」三個分向，也因而建立了《笠》本土現實詩學的基礎。在民國六十六
年九月十八日下午三時，《笠》舉辦了一個「現代詩的批評座談會」，在
其中許多的同仁對於「鄉土性」、「社會性」以至於「民族性」提出了許
多詮釋，巫永福說：

> 詩本來就是寫我們的日常生活，像詩經裡面的作品就是一個例子。
> 它們是很優秀的作品，反映了當時的社會情況。杜甫的詩也是描寫
> 了當時的社會情況，也對當時的社會提出一點批評的意見。……[17]

黃騰輝說：

> 我想，鄉土文學所寫的題材，不一定要限於農村的山、水、雞、
> 鴨、茅舍等。事實上社會環境變遷，鄉土文學的一些題材，已經不
> 容易找到了。……所以說，鄉土文學的內涵，不要把它限定於「鄉
> 土」裡，它所代表意義無寧說是一種文學精神，來得更妥當。[18]

李魁賢說：

> 詩不能脫離日常生活，表現的型態要有新的一面。……詩，應當以
> 本土歷史為主，外來的應視為同化，不能把外來的視為正統。[19]

趙天儀說：

> 一個沒有「根」的人，或不重視自己的「根」的人，他們寫詩的反

---

[17] 引自〈現代詩的批評——座談紀錄〉裡巫永福的發言，《笠》81期，1976.10，P.40。
[18] 同前註，黃騰輝的發言。
[19] 同前註，李魁賢的發言，P.40-42。

省力是很薄弱的。假貨往往是包裝的很漂亮的，要批評現代詩，這一點，應當要特別認清楚。[20]

　　從上述的笠同仁在座談會的引文，可以觀察出幾點：第一，鄉土的定義，並非限於農村，因為環境變遷之故，鄉土文學（詩）之書寫，可以做題材之擴大，並且不限於任何的地域，應該將鄉土視為一種文學精神。趙天儀也說：「鄉土不應該是懷古，今天的鄉土和三十年前不一樣……」[21]可見，鄉土書寫之定義時因時代而會有改變，換言之，鄉土應被視為一種「因時而變」的具創新意義之精神。第二，詩不能脫離日常生活，詩的社會性也必須從書寫日常生活中來，而且就根源意義而言，應當以「本土歷史」作為主體，這樣才能呈現出台灣現代詩的社會價值。此處的本土歷史，在當時的較為肅殺的社會環境下，或許可以用較寬泛的概念，視為創作者本身在地的歷史書寫，這樣的詩作當然會具備相當的鄉土性與社會性。第三，關於表現型態的部份，笠同仁對於詩創作，依舊有其強調創作技巧的部份，只不過必須有「根」，這個「根」就是本節集中討論的「現實性」，在現實的基礎上，做藝術的處理與加工，趙天儀說：

> 詩可以表現時代精神，但時代精神並不等於是詩。詩可以表現現實意識，但現實意義也不等於是詩。詩是植根於現實的土壤上，而作超現實的想像的飛躍。詩是通過了語言記號而存在，但又是超越了語言的一種想像的存在。是從現實存在到超現實存在，是存在的存在。[22]

　　七〇年代的笠詩人，並不反對超現實主義在創作上的思維與運用，他們所厭棄的是創世紀詩人那種喪失精神的濫用，李魁賢曾一針見血的指出：「就以超現實主義而言吧，事實上，一點皮毛都說不上，只不過是學到翻譯成中文的不大通的語言，當做現代語言，精神面整個都沒有掌

---

[20] 同前註，趙天儀的發言，P.42。
[21] 引自〈鄉土與自由──台灣詩文學展望座談會紀錄〉裡趙天儀的發言，《笠》87期，1978.10。
[22] 引自趙天儀〈詩的斷想〉，《笠》80期，1976.8，P.46。

握到。造成了後來台灣的所謂超現實主義詩作品，那般無法了解，看不懂。」[23]因此，笠同仁為了挽救現代詩如此嚴重的弊病，強調要以「現實性」作為創作的本質之根，在現實的土壤上，才可以進一步作超現實的「想像的」飛躍。值得注意的是，笠同仁所強調的是想像的、迫近核心的超現實飛躍，並非是技巧的、修辭的末流，也就是說，笠同仁的詩作的創造性價值，是建基在「現實性」的基礎上，做想像的飛躍，然後運用日常語言作為書寫的思考來源，再加以藝術化、詩化，這樣的詩學觀，的確可以稱之為「創造性的現實詩學」。

第二節　詩是語言的藝術——語言論

民國59年（1970）9月6日，在彰化錦連宅，有一場對於羅門名作〈麥堅利堡〉的詩合評，出席的中部笠同仁有桓夫（陳千武）、錦連、詹冰、岩上、陳明台、傅敏（李敏勇）等詩人，合評的紀錄刊登於39期的《笠》，在這次合評會中，桓夫提出了重要的論點，分析「詩」和「語言」之間的關係：

> 很多人會說「詩是語言的藝術」許多作者以為是文字意義。文字是跟隨語言的，我們要從語言的原始機能去探求詩，不能從字義的追求去獲致。[24]

而錦連也提出了相同的觀點：

> 詩是追求語言的，但不是字義的。我們所追求的是語言的機能性。從文字意義去堆砌的詩缺少光芒，缺乏鮮活的詩的飛躍。[25]

---

[23] 引自〈鄉土與自由——台灣詩文學展望座談會紀錄〉裡李魁賢的發言，《笠》87期，1978.10。
[24] 引自〈羅門「麥堅利堡」作品合評——中部合評紀錄〉裡桓夫的發言，《笠》39期，1970.10，P.23。
[25] 同前註，錦連的發言。

　　在兩段引文裡，可以發現兩人在涉及「語言」這個概念時，均將「語言」和「文字」區隔，認為詩的探求必須從「先起的」語言機能去獲得，不可以由「後起」且「附屬」於語言的「文字」去獲致。換言之，他們均認為詩必須從語言本身著手，岩上說：「承受詩的任務仍是語言」[26]，也就是說，笠同仁的語言觀，並非文字之建築，而是將文字視為「語言的附屬」，兩者的本質與概念相異，而語言的意義會逐漸變成以文字型態辨認，導致許多詩人就誤以為寫詩是從文字去思考，從文字意義去掌握詩的語言，甚至將語言和文字混為一談，不加辨析。如此便會產生一種混淆，將「第二手」的文字工具用來作為「第一手」的語言書寫，這樣的作品是死的，讀者必須透過第二手的文字去喚醒其第一手語言的本質，不僅繁複，而且本末倒置，岩上批評碧果的詩：

> 碧果的病，病在用文字寫詩，而非使用語言。蓋文字是死的，語言是活的；文字是堆砌的，語言是流動的；文字是沉滯的，語言是飛躍的……用文字寫詩的弊病在於必須讀者從文字中喚醒語言的力量……[27]

　　既然語言是第一手的，那麼詩的創作與閱讀，不就應該從語言去掌握嗎？怎會透過附屬於語言的「文字」入手，將依靠修辭的文字視為語言，「以文字思考」而非「以語言思考」。笠同仁認為貧弱的詩之所以會出現，在於書寫者必須依靠文字的修辭作為詩的入手處，這是一種語言的花招，是透過文字去玩弄語言，把符號視為文字的書寫方式。所以，詩是語言的藝術，而非文字的藝術，陳千武的說法更為清楚：

> 因為詩是語言的藝術，詩人要熟練駕馭詩的技術，是理所當然的。所謂駕馭語言的技術，換句話說，就是詩作的技巧。詩作技巧的奧妙，該是左右詩本質上的明珠閃爍，決定詩味本身的濃淡。所以，假如你不得不寫詩的時候，必須運用高度的技巧，始能寫成高度水

---

[26]　引自岩上〈從語言問題談明台的「緘默」〉，《笠》41期，1971.2，P.17。
[27]　引自岩上〈溪底的亂石——「辭尚體要論碧果」讀後〉，《笠》48期，1972.4，P.72-73。

準的詩。而絕不要懶於安逸的觀念，隨便使用毫無技巧的觀念，露出笨拙的馬腳。……要知道，首先並無所謂「詩」的型態，在每一首詩中，從頭到尾，只有語言而已。然而，因語言為了成為詩而被使用，就必需藉語言賦與詩以生命，構成伸縮自在的光輝的世界。……詩人寫作的目標不在於詩，而是在於意圖造型語言構成的伸縮自如的世界，越廣大越快感而已。[28]

陳千武在此處提到了幾個重要的概念，可以作為七〇年代笠同仁的語言觀：第一，並非反對以文字寫詩，強調以語言寫詩就是反對詩創作的技巧，亦即是詩的技巧與形式仍是笠同仁所要求的，只不過詩的技巧必須透過對於語言的駕馭中呈現，而不是刻意展示文字的修辭。第二，詩的藝術性便在於有意圖的語言造型，透過語言成為詩的「造型過程」，詩就存在了生命，所以才會說詩是語言的藝術。第三，正因為語言賦予了詩生命，詩人就必需擅於透過駕馭語言，去構成詩與現實世界的聯繫，因而詩人所運用的語言，必然是生活語言、日常語言，而詩語言的完成便在詩完成之後確定，當然語言也不應只是文字遊戲與無力的修辭，語言跟文字是相異的概念。換言之，詩語言就是將日常語言詩化、藝術化。傅敏深入分析這個重要的命題：

> 我們用語言來思考。表諸於音樂的形式時，成為音樂的語言；表諸於繪畫的形式時，成為繪畫的語言；表諸於詩時，成為詩的語言。然而詩是更為語言的。畢竟音樂是可以依憑著旋律來思考的，繪畫也可以依憑色彩與線條來思考。可是，詩除了語言是無法以其他媒體成立也無法以其他媒體思考的。[29]

傅敏將詩與音樂和繪畫並列，可以發現他將詩視為具備藝術本質的一種文類，然而詩與其他藝術或者文類最不同地方，正在於詩必須「以語言

---

[28] 引自陳千武〈74期卷頭言〉，《笠》74期，1976.8，P.1。
[29] 引自傅敏〈語言的羽翼〉，《笠》45期，1971.10，P.37。

思考」，無法用其他方式取代，「詩人是用語言支持世界的」，無論世界
怎樣變異，遭受如何的破壞或重建，詩人都必須以語言去積極實踐操作自
身對於存在的凝視。傅敏引用海德格的話，進一步分析說：

> 海德格說：「語言是存在的任所」，無疑把存在經由語言交給了我
> 們。……存在遭到壞破，語言遭到破壞，但語言仍是詩人唯一的武
> 器。面對著科學文明的高度成就，面對著經歷了兩次大戰的世界面
> 貌，詩人站在人類心靈防線的尖端，用語言作武器在對決著這世界。[30]

　　人類創造文明，卻也在文明裡迷失，語言作為人類最真實且自然的
存在表徵，將人類彼此的互通與世界的共構，作一最直接且最有效的聯
繫，而詩人面對著世界的變化，從「語言的單純性進入到語言的繁義化時
代」，一方面因著凝視存在的深度而逐漸失語，另一方面卻又力圖以語言
作為武器，積極實踐詩人存在之意志，對決這個盲目的世界與現實，在這
樣的兩難與痛苦中，詩人就必需驅策語言而成為詩，於是語言便與事實行
動相關，而非指言辭本身，桓夫說：

> 詩是語言的藝術，語言雖用文字做表達的工具，但詩的本質是溯自
> 語言的發生根源去追求的，並非單靠既成的有其象徵意義的文字知
> 識，再組織成詩的。誰都知道，人類是先有語言，之後為了需要記
> 錄語言才發明文字。求其是我國的表象文字與其他表音文字不同，
> 每一個字都含有古今創造的象徵意義，在現代詩的創作上反而阻礙
> 了詩的真實性的表現，減減了詩的思考力量。[31]

　　桓夫這段話相當清晰的揭櫫了幾個《笠》語言論的概念：第一，詩的
本質是語言而非文字，因語言先起，文字後起記錄語言；第二，換言之，
語言是第一度的表意工具，文字是第二度的紀錄語言之工具，詩人應以語

---

[30] 同前註。
[31] 引自桓夫〈看不見和看得見的詩〉，《笠》47期，1972.2，P.18。

言思考，而不應以文字思考；第三，詩的真實性並不在表象文字本身的象徵上，而在於語言的發生根源，如果過度依賴文字之象徵，反而減損了詩的表現力量。從這三點可以歸納出來的重要觀念，就是「詩是語言的藝術」。陳鴻森說：

> 詩人在驅策語言時，是同時存在著相對的兩種力量，一種是在「傳達」機能上，一種卻在「破壞」的意義上。詩人意欲把感動的特殊狀態，藉語言表現出來時，一面依賴語言來思考和寫作，但一面卻是處於對語言挑戰的立場上，也就是打破語言慣性的能量，因新的結合而造成表現時的「無限意義」。[32]

先以下圖表示此思維概念：

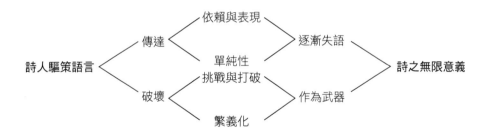

既然語言從單純走向了繁義，那麼詩人運用語言就不會只停留在簡單的「傳達」功能上。畢竟，當存在破壞，語言也隨之逐漸破壞的時候，詩人將會站在語言的對立面，破除傳統對於語言的慣性認知，透過破壞語言，建立更為繁義的多重可能，也正因為如此，詩人便擁有更多的能量，將語言作為武器，透過書寫的行動，指向這個世界。郭亞天說：

> 詩——有一種危機是不能被忽略的，那是語言的陳腐。……因之由於「語言的陳腐」不得不使我們面對的環境：那是一種新鮮性、新

---

[32] 引自陳鴻森、傅敏1972.1.28鳳山傅敏宅之對談紀錄〈蓋棺話葉珊〉，《笠》48期，1972.4，P.67。

奇的、新銳的、新的態度和表現。……每一位詩人，每一首詩，不同以往的，創新的過程和衝動──一種「現代」的精神，才成為解救。[33]

　　因此，詩語言的陳腐變成詩人必須避開的狀況，詩人必須破壞語言，呈現新鮮性的語言，才能使「現代」精神得到充分的透顯，這必須奠基於語言的創新，與語言的現實性上，這樣才能夠呈現語言的機能，避免將語言視為文字，而陷入修辭的泥沼，傅敏在〈招魂祭〉一文裡透過對於洛夫詩的認識與批判，反映了笠同仁在七〇年代的語言思維：

> 語言是詩人能力的指數，但語言絕不等於詩，也沒有什麼詩的語言能不由一首詩分析出來而主體性地能用以建立詩的。是因為在詩中的整體性得以成立，語言才有所謂詩的語言，沒有什麼詩的語言可以像既成品一樣供詩人採用，除非是抄襲。……的確，台灣詩壇充滿了語言拜物論者。錯把語言當做詩的詩人們玩弄文字之餘，難道不會疲倦嗎？其實大部分談論語言的詩人們卻陷落在修辭的泥沼裡，而不是真正對語言有所了解。[34]

　　傅敏認為語言不等於詩，詩的語言是在整體的詩成品中才得以成立，因此語言也並非文字，所以詩人不應以修辭文字作為書寫現代詩唯一的創作技巧，如此反會使詩的語言陷入僵化。所以，「詩的語言缺乏有機性根本不能成立為詩」[35]，而有機性的缺乏則源於「詩人語言能力的低劣。不能拒絕語言、控制語言而導致語言的放縱和浪費」，這樣的詩人是流於「方法論」末途的。在此處，傅敏提出了一個「語言有機性」的概念，只不過在論述中，我們難以尋索此「有機性」概念的確切解釋，雖然他提出

33　引自郭亞天〈語言的創新〉，《笠》42期，1971.4，P.55。
34　引自傅敏〈招魂祭〉，《笠》43期1971.6，P.56。
35　同前註。

「詩想」[36] 來作為有機性的概念核心。而鄭炯明透過批判吳濁流提出了語言的機能論：

> 需知語言了聽覺上的機能外，尚有意義上的機能，寫成文字時，則又有視覺上的機能。一首詩的好或壞、成立與否，並不是單看「音樂性」就能決定的，相反的往往決定於意義上層次的高低……[37]

先以下圖表現鄭炯明的思維：

語言透過人的聽覺產生其可被認識的意義機能，而文字則是第二度的產物，是對於語言的紀錄，因此透過視覺機能可以產生對於文字的認知，如果說「詩是語言的藝術」，那麼就必須由第一層的語言作詩想的意義表述，而文字則是詩人用以處理語言內詩想意義（詩境）的創造與擴大，因此詩人絕不能以第二度的「文字」來作為詩想的意義表述，而必須透過第一度的語言作詩想的呈現，再以第二度的「文字」處理第一度的詩境，也就是說，詩「根據語言」而「使用文字」，杜國清說：

> 所謂根據語言是說以語言為基礎進一步加以發展或利用，而不是只忠實傳達語言。語言是傳達概念的工具，因此詩句既然根據語言，就不能不表達出某種概念。……詩的語言是根據日常的語言，因此詩人不必要也不應該專意追求異於日常語言的另一種語言。詩人只

---

36 「詩想」指的是詩作發生前的內在意念，傳敏以為詩語言的創新還不如詩想的創新，換言之，只要詩想夠創新，詩語言必然會跟著詩想轉變。（同前註）岩上則以為「詩人往往有異於凡夫俗子的異想與千迴百轉的縈思」（引自〈從詩想的動向看鄭炯明的「歸途」〉，《笠》期，P.17）
37 引自鄭炯明〈「再論中國的詩」讀後〉，《笠》41期，1971.2，P.58。

> 要將日常的語言加以最有效的使用，將一個字或一個詞，安排在最
> 適當的地方形成一種最好的次序：這便是最佳的詩句。[38]

在此處有幾點值得注意：第一，先有概念（詩想），才有後起的語言
傳達概念（詩想）；第二，詩的語言必須具備現實性基礎，不必去尋求特
殊性的語言，因此詩人只要掌握日常語言，妥適安排字句，便可形成一首
好詩。杜國清在談到「使用文字」時則說：

> 詩作品之不同於繪畫和音樂，是因為詩作品使用的工具是文字……
> 文字具有形音義三種特性，亦即形象性、音樂性和論理性。作為詩
> 作品的表現工具時，這三種特性同時構成了詩作品的視覺美、聽覺
> 美和意義美。[39]

詩想透過語言，必須還要透過文字做為工具將內在的詩想表現出來，
而文字具備了上述三種特性，而聽覺美與意義美的部份，便是承繼著鄭烱
明所言的語言機能之意義而來，詩作的視覺美便是文字所具備的獨特性
質。以下圖結合鄭氏的說法統合表現之：

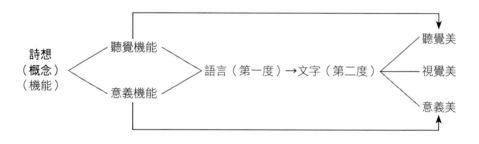

這個圖示的確可以反映七〇年代笠同仁的語言觀，詩人產生詩想，透
過語言呈現此詩想的聽覺與意義機能，而具備三種要素的文字，則是寫詩
的工具，但詩人是以語言思考而並非以文字思考，文字作為書寫工具，其

38　引自杜國清〈「雪崩」序〉，《笠》50期，1972.8，P.114-115。
39　同前註，P.116。

實是書寫「語言」，並賦予「語言」視覺機能。而以文字書寫語言，並使之成為詩的過程中，杜國清強調說：

> 詩的世界是建立在現實的世界之上，但必須是非現實的世界。因此在使用文字表現時，詩人往往將語言扭歪，使之曲折，變形，使之與實際的語言產生某種距離。[40]

值得注意的是，七〇年代笠同仁的語言觀的確是建立杜國清所言「現實」的基礎之上，再運用文字去創造「非現實」的表現，將「現實」語言去「非現實」文字呈現的過程，就是「語言藝術化」的過程。因此，杜國清提出「突破日常語言的現實性」、「塑造意象」、「追求戲劇性的構成」等方法，來透過文字將「日常語言」提煉成「詩的語言」，並不使完成後的詩作成為晦澀且難以卒讀的作品，其中最重要的因素，便是詩人以現實日常的語言思考，再運用第二度的文字去完成詩作，而《笠》的現實性便在其語言觀中清晰的呈現。

第三節　image的濃縮與發展──意象論

在文學的書寫或研究中，我們經常使用「意象」一詞，關於「意象」的解釋，最簡單的說法可以是「人們在心中產生想像的圖象」。換言之，意象就是人內心世界中的內在圖象，經過語言或文字、甚至於各種藝術的表現型態書寫、描繪於外的表現形態。王夢鷗提出三種意象的表達方法：意象的直接表達、意象的間接表達、繼起意象的表達[41]。換成簡單的說法便是：意象的直述（陳）、意象的譬喻、意象的象徵[42]。現代詩的創作

---

[40] 同前註，P.117。

[41] 引自王夢鷗《文學概論》，藝文印書館，1982。

[42] 舉例來說，「天氣好熱／我曬著太陽回家」便是一句口語上意象的直述，「陽光如火／我披著燒傷的皮膚回家」，以「陽光」譬喻成「烈火」，「曬太陽」的直筆被「燒傷的皮膚」的曲筆取代，這便屬於意象的間接表達，這樣的譬喻比直述更令人感受到陽光的炙熱。如果更進一步地處理「陽光」的意象，還可以再改寫成「整個世界著火了／趕路的鞋底都被柏油燙傷」，雖然依舊寫陽光之炙熱，但卻未出現跟陽光相關的直述或譬喻，反而以繼起而相關的新意象「火」來象徵「太陽」，這種繼起意象的表達，其創意與想像空間更超越於意象的間接表達。

中，「意象」的處理與表達是最為重要的主軸。其實林亨泰早在四、五〇年代就以〈符號論〉一文涉及意象與象徵的命題，從「象徵」與「隱喻」的創作技巧替當時「主知」的「現代化」新詩找到創作的出口：

> 詩裡的「象徵」所能給予「詩」的也就是代數學裡的「符號」所能給予「代數學」的。再說得明白一點，所謂「象徵」也不過就是語言的「符號價值」之運用而已。正因為如此，一箇符號代表任意一箇數目的一次象徵往往是含有其由不同解釋而來的許多「意思」的可能。[43]

林亨泰企圖在廣義的角度，從「隱喻」的運用，討論新詩的意象與象徵，認為語言符號價值之運用就是「象徵」，語言符號放在詩創作中指的應當就是「意象」，因此一個意象之象徵可以擁有許多的「意思」，一首好詩必須呈現意象本身的多元象徵，也正因如此，新詩應該擺脫「單義性」而通向「歧義性」，而新詩的現代性也應奠基於此[44]，錦連說：

> 關於濃縮和張力，我認為並不是用語太白話，便缺欠濃縮，而是注重有機的關聯。如在表現上到了不能增刪程度的image和內容的濃縮才對。[45]

桓夫則說：

> 濃縮是image的濃縮，不是字義的濃縮，是意義性的濃縮。好像丟進湖中的一粒石子，引起漣漪。這種想像能擴展才有價值。[46]

---

[43] 引自林亨泰〈符號論〉，《現代詩》第18期，1957.5.20。

[44] 而七、八〇年代林亨泰延續著〈符號論〉的基礎，進一步發表〈意象論批評集〉，希望將意象論做為方法直接從事文本批評，以「重新提倡意象的重要性」，以此來挽救詩壇只重修辭形式之弊病。

[45] 引自〈作品合評──羅門「麥堅利堡」中部合評紀錄〉裡錦連的發言，《笠》39期，1960.10，P.23。

[46] 同前註，桓夫的發言。

　　關於image的詮釋方式，可以視為是一種「形象」或者是一種「典型」或「象徵」，其實就桓夫與錦連的發言內容來看，我們可將他們所言的image當作「心象」或者是「意象」使用，「意」指的是人的內在意念，也就是主觀情思，簡單地說就是情緒或者情感觸發的當下，也就是詩人的「詩想」。此時，人會因為經驗的再生，形成內在的圖象，在腦中構圖全是那些欲表達的情感，人將過去曾經驗過的客體事物，透過內在的想像重現，而此重現之時，「象」詮釋了「意」，「意象」於焉誕生。然而，未經過「外在符號」的呈現，「意象」畢竟存在於內心世界裡，也可以說是「心象」。而詩人在創作中所運用的「意象」，必須通過「語言」思考，再以「符號（文字）」表述，方能被外在世界所認知。桓夫論及image的發展性時提到：

　　　但以讀者而言，image缺乏發展或擴充時，詩會只限於各自的範疇中，令人產生不滿足的感覺，詩若能由一點image而獲得有所擴大的效果，則其彈性必然增加。[47]

　　趙天儀則說：

　　　我以為一首詩若只有很多image的發展還不能算是好詩；不管是單純或繁複的image只要能很準確的表現，就可能構成好的作品。[48]

　　桓夫認為image由點及面的發展與擴充，可以使詩的內涵有所增廣，產生的可讀性會更高，但趙天儀則進一步認為一首詩內如果只是大量的堆疊發展image，未必能成就好詩，畢竟一首詩中的image如果大量出現而不加以集中處理，反而會呈現散亂的狀態，所以一首詩的好壞不僅在於

---

[47] 引自〈名詩選評──季紅「鷺鷥」中部合評紀錄〉裡桓夫的發言，《笠》40期，1960.12，P.33。

[48] 同前註，趙天儀的發言。

image的量，而在於image的質，亦即是準確性，無論是單一的image或是多重繁複的image，只要能夠準確呈現，均可以成為一首好詩。兩位笠重要同仁，不約而同地提出image的概念，桓夫從量的擴充發展，強調一首詩必須依靠image作為書寫的核心，趙天儀則從質的角度，分析image無論單純或繁複，重要在於是否能夠達到準確性。兩人的觀點雖然不盡相同，但彼此互補，且都涉入到一個相同的概念，就是詩創作不能沒有運用image。但image是否要通過修辭技巧或刻意扭曲的文字形式才能完成呢？傅敏對此有相當清楚的說明：「準確的意象並不會限制聯想的發展，而是必須具備聯想之鎖，如知識，經驗等才能有無限的聯想。」[49]也就是說，意象的準確性來自於日常生活的經驗，或是已習得的知識，透過「現實性」作為基礎，才能產生無限的聯想。鄭炯明說：

> 創世紀的餘風即句句意圖製造語不驚人不休的高潮，而不注重整體性的連絡。可以摘出金句之類的，但很難有整體性的效果。[50]

傅敏也說：

> 時下有許多詩風仍然如此。以為「語言的化妝」或「語言的曲折度」便是詩的語言，而不注意生活語言的樸素面目處於意象的關連裡所產生的力學。這種詩，如果去掉化妝再拉直便空無一物。事實上是在剪貼一堆的修辭而已。[51]

　　很清楚地，鄭炯明將一首詩視為一個完整的有機體，無法割裂成單一句子與單一句子的集合，因此一首詩並不會因為一個金句可以被摘出就成為好詩，而通常一首好詩，則未必會產生驚人的句子，往往是生活語言和現實經驗透過準確的意象，傳達出來使讀者得到相應的感動。因此，意

---

[49]　同前註，傅敏的發言，P.34。
[50]　引自〈名詩選評──紀弦「狼的獨步」南部合評紀錄〉，《笠》41期，1961.2，P.56。
[51]　同前註。

象或者是說image並不是修辭技巧，或是以文字扭曲語言，而是在「生活經驗的錘鍊」中得到領悟之後完成的，可見「意象」不等於「修辭」，處理意象並不需要扭曲文字或是造作修辭，詩的特點應該在於清晰準確的意象，詩的實質必須透過深刻但明朗的意象去完成。

　　這種「意象勝於修辭」的觀點，可以發現笠同仁從接軌了現代主義的「意象派」。林亨泰說：「今天的意象派是從辛皮提以後，意象論已變成批評理論的一派，不僅是針對詩、小說亦可以用意象論來批評。……」[52]意象派是20世紀初在歐美興起的詩歌流派，此派詩人認為社會需要新起的詩歌，主張詩不要冗詞贅語，詩人必須不斷創造新的意象，對詩的內容和形式持著革新態度，力圖通過意象思考和感覺，傳達出多元的象徵意涵[53]。笠同仁的意象論，其實具備著幾個特色：

（一）即物性。《笠》的「新即物主義」[54]論述是由吳瀛濤在1966年2月《笠》11期提出的「現代詩用語」，且詳加詮釋以來，逐漸成為笠詩學的一部分。筆者據丁旭輝「新即物主義相關用語表」的進一步觀察，發現相關用語在他的整理下自1966年以來至2004年，從《笠》11期至227期共217期出現的次數共59次，佔了百分之二十七。如果依年代來分：60年代共出現14次，七〇年代共出現10次，八〇年代共出現21次，九〇年代以降則出現14次，七〇年代雖然出現相關詞條的次數，佔了總次數59次的百分之十五，比例不算是高，但就數據的統計，可見新即物主義的確是笠詩人普遍接受的現代主義理論[55]。陳鴻森在〈青

---

[52] 引自〈作品合評——談非馬的詩〉，《笠》96期，1980.4，P.55。

[53] 詳參《世界藝術史》，修・歐納（Hugh Honour）、約翰・符萊明（John Fleming）作，吳介禎等譯，木馬文化出版，2001。

[54] 新即物主義通常指德國威瑪時期（1919-1933）的（造形）藝術流派，由於早在威瑪時期之前德意志工匠聯盟的最早期的領導人穆倫修斯（Muthesius）即反對「青年風格」的裝飾性與「表現主義」的非理性，而提出對物體客觀理性的描繪（以助機械建築設計），被稱為「即物主義（Objectivity）」，所以在1920年代類似的創作主張提出時即以「新即物主義」稱之，其特點為：A.對抗表現主義（Anti-Expressionism）B.具體的寫實C.對右派政客及資產階級腐敗生活的諷刺D.對普羅階級的聯合的讚揚E.對工業及都市的讚揚F.進步性（progress）正面性（postive）。所以在創作主題上即圍繞上述幾個特點，在創作技巧上則表現剛硬與精密描繪等特點。

[55] 據筆者閱讀七〇年代《笠》的詩論，發現新即物主義的概念在七〇年代的使用，多與《笠》同仁對於「意象使用」的概念相關，故放在本節論述，至於《笠》詩論中「新即物主義」的概念與發展，丁旭輝在〈笠詩社新即物主義詩學初探〉（2004年10月2-3日，國家台灣文學館舉行

年詩人論之一：炯明論〉中有一段對即物性表現的論述，可以
作為七〇年代《笠》對於「即物」這個概念的看法：

> 即物性也就是在精神作業上，一種先將對象予以無限放大至一
> 等值於人生的存在。然後以「客觀的強度」檢視和分析其陰霾
> 之所在，乘虛而入，等這對象包含了「我」之後，在將之給
> 與藝術性還原之方法。……即物性的表現，因為其所選擇的
> 對象，乃是最具凡庸意味的事物，在這放大、契入以及還原
> 的過程裡，將現出其方法上的突然、戲劇性、嘲弄和機智之趣
> 味。……等到這漂流的詩的原型，獲得了新的連接，在連接
> 而迸放閃光的那一瞬間，詩人乃發見其自我之真實和存在的真
> 貌。[56]

　　這一段引文其實並不容易閱讀分析，陳鴻森首先論及即物性時，將其
發生處視為一種將客體對象事物置入精神思維中，被放大成具備人生意義
的存在。換言之，就是詩人在面對外在事物時，必須以一種精神的強度，
將外在事物的本質擴張到呈現人生之存在。接著將自身置入事物當中，準
確地捕捉並還原事物最原始的本質，但因為已經經過放大到還原的過程，
所以那個準確的連接點上，詩人便透過外物展示了自身的存在意識。先以
下圖表之：

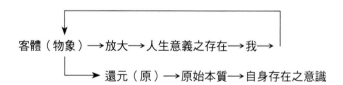

　　詩人透過這個即物的過程，準確地掌握並運用意象，把物象與詩人內
在之意，以現實的基礎，巧妙地連接，從精神涉入物象，放大至人生之意

之《笠詩社四十週年國際學術研討會之論文集》，P.197-239）此文中已有詳述，請自行參看。
[56] 引自陳鴻森〈青年詩人論之一：炯明論〉，《笠》54期，1973.4，P.101。

義，以至於「我」被置入物象中，再還原成為自身存在的反省。於是詩人便透過準確性的意象，表現了自身與現實客體的聯繫，也因此使一首實在而不空泛的好詩被書寫出來。「即物性」，的確是笠詩人處理「意象」的一個重要方法與特色，也讓麗同仁的詩具備了高度的「詩性現實」。

（二）現實性。《笠》56期裡，刊載著一篇〈星火的對晤〉之座談紀錄，其中梁景峰提出了一個命題：「從社會的觀點看來，文學和其他藝術一樣，是社會生活的一部分，文學作品也和其他一切商品一樣，包含需要、生產和消費這樣的過程，這樣把詩的神祕去掉，各位能不能接受？」[57]而傅敏則立即回應這這個提問，他說：

> 不錯，文學應當和其他藝術一樣，都是社會生活的一部份。這種去掉詩的神祕的觀念，是可以接受的。不過，文學恐怕不能和商品一樣，至少放置於需要、生產和消費的過程中，便不盡符合。在發生學上，文學還比較不牽就於這樣的制度中，文學還是比較屬於精神活動的，比較個人化。[58]

在引文中，傅敏很清楚地將文學定位在社會性與個人性上，一方面肯定文學必須存在強烈的社會現實性，另一方面排斥文學商品化，排斥文學變成文化工業所製造的一環，因此將文學定義成為一個屬於個人化精神活動的呈現。而現代詩究竟是文學的一類，而且是最為精鍊藝術化的一種文類，陳鴻森對於「現實性」的命題，便以之將「意象」結合，進一步論述詩人如何在上述「社會性」與「個人性」的基礎上，將「意象現實化」：

> 所謂的「現實」本身實包含著生活性和精神性的二次元。任何意象的構成，如未能連接於生的堅韌的韻律，那在根本上都只是語言的偶然性結合而已。我們詩界裡的絕大部分詩作，我認為意象的構成

---

[57] 引自李敏勇紀錄〈星火的對晤——座談紀錄〉裡梁景峰的發言，《笠》56期，1973.8，P.99。
[58] 同前註，傅敏的發言。

上的生活性和精神性未能維持一均衡的狀態。笠下有些作品，雖有其生活意識，但由於缺乏精神的抵抗性，便也未能深刻。創世紀方面也可說過於著重精神的發揚而缺乏生活實質以為強固，而令人覺得其虛脫感。[59]

　　陳鴻森從兩個分向對《笠》與《創世紀》的某些作品提出了批判，批判的基礎就在於意象構成的兩種特性，就是「生活性」與「精神性」，而這兩種特性其實就是「意象現實性」的兩個支點。他認為，《笠》的某些作品過於發揚生活意識，以外顯的現實生活作為書寫主題與意象塑造之來源，但忽略了精神本質，無法呈現對於現實的抵抗精神；而《創世紀》的問題則在於喪失生活實質作為地基，反而過度去架構一個虛幻不實的精神意識，導致作品產生一種虛脫的感受。其實陳鴻森這段話相當重要，不僅揭示了笠同仁對於意象現實性的關懷，更影響了八〇年代李敏勇以「內向觀點」和「外向觀點」兩個分向討論當時在詩學上的兩道重要脈絡[60]。

　　（三）創造性。在即物性方法與現實性基礎上建立起的「意象」，在處理成現代詩過程中，如要擺脫前述所謂「語言的陳腐性」，就必須植根於現實的土壤上，賦予趙天儀所言「超現實的想像的飛躍。」[61]，透過藝術的創造性，突破各種限制，在高度精神性與生活性的創造上，賦予意象想像的空間，這就是一種「創造性的想像」，趙天儀述及創造性時，以三個論點加以呈現：

　　我認為藝術的創造性的意義，可以分為下列三點來加以陳述：
　　一、獨創性：所謂獨創性，是前無古人，後無來者的，所以獨創性是強調了創造者的原創的精神，那種一次性的精神。

[59]　引自〈笠書簡——陳鴻森致傳敏〉，《笠》57期，1973.10，P.67。
[60]　詳參丁威仁〈現實主義的藝術導向——八〇年代《笠》詩論初探〉，《笠與七、八〇年代台灣詩壇關係學術研討會論文集》，東海大學中文系主編，2007.11，P.171-172。
[61]　引自趙天儀〈詩的斷想〉，《笠》80期，1976.8，P.46。

二、新鮮性：既然我們說「凡創造的一定是新的，但新的卻不
　　　　　一定是永恆的」；藝術的創造如果是陳舊的，那
　　　　　根本就不是創造的了！因此，新鮮性是藝術創造
　　　　　的必要條件，但卻不是必要而充足的條件。

三、範例性：藝術的創造是有其典型的，有其範例的，創造具
　　　　　有典範性，也有其不可模倣性，因此，藝術成為
　　　　　時尚或流行的花樣時，也就開始走下坡路了。[62]

　　如果一首詩的好壞在於意象的準確與否，那麼準確的本質應該就在於創造性，趙天儀論述創造性的第一個重點，當然就是意象以至於作品的原創價值，凡具備原創性的意象使用與作品呈現，均具備著某種無法以模擬去完成的典型性，所以具備獨創性的意象或是作品，必然就具有一定的範例性，假使這樣的範例不斷地被人重製的話，甚至造成某種跟風流行，必然會減損藝術或文學之價值。因此一個具備自覺的現代詩人，就必須在「現實性」的基礎，與「即物性」的方法中，不斷呈現出意象與作品的「創意性」，在其中必須擺脫慣常陳舊的窠臼，避免重複單一的思維或者意象，於是「新鮮性」就變成一個挽救「陳舊」的方式。趙天儀以三個概念論述「創意性」，的確可以補足笠詩人過度強調生活性書寫與意象使用，卻導致創作流於逐漸喪失藝術性與創意的弊病，更可以看出笠詩論並未排斥意象的使用，但為了避免以修辭或文字形式的概念來思維意象，笠詩人提出各種論述意象的看法，也使八○年代林亨泰、非馬等笠同仁，逐漸以意象作為批評與書寫的主軸。

第四節　小結

　　民國六十八年（1979）十一月三十日，李魁賢、蕭蕭與林煥彰三人在民眾日報台北管理處會議室三人對談，透過當時幾本詩選的出版，討論一年

---

[62]　引自趙天儀〈創造過程與藝術作品的分析〉，《笠》62期，1974.8，P.51。

以來的詩壇狀態，其中李魁賢論及台灣新詩發展的一段話，非常有意義：

> 台灣新詩的發展，我把它歸納成：一是基於「純粹經驗論的藝術功
> 用導向」，一是以「現實經驗論的藝術功能導向」作品等兩種類
> 別；而從最近發展的，我們有看到一種基於「現實經驗論的社會功
> 用導向」的作品。前者較偏向於「藝術上」的追求，而後者則偏向
> 於講求「社會功用」的效果，至於「現實經驗論的藝術導向」作
> 品，可說企圖在兩方面做一個融合。[63]

　　李魁賢提出三個分向討論台灣新詩的發展，第一是「純粹經驗論的
藝術功用導向」，指的是極端強調藝術性，卻往往會脫離現實的現代詩創
作；第二則是「現實經驗論的社會功用導向」，指的是強調詩作必須反映
現實，並且「以現實經驗為基材」，並不注意現代詩創作的藝術性，創作
只要具備社會功能即可；第三則是「現實經驗論的藝術功能導向」，也就
是以現實經驗為基點，但要融合藝術上的表現，他認為，這才是台灣詩人
應該努力的方向。

　　從1979年李魁賢這一段話，我們發現他的確以此揭開了八〇年代笠詩
社的思維方向，而整個笠詩社在八〇年代的詩學趨向，並非是排斥藝術性
的文學功能論，而是具備藝術性的現實經驗論，而這些概念都必須從七〇
年代笠同仁共性的詩學思維作為起點，無論是「本土現實詩學」、「以語
言思考的語言論」、「意象論批評與創作」等等，雖然在八〇年代的討論
蔚為大觀，但其根源仍須從七〇年代的笠詩學中尋找各種線索。白萩在一
次的訪問中提到：

> 問：一個好的詩該具備怎樣條件？
> 答：第一、須有內容──沒有內涵的東西等於是廢物，別人看起來覺
> 　　　得空洞乏味。第二、須博學有創作經驗──作任何的學問免不了

---

[63] 引自林煥彰整理〈三人對談──關於一年來的詩壇〉，《笠》95期，1980.2，P.55。

須有廣博的學問，寫詩也不例外，且須中外文學有所了解才行。第三、須對於藝術有全盤的了解，在「面」的方面才會廣。第四、詩作者品格要有操守，能夠承認別人的長處，對友人短處不加偏袒，不可感情用事才行，這樣作出來的詩才易受人尊敬。[64]

　　這四個好詩所應具備的條件，基本上都必須「居於現實」，在「現實性」的基礎上，同時具備這四項要素，才是白萩眼中的好詩，先以下圖表之：

　　白萩提出的四點，分別代表著現代詩學的四個討論側面，無論是從情感內容，形式技巧，或是人與外物客體的關係，再加上作者人格與詩格之間聯繫，可以統整地觀察七〇笠詩論的幾個特色：第一，內容與形式並重；第二、具備創造性的現實價值為創作本質與基礎；第三、以語言做為思考的出發點，文字修辭均為後起，重語言輕修辭；第四、詩格即人格的傳統詩學思考；第五，準確的意象是提升創作的最好方式等等。而這些詩學理論也都近一步在八〇年代的《笠》詩論中，逐步深化，建立更為精確的理論系統[65]。

64　引自〈訪問──白萩片談〉，《笠》75期，1976.10，P.28-29。
65　詳參丁威仁〈現實主義的藝術導向──八〇年代《笠》詩論初探〉，《笠與七、八〇年代台灣詩壇關係學術研討會論文集》，東海大學中文系主編，2007.11。

第四章

台灣本土詩學的建立（中）：

八○年代《笠》詩論研究

　　經過鄉土文學論戰與美麗島事件後，八○年代的詩壇，成為新的權力資本場，個別的詩社群均想形塑新的文化權力與策略，控制八○年代的詩學走向。林燿德在〈不安海域──八○年代前期台灣現代詩風潮試論〉一文裡，提出五點歸納八○年代的新詩發展[1]：

　　（1）在意識型態方面→政治取向的勃興

　　（2）在主題意旨方面→多元思考的實踐

　　（3）在資訊管道方面→傳播手法的更張

　　（4）在內涵本質方面→都市精神的覺醒

　　（5）在文化生態方面→第四世代的崛起

　　如果我們對照向陽〈八○年代台灣現代詩風潮試論〉一文，會發現他也認為八○年代的作品普遍呈現的亦是「多元走向」的概念，並且提出五組八○年代以實踐為主的詩學主張[2]：

---

[1]　可參林燿德〈不安海域──八○年代前期台灣現代詩風潮試論〉一文，收錄於林氏《重組的星空》，業強出版社，1991.6，P.45。

[2]　引自林淇瀁（向陽）〈八○年代台灣現代詩風潮試論〉一文，收入《第三屆現代詩學會議論文集》，P.91。

（一）政治詩：詩的政治參與與社會實踐；
（二）都市詩：詩的都市書寫與媒介試驗；
（三）台語詩：詩的語言革命與主體重建；
（四）後現代詩：詩的文本策略與質疑再現；
（五）大眾詩：詩的讀者取向與市場消費。

　　而孟樊也認為：「八、九〇年代的台灣詩壇最明顯的特色，其實應該說是多元化──正好和八、九〇年代益趨多元化的社會相對應。」[3]假使從上述學者以斷代詩學的角度觀察切入，對於八〇年代的詩學走向都似乎多半集中在資訊化、多元化、都市化、政治化、市場消費化等等的角度來分析。有鑑於這樣的分析論述已然成為一個定論，筆者更為好奇的是在一個「詩社的群性開始不被注重。而在詩社的經營上，個人自由的行動方式使得詩刊與詩社被區隔開來」[4]這樣「眾聲喧嘩」的時代中，幾個老字號的大型詩刊，是如何因應社會的變遷與新世代群體價值觀的更迭，而他們又如何在各種詩思維的對峙、辯證與融合，開闢出一條既繼承又新變的道路。

　　本章便在前述基礎上透過八〇年代《笠》詩刊裡的詩論，討論此時期笠詩社的詩學傾向，希望能夠從共時性的角度觀察笠詩人與同時期詩壇群體性思維之差異與辯證，並有意識地揭示他們的書寫的態度、方法、理論，探討笠同仁如何肩負著自身對於開創新文化視野的某種期待，或是力圖去抵禦與抗拒主流的文化霸權，呈現笠在八〇年代想型塑「文化新典範」的深刻意涵，並透過《笠》詩論的分析，展現笠同仁詩觀的現代性。有趣的是，台灣現代詩史上形成的詩潮，泰半是由詩社間的互動與辯證去完成，論戰的主體表面上或許看來是詩人間對於創作理念的交流，實際上卻是不同社群在創作或詩學意識型態上的攻防，詩社所定期出版的詩刊，更是出現群體組織之間差異的代表性展現。於是本章便透過對於八〇年代《笠》詩刊裡詩論的閱讀與分析，觀察笠詩社自我表現的「劇場空間」為

---

[3]　引自孟樊《當代台灣新詩理論》，揚智出版社，1995，P.284。
[4]　引自丁威仁〈從「詩文學聯邦」到「詩文學邦聯」：初論八〇年代到九〇年代新詩社群的結構與思維〉，南華大學文學所學報《文學新鑰》，2005。

何？而他們又如何去證明自身主體的完全確立？而他們的詩學論述又如何做為文化權力角逐的重要發聲管道？

第一節　現實主義的藝術導向

民國六十八年（1979）十一月三十日，李魁賢、蕭蕭與林煥彰三人在民眾日報台北管理處會議室，展開一場三人對談，透過當時幾本詩選的出版，討論一年以來的詩壇狀態，其中李魁賢論及台灣新詩發展的一段話，頗值得玩味：

> 台灣新詩的發展，我把它歸納成：一是基於「純粹經驗論的藝術功用導向」，一是以「現實經驗論的藝術功能導向」作品等兩種類別；而從最近發展的，我們有看到一種基於「現實經驗論的社會功用導向」的作品。前者較偏向於「藝術上」的追求，而後者則偏向於講求「社會功用」的效果，至於「現實經驗論的藝術導向」作品，可說企圖在兩方面做一個融合。[5]

李魁賢提出三個分向討論台灣新詩的發展，第一是「純粹經驗論的藝術功用導向」，其實指的就是以「內在觀點」作為書寫的基礎，極端強調藝術性，卻往往會脫離現實的現代詩創作；第二則是「現實經驗論的社會功用導向」，指的是以「外在觀點」作為書寫基礎，強調詩作必須反映現實，並且「以現實經驗為基材」，對於藝術上的要求則無甚注意，所有創作須具備社會功能；第三則是「現實經驗論的藝術功能導向」，也就是以現實經驗為基點，但要融合藝術上的表現，他認為，這一條路才是台灣詩人應該努力的方向。

從1979年李魁賢這一段話，我們不難發現他似乎揭示了八〇年代笠詩社的思維方向，一方面想糾正「超現實主義」的末流，另一方面又不想

---

[5]　引自林煥彰整理〈三人對談——關於一年來的詩壇〉，《笠》95期，1980.2，P.55。

陷入被批評詩作沒有藝術性的泥沼，而第一百二十期的《笠》，「詩與現實專輯」也再次呼應了李魁賢提出的看法，而整個笠詩社在八〇年代的詩學趨向，並非屬於排斥藝術性的文學功能論，而是具備藝術性的現實經驗論。白萩首先揭示了一個重要觀念：

> 基本上「現實主義」是指文學的態度而言，作為寫什麼這個問題的提綱，「笠」也同時包含了關心怎麼寫的問題，就是「笠」的現代化性格。[6]

林亨泰也提出了類似的觀點：

> 這證明了現代派運動走對了方向，但由於過分追求「怎麼寫」，詩風又趨於另一種極端。「笠詩刊」則針對這種過份發展提出了修正，又重新提出「寫什麼」——亦即「時代性」「社會性」等現實問題來……但「笠詩刊」仍然並沒有忽略「怎麼寫」的問題。最近，「本土化」與「第三世界」的討論，他們似乎只在「寫什麼」的問題上兜圈子，但「怎麼寫」也非常重要。[7]

從上述兩段話，可以提出幾個部份討論，第一是關於笠同仁對當時所謂「鄉土文學」等相關議題與創作，將其定位在「題材選擇的層面」，「沒有深刻的主題，讓人覺得很皮相，不能得到感動」，而且認為這些號稱鄉土文學的作品只有一大堆素材，而喪失技巧，甚至於是「手淫式的快意」。這些話語均可以看到笠同仁的「現實主義」觀點，並非當時「鄉土文學作家」以題材作為主軸，而忽略了提升藝術性的創作思維，甚至於笠同仁在當時將這些作品視為一種詩的墮落，林亨泰又說：

6　引自〈詩與現實——中部座談會紀錄〉，《笠》120期，1984.4，P.8。
7　同前註，P.6。

笠詩社的創立，有意糾正當時「為技巧而技巧」的流弊。於是開始
強調重新認識題材的時代性、社會性，同時也不忽視「怎麼寫」的
方法問題，可是近幾年來，有些詩慢慢走向另一種「絕對化」題材
至上主義，我認為，那是詩的墮落。我願意再強調，題材與技巧是
缺一不可，相輔相成的。偏向任何一方的，絕對化的詩，都是不適
宜提倡的。[8]

　　可見笠詩人將詩創作的「意識」與「藝術」區分成兩個問題，陳千武
認為「意識要有現實的認定，向現實取材與如何將現實表現為詩，又可分
開來談……因此像現實取材及其能不能成為詩，是兩回事」[9]，筆者以下
圖說明之：

```
　 ┌→ 意識─向現實取材─題材─寫什麼 ──────┐
　 └── 藝術─將現實表現為詩─表現方法─怎麼寫 ←┘
```

　　換言之，笠詩人所謂的現實主義詩，雖然也是如同「鄉土文學」一般
向現實取材，但除了關注「寫什麼」的問題外，更強調詩所應具備的「藝
術性」，也就是面對不同的題材要產生不同的表現方法，而現實的範圍應
該是廣泛且包羅萬象的，包含時間與空間，因此意識性與藝術性不該有所
偏廢。故白萩提出了「笠是包含現代精神在內的現實主義的文學集團，而
不是只是一種鄉土寫實性而已」這樣的定論，遙相呼應李魁賢曾經提出的
「現實經驗論的藝術功能導向論」。
　　第二，到底要如何在現實基礎上提升文學的藝術性呢？《笠》「現代
性」的意義便在此處浮現，笠同仁為了扭轉詩壇「超現實主義」末流產生
的弊病，提出了現實主義的論述視野，但為了區隔當時走火入魔的鄉土文
學與第三世界文學，他們也必須透過展現創作的藝術性來顯示自身的「現
代化性格」，於是他們既強調「寫什麼」（題材來自於現實經驗），也同

---

[8]　引自〈座談──詩創作的意識與藝術表現〉，《笠》126期，1985.4，P.8。
[9]　同前註。

時強調「怎麼寫」（藝術上的技巧方法論），並且以意圖以「新即物主義」做兩者之間的中介統合者。於是，何謂笠同仁觀念裡的「現實主義」就變成一個重要的命題，趙天儀將寫實主義與現實主義初步做了一個區分：

> Realism在哲學上叫做實在論，在文學上叫做寫實主義。現實主義則更進一層。藝術不只是對自然或現實的拷貝（copy）。縱使是寫實主義的作家，他也不只是像照相機一樣地去把現實拍攝下來……每位詩人多少都有依據其現實體驗或現實經驗。但是有現實經驗不一定就能反應現實。換句話說，現實的題材未必就是詩的或藝術的。轉化成為藝術的題材才是詩。[10]

他認為現實主義是將詩的表現與現實的體驗結合，詩人必須在「凝結現實性的素材」時，帶著一種抵抗的精神，每個詩人在屬於他的座標上，表現藝術性與對現實問題的關心，桓夫也說：

> 單單把現實提出來，並不是現實主義的手法，現實主義應該是一個人跟社會一體，明瞭人性或者歷史性與之連結起來，是一種更現實的東西，或者是實在性的東西，把他表現出來，能夠給讀者得到一種啟示才對。[11]

因此，現實主義並非人將自身視為主體，將外在環境與社會視為客體，然後透過觀照，選擇素材做直接的表述。現實主義應該是主客體的合一，以生活經驗作為基礎，現實主義的文本或者詩作，應該具備一種藝術性。換言之，正如李敏勇所言：「若詩與現實發生關連時，也是要經過藝術的處理才行」[12]，現實中的事物，必須透過詩歌語言轉化處理後，才會形成很好的詩。於是現實主義的詩要怎麼寫，就變成了方法論的問題，陳明台說：

---

[10]　引自〈詩與現實──北部座談會紀錄〉，《笠》120期，1984.4，P.18。
[11]　同註6，P.15。
[12]　同註10，P.21。

> 台灣現實詩的最大問題，在於台灣現實詩不能說是有現實精神的現
> 實詩，而是意識詩。大部分沒有抓住現實內面的精神，或是體材安
> 配時，沒有思考到較精密的部份，沒有精密處理的方向，往往只是
> 把意識陳列出來。……這種語言，我們為什麼不會感動？是因為其
> 雖然表面上在模仿現實，但實際上並非已精練地把群眾性的語言錘
> 鍊到詩的表達境界。[13]

　　台灣現實詩之所以被笠同仁批判的原因，在於那些作品只是意識的陳
列，並未思考到意識的處理方式，如同李敏勇所說的「普羅詩人可能把藝
術當做手段，政治意圖可能大於藝術意圖」[14]，使得這些現實詩只有膚淺
的表面意義，無法化成自身主客體合一的生命表現出來，陳明台認為這就
是方法論的問題，沒有運用藝術的方法論處理現實的意識與素材，「方法
論的追求應該是最基本的」[15]，鄭炯明說：「詩的意識性與藝術性，其實
就是詩的精神論及方法論，不該有所偏頗。方法論即是技巧的問題，精神
論即詩人受環境影響所產生對現實的感受問題。」[16]可見意識深刻與藝術
處理應該並重，而詩的現實範疇除了政治之外，其他文化經濟、倫理親情
等各個部份均應包含在內，就像林宗源所說：「能把意識藝術化的詩，才
能表現理想的現實」[17]。

　　葉石濤將現實主義與詩的關係，表述的相當清楚：

> 我以為詩應該反映現實社會和真實人生，而不應一味地談請感生活
> 及歌唱大自然的生命現象。當然我所指的詩，應該積極地反應現
> 實，那現實並不只是外界的現實，而更包括了內心世界的現實──
> 亦即是心象風景。[18]

13　同註10，P23。
14　同註10，P.22。
15　同註10，P.31。
16　同註8，P.10。
17　同註8，P.11。
18　葉石濤〈我所喜歡的詩〉，《笠》120期，1984.4，P.33。

　　葉石濤將現實與詩作了一個清晰的說明，認為「現實」這個概念，分成內在與外在，現實詩不僅是對於外在客體的書寫，更應該將內在心象提煉出來，透過內外主客的合一，才能夠具有搖撼心靈的的感動力量。李旺台則較為具體的提出藝術技巧的方法：

> 因此當必須以現實事物入詩時，詩人應該像一個超能的縫紉手，
> 將現實事物的心臟跟自己的心臟，再跟讀者的心臟，縫出一條線
> 來。……在技巧方面，避免用太直接的語言去表達，是處理現實詩
> 材時，特別難的地方。換句話說，詩質不可忽略，一些明喻暗喻，
> 一些賦、比、興的技巧要特別講究。[19]

　　引文裡將詩人譬喻成縫紉手，所縫成直線的三顆心臟，正好包含了創作主體、外在客體與接受者三個層面，除了主客體必須合一外，連讀者都可以透過現實性強烈的詩作，感受到深刻的感動。所以，詩人絕對不能直述，必須透過譬喻象徵的藝術技巧，提煉自己的文字，提升詩作的詩質，不要流於敘述性或口號化，其實這就是笠所提倡的「現實主義的藝術導向」之真正意義。以下用圖表呈現上述詩人對於「詩與現實」的思考：

鄉土文學（現實經驗論的社會功用導向；外向觀點）
寫什麼（主題素材─精神論）

現實主義（現實經驗論的藝術功能導向；外在觀點通向內在觀點）
───笠的現代性

怎麼寫（藝術性格─方法論）
超現實主義（純粹經驗論的藝術功用導向；內向觀點）

---

[19]　李旺台〈詩與現實〉，《笠》120期，1984.4，P.34-35。

　　笠的現代性並非源自於「詩語言表面的技巧養分」，也並非「自我迷戀製作艷詞迷惑少男少女的席慕蓉」[20]，更不是「平鋪直敘流於浮濫」的新八股[21]，換言之笠所追求的現代性存在於以現實為基礎，但「發現並創造現代語言本身的有機結構（就是說現代語言的特性及表現技巧）」[22]，透過想像力的組織與創造，達成現實意識與藝術技巧的統合，這樣也才能呈現新詩的現代性價值，也就是說「一首完美的詩，必須藝術性、時代性、永恆性都能兼具」[23]，既從「外向觀點」出發，取材社會現實，使詩作的思想與內涵不僅具備時代性，更透過藝術性的書寫達成詩作的永恆性。杜國清所強調的更為清晰：

> 我認為：詩與現實的關係，不是對等的關係，不是直接的反映。詩不是現實，也不是現實的反映；現實不等於詩，也不同於詩的現實。現實只是創作詩的材料，材料不等於創作品。[24]

他又進一步解釋說明：

> 詩的創造，不在於反映或模仿現實，而在於如何將現實加以變貌、轉化，以達到超自然與反諷的效果。……讓我再強調一次，詩不是現實的反映，不是現實的模仿，詩是現實的轉化、變貌和提煉。[25]

　　杜國清更進一步將詩與現實的關係釐清，除了跟前述詩人一樣認為現實只是客觀的創作材料外，他更取消了「反映說」的看法，將詩賦予更獨立的價值，避免詩成為社會現實的附庸，將現實視為素材，詩視為創

---

[20]　黃樹根〈再見！「創世紀」〉，《笠》120期，1984.4，P.46-47。
[21]　林仙龍〈詩與現實〉，《笠》120期，1984.4，P.49。
[22]　簡簡〈詩與現實〉，《笠》120期，1984.4，P.52。
[23]　引自〈作品合評──郭暉燦詩作討論會紀錄〉裡黃樹根的論點，《笠》146期，1988.10，P.107。
[24]　原為慶祝笠詩刊發行二十週年「詩的饗宴」講座，主講人杜國清的演講稿〈詩與現實〉，引自《笠》123期，1984.10，P.6。
[25]　同前註，P.8。

作品，如此一來，詩便不應成為現實的鏡子，而應成為現實素材的轉化與提煉，這樣的觀念不僅呼應笠同仁對「詩與現實」的看法，更使新詩不必成為現實鄉土的傳聲筒，擁有更為獨立的地位；當然也藉此使新詩必須以現實作為創作素材，以現實為「表現對象」，詩人就更必須「打開門戶，走出門來迎接現實，投入現實，從現實中汲取營養」，將這些材料轉化成「藝術的現實」，使之變成「藝術的感情」，才能產生真切的感受，使每個世代的人心都能感動，「最好的作品應該是社會性與藝術性兩種都有……技巧不只是文字，內容與形式要結合……臺灣文學如果要進入世界級，還是要保持自己的特色」[26]，笠「現代性」的概念便是在本土現實的基礎上透過藝術的形式所展現。

第二節　以語言思考的語言論

　　洛夫在1982年5月的《中外文學》第10卷第12期，發表了〈詩壇春秋三十年〉這篇論述，其中以一些篇幅論及「笠詩社的語言問題」，在發表之後，引起笠同仁相關的討論與批判，首先在《笠》110期裡，便開闢了專題評論一欄，透過林亨泰〈關於「詩的語言」〉、林宗源〈語言是有生命的〉、李敏勇〈洛夫的語言問題〉、郭成義〈貓和老虎魚和雪〉四篇專文，以及笠詩社召開的「關於笠的語言」、「詩學與語言」兩個座談會紀錄，總共約二十餘頁的篇幅，針對洛夫與當時的詩壇提出辯證與回應，並詳細的呈現出笠同仁對「語言」的看法，完整地呈現笠對於語言文字與詩之間關係的基本思路，本節便透過八〇年代《笠》詩論關於語言與詩的論述，討論笠同仁普遍呈現的「群體語言觀」。

　　其實，在《笠》106期的時候，郭成義針對蕭蕭〈現代詩七十年〉一文提出反向思考時，就很清楚地傳達了一個笠同仁對於「語言」的基本概念，即「語言不是文字」，他認為：

---

[26] 引自〈台灣文學的世界性——楊青矗與李歐梵、非馬、許達然、向陽對談〉此文裡李歐梵的話，《笠》133期，1986.6，P.50-51。

根本上，生活的語言、真實的語言、思考的語言等等，乃是笠早期
以來即不斷揭櫫於言行的重要觀點。……這就是「語言即思考」的
本質論的推展，亦即新即物主義詩人的物象構造法。[27]

郭成義在文中也引用了海德格〈解釋學的詩學〉之觀點，提出「為
了決定語言，而遇到語言」，以此角度批判蕭蕭的觀念是「為了遇到語
言，而決定語言」，其實正是白萩所說「人是用語言來思考，不是用文字
來思考」的觀念延伸。也就是說，笠同仁的語言觀，並非建築在文字之
上，而是將文字視為「語言的實相化」，正因語言的意義逐漸變成要以
文字型態去辨認，所以許多詩人就誤以為寫詩是從文字去思考，甚至將語
言和文字混為一談，不加辨析，如此便產生如蕭蕭或者創世紀同仁以修辭
工具的「二手認識」來對待語言的書寫狀況。因此，趙天儀分別偽劣詩與
有生命的詩，便說「偽詩則往往因本身詩素的貧乏，卻不斷地利用擬似艱
難深奧的語言出現，不錯，詩是一種語言的藝術，然而語言的花招卻也常
常隱藏著詩性的貧弱」，我們不難看出趙氏對於偽劣詩的語言使用採取
「擬似」、「語言的花招」等批判語詞，而笠同仁認為貧弱的詩之所以會
出現，在於書寫者將依靠修辭的文字視為語言，換言之就是這些偽詩的發
生是源於「以文字思考」而非「以語言思考」，是郭成義所說的「典型無
思考的詩」、「本質上即沒有精神、沒有生命，而必須依靠形式及文字的
修辭架構才與以補足的」，這就是一種語言的花招，是透過文字去玩弄語
言，把符號當作文字，因此郭成義將笠同仁的語言觀定位在「語言來找我
了」，是一種「新即物主義」的詩學[28]，而蕭蕭與創世紀同仁則是「我找
到了語言」，並稱之為「乖逆的自慰」、「無視本質的詩學」。

---

[27] 引自郭成義〈都是語言惹的禍──評蕭蕭「現代詩七十年」一文〉，《笠》106期，1981.12，
P.48-49。

[28] 新即物主義通常指德國威瑪時期（1919-1933）的（造形）藝術流派，由於早在威瑪時期之前
德意志工匠聯盟的最早的領導人穆舍修斯（Muthesius）即反對「青年風格」的裝飾性與
「表現主義」的非理性，而提出對物體客觀理性的描繪（以助機械建築設計），被稱為「即
物主義（Objectivity）」，所以在1920年代類似的創作主張提出時即以「新即物主義」稱之。
新即物主義除了受即物主義的影響外，也受義大利的再現主義（Representationalism）、新
古典派、超寫實主義與法國的立體派的影響。新即物主義的特點為：A.對抗表現主義（Anti-
Expressionism）B.具體的寫實C.對右派政客及資產階級腐敗生活的諷刺D.對普羅階級的聯合的

　　上述郭成義等笠同仁對語言的觀點，在洛夫的論述發表後，更加精確地形成了系統化的呈現，並且變成笠詩學中具備系統性的重要理論之一。李敏勇說：

> 事實上，存在於「笠」和「創世紀」之間在語言思考方面，最大差異是外向觀點和內向觀點的不同。「笠」的許多同仁習慣採取外向觀點的思考，而「創世紀」大多同仁則相反，偏於內向觀點，這本來都能自成一格。不過顯然的，洛夫把「語言」和「文字」混為一談，有落入修辭學陷阱的趨勢，也反映了「創世紀」的問題。[29]

　　在引文裡，顯然可以發現幾個笠的詩學傾向。第一，李敏勇將語言思考分為「外向觀點」與「內向觀點」，並且並沒有對這兩者下任何價值判斷，認為兩者均可以達到創作的高度。第二，李敏勇認為應該將「語言」和「文字」分成兩個層次，如果混為一談，詩作將會變成「無力的修辭」與「文字的遊戲」，因為這樣的語言已經成為文字詞語的概念，脫離了現實。所以，李氏進一步論述笠同仁共性的語言觀：

> 新即物所蘊含的基本精神，即秉持此一精神所能發展的高度，與超現實主義所蘊含的基本精神即秉持其精神所欲發展的高度是一樣的。他們必須分別從「即物」或「抒心」經由「表現」而到達「象徵」的次元，所不同的，在於前者「外向觀點」較著，而後者則偏向「內向觀點」。它們之間在表現和象徵的考驗下，都能擊倒拙劣的詩人。[30]

讚揚E.對工業及都市的讚揚F.進步性（progress）正面性（postive）。所以在創作主題上即圍繞著上述幾個特點，在創作技巧上則表現剛硬與精密描繪等特點。《笠》的「新即物主義」論述是由吳瀛濤在1966年2月《笠》11期提出的「現代詩用語」，且詳加詮釋之後，逐漸成為笠詩學的一部分。關於「新即物主義」的詩學發展，請詳參丁旭輝〈笠詩社新即物主義詩學初探〉，2004年10月2-3日，國家台灣文學館舉行之《笠詩社四十週年國際學術研討會之論文集》，P.197-239。

[29] 引自李敏勇〈洛夫的語言問題〉，《笠》110期，1982.8，P.7-8。

[30] 同前註。

　　李敏勇的說法，相當清楚地把當時詩壇在詩學上的兩道重要脈絡呈現出來，值得注意的是，李氏並沒有以「外向觀點」直接否定「內向觀點」的寫作，反而將笠所強調的「新即物主義」，與創世紀所強調的「超現實主義」，放在同一個位置上衡量，認為兩者所可以發展的高度，基本精神，以及本質或者形式的差異是一樣的，隱約指出笠的精神亦是屬於「現代性」的，方法上也存在著相當的「客觀性」，與超現實主義所不同的只有思維方法和創作方法的進路而已，這一點的提出將笠同仁的創作與笠詩學的走向，賦予強烈的現代性，也藉此可以扭轉當時詩壇對笠普遍固著的批判與看法，透過郭成義對「新即物主義」的解釋便可更加清晰觀察笠詩學的現代性思維：

　　　　發起於德國的新即物主義，在窮極於挖掘實存物象背後所建立起來
　　　　的──對建築美學的根源技巧，本質上即以無語言便無物象存在的
　　　　思考透視，用以對抗同世紀之超現實主義所追蹤的夢魘世界。那
　　　　麼，被認定具有「新即物主義的探求」為特色的笠同仁們，確實是
　　　　不能不對語言的深入了解與操作感到小心。[31]

　　郭成義認為「新即物主義」講究語言能力，而笠發行一百多期以來，對於語言關注之密集度也是台灣詩壇所缺乏的，而就前述所引註關於新即物主義的基礎觀念，來對照郭成義所言，可以發現笠同仁對於「新即物主義」的援用，集中在於具體的寫實，對於語言即於物象的書寫，物象客觀理性的描繪，對民眾生活的讚揚，與對右翼政客的批判等層面，再加上「新即物主義」本就是一具備相當現代性的美學理論，而突顯了笠詩學的

---

[31]　同註27。

現代性[32]。因此，李敏勇進一步從兩種觀點的分向，涉及語言問題與新即物主義的概念，他認為「新即物主義」是一種「外向觀點的語言思考方式，它不可避免地會觸及現實經驗的某些課題」[33]，認為新即物主義的詩學是一種在現實經驗上可以達到現代性高度的詩學，並藉此論及創世紀同仁「內向觀點」書寫底下所易產生的弊病，他說：

> 然而，我們也要提出由於不可避免地，「創世紀」同仁在他們的主要活躍階段是採取「內向觀點」的語言思考方式，這種方式最易流於「只根據言辭，而不根據言辭所代表的事實行動的習慣……這種習慣會把有意思的話混淆起來，結果是『地圖』一張張堆積起來，而實在的『地域』如何，反而毫無關係。」換句話說，容易淪於文字的遊戲。特別是這種「內向觀點」的思考如果成為逃避的手段的話。因為從現實脫離的語言只是無力的修辭，只是死語，這種語言的機會已經成為文字詞語的概念，而不是現實的概念。[34]

在這段較長的引文中，可以看到李敏勇對於「語言」的幾個重要思考。第一，他認為語言與事實行動相關，而非言辭本身，所謂的事實行動應就是前述的「現實經驗」；第二，語言不應只是文字遊戲與無力的修辭，語言跟文字是分開的概念，用文字去思考創作，只是標註地名的地圖，只是死的區塊，無法呈現區塊的深刻內涵與文化意義，所以必須以語言思考創作，將地圖視為語言，「地圖是為了描繪現地而存在，絕非僅

---

[32] 筆者據丁旭輝「新即物主義相關用語表」的進一步觀察，發現相關用語在他的整理下自1966年以來至2004年，從《笠》11期至227期總計217期出現的次數共59次，佔了百分之27。如果依年代來分：60年代共出現14次，七〇年代共出現10次，八〇年代共出現21次，九〇年代以降則出現14次，尤其是八〇年代出現相關詞條的次數，佔了總次數59次的百分之36，比例不得不算是高。據筆者閱讀八〇年代《笠》的詩論，發現新即物主義的概念在八〇年代的使用，多與《笠》同仁對於「語言思考」的概念相關，故放在本節論述，至於《笠》詩論中「新即物主義」的概念與發展，丁旭輝在〈笠詩社新即物主義詩學初探〉（2004年10月2-3日，國家台灣文學館舉行之《笠詩社四十週年國際學術研討會之論文集》，P.197-239）此文中已有詳述，請自行參看。

[33] 同註30。

[34] 同前註。

為了地圖本身而存在」[35]，以此才能建構出現實的「地域」。第三，李氏原本對「內向觀點」與「外向觀點」並未加上任何價值判斷，但就此處引文，卻隱約感覺到他對「外向觀點」採取的是比較優位性的思考，並且賦予「外向觀點」現實的價值意義，使得其語言觀也呈現了現實經驗的優位性。於是他進一步定位語言與文字在詩創作中的理論內涵：

> 洛夫在論及語言時，常將之與「文字」混淆，把語言學的概念和修辭學的概念當作同一事。因此，他所提到的詩的語言的這一「語言」的概念，是文辭、是語言的紀錄層次、是語言的後階段而已。[36]

李敏勇在〈座談紀錄——詩學與語言〉裡也表述了這樣的看法：

> 一是語言做為一種記號，它本身的問題；再者，則是語言做為記號的記號，在文字做為一種紀錄過程時的一些問題。我們可以說，一種是語言的前設階段，即做為思考；另一種是做為將思考錄載下來，即將記號記錄下來的語言的後設階段問題，後設階段牽涉到許多修辭的問題。[37]

如果我們把李氏對語言的分析以圖表呈現，會更加清晰：

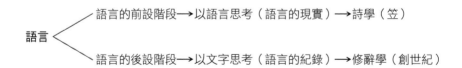

可見李敏勇將語言分成「前設」與「後設」兩個階段，以「前設」階段做為詩學本質，亦即是詩學的本質與功能應該屬於「以語言思考」的層

---

[35] 1982年5月《笠》舉辦之「詩學與語言座談會」之〈座談紀錄——詩學與語言〉，《笠》110期，1982.8，P.19。

[36] 同註29。

[37] 同註35，P.17。

次，不需依賴艱澀的文字去書寫看似深刻的詩，笠同仁是以「外向觀點」成為熟習運作的語言方式，從語言的「方法論」通向語言的「精神論」；而洛夫與創世紀詩人仍停留在語言的「工具論」。這樣的思考其實指出的重點在於創世紀詩人面對的是「詩學」的問題，而笠詩人面對的最多不過是「修辭學」的問題，於是文字上有瑕疵，或是用字遣詞不出色的問題屬於修辭學的範疇，這是可以調整的；但創世紀詩人誤把「文字」視為「語言」來思考詩，這是一種詩學的謬誤，這樣的謬誤來自於「逃避現實而走進內向觀點的死巷」，忘卻探究語言本質的課題。吉也說：「詩人有責任尋找、紀錄正確的語言」[38]，許達然也說得相當清楚：「用淺顯的語言讓讀者了解，並不代表犧牲藝術。」[39]白萩則從三個部份討論語言與文字的差別：

> 語言和文字是有差別的，所謂語言基本上有二層內含：即語「意」和語「音」。語言的視覺符號化形式，就是語「形」，也就是文字。因此文字只是擔負了紀錄語言的任務而已。……因此「語意」和「語音」密切地結合，而成為我們現在的「語言」。由於說出來的「語言」無法留存，因此發明了不同的「視覺符號」來記錄不同的語言，這種「語形」就是文字。……簡單的說：用嘴巴說出來的語叫做「語言」，用手寫出各種語言的符號叫做「文字」。……如果人類是以文字來思考的話，請問那些大字不識一個的文盲們，是否應該不會思考才對，為何他們仍能以語言長篇大論的來陳述推斷？所以我說：人類是用「語言」來思考，而不是用「文字」來思考！[40]

白萩將語言的層次分成三個部份：語意、語音及語形。將前兩者視為語言的內含，後者則是指涉「文字」，又稱為「語言的符號」，是一種已經「凝固化」的文字，真正的語言應該是「活生生的語言」、「日常性的

---

[38] 引自〈作品合評——郭暉燦詩作討論會紀錄〉裡吉也的論點，《笠》146期，1988.10，P.110。

[39] 引自〈台灣文學的世界性——楊青矗與李歐梵、非馬、許達然、向陽對談〉此文裡許達然的話，《笠》133期，1986.6，P.61。

[40] 引自〈座談紀錄——笠的語言問題〉，《笠》110期，1982.8，P.13。

語言」，李魁賢認為這是「生活經驗以內的事象化」，才能構成「體驗的意象」[41]。因此，李敏勇認為文字可以稱為「書寫語」，語言則是「日常語」，從文字的概念來談詩是不正確的談法[42]。筆者以下圖整合表述這些相關的說法：

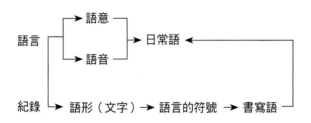

趙天儀認為詩的語言的創造過程，雖然使用的是「日常語言」，卻在表現時變成「藝術語言」。[43]也就是說詩的語言，雖然透過日常語言去錘鍊，但不只停留在日常語言，雖然以語言作思考，但創作時仍須顧及詩的藝術性。我們透過這些討論，不難發現笠同仁認為用字遣詞等文字與修辭的熟練，無關乎詩想與詩內容的深度與廣度，因此擺脫以文字思考，而回歸「外向觀點」，以語言來思考的進路，才能夠活用日常語的語言體系，正如李魁賢所言「形式技巧和語言技巧應是兩回事」，「語法和語言在層次上不能混為一談」，縱使「語法上的創新是詩人才能的展現」[44]，但仍必須先透過「以語言思考」的轉化過程，不會產生過於依賴文字的嚴重弊病。

第三節　意象論

在文學的範疇中，我們經常使用到的便是「意象」一詞，無論是文學創作，或是文學批評，往往都從意象的選擇或分析著手，便於產生對整個

---

[41] 同前註，P.15。

[42] 同註35，P.18。

[43] 趙天儀〈論詩人桓夫及其作品〉，《笠》133期，1986.6，P.69。

[44] 同註40，P.15。

作品的切入角度。關於「意象」一詞的解釋，最簡單的說法可以是「人們在心中產生想像的圖象」，即是「意中之象」，換言之，意象就是人內心世界中的內在圖象，經過語言或文字、甚至於各種藝術的表現型態書寫、描繪於外的表現形態。如果，我們進一步分析意象產生的過程，或許可以將人的思維層次分成「意→象→言」的遞進程序：「意」指的是人的內在意念，也就是主觀情思，簡單地說就是情緒或者情感觸發的當下。此時，人會因為經驗的再生，形成內在的圖象，自然地在腦中構圖全是那些欲表達的情感，而所謂的內在圖象，其實是意識對於客觀世界的投射，人將過去曾經驗過的客體事物，透過內在的想像重現，而此重現之時，「象」便詮釋了「意」，「意象」於焉誕生。然而，未經過「外在符號」的表述，「意象」畢竟存在於內心世界裡，「言」指涉的便是「符號」，無論是語言、文字、藝術、文學都屬於「言」的層次，「意象」必須通過「言」的表述，方能被外在世界所認知，否則都只是內在的想像罷了。王夢鷗提出三種意象的表達方法：意象的直接表達、意象的間接表達、繼起意象的表達[45]。換成簡單的說法便是：意象的直述（陳）、意象的譬喻、意象的象徵[46]。在現代詩的創作中，「意象」的處理與表達是最為重要的主軸。其實林亨泰早在四、五〇年代就以〈符號論〉一文涉及意象與象徵的命題，從「象徵」與「隱喻」的創作技巧替當時「主知」的「現代化」新詩找到創作的出口：

> 詩裡的「象徵」所能給予「詩」的也就是代數學裡的「符號」所能給予「代數學」的。再說得明白一點，所謂「象徵」也不過就是語言的「符號價值」之運用而已。正因為如此，一箇符號代表任意一

[45] 引自王夢鷗《文學概論》，藝文印書館，1982。

[46] 舉例來說，「天氣好熱／我曬著太陽回家」便是一句口語上意象的直述，「陽光如火／我披著燒傷的皮膚回家」，以「陽光」譬喻成「烈火」，「曬太陽」的直筆被「燒傷的皮膚」的曲筆取代，這便屬於意象的間接表達，這樣的譬喻比直述更令人感受到陽光的炙熱。如果更進一步地處理「陽光」的意象，還可以再改寫成「整個世界著火了／趕路的鞋底都被柏油燙傷」，雖然依舊寫陽光之炙熱，但卻未出現跟陽光相關的直述或譬喻，反而以繼起而相關的新意象「火」來象徵「太陽」，這種繼起意象的表達，其創意與想像空間更超越於意象的間接表達。

簡數目的一次象徵往往是含有其由不同解釋而來的許多「意思」的
可能。[47]

林亨泰企圖在廣義積極的角度，從「隱喻」手法的運用，討論新詩
的意象與象徵性，認為語言符號價值之運用就是「象徵」，語言符號放在
詩創作中指的應當就是「意象」，因此一個意象之象徵意涵可以擁有許多
的「意思」，一首好詩必須呈現意象本身的多元象徵，也正因如此，新詩
應該擺脫「單義性」而通向「歧義性」，而新詩的現代性也應奠基於此。
而七、八○年代林亨泰延續著〈符號論〉的基礎，進一步發表〈意象論批
評集〉，希望將意象論做為方法直接從事文本批評，以「重新提倡意象的
重要性，以此來挽救詩壇只重修辭之弊病，他在〈作品合評──談非馬的
詩〉裡說：

> 在目前詩壇的風氣似乎很重修辭。加上很多形容詞、副詞、或美
> 辭。就這一點來說，非馬反用清楚、明朗的字，也就是特殊的一
> 點……就詩來說，他的特殊不是在語言上，而是在詩的意象上。不
> 靠修辭的言辭，能寫出詩的人已經不多了。我看「笠」詩刊的詩人
> 們，都有這個趨向，不靠修辭，而以明朗的寫法，這種寫法是很難
> 寫的，比文謅謅，玩弄言辭還要難。[48]

從引文裡可以提出幾點討論：第一，林亨泰認為「修辭」與「意象」
是兩回事，意象應該是清楚明朗，不以修辭為導向，卻蘊含著多元象徵的
力量。林亨泰在〈意象論批評集〉稱之以「象徵的價值」，並賦予反映生
活事實的現實意義。第二，林氏認為笠詩人的書寫方式是透過「意象」而
不靠「修辭」，所以不應該以「漂亮的文辭去看笠詩刊的詩」，因笠詩社
的同仁都是以淺近的文字完成最深刻的現實性象徵。岩上論及非馬詩時與
「意象派」做了結合：

---

[47] 引自林亨泰〈符號論〉，《現代詩》第18期，1957.5.20。
[48] 引自〈作品合評──談非馬的詩〉，《笠》96期，1980.4，P.54-55。

非馬的詩在體型上來說，屬於短章較多，常是一句一段，甚至一詩也是一句，雖然有時把一句排列成幾行，但在句法上還只是而已，很像意象派的表現手法，語言清晰而不加藻飾，意象明確而集中。[49]

林亨泰也說：

今天的意象派是從辛皮提以後，意象論已變成批評理論的一派，不僅是針對詩、小說亦可以用意象論來批評。……目前要拯救意象的貧乏，是「笠」同仁要做的，同時也是「笠」同仁作品的大特徵。[50]

　　意象派是20世紀初在歐美興起的詩歌流派，此派詩人批判維多利亞詩風的傷感和空洞，認為人們需要一種新起的詩歌，主張詩不要冗詞贅語，詩人必須不斷創造新的意象，對詩的內容和形式持著革新態度，力圖通過意象思考和感覺，傳達出多元的象徵意涵[51]。可見「意象」絕對不等於「修辭」，處理意象並不需要冗長的文字或是繁複的操作，詩的特點應該在於清晰而富於衝擊性的意象。美麗的詩，詩質、詩意象往往是空洞的，詩的實質必須透過深刻但明朗的意象象徵去完成。我們從笠詩人偏向「意象勝於修辭」的觀點，可以發現他們從這樣的討論接軌了西方現代主義範疇中的「意象派」，再加上前述「新即物主義」的創作觀，笠詩社的「現代性」概念就具備了理論高度與豐富的層次。

　　而一旦論及詩創作中的「意象」概念，就必須直接面對詩形式的問題，按笠同仁的觀點，七、八〇年代的詩壇被文辭美麗或是文字晦澀的作品佔據，產生了林亨泰所言的「以量制質」的現象，產生了笠詩社詩人所寫出來的詩都是第二流的「誤會」，換言之，笠同仁認為詩壇對於詩的認識，走向了一種以文字修辭為主的謬誤，並以此謬誤「排他」，而詩的本

---

[49] 同前註，P.57。

[50] 同前註，P.55。

[51] 詳參《世界藝術史》，修·歐納（Hugh Honour）、約翰·符萊明（John Fleming）作，吳介禎等譯，木馬文化出版，2001。

質不應是「文字」的，而是「語言的」、「意象的」，現代詩最重要的是從意象著手，而詩的形式問題也必須從意象的使用來討論。許達然就從意象的角度涉及到對於詩「散文化」的批判：

> 現代詩用口語，但口語化卻不是散文化。……台灣的新詩越來越散文化，表達平白，語句囉嗦，簡直比散文還不如。如果不堅持藝術性，文學便缺乏感染力……而在文學中最注重語言的是詩了。詩在措辭上比散文講究，最好是涵意不是示意，有活潑的意象，使人聯想。時下台灣新詩的意象多半是敘述的意象，而不是比喻的意象——直喻或暗喻。[52]

許達然提出了幾個從意象延伸出來的概念，第一、口語化並非散文化；第二、新詩必須透過藝術性的堅持才能脫離散文化的現象；第三、新詩是語言的藝術，必須擺脫敘述的意象，走向比喻的意象。在此處許達然提出意象的區分來判別詩與散文上的異同，筆者以下圖表之：

雖然，由本節的引文發現笠詩人對於意象的要求勝於修辭，也透過與西方意象論的接合顯出笠的現代性，但並不代表許達然說應以比喻的意象書寫現代詩，或是林亨泰在〈意象論批評集〉所使用的如「單一的意象」、「意象與意象間的相關性」、「主導意象」、「意象的全一性」等批評詞彙[53]，就是所謂的「意象至上論」，反而因為笠同仁強調的「外向

52　引自許達然、非馬〈詩的對話〉，《笠》128期，1985.8，P.70。
53　這些批評語彙是林亨泰在〈桓夫的「窗」——意象論批評集3〉運用作為批評方法，《笠》95期，1980.2，P.28-29。

觀點」與「現實主義的藝術導向」，使得他們對於「意象」的強調不會走
向偏鋒，林宗源說：

> 很多的詩人，以為寫好詩，能發表，能出詩集就行了。因此，追求
> 技巧至上，意象至上，忽略思想在作品中的重要性。技巧、意象雖
> 然能使作品完美，但思想才是詩的生命。詩必須以思想性的內涵，
> 借詩的文體，做藝術性的表現，否則詩也只是明日黃花的女人。[54]

　　林宗源這段話正好展現了笠同仁首要關注的是詩作的思想內涵與現實
意義，透過這兩者作為基礎，強調「以語言思考」以及「意象的象徵」，
去提昇作品的藝術性與現代性。因此，詩人如果一味強調文字修辭，可以
預見這樣毫無生命力的詩作很快地就會枯萎，無法留下歷史與現實的腳印
與痕跡。畢竟「一個作家的生活面必須廣大，取材才能包融萬物。一個真
正生活過的人，才能表現感情的真，寫出使人感動的作品」，從這個角度
再來對照笠同仁認為在意象處理，可以作為典型範例的「非馬」[55]，「意
象論」的意義與概念就會更加清晰。王灝說：

> 非馬的詩含有很濃厚的理趣，以一個研究科學者的眼光，對於事物的
> 觀照了解及觸悟，表現而為詩，自是較富於一種理性的、客觀性的
> 制約力，把詩性寓寄於理趣之中。用一種冷靜的筆法，直接的去擊中
> 所欲探討的主題核心，意象尖銳鮮明而貼切，富有一種科學的清明品
> 性，沒有感性的泛濫，這是非馬的詩之異於一般詩人詩作的最大特
> 色。……總之非馬的一些詩，含有著批判性……造語平淡，詩思清
> 明，但詩的作用力卻是凌厲的，對於意象的選擇，則十分具巧思。[56]

---

[54] 引自林宗源〈詩的自述〉，《笠》112期，1982.12，P.34-35。

[55] 陳千武與李魁賢等詩人都稱非馬為「意象派詩人」，陳千武在〈非馬詩的評價〉一文中說：
「因為非馬已經把自己塑造成典型的一位意象詩人」；李魁賢再〈論非馬的詩〉一文裡則說：
「他的詩兼具了語言精鍊、意義透明、象徵飽滿、張力強韌的諸項優點，具有非常典型的意象
主義詩的特色與魅力，在我國詩壇上，非馬是正牌的意象主義者……」。可見笠詩社裡以「意
象」作為典型的詩人的確非非馬莫屬。

[56] 同註48，P.58。

　　非馬作為笠同仁以「意象」書寫的典型，一則帶有強烈的思想性；二則語言直接、明朗、淺近，但帶著冷靜與機智；三則穿透事物的表層，進入事物的核心真實，因此他的詩無須繁重的文字修辭，反而在短句中呈現新鮮且強烈的意象，並且透過他對意象的選擇與處理，即是詹冰所言的「高度的濃縮和長距離的飛躍」，達成一種明確而集中的象徵，林亨泰以視覺景深的概念認為「非馬作品中的詩意象大都是極其單純的」，卻仍具有「不同而獨特的深度與廣度」[57]。大陸學者古繼堂亦以「比寫實更寫實」、「比現代更現代」的觀點[58]，隱約指出非馬詩以「精確的意象」統合寫實與現代的高度能力。而非馬在芝加哥中國文藝座談會上講「現代詩」時曾說：

　　　　現代詩的第一個特徵是「社會性」，詩人必須是社會一份子，才能寫出有血有淚的作品。第二個特徵是「新」，在思想與形式上要有革命性的創新。第三個特徵是「象徵性」，必須有多重意義的意象，又必須同宇宙裡的事物互相呼應，相關聯。第四個特徵是「濃縮」，在主題上要嚴密得無懈可擊，以最少的文字負載最多的意義。

　　意象既是詩人內在思維的變型，亦是詩人對於自身以至於外在世界觀察與哲思的聚焦處。詩人創造意象的無限可能，並掌握意象的象徵幅度，以意象精鍊其創作的詩句，讓讀者在精確的意象表達中產生共鳴或是更多的感發。意象一方面造成詩歌的結構，另一方面意象卻又使得一些詩句在結構中脫軌，產生更多的創意與可能，一首感人的詩必然有著精采的意象與其延伸的象徵，而且必然要呈現其社會意義與社會價值。就非馬和笠同仁而言，批判社會或者關懷社會，只要是建築在現實底層之上，以意象賦予日常語言新的意義，達成「現實主義的藝術導向」概念之要求，就是一首深刻內涵與藝術形式兼備的好詩。

---

[57] 林亨泰〈非馬的「風景」──意象論批評集4〉，《笠》96期，1980.4，P.44。
[58] 古繼堂〈平地噴泉──談非馬的詩〉，《笠》139期，1987.6，P.41-47。

第四節　詩史觀

　　《笠》130期裡有一篇陳千武的重要論述〈光復前後台灣新詩的演變〉，可以反映出笠詩社的新詩史觀，在前言裡，他將台灣新詩的發展分成兩個剖面：光復前二十年與光復後四十年，再將光復後四十年對切，分成前期與後期：

> 所以我們可以把光復前二十年的活動，視為台灣新詩的潛伏期，包括開創期的詩型、作品風格、現代精神的萌芽。而光復後四十年的新詩演變實態，是經過一段過渡期的冷靜之後，採取橫的移植，吸收西歐的藝術精神，花費了二十年；後其二十年才恢復縱的傳統，表現本土意識的創作，恢復國民性獨自性格多彩的文學表現，進入世界性文學圈裡豎起一幟。[59]

　　引文裡可以發現幾個重要的概念：第一，光復前二十年的新詩活動，是一種開創性的潛伏，是台灣新詩史發展的前端，所以對於台灣新詩未來的開展世代有啟發與萌芽的作用。換言之，這個啟蒙端點的定義，便影響台灣新詩史的書寫。第二，就光復後的前期而言，陳千武不否認走向的是橫的移植，以西方的藝術精神作為效法學習之對象，然而後期卻恢復縱的繼承，但此處陳千武所言之「縱的傳統」，似乎與藍星所言「中國傳統」概念底下之「縱的繼承」不同，陳千武把它定義在「本土意識」與「國民性」，也就是說以「本土」取代「中國」作為台灣新詩「縱的繼承」概念之內涵意義。就上述第一點而言，陳千武認為：

> 台灣新詩的發生，係於民國十二（一九二三）年始有謝春木、施文杞等人嘗試寫作。……於我國國內於民國四年被認為新文學運動的

---

[59]　陳千武〈光復前後台灣新詩的演變〉，《笠》130期，1985.12，P.8。

先鋒「新青年」的出版晚了八年。[60]

　　在現今普遍認同的台灣新詩起源於謝春木（追風）〈詩的模仿〉四首，卻在八〇年代陳千武的筆下以既直接又迂迴的方式呈現出來，一方面將台灣新詩的發生定義在1923年，另一方面又必須迂迴地提及民國四年的《新青年》，然而正因為這樣的對照，才能夠突顯台灣新詩的起源不能一味地認為是「中國影響」，而必須強調另一個真正重要的球根：「日治時期」，如此才能夠呈現台灣新詩發展的真正實況。

　　其實林亨泰在「現代派論戰」時替紀弦辯護，已將「橫的移植」說是積極的開拓，又將廣義的傳統繼承說成為「積極」的繼承[61]，在這樣的論式中，如果我們仔細觀察將會發現林亨泰雖作為早期現代派的理論健將，但其身分實為日治時期以降銀鈴會的成員。換言之，他代表的是台灣自日治時期以來的新詩文化發聲者，所以他所謂的消極上「傳統」的繼承，或許指的便是日治時期第一次「超現實主義運動」的延續[62]；而五〇年代又是反共復國的年代，因此林亨泰必須選擇中國的傳統，來說明廣義積極的繼承。如果以此兩段論式來觀察林亨泰這段話，就可以了解當時詩人在蕭殺的政治環境下，要提出符合史實的論證，就必須使用相當「隱喻」的詩論語言[63]。雖然，八〇年代以降，政治氛圍已無如此蕭殺，但要徹底改變舊有「大中國式」的詩史觀，陳千武也透過這種迂迴的方式，將「縱的繼承」原先「傳統中國」的觀念挪移成繼承「日治時期」台灣原有的新詩傳統，亦煞費苦心。而李魁賢早在1979年與蕭蕭、林煥彰三人對談時就已確切提出這樣的觀點，他說：

---

[60]　同前註，P.9。

[61]　林亨泰已在〈中國詩的傳統〉說：「註釋（一）：紀弦的這一句話，在消極方面，即意味著「傳統」的繼承，在積極方面，即意味著「新」的開拓。註釋（二）：「現代主義即中國主義」——這就是在本文中我所要強調的一點，那麼，紀弦在積極方面，也就意味著「傳統」的繼承，而且是廣義的繼承。」（《現代詩》詩刊，1957.12，P.34。）

[62]　實際上，陳千武也提及水蔭萍在紀弦之前二十年就已經實踐過「超現實主義」，換言之台灣早已在日治時期就實踐過「泰西的poem」。詳參〈台灣3的新詩精神〉一文，收於《陳千武全集12：陳千武詩思隨筆集》，台中市文化局編印，2003.8，P.132-144。

[63]　詳參丁威仁〈五、六〇年代詩論的啟航點——「現代派論戰」重探〉，發表於耕莘文教院舉辦之耕莘四十周年「文學社團發展與社會學術研討會」，2005。

> 我們了解到台灣新詩的發展，幾乎與中國大陸五四時期的新詩同時
> 間開始。……但光復以前，實際上台灣新詩活動就已存在，而且持
> 續相當時間。可惜，光復以後，因為語言變遷，使得那些前輩詩人
> 的創作忽然停止。……台灣新詩的傳統，比較偏重「現實經驗論的
> 藝術功用導向」作品；這裡也許可以給我們這樣的啟示，在詩或文
> 學的創作上，應該兼顧兩方面：即以現實經驗為基材，追求藝術上
> 的表現。[64]

　　從李魁賢的說法中，不難發現八〇年代以前一般人對於台灣的新詩，
「普遍有一種誤解，以為台灣的新詩是紀弦他們從大陸帶來的火種」[65]，
實際上台灣新詩的發展應該多已透過日文譯介而受到外國新文學思潮的影
響，勝過被中國大陸影響，如果將台灣日治時期的新詩拿來與中國五四時
期的新詩比較，將會發現台灣新詩的深刻度與技巧的運用超越其時的中國
詩壇。就此可以發現除了證明台灣新詩發展史以日治時期影響為主外，還
提及形式與內容的歷史承繼。在形式上光復後流行的「超現實主義」，早
在日治時期以降至光復初期就已有從日文譯介理論與思潮；就內容而言日
治時期的詩作與笠詩人的詩作而言，也有一脈相承偏向現實人生，或反映
現實的意識強烈等表現，這種寫實路線的繼承，也可以證明台灣新詩的傳
統奠基於日治時期。

　　其實，陳千武〈光復前後台灣新詩的演變〉這篇代表笠詩社詩史觀的
重要論述，總共從第八頁至第二十六頁花了十九頁的篇幅縱論台灣新詩的
發展，但如果從比例的分配來看，大概在光復前二十年日治時期的部份，
用了約八頁的篇幅，至於光復後的後期二十年關於本土意識與笠詩社的部
份，用了約六頁的篇幅；但光復後的前期二十年包括「現代派」、「藍星
詩社」以及「創世紀詩社」的部份，則分別用了一頁半、一頁半，與近兩
頁，總共五頁的篇幅。換言之與本土相關的篇幅（日治時期與笠的發展）

---

[64]　引自林煥彰整理〈三人對談——關於一年來的詩壇〉，《笠》95期，1980.2，P.55。
[65]　同前註。

總共佔有十四頁，在五〇與六〇年代前期的重要詩社與詩創作走向只佔了約五頁篇幅，這樣的比例似乎產生一種失衡的狀況。而其中對於「創世紀詩社」詩人（尤其是洛夫〈石室之死亡〉）的批評又更為嚴苛：

> ……也可以看出那麼複雜精神深處的詩想，沒有捕捉到正確的主題，和缺乏自我意識的省悟。為什麼會如此？這種精神的缺乏，主題的空虛，與作者的處境是絕對相應的。這可以說就是「創世紀」詩人們創作的實態。[66]

如果再對照他對於《笠》詩刊創社的宗旨與立場，更可發現笠詩社詩史觀的「本土性」與「現實性」：

> 整個詩壇陷入西化，黏稠在晦澀、無自主的狀態中，脫胎不出的時候，一群省籍詩人包括潛沉期以及光復後新生代的有志者，聚集在一起，有如被愛的存在自動地負起詩的使命，創辦了「笠詩刊」。如果要說笠詩刊的宗旨與立場，那就是意圖挽救當時詩壇的頹廢現象，並繼承潛沉期的新文學運動精神，創新本土詩文學，使其發揚開花。[67]

可見《笠》創刊時，台灣詩壇的狀態是這些省籍詩人眼中的「晦澀」、「無自主性」，是在「現代主義的狂飆下，深受超現實主義影響的創世紀詩社，達到所謂黃金時代的頂峰時期」[68]，也就是說《笠》的創刊不僅是一種「詩的覺醒」，也是一種「本土意識的覺醒」，透過繼承日治時期的新詩傳統，以生長於台灣本土的詩人為主，創作屬於這塊土地的新文學，郭成義在八〇年代初期就提出論述，對於台灣三十年來現代詩方法論發展史進行觀察分析，並提出較為優位的方法論，首先他仍依著傳統

---

[66] 同註60，P.21。
[67] 同註60，P.21-22。
[68] 引自杜國清〈「笠」與台灣詩人〉，《笠》128期，1985.8，P.55。

的詩史概念，從五四時期的抒情詩延續至討論台灣的抒情詩，他認為台灣光復後的抒情詩沿著兩種進路，一是銜接「現代主義的晦澀表情」，以及「對技術至上論崇拜」而來的「流行性虛無技術的仿抒情」；另一則是「台灣本土新生一代的詩人，對於抒情詩傾向的選擇和經營，卻又保有較新的創造性與濃厚的浪漫氣質」，如果對照所舉詩例（陳敏華、蓉子、葉珊、葉維廉V.S.鄭炯明、拾紅），可以發現笠詩人在論述視野中的優位性[69]。

　　接著，他提出「超現實主義反藝術形式」之心態，導致「抒情主義的遜位，使得詩的題材、物象、形式及詩想的優位配置顯得突出，而造就了詩的藝術觀追求的一面，尤其是透過語言及文字的引導而產生之視覺或音感意義頗為用心」，這樣的論述方式似乎對於超現實主義帶來的抒情遜位有著正面的讚揚，而郭氏所運用的批評語彙，更似乎是對於超現實主義的書寫與美學概念給予肯定，然而他所舉的詩例（桓夫與白萩），卻又讓人如墜五里霧中[70]。雖然，他進一步認為他們的詩是「簡明易懂的語文經驗」，批判瘂弦、洛夫、楊牧、葉維廉、碧果等人的作品是「喧嘩的鬧市景觀」，導致「現代詩無讀者的悲慘環境」，但這樣的論述邏輯卻很清楚地是「意念先行」的結果，他以自身觀念裡固著的美學觀念來書寫方法論的演變，在主觀性論述的排他後，產生了以「台灣本土詩人」加上「社會性傾向」的新詩方法學，而最符合此一傾向的詩社群，當然是「笠詩社」。林亨泰在1983年5月1日笠詩社與自立副刊主辦的「藍星、創世紀、笠三角討論會」也提出了雷同但更加清晰的詩史觀點：

　　　　在民國四十五年現代詩社發動的現代派運動，主要提出主知性，乃是針對抒情性的反駁，是對立也是發展，而採取反對者當時是藍星詩社，站在抒情的立場，這種對立是很好的。後來又有提倡民族詩型的創世紀，在四十八年之後較之現代派更加現代派，他是屬於發

---

[69]　詳參郭成義〈從抒情趣味到反藝術思想——三十年來台灣現代詩方法論的追求〉，《笠》105期，1981.10，P.42-48。
[70]　同前註。

展的角色，詩壇從抒情，而加入現代派之主知，創世紀則將其發展
到最高潮。五十三年笠詩社的出現，又是一種辯證的情況，由於創
世紀主知的抽象化，以其提出的社會性，用「社會的」再拉回來，
這種正反合的辯證是證明詩壇一直在發展，有很大的變化……。[71]

　　按林亨泰的看法，就新詩史的發展而言，自現代派運動以降，實際上
是由民國四十三年十月創刊而自四十八年四月風格確立的「創世紀」，
民國四十三年六月覃子豪創辦的「藍星」，以及民國五十三年六月由「詩
壇的舊人」創辦的「笠」做為現代詩壇的三大支柱，然而在這三大詩社
中，所謂「詩壇舊人」創辦的「笠」，似乎代表著某些詩人，對於六○
年代當時詩壇走向晦澀的超現實主義詩風之揚棄，而開闢找尋一條「現實
性」、「社會的」生路。另外，就「詩美學風格」的趨向而言，有以下的
三個脈絡：

藍星──抒情性──新浪漫主義

創世紀──前衛性──超現實主義

笠──本土性──新即物主義

　　李敏勇對於這樣的趨向提出了一個看法，相當程度的可以代表笠同仁
在新詩美學發展上的基本自我定位：

我覺得藍星與笠有一個共同的特色，即都主張詩的純粹性、藝術
性，但在對社會性的介入卻有不同。笠與創世紀、藍星，在這一方
面似有程度上之不同，就藍星與創世紀來看，笠似乎對社會性的介
入較明顯，但就我們而言，好像也是在對於藝術性、純粹性的追求
範圍之內，所以，在鄉土文學論戰之後，笠的主張仍未脫出藝術以
外主張。[72]

---

[71]　詳參《笠》115期的專題「戰後現代詩史的重點考察」，其中有笠詩社與自立副刊合辦的「藍星、創世紀、笠三角討論會」的紀錄稿，陳明台紀錄，引文為林亨泰的發言，1983.6，P.11。

[72]　同前註，P.16。

其實李敏勇這段話，表面上只是比較三大詩社在創作態度與美感意識上的差異，卻已隱然觸及「三大詩社優劣論」的命題，很明顯地，笠詩社既主張創世紀與藍星強調的藝術性，但又比這兩大詩社多了社會性的介入。於是，李敏勇進一步提出「語言是存在的場所」[73]來排斥過分的修辭，隱喻對創世紀與藍星的批判，更再次強調前述「外向觀點」的追求，以突顯笠詩社在詩壇的地位與意義。古添洪則對於笠詩社的「詩史」傾向，提出了尚稱中肯的觀點：

> 「笠」詩社的最大成就也許就是其中的「詩史」傾向，為時代做了某程度的見證，某程度的抵抗、內省與批判。我個人認為「詩史」的「傾向」是對詩人最大的挑戰，因為那是一個粗糙、原始的現實，需要詩人無窮的才氣、膽識與學問去征服它，使之成為藝術、成為「詩」。也由於此，「笠」詩人群的諸多詩篇會因此而被「拖垮」，質而無文，甚至思慮不周之際，成為意識形態的喧嘩。[74]

古添洪此處的「詩史」，不僅指涉笠詩人的「新詩史觀」，指的其實是「以詩存史」，認為笠詩人的創作價值正在於以詩作為台灣歷史發展的見證與紀錄，反映時代與現實，正因為如此，往往不夠藝術性，流於一種直感情緒的叫囂。當然古氏對於笠詩人詩作不夠藝術性、且流於意識形態的說法，笠詩人未必會同意。但古氏的確發現笠的詩史觀，不僅存在於「新詩發展」的概念中，更透過創作實踐以詩作「保存歷史」，在整個台灣新詩發展的過程中，笠詩社的「詩史觀」同時呈現「史述（歷史視野）」與「史作（以詩存史）」，是相當特殊的。

---

[73] 同前註。
[74] 引自古添洪〈我對「笠」的一些印象與期待〉，《笠》154期，1989.12，P.108-109。

第五節　小結

　　林亨泰在〈談現代派的影響〉一文從各個角度論證笠詩社的「現代性」，也力圖證明笠詩社才擁有台灣文學的意識形態，他認為：

> 我認為「現代派」運動的影響是非常深遠的，至今仍未斷絕。「創世紀」詩刊自第十一期（民國四十八年四月）以後的內容，突然變得比「現代派」更「現代派」。然而「笠」詩刊的創立（民國五十三年六月），也並沒有完全擺脫現代詩的基本路線，不過，和「創世紀」有了不同的作風，只是對「社會‧本土」「意義‧思想」等有了比較強烈的投入而已。所以「創世紀」與「笠」也可以說是「現代派」的兩種不同的化身，他們一樣都是「現代詩運動」的健將。[75]

　　畢竟，林亨泰具備了三重身分，一是日治時期銀鈴會的重要成員，二是現代派論戰時期的主要戰將，三則是笠詩社的創社元老，所以對於整個台灣的新詩發展，幾乎說是完全的見證，他在引文裡主要的論點有三：第一，他指出笠亦為「現代派」的化身，也就是說笠詩社亦具備著強烈的現代性；第二，他認為笠與創世紀所不同的在於笠的「社會現實性」以及強調作品的「意義思想」；第三則屬於隱性的部份，如果照林亨泰所說的，創世紀與笠屬於不同的作風，是否正暗示著創世紀的詩作不以關懷社會與本土作為出發點，而且詩作之思想與意義往往艱難隱晦，或是無病呻吟？林亨泰進一步說明：

> 其次，再說兩者的差異性。若就語言使用而言。「笠」詩社同仁之中有不少人是處於「二言語使用狀態」（Bilinguslism）。這對一些從事詩創作的人來說到底有哪些影響呢？……但，對於這些能自由

---

[75]　林亨泰〈談現代派的影響〉，《笠》115期，1983.6，P.18。

　　　　出入於兩種語言之間的詩人，至少可以發現出那種較不重視語言文
　　　　字末節之傾向。再就意識轉化而言，將詩的想像世界安置在社會意
　　　　識上，跟持滿而自足於自我意識裡的態度，是有所不同而各有特色
　　　　的。對於「笠」詩刊的同仁而言，詩不僅是自我意識的延長，而且
　　　　也是社會意識的轉化與提升。[76]

　　很清楚地，笠詩社的詩人多半呈現母語與漢語兩種語言的使用狀態，
這代表著在出入這兩種語言中，笠詩人往往「以語言思考」，較不重視文
字修辭的堆砌造作，此處也看出來林氏對創世紀詩人的隱性批判，認為他
們較注重語言文字之枝微末節。另外，就創作意識而言，笠詩人是建築在
社會基礎上去蓋一棟想像的屋宇，因為地基是穩固而現實的，所以詩作透
過藝術性的處理便可轉化提升詩人的社會意識；然而創世紀詩人並無如此
穩固的地基，反而詩作變成自我意識的無限延伸，像是空中樓閣，或是極
端自我的夢囈。杜國清從言志、緣情、體物三個觀點討論新詩，似乎相當
程度地指出了笠詩人的創作傾向[77]，他認為詩人寫詩，只是忠於自身良心
的感受，這就是「言志」；而詩人透過「緣情」，以詩忠實記錄自己的感
情，則展現了「詩言志」在感性層次的特徵；而詩人必須透過對於萬物的
認知與體驗，藉著詩作建立起相應的關係，這就是「詩言志」在知性層次
的特徵。而詩的創作不應該以文字的雕飾為優先，而要以深刻的感情與思
想，洞察時代，藉著語言表現對社會的反省與人生的體悟，這亦即是李魁
賢所言的「現實經驗論的藝術導向」。我們也可以透過整理《笠》八〇年
代裡的譯詩狀態，證明《笠》的現代性：

期數	原作	譯者	出刊日期
95	意象派詩選	杜國清	1980.2
96	意象派詩選	杜國清	1980.4
	英美現代詩選	非馬	
98	日本兒童詩小輯	藍啟育	1980.8

---

[76] 同前註。
[77] 詳參杜國清〈詩人在亞洲開發中的角色〉，《笠》142期，1987.12，P.6-12。

99	佛洛斯特詩抄	非馬	1980.10
	日本兒童詩小集	李樹根	
101	布拉克詩抄	非馬	1981.2
102	印地安人詩歌	許達然	1981.4
	愛斯基摩人詩歌	許達然	
	拉丁美洲詩選	非馬	
103	集中營裡的童詩	非馬	1981.6
	美國詩選——肯尼茲·勃克	非馬	
	水橋晉的詩	林鍾隆	
104	三首希臘詩	非馬	1981.8
105	希臘詩選專輯（含卡法非詩選與謝斐利士詩選）	非馬 李魁賢	1981.10
106	（美國）史丹利·康尼茲的詩	非馬	1981.12
	愛斯基摩人詩歌	許達然	
	米洛舒詩選（上）	杜國清	
107	佛洛斯特詩一束	非馬	1982.2
	米洛舒詩選（中）	杜國清	
108	日本現代詩選譯	陳明台	1982.4
	韓國現代詩選譯	陳明台	
	米洛舒詩選	杜國清	
109	D.H.勞倫斯詩選	非馬	1982.6
	米洛舒詩選（四）	杜國清	
110	米洛舒詩選（五）	杜國清	1982.8
	印度現代詩選	李魁賢	
111	韓國詩人金芝河詩選	陳明台	1982.10
	歐美短詩選譯	非馬	
112	荒地詩選	陳明台	1982.12
113	奧登詩選（1）	許達然	1983.2
	波蘭地下詩	非馬	
	卡洛琳·浮傑的詩	非馬	
	理查·布羅提岡的詩	林鍾隆	
	赫塞詩選（1）	蕭翔文	
114	希臘古詩選	非馬	1983.4
	希臘當代詩	非馬	
	奧登詩選（2）	許達然	
	艾斯納詩選（1）	杜國清	
	赫塞的詩（2）	蕭翔文	
	日本傳統詩——短歌（1）	蕭翔文	

115	奧登詩選（3）	許達然	1983.6
	蘇斯納詩選（2）	杜國清	
	赫塞詩選（3）	蕭翔文	
	日本傳統詩——短歌（2）	蕭翔文	
116	奧登詩選（4）	許達然	1983.8
	赫塞詩選（4）	蕭翔文	
117	丹麥現代詩選（上）	莫渝	1983.10
118	奧登詩選（5）	許達然	1983.12
	赫塞詩選（5）	蕭翔文	
	丹麥現代詩選（下）	莫渝	
119	非馬譯詩選萃	非馬	1984.2
	法國兒童詩選	莫渝	
	赫塞詩選（6）	蕭翔文	
	「歷程」的詩與詩人（戰後日本現代詩的展開）	陳明台	
121	西班牙詩抄	黃瑛姿	1984.6
	赫塞詩選	蕭翔文	
122	赫塞詩選	蕭翔文	1984.8
123	法國兒童詩選（1）（2）	莫渝	1984.10
124	巴西詩選	黃瑛姿	
	白鳥元治詩二首	陳千武	1984.12
	英美兒歌・鵝媽媽選譯	杜國清	
125	法國詩選	莫渝	1985.2
	西班牙詩選	林盛彬	
	韓國詩選	陳千武	
	一九八四諾貝爾獎得主——塞佛特小輯	聶崇章、李魁賢、杜國清、梁景峰	
126	奧登詩選（7）	許達然	1985.4
	西班牙詩選	林盛彬	
	紐西蘭詩選	李魁賢	
	日本的詩人——金子光晴	陳明台	
127	善良的人道主義者——武者小路實篤	沙白	1985.6
	增田良太郎詩抄	錦連	
	法國詩人——保羅・艾呂亞詩選	莫渝	
	美國詩人——莫蕾兒・路開舍的詩	非馬	
128	菱山修三詩集選譯	錦連	1985.8
	井上靖的詩	沙白	
	鮎川信夫的詩〈在後街〉	趙天儀	
	慕禮生的詩〈戰爭片就是和平片〉	林怡君	

	奧登詩選（8）	許達然	
129	瑞典倫特維斯德的詩	林鍾隆	1985.10
130	鈴木豐志夫散文詩三題	陳千武	1985.12
	西班牙詩選	林盛彬	
131	小野十三郎詩	陳明台	1986.2
	增田良太郎詩	錦連	
	西條八十詩	錦連	
132	增田良太郎詩	錦連	1986.4
	希臘利特索斯作品	黃瑛子	
	奧登詩選（9）	許達然	
	希臘卡瓦飛作品	陳樹信	
133	吉原幸子的詩	陳千武	1986.6
	波舟維格長詩「海豚」	李魁賢	
	西洋近代詩的派流	劉捷	
134	西班牙詩選	林盛彬	1986.8
	增田良太郎詩	錦連	
135	韓國詩人選	李魁賢	1986.10
	日本詩人選	陳千武	
	增田良太郎詩	錦連	
136	瑞典近代詩選	莫渝	1986.12
	義大利新現實主義詩選	李魁賢	
137	荷蘭女詩人安妮卡布宜絲詩選	李魁賢	1987.2
	十九世紀瑞典近代詩選	莫渝	
	增田良太郎的詩	錦連	
	西班牙詩選	林盛彬	
138	義大利新經驗主義詩選	李魁賢	1987.4
	堀口大學詩「乳房」	陳秀喜	
	增田良太郎詩	錦連	
	美國詩選	陳樹信	
139	義大利新前衛派詩選	李魁賢	1987.6
	當代希臘詩選	陳樹信	
	增田良太郎的詩	錦連	
140	增田良太郎的詩	錦連	1987.8
	瑞典詩人馬庭森詩選	非馬	
	賈布里耶‧謝拉雅	林盛彬	
141	增田良太郎詩抄	錦連	1987.10
	希臘黎佐詩選	許達然	
	捷克塞佛特詩集——「鑄鐘」選譯	吉也	

143	（韓）李璟姬〈冬樹〉	陳明台	1988.2
	（日）竹內實次〈錦連〉	錦連	
	（日）增田良太郎〈不忠實的狗〉、〈野豬〉	錦連	
	奧登詩選（10）	許達然	
	約瑟夫‧布洛斯基	李魁賢	
	布洛斯基作品選譯	非馬	
	溫柔的記憶──李立揚的詩	非馬	
144	希爾妲‧菲律浦詩選	李魁賢	1988.4
	增田良太郎詩抄	錦連	
	（韓）鄭漢模〈眼淚的珍珠〉	陳明尹／金尚浩	
145	（日）完地守〈日月潭〉	錦連	1988.6
	增田良太郎詩抄	錦連	
	史狄芬奴‧貝卡羅斯〈後記或窗外的天空〉	陳樹信	
146	謝拉雅詩選譯	林盛彬	
	鑄鐘選譯	吉也	1988.8
	增田良太郎詩抄	錦連	
147	增田良太郎詩抄	錦連	1988.10
	米蓋爾‧葉南德斯詩選譯	林盛彬	
148	日本詩選	陳千武	1988.12
	鑄鐘選譯	吉也	
	拉丁美洲黑色詩歌	林盛彬	
149	台詩英譯──曇花个世界	李篤恭	1989.2
	水蔭萍詩集──《燃燒的臉頰》	陳千武	
	克里斯多夫‧彌德敦詩選譯	聃生	
	永遠有一朵玫瑰	非馬	
150	台詩英譯──爪痕集	李篤恭	1989.4
	韓國現代詩選	陳千武	
151	台語譯詩（岩上原詩）	黃勁連	1989.6
	台詩英譯（袁菲菲原詩）	李篤恭	
	（美）喬伊斯‧卡洛‧瓦特絲詩選譯	黃瑛子	
152	台詩英譯（莊惠原詩）	李篤恭	1989.8
	小桂冠詩人	非馬	
	拉丁美洲的超現實主義詩歌	林盛彬	
153	陸卡‧布萊諾維克詩選	林盛彬	1989.10
	台詩英譯（顏艾琳原詩）	李篤恭	
	原爆詩集（一）	葉笛	
154	台詩英譯（潘芳格原詩）	李篤恭	1989.12
	原爆詩集（二）	葉笛	

　　八〇年代的《笠》從95期至154期，約十年60期的所有刊物中，幾乎每一期都有譯詩，不僅介紹西方歐美各國的現代詩流派，以銜接當代的思維；一方面也透過第三世界詩作的介紹，來對映自身的環境與新詩創作的走向；另外，更大量翻譯推介日本與韓國的現代詩創作，將台灣與亞洲重要國家的現代詩等量齊觀，既可以銜接台灣新詩發展的脈洛與軌跡，又可以透過彼此創作內涵與美學觀念的交換互動，達到提升現代詩現實性美學的目的。就如阮美慧所言：

> 八〇年代之後，台灣社會、民主、政治議題沸沸揚揚，《笠》從第一、二代至第三代「戰後世代」詩人，所發揚、奠定的明朗、硬質詩風，呈現出深廣繁複的「有機詩系」，於戰後台灣詩壇上，展現了不同的詩美學標準，與現代主義成為台灣詩學的犄角。[78]

　　《笠》「有機詩系」的深廣繁複「詩美學」，其實很清楚的奠定在李魁賢所言的「現實經驗論的藝術功能導向」上，簡單地說就是「現實主義的藝術導向」，這樣的美學觀並非不是現代性的，反而是從現實經驗的「外向觀點」上呈現新詩「現代性」的美感價值，既強調「寫什麼」（題材來自於現實經驗），也同時強調「怎麼寫」（藝術上的技巧方法論）。並且為了呈現與「超現實主義」之歧異，笠同仁提出了「新即物主義」，作為「寫什麼」與「怎麼寫」之間的中介統合。

　　而李敏勇將語言的思考分為「外向觀點」與「內向觀點」，並將「語言」和「文字」分成兩個層次，一方面再次強調笠同仁「以語言思考」的創作思維，另一方面將笠強調的「新即物主義」，與創世紀所強調的「超現實主義」，放在同一個位置衡量，將笠同仁的創作與笠詩學的走向，賦予現代性，也藉此扭轉當時詩壇對「笠」錯誤的批判與看法。同時，林亨泰延續其四、五〇年代意象論述的觀念，以「意象論批評」作為方法討論

---

[78] 引自阮美慧〈社會與政治：「笠」戰後世代詩人的現實詩學〉，2004年10月2-3日，國家台灣文學館舉行之《笠詩社四十週年國際學術研討會之論文集》，P.181。

笠詩人的詩作，如果再輔以八〇年代《笠》詩刊裡許多對於非馬詩作的討論，可以看出笠同仁偏向「意象勝於修辭」的觀點，這樣的討論接軌了西方現代主義範疇中的「意象派」，如果加上笠同仁「新即物主義」的創作觀，笠詩社的「現代性」可以說是完全呈現：

實際上，從笠詩社同仁的「詩史觀」來觀察笠詩社的詩學思維會更加清楚。笠詩社的「詩史觀」可以從兩個分向討論：「史述（歷史視野）」與「史作（以詩存史）」，就「史述」而言，笠詩社的現代性主要源自於「日治時期」，屬於一種「創造（藝術）性的社會傾向」，在台灣新詩的發展中，是「本土意識的覺醒」，因此笠同仁的作品以台灣本土為根，透過藝術性的書寫，表現「現實主義的藝術導向」之創作本質。正因為如此，在當時所謂三大詩社中，只有笠同仁的詩作較為明顯地展示出「史作」的特色，以詩作紀錄或者反映台灣這塊土地走過的歷史，拓寬了笠詩社關於「詩史」的概念。

從1979年「美麗島事件」至1987年台灣政府「解嚴」，整個八〇年代的笠詩社正值改革與動盪的重要時期，強調台灣主體的笠詩社，面對的不僅是政治上的風浪，還要面對著對於過去三十年以來戰後台灣新詩發展的檢驗與定位，笠詩人既要繼承七〇年代以降的「台灣意識」與「現實精神」，又要展示現代詩原本擁有的「當代意識」與「現代精神」，笠詩人們就必須在逐漸寬鬆的政治氛圍中，逐步消解台灣詩壇充斥「虛無、蒼白的弊病」[79]，擺脫「現代主義」尤其是「超現實主義」的弊端，但又必須保有現代詩本身的「現代性」，因此笠詩人透過其詩學論述、創作實

---

[79]　同前註，P.189。

踐與大量的譯詩，在八〇年代不僅「呈現以台灣為主體的另一種『現實詩學』」[80]，更重要的是這樣的詩學主張，並沒有揚棄「現代性」，反而透過「現實主義的藝術導向」，更加強調一種從「本土思維」與「外向觀點」出發，透過「新即物主義」的創作觀念，達到以精準的「意象」傳達情感的書寫方式，擴大了詩的廣闊度與深刻度，這樣的詩學觀念，或又可稱之為八〇年代台灣的「新現代詩學」。

---

[80]　同前註，P.196。

第五章

台灣本土詩學的建立(下)：

九〇年代《笠》詩論研究

第一節　前言

　　1986年9月28日黨外人士宣佈成立「民主進步黨」；1987年7月15日零時起國民黨政府宣佈解嚴；1987年12月5日，修正後的《人民團體組織法》在立法院通過，包括政黨登記方式，正式開放黨禁；1988年1月1日，開放報禁，准許新報紙登記。從1979年「美麗島事件」至1987年台灣政府「解嚴」，整個八〇年代的笠詩社正值社會與政治改革與動盪的重要時期，強調台灣主體的笠詩社，也在八〇年代逐步完成本土現實詩學的理論架構，孟樊說：「八、九〇年代的台灣詩壇最明顯的特色，其實應該說是多元化──正好和八、九〇年代益趨多元化的社會相對應。」[1]，在向陽〈八〇年代台灣現代詩風潮試論〉一文裡，也認為八〇年代以降的詩作普遍呈現「多元走向」的概念，並且提出五組八〇年代所出現的互不聯屬以實踐為主的詩學主張[2]：

---

[1] 引自孟樊《當代台灣新詩理論》，揚智出版社，1995，P.284。
[2] 引自林淇瀁（向陽）〈八〇年代台灣現代詩風潮試論〉一文，收入《第三屆現代詩學會議論文集》，P.91。

（一）政治詩：詩的政治參與與社會實踐；
（二）都市詩：詩的都市書寫與媒介試驗；
（三）台語詩：詩的語言革命與主體重建；
（四）後現代詩：詩的文本策略與質疑再現；
（五）大眾詩：詩的讀者取向與市場消費。

林燿德則在〈不安海域——八〇年代前期台灣現代詩風潮試論〉一文中，歸納成五個方面[3]：

（1）在意識型態方面→政治取向的勃興
（2）在主題意旨方面→多元思考的實踐
（3）在資訊管道方面→傳播手法的更張
（4）在內涵本質方面→都市精神的覺醒
（5）在文化生態方面→第四世代的崛起

可見自八〇年代以降，進入九〇年代後，雖然笠詩社的詩學思維一面繼承著七〇、八〇年代建立的觀念，但另一方面在面對全新的時代，加上新一代年輕詩人的崛起，網路數位世代的誕生，笠詩社的詩學主張，也必須有所適應與產生變革，本文便在此基礎上，觀察九〇年代的《笠》，呈現出何種詩學主張與詩學觀念。

第二節　具備高度現代性的現實主義精神

進入九〇年代後，笠詩社所面對的政經環境，已然解禁。因此，笠同仁所強調的現實精神，就可以用更為直接的方式呈現，曾貴海在〈台灣戰後的環境生態詩（一）〉一文裡說：「現實的精神必須根植於現實的事

---

[3]　可參林燿德〈不安海域——八〇年代前期台灣現代詩風潮試論〉一文，收錄於林氏《重組的星空》，業強出版社，1991.6，P.45。

實，才不致於流於虛幻，才能真正的生根，開花，感動他人」[4]，便很清晰的只出現實精神的根基，必須給予一個現實的事象，而不能架空，不能只是想像的現實，也必須成為真實的現實。黃恆秋說得更為清楚：

> 詩人對現實的關懷，透過自我人格的影射，用感覺、想像或實際經驗寫出詩，提供生存土地的人文建設……而詩人可以理直氣壯的透過文字的表現來揭示社會結構的殘缺及其不合理的地方。[5]

詩的現實精神不僅存在於詩作本身對於現實的批判，還必須產生實際的功能，一方面詩人藉詩留下對於現實的紀錄，另一方面具備現實精神的詩作還存在著改良社會的功能，產生對於土地人文的關懷與建設的建議，這就是詩人的人文關懷。因此，詩人可以用詩實踐自身的社會責任，甚至於詩人也可以用行為或作品進行社會的改革，李敏勇說：

> 社會參與與純粹文學之間的糾結，在台灣目前這種特殊的生存時空，面臨許多亟待解明的課題。一方面是文學的藝術性把握！另一方面則是社會責任的實踐。……詩人也可以從事革命，另外也堅持藝術的純粹，更何況只是參與社會改革，詩人如何在藝術與社會之間尋求平衡，值得我們去思考。[6]

李敏勇對於詩的現實精神，的確承繼著李魁賢在八〇年代所言，第三則是「現實經驗論的藝術功能導向」[7]，也就是以現實經驗為基點，但要融合藝術表現的觀念，進一步深化詩人創作的社會改革功能與純粹藝術的平衡性，一方面以語言去表達詩人自身對於社會的高度參與和關心，另一方

---

[4]　引自曾貴海〈台灣戰後的環境生態詩（一）〉，《笠》158期，1990.8，P.116。

[5]　引自〈笠詩社專題討論會——被踐污的綠色台灣〉中黃恆秋的發言，《笠》159期，1990.10，P.141。

[6]　同前註，李敏勇的發言，P.142。

[7]　詳參丁威仁〈台灣本土詩學的建立（下）：八〇年代《笠》詩論研究〉，《戰後台灣現代詩史論》，台中：印書小舖，2008.9，P.132。

面也應致力於尋求詩創作方法的突破，以加強詩作的嚴密性與藝術性。就現實性而言，江自得提出了賦予詩作現實精神的創作方法：

> 我個人認為，較正確的作法是將傷痕曝露在眾人面前，透過傳播、教育，透過歷史的討論，大家方能從中獲取教訓，避免再重蹈歷史的覆轍，並正視傷痕所產生的象徵意義。[8]

也就是說，現實精神的詩歌書寫，應該將詩作建基在現實的傷痕上，不要刻意避開或迂迴地處理現實的痛楚，反而應該揭開並直接將各種現實事件以詩作呈現出來，才能夠讓讀者從中反省並提昇自身對於現實關懷的精神，李篤恭將此則視為「詩人的良知」[9]，以詩記下現實與歷史的傷痕，才是詩人最重要的任務，白萩說：「詩人也是社會人，存在著個人「勇氣」的問題，對任何事件，每人都具有觀察者、體驗者、紀錄者、批判者四種角色。」[10]這段話更清楚地將笠同仁所言的詩現實精神，透過四個角度思維，也就是說詩人必須要觀察現實，進而體驗現實，然後紀錄體驗之所感，並且必須著批判的眼睛去關懷現實。李魁賢說：

> 詩的發展和現象，和各國或地區的社會現實或政治現實有很大的關聯性。……在現代主義氾濫的國度，即使只重技巧而妄顧現實經驗的現象，可以說，也是現實的反映，表示詩人本身脫離或逃避了現實。……在現實層面上，有地理性和歷史性的兩個座標。地理性的存在空間產生「現地」的殊異性，而歷史性的發展時流，產生「現時」的獨特性，由地理和歷史的座標所決定的位置，可以影響詩共相中的殊相。[11]

他又說：

---

[8]　引自〈笠詩社討論會──台灣歷史的傷痕〉中江自得的發言，《笠》160期，1990.12，P.133。
[9]　同前註，李篤恭的發言，P.134。
[10]　同前註，白萩的發言，P.139。
[11]　引自李魁賢〈詩的選擇──《混聲合唱》笠詩選編後記〉，《笠》166期，1991.12，P.126。

當然，地理性的極致可能產生風物詩，單純的地域性描述或記遊詩，而歷史性的極致可能產生史詩，單純的史實性描述或詠史詩。可是，純粹客觀的現實描述和純粹主觀的情感表現，在詩史的發展上已經是過去的事物，就台灣的實存「時」（歷史性）「點」（地理性）來說，以形象思維的詩性本質組合批判的現實態度，應是當前台灣詩人努力探求的方向。[12]

筆者先以圖示將上述兩段引文的概念呈現：

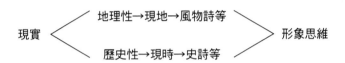

其實李魁賢並未否定現代主義，甚至將現實主義的概念擴大，反而視現代主義的反現實或逃避現實，也是立基在現實基礎之上的，也是一種現實的呈現。另外，李魁賢很清晰地從詩學理論的建構出發，將現實的書寫分成時間與空間兩個軸線，藉此展開兩種現實精神詩作主題的思考，雖然如此，但他並非強調純粹物象或者純粹史實的客觀再現而已，更重要的是以詩人的主觀情感，透過藝術化的過程，組合批判的態度，去完成一首具備現實主義精神的好詩。因而詩人不能架空自身，不能脫離現實去自我夢囈，詩人其實就是一個完整且帶著藝術性格的社會人，而一首好詩，卻不只要產生對於現實的感動，更必須在高度的現實意識中，賦予詩作藝術成分，陳千武說：

笠詩刊過去被指為藝術性不夠，較注重現實性，但我想笠詩刊已結合了藝術與現實的要素，以詩的立場而言，藝術性與現代性我想是

12　同前註。

笠詩刊所要繼續努力的方向。[13]

　　陳千武認為經過七〇、八〇年代笠現實性與藝術性結合的努力後，笠已然成功地建築了一個建基於現實的本土詩學，而這樣的詩學概念正在於以現實精神與現實素材為基礎，將詩作藝術化的高度呈現。林亨泰在理論的建構上，提出了現實與藝術結合的創作觀：

> 　　詩的創作只要具備良好的直觀（想像力），任何人都可以為之。但要將詩「理論化」除了「敏銳的直觀」力之外，還必須具備「廣博的學識」（雖然我們也知道，光有廣博的學識是寫不出詩的，在這之前，他必先具備敏銳的直觀）。……笠詩社的同仁，不單做為「個體」追求自由而個性化的文學，而且也做為一個「團體」在多樣的人際關係之中，以及在各種社會行動的場合中，追求屬於自己的文學。[14]

　　從上述引文，可以發現幾點：第一，林亨泰認為直觀與學識是寫詩必備的兩大條件，如果衡諸笠同仁所言合觀，可以發現直觀偏向詩作的藝術性，而學識則指的是現實精神的廣泛呈現；第二，換言之，只具備直觀的詩人，只是在追求一種個體化的文學，與社會的聯繫性低，笠同仁的創作精神則在於同時追求直觀與學識，呈現一種關懷社會、書寫社會的文學，這種文學因為不廢直觀，所以具備高度的藝術性與現實性；第三，正因為林亨泰強調敏銳的直觀，所以可以糾正流於叫囂，沒有藝術性的現代詩創作，又因為林亨泰強調學識，所以笠同仁的總體創作呈現就不會偏離現實精神的發揚，而流於自我個體的夢囈。以下以圖示呈現林氏的看法：

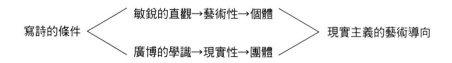

寫詩的條件
　　敏銳的直觀→藝術性→個體
　　廣博的學識→現實性→團體
　　　　　　　　　現實主義的藝術導向

---

[13] 　同前註，陳千武的發言，P.140。
[14] 　引自林亨泰〈「詩與台灣現實」序〉，《笠》163期，1991.6，P.109。

　　因而笠詩人認為寫詩必須要把面對現實之後，那種精神活動的意識呈現，「寫詩的行為，不外就是詩人與環境的事象之間，有了心靈的活動互相交流而產生關係的表現」[15]，就是說詩人面對客觀環境，將那些包羅萬象的事象，涉入精神活動中「釀造」。但除了如此之外，還要使詩作「芬芳」，如果無法使詩作芬芳，詩就容易變成「宣傳口號」，就變成了「缺乏詩質的煩悶的叫喊」，無法留下「美感的韻味」，也難以完成「淨化社會」的任務。也就是說，所謂的芬芳，就是使詩藝術化的過程，現實精神與心靈活動的紀錄，都必須使其發散的時候「芬芳」，才能成為一首撼動人心的好詩。杜國清以較為精確的詩論說明了這樣的概念：

　　　　詩人寫詩，並不是單純反映現實，或純粹客觀地描寫或敘述事實或
　　　　現象，而是透過詩人的心靈，對事實或現象的一種把握或洞察。詩
　　　　表現出詩人的心靈對客觀現實的主觀感受。詩是詩人的心靈由外界的
　　　　事物和現象所激起精神活動的紀錄。……因此不是客觀現實的單純反
　　　　映。純粹客觀的寫實，沒有詩人發揮想像力的餘地，因此不是藝術的
　　　　創造。詩人對外界景物的反映，來自詩人心靈的感受性……[16]

　　很清楚地，杜國清將詩的現實性視為心靈與外物結合時所激盪的精神紀錄，這其實指的就是前述笠同仁所言「藝術性」的過程，詩的現實性不在於客觀事物的「再現」，而是如何透過想像力「表現」事物的內核，這樣並非會脫離現實，反而更可以聚焦並高度呈現詩人所欲表述的現實，讀者也才能看出詩人獨特的精神活動，詩既然屬於創作的一種，假使「創作是一種藝術行為」，那麼寫詩就是在將表現的客體對象，「加以藝術手法的處理」，使詩作成為具有審美價值的藝術成品。因此，詩作的現實精神，很清楚地在笠同仁的思維裡，的確就是承繼著李魁賢「現實經驗論的藝術功能導向」[17]，就是在現實基礎上透過藝術化的表現過程，呈現在詩

---

[15] 詳參陳千武〈我們被迫地反覆思考──「詩與台灣現實」序〉，《笠》163期，1991.6，P.105。
[16] 引自杜國清〈詩與自我〉，《笠》165期，1991.10，P.132。
[17] 詳參丁威仁〈台灣本土詩學的建立（下）：八〇年代《笠》詩論研究〉，《戰後台灣現代詩史論》，台中：印書小舖，2008.9，P.132。

作的書寫中，在這樣的表現中，詩不僅擁有高度的現實性，也具備著高度的現代性。陳千武評論江自得的詩曾談到詩人對於創作過程的認識：

> 是從現實性的思考追求超現實的詩性思考，再從超現實的詩性思考回過頭來追求現實性的思考。也可以說從日常追求非日常，從非日常熟練的手法來寫日常性較濃的詩。[18]

筆者先以下圖來清晰表示陳千武所言：

笠詩人並非反對現代性，也並非反對作為現代性書寫創作技法一環的超現實主義，而是認為現代性的呈現必須建築於現實性的結構中，這有時就必須透過逆現實或是超現實的思考，從現實中進入非現實再回歸至現實，所有的創作技巧不過是為了精確展現現實精神，李魁賢承繼著其八〇年代的說法，再次提出「內向」與「外向」觀點來解釋「現代」與「現實」：

> 現代主義通常比較追求內在真實的東西，現實主義要追求的則是外在真實的東西……外在真實或內在真實在光譜上是二個方向在變動，不以極端來看，它們在光譜上是成遊移的狀態，可能比較中性，也可能比較偏向內在真實或外在真實，我將這種傾向以外向性或內向性來表達，以便表現它們在光譜上位移的狀態。[19]

---

[18] 引自〈江自得詩集《那天，我輕輕觸著了妳的傷口》合評〉中陳千武的發言，《笠》169期，1992.6，P.135。

[19] 引自〈歲月梳理的光絲——海瑩詩集《敲窗雨》討論會〉中李魁賢的發言，《笠》179期，1994.2，P.128-129。

　　李魁賢較為客觀中性地以光譜來看待「現代」與「現實」的問題，並且一再強調「較能圓滿表達詩的世界的往往是內向性、外向性交融的詩作」，換言之，能夠將「現實經驗」與「美感經驗」融為一體，且將想像與客觀外物結合，將風景與心境交融，才能產生優秀的作品。在這樣的觀點中，「現代」與「現實」其實是一體兩面，笠詩人的作品也不能單單以「現實性」去概括，而忽略其所具備的現代精神，但笠詩人也不會刻意呈現其現代精神，而扭曲了詩的本質與形式，忽略了詩的現實性，笠詩人反而以現實經驗出發，透過現代精神轉化並迫進現實的核心，將美感融入現實書寫中，運用各種詩想技巧，「不論是象徵的，浪漫的，超現實的，甚至是印象的，都能混聲而合唱」[20]，正因為這種具備高度現代精神的現實性，就可以與那些標榜現代主義、超現實主義，卻只會「操縱自我陶醉的詭祕文詞迷惑讀者」[21]的偽詩人分道揚鑣。

第三節　母語建設論

　　在八〇年代的《笠》106期，郭成義很清楚地說明了笠同仁對於「語言」的基本概念，即「語言不是文字」[22]，並引用了海德格〈解釋學的詩學〉之觀點，提出「為了決定語言，而遇到語言」，這其實正是白萩「人是用語言來思考，不是用文字來思考」的觀念延伸，其實自《笠》創刊以來，就致力於語言論的詩學建構，笠同仁的語言觀，並不是建築在文字上，而是將文字視為「語言的實相化」，反對將語言和文字混為一談，不加辨析，而笠同仁認為貧弱的詩之所以會出現，在於書寫者將依靠修辭的文字視為語言，換言之就是這些偽詩的發生是源於「以文字思考」而非「以語言思考」。換言之，「以文字思考」就是一種語言的花招，是透過文字去玩弄語言，把符號當作文字，只有以「以語言思考」才可以真實地

[20] 引自莊柏林〈三十而笠的詩刊〉，《笠》181期，1994.6，P.14。
[21] 引自陳千武〈笠詩刊肇始期的Profile〉，《笠》182期，1994.8，P.117。
[22] 引自郭成義〈都是語言惹的禍——評蕭蕭「現代詩七十年」一文〉，《笠》106期，1981.12，P.48-49。

呈現詩人所欲表達的內在思維與詩想。[23]而九〇年代笠同仁的語言觀則是在前述的理論脈絡中進一步成長並且產生分向。岩上說：

> 詩是由語言組成的，語言不只是傳達的工具，也是詩的本身，當詩組成之後，語言已成為詩的形式，也是詩的內容。[24]

這段話其實可以成為八〇年代笠同仁語言論的注解，岩上將詩作為語言的結合，因此語言本身就變成詩的形式，然而正因為語言組合成詩，所以同時語言又成為詩的內容，也就是說詩的本質就是語言，而詩的形式與內容不應該分成兩個思維點，反而應該將詩的形式等同於詩的內容、等同於詩的語言、等同於詩，就像以下的圖式：

$$詩的本質 = 詩的語言 = 詩的形式 = 詩的內容 = 詩$$

而此處要辨析的是到底岩上所言的「語言」、「形式」、「內容」三者是否有更細緻的定義？就語言這個概念的分析而言，岩上提出了幾點詮釋：

> 詩的語言來自日常的語言，所以語言具有社會性共同的意識。
>
> 詩通過語言的使用在矛盾的空間裡掙扎而妥協完成。
>
> 詩是對外在現象適應或改造的一種感情思想的自覺，由語言所組成承載的意境。
>
> 語言成為詩創作的過程是一種應用，重新的組合，不是搬運，也不是打碎。
>
> 語言重新組合必須維護語言本身的特色及它的種族與社會性傳達功能。
>
> 語言隨著社會的演化在改變。[25]

---

[23] 可詳參丁威仁〈台灣本土詩學的建立（下）：八〇年代《笠》詩論研究〉，《戰後台灣現代詩史論》，台中：印書小舖，2008.9，P.143-154。

[24] 引自岩上〈詩的語言與形式〉，《笠》200期，1997.8，P.112。

[25] 同前註，P.112-113。

上述引文可以歸結成幾點：

（一）詩的語言是每個詩人日常所使用的語言，因為這樣的語言具備
　　　共同的認知意義，所以將其用來書寫，當然也具備高度的辨識
　　　與溝通意義。

（二）詩的創作必須出自於外在現象與內在感情的結合，而語言便承
　　　載這兩者結合而成的意境。

（三）詩創作並不是去打碎語言，也不是無意義的挪移搬運語言，而
　　　是必須在有機的情境下，因著意境去組合應用適當的語言。

（四）正因為語言具備上述所言的日常性，所以語言便具備了高度的
　　　社會性，並且因著種族的不同，使用的語言也有所不同。

（五）而語言是進步的，不同時代的語言也會有不同的變化，因此詩
　　　創作也應與時俱進。

（六）正因為詩創作屬於個人對於現實思考之後的呈現，而語言則屬
　　　於社會公眾共同使用的工具，於是當詩就等於語言的創作時，
　　　詩便屬於公眾可以閱讀並感受的文類。

　　而岩上除了對於詩的語言做了如上的詮釋外，他進一步對於「內容」
與「形式」提出理論的建構，他認為「詩的形式就在語言的結構上，它的
內容也在語言組合的意涵裡」[26]，也就是說，詩的形式其實就是詩人運用
語言所完成的詩作結構，而一旦結構完成時，也代表著語言組合的完成，
而語言的組合實際上就是內容的完成，而結構與內容完成之時，詩也完
成。這種詩創作為語言、形式、內容的三位一體論，的確深化了「詩是語
言的創作」[27]的語言觀。

　　然而，在這個笠同仁共同接受的語言論述中，卻呈現出兩個分向的
討論，一個是八〇年代以前以林宗源做為代表的台語詩，延伸至九〇年
代其所建構的「母語建設論」；另一分向則是陳千武所提出的「語言表現

---

[26] 同前註，P.113。
[27] 同前註。

論」。首先，我們先來分析討論林宗源「母語建設論」的詩語言論，林宗源說：

> 我想語言是個人表達情意的機能，母語是咱民族的語言，建設文化，創作文學的要素，（或者講是根）。母語被消滅等於民族被消滅，民族的語言被消滅，存活的只是一群強權手術變種的人種，……閣按寫詩的經驗，深深感受無用咱上界熟的母語來寫，就𣍐當寫出傳神的好作品，因為一種熟的語言，才會當入微生巧，生趣傳神。這是一定的道理……[28]

　　首先，可以看出林宗源此篇論述基本上是以台語文所完成，這可以說是《笠》第一篇台語文的論述書寫，在九〇年代由擅長台語詩的林宗源呈現，自然有其重要的意義，林宗源的語言論在此文中也完全的透顯。林宗源認為語言是用來表述情感，而母語象徵一個族群共同的情意與思維，詩人做為一個書寫者，如果認同笠同仁所言的「以語言思考」的語言論，那就應該運用最熟習的語言，即是母語來書寫，才能充分呈現內在的詩情與詩想。於是他進一步分析詩與母語的關係，他說：

> 詩是語言的藝術。語言是人類生理的一種機能，透過聲帶發出，本身著具備情及精神。文學的要素則是民族，土地，時代。按遮（chia）來看母語（台語）才是台灣文學建築的基礎，詩也就是一種語言精確表現的文體。語言分做書面語及口語，書面語已經是經過文人創作的語言，是一種僵化的語言，詩語重創作，也只有用口語才合，用書面語往往是文字的剪接，文字的遊戲。口語就是生活的語言，咱日常咧使用的母語，隨時咧產生新的語詞，咧產生新的韻味，因為口語本身具備生理的機能，所以伊是活潑的，無僵化的，上適合詩語的創造。[29]

28　引自林宗源〈談台語詩的前途〉，《笠》159期，1990.10，P.125。
29　同前註，P.126。

　　林宗源先將語言定位成生理的機能，而此生物學上的機能本身卻具備人類學指涉的感情與精神，詩一方面是語言的藝術，另一方面又屬於文學的一環，所以林氏進一步再將語言分成書面語與詩語，認為書面語是一種文字的遊戲，也就是說所謂的書面語就是「以文字思考」，以文字做為書寫的概念起點，而文字後於語言，因此書面語已經是第二手的呈現，只有回到「以語言思考」，就是以林氏所謂的詩語，也就是口語，才能創造有韻味的詩作。筆者以下圖表示他的觀念：

語言（生物學的機能；人類學的精神）

書面語→以文字思考→第二手

口語（詩語）→以語言思考→第一手

　　按照林氏如此的思考，當然人類最習於使用的語言，必然是自身族群所慣用的母語，而母語本身就是活的語言，是一種自然生理機能對於生活的高度創造，現代詩的書寫就應該已具備創造性的語言書寫，而這樣的語言必然就是母語，林宗源又說：

> 詩的產生是按外界的刺激，直接引起內心生理機能的活動，也就是語言的活動，人講情動則意生。詩雖然是按情發動，有詩情才引起詩意，透過意象來創作，但是，當刺激引起創作活動的一絲絲仔久，「情」及「知」是全時咧運動的，因此，詩的行為是真生理的，因為生理的行為主宰詩語的運作，所以做為母語這種按生理的機能發出的語言，才是寫詩上界合的語言……[30]

　　接著，林宗源將詩的產生再一次定義為生理機能的活動，因為語言就是生理機能的自然展現，所以詩必然就是語言的活動，在此處林氏以學理替笠同仁「以語言思考」的語言論找到了自然科學的基礎，這是因為他認為只有透過生物學與人類學的思維，才能替眾說紛紜的詩語言論定調，當然一旦

---

[30]　同前註，P.126-127。

定調在生理機能之時，母語當然就變成寫詩最適合的語言。換言之，非母語的第二語言，尤其是在政治分為寬鬆且自由的九〇年代，這種第二語言，在本土思維的論述中指的就是國民黨政府遷台，統治台灣所強制採用的「國語」，這種強制性的語言透過教育強迫完成，是一種強權的語言，他說：

> 第二語大部分是按教育來的，是無全民族的語言，在台灣都是強權的語言，往往是一種霸道的語言，透過教育強迫橫行。咱接受的攏是書面語，僵化的語言，sui（美）是sui，呣是咱日常生活咧用的母語，愺（beh）用來創作詩語，對詩藝的創作無合道理，因為第二語不是你上界熟的語言。假使你的第二語比母語較熟，若安呢，你已經呣是咧寫台語詩，咧寫台灣文學了。[31]

在此處，一方面突顯了詩的特殊性，在台灣文學中是一個重要的文類，另一方面他提出重要的觀點，認為就算受到了書面語的強制教育，但日常生活的語言，才是真正的語言，如果用母語書寫詩，才屬於詩的範疇，若是使用第二語寫詩，那就不屬於詩的範疇，也不屬於台灣文學的領域中，這可以說是一種母語文學建設論。以下圖表示他的概念：

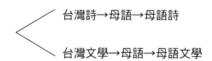

然而林氏論述真正的企圖不僅是對於詩，一方面他將詩定位成母語詩，藉以突顯母語文學的重要性，另一方面他又力圖以族群來劃分並定義台灣文學，表面上看來是在談語言的問題，但實際上卻是種族主義的文化呈現，他說：

31　同前註，P.127。

按以上來想，假使你是台灣人，在台灣慘寫台灣文學，敢講無用台語
會使（sai）咧，有人講伊的台灣北京語詩無輸外省人，這愛看比較
的層次，假使是全一層次的詩人，在應用語言達到傳神的境界，我想
一定不如外省人較活，因為伊呔是你上界熟的語言—口語。假使你也
做到傳神的境界，你就會離開你的民族愈來愈遠。因此，按遮也會
當看出台語詩是真有前途的，除非你慘寫華文詩，日文詩我就無話
通講了。台語詩的前途，決定在你是呔是慘寫真正的台灣文學。[32]

　　這段話有幾個點可供思考：第一，臺灣文學要用台語來創作，排除了
客家以及原民族群的語言，他說「台灣話滅去台灣文化就烏有了，猶有啥
物台灣文學」[33]，這實際上是一種大台語沙文主義的論點；第二，隱然地
將外省族群從台灣人中排除，排除的方式就是台灣文學的母語就是台語，
而外省族群的母語是北京話，這種語言等於民族，語言消滅等與民族消滅
的觀念，使得台灣文學裡的新詩一環，就必須書寫台語詩；第三，當然日
文詩、華文詩並不是不能書寫，然而在林宗源的母語文學建設論中，不屬
於台語創作的詩作，一律都必須被排斥在台灣文學之外。

　　林宗源的觀點無論偏頗與否，但卻是九〇年代笠同仁裡對於台灣現
代詩應走向母語建設、母語書寫的論述代表者，也使得笠九〇年代的語言
論，在七〇、八〇年代所建立的基礎上，有著更進步的質變。陳千武則代
表著另一種分向，他提出了「語言表現論」的看法：

　　　譬如有人認為台灣便應以台語寫詩，如畫家，以色彩為工具，音樂
　　家以音為工具，文學家便以文字為工具，如果自幼說英文便以英文
　　為工具，由日文所培養的人便以日文為工具，這樣文學的情理及內
　　容才能表現的好，不必要求日語培養出來的人放棄日語，台灣人可
　　以用台語為工具，客家人便要用客家話，如果要我用客家話我運用
　　不來，但日語或國語對我更為流利，那就用日語或國語，我真正可

32　同前註，P.127。
33　同前註，P.129。

以用來表現文學的本身，那才是美，語言沒那麼重要。語言本身有傳達的機能，藉以反映情緒，這些情緒不論藉由何種語言都可以表現為文學，因為如此才可以溝通，達到了解。如果語言只限制在少數人的使用範圍中，也許損失會較大。如用國語或所謂的華語書寫，各國各地的華僑都看得到，不是更好嗎？所以我不特別鼓吹什麼語言，而台灣人不應該自我束縛。台灣人寫作不光是寫給台灣人看，而是既要發揮台灣精神給台灣人看，同時也給外國人看。[34]

相對於林宗源的觀點，陳千武則較為寬容且客觀：首先，他將語言做為工具，而並非從生理學根源來思考，一旦語言成為表現工具，那麼就可以因人而異，因族群而異，只要能夠善於利用自身本有的工具來表達對與台灣本土的關懷，什麼樣的工具便不應成為問題的焦點；第二，他認為不是只有母語才能表現文學，何種語言均可以表現文學，語言並不需要在文學書寫中被放在最高的位階，「以語言思考」是建基於任何語言本身的傳達與溝通機能，不應以單一的語言來排除其他語言來書寫台灣文學；第三，台灣精神的呈現不應該限制於語言的範疇中，台灣本土現實的書寫並不是排他的，而是應該讓各種語言都能夠有機會與能力去表述台灣的現實精神，而且這樣也才能使台灣精神發揚到世界各地。而鈴木豐志夫的期待，「在《笠》詩刊，除了福佬語或客家語之外，還會採用高山族與的古謠或詩，也不是作夢吧。更進一步，於25週年年會提案討論過的，將來介紹大陸詩人的吳語或湘語等方言詩，也不是不可能的吧⋯⋯」[35]或許正是可以對應陳千武的語言思維，如果能夠實踐這樣的觀念，或許也可以成為「語言表現論」最好的實證。

第四節　詩史觀

實際上，自八〇年代政治氛圍較為寬鬆開始，笠同仁的「詩史觀」已經擺脫了國民黨遷台初期所強迫殖民的「五四史觀」，八〇年代的笠同

---

[34]　引自林盛彬〈訪陳千武談現代文學〉中陳千武的回應，《笠》209期，1999.2，P.135。
[35]　引自鈴木豐志夫〈固有性與普通性〉，《笠》158期，1990.8，P.98。

仁一方面強調自身的現代性，源自於「日治時期」，在台灣新詩發展中，是「本土意識的覺醒」；另一方面笠同仁的詩作，均以現實精神為基礎，表現出「現實主義的藝術導向」之創作本質，以詩作紀錄或者反映台灣這塊土地走過的歷史，拓寬並正確地還原了台灣的新詩史觀[36]，笠詩人們便在此轉變的契機中，逐步消解台灣詩壇「現代主義」尤其是「超現實主義」的弊端，尤其是必須在新詩史的概念上，傳達出屬於台灣新詩發展的真理。當然，經過八〇年代的努力，笠詩社對於台灣新詩發展的研究與正名，都已經取得了相當重要的成就，但面對九〇年代新世代的自我化與反經典的思維，對於台灣新詩發展史的論述，笠同仁不但沒有因此而沮喪或消聲，反而更盡力的在八〇年代的基礎上，更精細且深刻的還原台灣新詩變遷的真貌，曾貴海在九〇年初期便從台灣新詩發展的根源，提出清晰的史觀：

> 不論是戰前代或戰後代的笠詩社同仁或其他詩社的本土詩人，他們承接了追風等人台灣文學的精神傳統，加上對於殘酷現實的體驗，繼續坎坷的文學之旅。因此台灣的現代詩不是橫的移植，也不是中國文學的末流或血親，而是根植於鄉土意識和現實精神傳統的產物，充滿明白而獨特的風格，自主的性格。[37]

　　曾貴海將台灣新詩發展的根源推至日治時期追風等人的文學傳統，是相當正確的思維，也相當能透顯五〇年代現代派運動時期，林亨泰作為現代派理論大將的隱性意涵[38]，另一方面他也藉此強調台灣新詩的發生，是

---

[36] 其實，從1979年「美麗島事件」至1987年台灣國民黨政府「解嚴」，整個八〇年代的笠詩社正值改革與動盪的重要時期，強調台灣主體的笠詩社，面對的不僅是政治上的風浪，還要面對著對於過去三十年以來戰後台灣新詩發展的檢驗與定位，笠詩人既要繼承七〇年代以降的「台灣意識」與「現實精神」，又要展示現代詩原本擁有的「當代意識」與「現代精神」。（詳參丁威仁〈台灣本土詩學的建立（下）：八〇年代《笠》詩論研究〉，《戰後台灣現代詩史論》，台中：印書小舖，2008.9，P.164-175。）

[37] 引自曾貴海〈台灣戰後的環境生態詩（一）〉，《笠》158期，1990.8，P.115。

[38] 林亨泰雖然為早期現代派的理論健將，但實際上其真正身分為日治時期晚期以降銀鈴會的成員，換言之他以台灣自日治時期以來的新詩史觀之發聲者，在當時肅殺的政治環境中，林氏參與現代派運動，實際上是以「橫的移植」來包裹著台灣新詩史淵源自日治時期這個重要觀念，因此我們可以說這是林亨泰在當時政治環境下的隱性意涵與遠見。（詳參丁威仁〈五、六〇社

基於現實精神，關於這樣的觀點，陳千武說得更為清楚：

> 說起台灣的現代詩，可以從日帝殖民地下與中華民國統治下之雙方
> 狀況來考慮。日帝時期的台灣詩，要直接受法國或德國詩的影響
> 前，大多受到日本詩的影響。一九三〇年代，台灣產生了「風車」
> 集團的詩社，有了現代詩的活動，繼續了四、五年。這是接受當時
> 在日本興起的現代詩「詩與詩論」的影響，才開始的。[39]

　　如果將陳千武的史述與曾貴海的合觀，可以發現進入九〇年代之後，
對於台灣新詩的發展，在辨析上更為細緻。也就是說，曾貴海所言的是台
灣「新詩」的根源，因此將其推至追風的日文新詩〈詩的模仿四首〉，如
果以陳千武所言台灣「現代詩」的根源，則指涉到日治時期的超現實主
義詩社：「風車」，如此一來，原先被視為台灣新詩現代派的發起者紀
弦，其實並不能算是首倡，而且這樣的觀念由後來的「創世紀詩社」繼
承並發揚後，已然脫離現實精神與現實意識，導致台灣詩壇的詩作走向晦
澀難懂的現象。而假使台灣的新詩與現代詩均源自於日治時期，那麼「自
主的意識」與「反殖民的壓迫」這類型現實主義的精神，便應是台灣詩的
精神，所以陳千武便因此而論斷「真正台灣的現代詩，應該由『笠』集團
才開始萌芽」，亦即是巫永福所言「台灣現代詩的起源是一九二〇年在日
本東京出版的台灣青年雜誌，謝春木（後來的謝南光）後來發表了日文新
詩……」[40]筆者以下列圖示表現之：

> 一九二〇年代→追風〈詩的模仿四首〉→台灣新詩→一九三〇年代→
> 風車詩社→台灣現代詩→一九四〇年代→銀鈴會→一九五〇年代→現
> 代派時期→一九六四年《笠》創刊

　　群詩論的啟航者——「現代派論戰重探」〉，《戰後台灣現代詩史論》，台中：印書小舖，
　　2008.9，P.38。）

[39]　引自〈亞洲現代詩的動向〉一文裡陳千武的發言，《笠》172期，1992.12，P.118。

[40]　引自巫永福〈台灣現代詩運動探源〉，《笠》208期，1998.10，P.113。

　　於是在以日治時期做為台灣新詩發生根源論的概念下，林亨泰這位一九五〇年代參與現代派論戰的理論健將，同時也是一九四〇年代中葉以降銀鈴會的代表人物[41]，與一九六〇《笠》創刊（社）的發起人，如此具備三重身分，並見證台灣新詩發展的重要詩人則對於台灣戰後初期新詩的發展，尤其是現代派運動，做了如下的定調：

　　　　我把現代派運動分成兩期，第一期是以「現代詩」季刊為中心所發
　　　　動的，有三年，後來以「創世紀」詩刊為根據地所推動的，為第二
　　　　期，有十年，「藍星」後來也不再反對，「現代派」的聲勢就這樣
　　　　更壯大起來，並且成為詩壇的「主流」。……一九六四年，具有濃
　　　　厚鄉土意味的「笠」詩刊創立，這又給詩壇帶來了一股新的景象，
　　　　這比「七十年代」鄉土論戰至少要早了十年。[42]

白萩則在林亨泰所言的基礎上，進一步分析說：

　　　　對於創世紀的這個十年應該再分為二期，前一期是四年，四年就是
　　　　我們這些現代派份子進去當編委的時候，後六年是我們相繼退出，
　　　　也因它引進了超現實主義的手法，造成些盲從者，寫出大量的劣詩
　　　　來……我們笠詩社從成社開始也有對抗的味道。[43]

　　按著兩人的說法，對於戰後台灣新詩的發展，笠同仁其實有相當的共識，一方面承認戰後初期的現代派運動，但將紀弦與林亨泰所發起的三年運動，視為「前期現代詩運動」，指的是「前現代派時期」，而白萩、林亨泰、錦連等人進創世紀擔任編委，將創世紀也變成了現代化的詩刊的

---

[41] 陳明台認為解散後銀鈴會同仁中，最為活躍，對台灣詩壇最有貢獻者便是林亨泰，而林亨泰的詩路歷程，足以相當程度的反應戰後台灣新詩史的演進過程，包括主導一九五六～一九五九年的現代派運動，一九六四年笠創刊及首任主編。詳見陳明台〈清音依舊繚繞——解散後銀鈴會同人的走向〉，《笠》185期，1995.2，P.86。
[42] 引自〈江自得詩集《那天，我輕輕觸著了妳的傷口》合評〉中林亨泰的發言，《笠》169期，1992.6，P.136。
[43] 同前註白萩的發言，P.137。

三、四年活動，是「後現代派時期初期」，而第二十四期時，白萩等人為反對晦澀詩風而退出之後的創世紀運作，可以被認為是「後現代派時期晚期」。筆者以下圖表示此詩史思維：

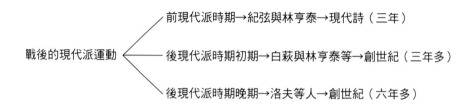

戰後的現代派運動
　　前現代派時期→紀弦與林亨泰→現代詩（三年）
　　後現代派時期初期→白萩與林亨泰等→創世紀（三年多）
　　後現代派時期晚期→洛夫等人→創世紀（六年多）

　　在這樣的史觀底下，一九六四年《笠》的創刊（社），正在於白萩與林亨泰等人退出創世紀之後發生的事，而如果連結前述的根源論，便會產生白萩與陳千武所言的「台灣的現代派有兩個根球，一個是從日據時代，就留存在台灣文化界的對於現代主義的了解，和紀弦從大陸帶過來的『現代派』交集而發展出台灣的『現代派』，然後又分叉成二支再發展」[44]這樣的史觀，假使進一步分析的話，會發現這樣的史觀中，台灣戰後現代派分成了「本土派」與「大陸派」，「本土派」根源於台灣日治時期，透過銀鈴會成員林亨泰在戰後成為現代派的理論健將，延續到《笠》的創刊（社），而大陸派則透過後現代派運動的發起人紀弦，傳遞給引進「超現實主義」做為運動的創世紀詩社，而這真正的現代派精神，對於笠同仁而言，並未隨著創世紀那十年的結束而消逝，反而在笠詩社的推展中，由笠詩社以現實主義的精神糾正且加以繼承，白萩說：「其實現代派運動仍在『笠』詩社推展中，所以台灣的現代派運動自一九五六年肇始至今已三十五年仍然繼續存在，並未歇止。」[45]，而陳明台則說得更為清楚：

　　　　七、八十年代笠詩社在漸形開放的環境裡，引發更大膽的前衛的，
　　　　現實主義精神的追求。……其次，只立足於外來詩接受的視野，
　　　　以日本統治時期台灣新詩現代主義的發展，與戰後的狀況做一比

[44]　同前註，P.138。
[45]　引自白萩〈在舊金山與紀弦話詩潮〉中白萩的發言，《笠》171期，1992.10，P.116。

較時，則戰後的「橫的移植」的規模不僅遠遠超出戰前（風車詩社），而且其內容也更加系統化，幅度極廣，十分深入。在引介和接納的態度上，則比之風車詩人等於直接置身在當時日本現代詩壇裡面的情形，及選擇接受範圍的狹小（僅限超現實主義和四季派）等，戰後跨越語言一代的詩人，在立場上，對象選擇上，詩作實踐上，都顯示了餘裕十足，更具冷靜與客觀的態度，終能不著痕跡地，充分消化和融匯進而成就自身的風格。[46]

　　陳明台這段話很一方面清晰地將台灣「現代詩」史回歸於日治時期的風車詩社，也將戰後現代派運動的向下發展巧妙地視為是笠跨越語言一代詩人，在充分消化與融合後，將高度的現實精神注入於現代詩學中，透過笠詩刊在七、八〇年代各種書寫與譯介的實踐，而創造出「現代精神融合現實主義（台灣經驗）」[47]的嶄新格調，「加速了詩壇現代化的腳步，推動了現代詩史往前發展」[48]，這樣的說法，的確可以代表笠同仁對於戰後詩史發展的評價。

第五節　小結

　　七〇年代初期，《笠》同仁就處於一個詩壇正在轉變的時期，一方面再次出現了論戰，另一方面台灣詩壇新一代的青年詩人也逐漸崛起，對於《笠》而言，這是可以扭轉台灣詩壇長期陷於「晦澀夢囈」、脫離現實的局面；而七〇年代中期爆發的「鄉土文學論戰」，雖然沒有直接衝擊到台灣現代詩壇，但整個論戰均揭示並深刻地碰觸到台灣鄉土的各個層面，所謂「現實性」、「社會性」的書寫呼聲，也逐漸成為台灣本土主體文化的重要取向，到了七〇年代晚期，台灣的政治活動愈加激烈，本土的知識份子從各方面反省注意到現實意義的重要性。從1979年「美麗島事件」至

---

[46] 引自陳明台〈論戰後台灣現代詩所受日本前衛詩潮的影響──以跨越語言一代的詩人為中心來探討〉，《笠》200期，1997.8，P.107。

[47] 引自白萩講述、蔡錫耀紀錄〈台灣戰後的現代詩思潮〉，《笠》170期，1992.8，P.103。

[48] 同註47。

1987年台灣政府「解嚴」，整個八〇年代的笠詩社正值改革與動盪的重要時期，強調台灣主體的笠詩社，面對的不僅是政治上的風浪，還要面對著對於過去三十年以來戰後台灣新詩發展的檢驗與定位，笠詩人既要繼承七〇年代以降的「台灣意識」與「現實精神」，又要展示現代詩原本擁有的「當代意識」與「現代精神」，笠詩人們就必須在逐漸寬鬆的政治氛圍中，逐步消解台灣詩壇充斥「虛無、蒼白的弊病」，擺脫「現代主義」尤其是「超現實主義」的弊端，但又必須保有現代詩本身的「現代性」，因此笠詩人透過其詩學論述、創作實踐與大量譯詩，在八〇年代「呈現以台灣為主體的另一種現實詩學」。

　　進入九〇年代，《笠》一方面必須面對後現代主義與網路媒體的興起，另一方面政局也逐漸移遞至本土政權，因此《笠》二十年來所建構的本土論述在開花結果後，必須接受世紀末的挑戰。故《笠》一方面開放1965年後出生的新世代詩人加入詩社，另一方面進一步加強因應時代的本土詩學論述，希望能夠接軌過去二十多年的成果，並且發揚嶄新的本土詩學，莊柏林說：「只有擺脫中國的價值觀與陰影，確立台灣主體性與台灣意識，才能建立真正的台灣文學。」這樣的聲音相對於七〇、八〇年代的笠詩學，則顯得更為清晰且確切，也就是說九〇年代的笠詩學，很清晰地以台灣為主體做為基礎，認同台灣，肯定本土的文學，表現台灣的現實精神，這也就是九〇年代笠詩學的最大特色。

第六章
都市書寫的趨向（上）：
九〇年代台灣現代詩都市主題的多向變奏

　　九〇年代的現代詩的都市主題，無論是從表現技巧，或是語意內涵來觀察，都呈現出與前行代相當不同的面貌。在過去的都市主題裡，多半書寫的是敘述者生活在都市中的經驗，以及作為都市觀察者對都市流動與變化的內在思維，其中主要的是要完成人走入都市叢林裡的各種樣態；但九〇年代的都市詩則相應於文化思維的複雜與多元，詩人們開始思考到都市進入人類身體內來彼此互構的生活經驗，年輕一代的詩人運用各種流竄在頹廢與解消邊界的語彙、語法、修辭技巧，去象徵或寫實人類本體即都市本體的內在經驗，我們透過對於九〇年代書寫模式的考察，可以看出新生代的與前行代對於都市經驗的不同，並且透過前行代在九〇年代的思維展示，更可以對照出不同斷代在九〇年代書寫都市主題的相互交錯與影響。

　　當然，筆者在本章中擬以《年度詩選》作主要觀察的對象，並輔以其他來源的詩歌文本，透過對於它們的閱讀與詮釋，在筆者定義的範疇中，整理出都市主題的文本，從中去窺視這些文本的創作思維予以整理歸納，並兼及其創作技巧、書寫模式的分析，對照呈現出都市主題在九〇年代的發展與變化，在世紀末與新世紀的臨界點上，替台灣都市主題的現代詩抒寫作一個屬於總結性的回顧，而不僅是停留在八〇年代與其前的討

論而已。

　　筆者認為此篇論述將是一個開端，尤其是可以作為九〇年代台灣現代詩各個面向討論的起點，尤其在都市生活成為人們每日的消化系統後，對於詩的書寫，也帶來了質的變化，透過筆者初步的討論，我們可以看到這一代的思維以及語言在詩的寫作上，相應於前行代有著極為不同的展現，而都市主題在詩的創作當中，是他們更關心注意的創作對象，而都市作為創作材料，對於新生代來說，他們書寫的不只是都市本身，更是在書寫他們自己，畢竟都市已走入自體，與自體交媾以至於合而為一。

第一節　現代詩都市主題義界

　　「都市文學」該如何定義？這個詞彙界域空間延展性的幅度有多少？這其實是許多作家與學者關心，並且不斷討論的問題。從詞彙上不難發現這似乎是一種都市空間與文學抒寫的互構，亦即是以文學作品去分析、討論、演繹人類所處身的都市空間狀態，進一步去觀察人類在此空間裡的存在姿態。羅門對於都市詩的界定正是如此，他認為都市詩是一種以現代詩去描繪都市空間內人類生活過程的各種題材與面向的類別，因為那可以貼近地表現出現代人在都市裡生存的困境與生命的思維，更包含了詩人咀嚼生活的親身感受與潛在經驗[1]。他在〈談都市詩與都市詩的精神意涵〉一文裡便從都市的界定、都市詩的創作動機、都市詩的語境、都市詩的展望、都市詩的創作理想、都市詩創作的不同動向與形態幾個層次來界定都市詩的語義內涵[2]。他最終的目的是希望詩人透過反省批判的立場去超越昇華都

---

[1]　羅門〈都市與都市詩〉一文，收錄於《羅門創作大系·卷二：都市詩》，台北：文史哲出版社，1995，P.41-44。

[2]　此文大要可分如下幾個層次：
　　A.都市的界定：全人類生存具優先性與吸引力的世界性生活領域，表現現代人生命思想與精神活動形態較具前衛性、劇變性與新創性的創作舞台。可以由速度的相對觀點，從人力財力與智慧投入的情形，從田園與都市實際的生活景觀，從田園與都市生活的負面來看都市。
　　B.都市詩的創作動機：因為現代文明已構成住在都市內詩人心象活動的動力，以及不斷展開多變性與多元性的想像空間，這使詩人很自然的遵循自己內心真實的感受，去寫與都市生活潛在經驗勢必有關的都市詩，而把握詩創作的時空性。
　　C.都市詩的語境：羅門分為五部分敘述──動態，多元價值，臨場實境，生活化與行動性，前衛性與創新性。

市詩的創作，並帶有指控與警示的意味去正視都市問題。的確，如果按此義界的方式，都市詩便必須傳達都市裡的任何一種現象與生命實境。林燿德認為：

> 「都市文學」就是都市正文的文學實踐，同時，創作活動本身正形成都市的社會實踐，創作者同時兼具了都市正文的閱讀者，以及正文中都市的創造者的雙重身分。[3]

　　此段話更深入說明了羅門對於都市詩定義的思考，創作者在都市文學的書寫中，不但親自參與都市運動的過程，在都市空間裡體驗存在，也創造了文本裡的都市空間，於是創作活動不但閱讀了都市空間，也複寫了都市生活。張大春在〈當代台灣都市文學的興起裡〉引述英國考古學家柴爾德（Vere Gorden Childe）「城市革命」理論：

> 在柴爾德的理論之中，城市革命的十個主要特徵便成為邇來學者認識城市文明的基本架構。以這十個特徵——大型住宅區、財富集中、大規模公共建築、出版物、表演藝術、科學知識、對外貿易、非生產勞動的專業人口、階級社會、以居住區域而非親屬關係為基礎的政治組織等……[4]

　　這些範疇雖然因著各地都市化的程度與標準的不同而有所變異，但都市空間的彈性與邊界似也建構在此，亦即是上述十個特徵便可以架構出

D.都市詩的展望：對傳統與固守的一切陳舊形態與秩序，不斷進行強有力的抗衡與突破，確實反映出都市物質文明與科技不斷發展所帶來的新的生活環境與新的生存指標；表現技巧上則朝向更多元開放，在沒有任何制約的情況下，給詩人更大的自由空間與主動性。

E.都市詩的創作理想：以「心靈」帶動「齒輪」，並把科技的「理運」思維空間與人文的「靈動」思維空間融合成溫潤優美的心象世界。

F.都市詩創作的不同動向與形態：羅門亦分成五個部分——堅守傳統；堅守傳統，展示現代；從傳統走進現代；立場現代與傳統自由對話；只抓住現代存在與變化的過程與眼前流行的新奇。本文收錄於《羅門論文集》（羅門創作大系8），文史哲出版社，1995，P.91-110。

[3] 引自林燿德〈都市：文學的新座標〉，收錄於《重組的星空——林燿德論評選》，台北：業強出版社，1991，P.200。

[4] 本文收錄於《四十年來中國文學》，台北：聯合文學，1995.6，P.162。

一個完整的都市空間，而文學作品裡的都市主題所指涉的客體便應該是上述都市空間範疇及其變異，而台灣的都市空間則在上述的基礎內可以詳細歸納成幾項特色：A.台灣農業狀況的不穩定，加速了城鄉移民的模式；B.都市集中的結果，形成了不平衡的都市網絡與區域發展；C.都市生活環境的惡化，都市裡非正式的部門替大多數的人提供住宅與都市的基本服務；D.空間文化經驗的異化與脫落：投機城市裡的異化經驗與狂野城市中的脫落文化並存不悖；E.台灣只有經濟發展政策，都市政策在政府體制中未受重視；F.常規性都市規劃多形式主義取向，對現實問題無法妥善解決，進度落後[5]。這便是近年來台灣都市空間的內部變化，詩人生活在此空間中，對於空間現象及其衍生的問題並不會坐視不管，書寫出都市裡人、事、物的存在狀態，以及自身參與之後的反省與批判，或是客觀地書寫都市流動下的五光十色，都市文明對於田園文化的介入與覆蓋，似乎都可以成為都市主題所涵括的部分。

　　所以，都市是人類活動的基地，都市空間可以透過各種方式進行無限的詮釋與解讀，「城市人的生活是垂直延伸的……舊時的田園世界已成了某種『神話空間』，而這個空間早已被『實用空間』所侵奪」[6]，水平延伸的「都市空間」與「人」的確是都市構成的兩個重要部分，另外再加上人類垂直延伸的「時間思維」，則構成了完整的都市結構：

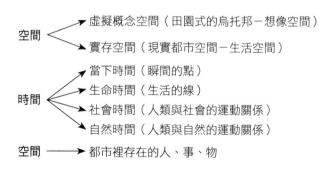

5　詳參夏鑄九《空間，歷史與社會論文選1987-1992》，第十三章〈全球經濟再結構過程中的台灣區域空間結構變遷〉，台灣社會研究叢刊-03，1995年版，P.281-304
6　引自〈當代都會空間〉一文，收錄於《當代文化理論與實踐》，蔡源煌著，雅典出版社，1996年版，P.94-95。

　　所謂台灣現代詩都市主題，便是以現代詩書寫台灣當代都市結構，反映都市特徵具有主題特色的作品，在其中符號和語言透過詩人的使用，與都市結構構成了複雜而多元的讀寫關係，在其中不僅是蘊含了羅門所提出的批判思維，或許也應包容異質耽溺於都市頹廢氣味的詩文本。現代詩的都市主題不僅進行了「空間設計的實踐」，更使都市裡的「建築空間變成一種有機正文」[7]，所有置身在其中的人類彼此複雜的人際網絡也構成了多重的辯證關係。

第二節　年度詩選選詩的觀察整理（同題與組詩計為一首）[8]

向明編《七十九年詩選》（爾雅出版社，民八十年）共選詩四十一人、四十六首，都市詩二首，約佔百分之四	
羅門1928	後現代Ａ與〇管道
張默1928	城市風情
李瑞騰編《八十年詩選》（爾雅出版社，民八十一年）共選詩六十四人、六十五首，都市詩十一首，約佔百分之十七	
林強1964	向前走
林沉默1959	紅田嬰
陳黎1954	吠月之犬
陳克華1961	公寓神話
彭選賢1954	苦旱
徐望雲1962	關於世紀末一座草原的存在
吳明興1958	遠離臺北
吳錫和1966	空罐頭
羅門1928	「世紀末」病在都市裡
游喚1956	木棉練習曲
夐虹1950	不向昨日算帳
向明、張默主編《八十一年詩選》（現代詩社印行，民八十二年）共選詩五十六人、六十五首，都市詩四首，約佔百分之六	
劉洪順1962	走過槍聲如噴泉湧現的城市
陳克華1961	So
羅門1928	長在「後現代」背後的一顆黑痣

---

[7] 　詳參林燿德〈空間剪貼簿──漫游晚近台灣都市小說的建築空間〉，收錄於《敏感地帶──探索小說的意識真相》，駱駝出版社，1996，P.95-96。

[8] 　姓名之後為詩人出生年代。其中1960年後出生的詩人佔多數，意即是四十歲以下的詩人佔多數。

梅新1937	違章建築
梅新、鴻鴻主編《八十二年詩選》（現代詩社印行，民八十三年）共選詩五十八人、六十五首，都市詩四首，約佔百分之六	
杜十三1950	頓悟三行之電腦、做愛
羅智成1955	'93霪雨
謝馨1938	都市哨子風
孫維民1959	異形
洛夫、杜十三主編《八十三年詩選》（現代詩社印行，民八十四年）共選詩五十四人、七十二首，都市詩二首，約佔百分之三	
朵思1939	士林夜市
羅門1928	社會造型藝術系列
辛鬱、白靈主編《八十四年詩選》（現代詩社印行，民八十五年）共選詩六十五人、六十七首，都市詩六首，約佔百分之九	
余光中1928	高爾夫情意結
林怡翠1976	九份五記
晁成婷1963	無題
羅葉1965	尋屋
林燿德1962	人人都想向我索討食譜
陳宛茜1974	咖啡館
余光中、蕭蕭主編《八十五年詩選》（現代詩社印行，民八十六年）共選詩四十九首，都市詩二首，約佔百分之四	
鴻鴻1964	我也會說我的語言
向陽1955	咬舌詩
瘂弦、陳義芝主編《八十六年詩選》（現代詩社印行，民八十七年）共選詩六十首，都市詩四首，約佔百分之七	
向明1928	傳真機文化
楊澤1954	讓我做你的DJ
江文瑜1961	一首以呼叫來朗誦的打油詩
陳克華1961	住在我身體的50個情人
商禽、焦桐主編《八十七年詩選》（現代詩社印行，民八十八年）共選詩六十六首，都市詩六首，約佔百分之九	
渡也1953	號碼
蔡逸君1966	燕子
陳義芝1953	神秘的花蓮
杜十三1950	二十一世紀第一班列車來了
侯吉諒1958	網路情人
丁威仁1974	造型花蓮——海岸妳的山脈
九年的《詩選》選詩總計五百五十四首，都市詩四十一首，約佔百分之七，其中羅門被選入四首、陳克華三首。最年輕的林怡翠為一九七六年出生	

　　從九年來「年度詩選」選詩而言，都市主題的作品居然只佔了其中的百分之七而已，似乎並不符合實際的創作情況。雖然，之所以會如此的原因，與評審權力場域等諸多影響選詩客觀標準的問題，並不在本文討論的範疇中，但「年度詩選」內所選錄都市主題的作品，仍可以作為討論的重要文本，筆者在此後的分析，便暫以這41首詩作為觀察對象，兼及其他來源的部分文本，作初步的分析。

第三節　九〇年代台灣現代詩都市主題的多向變奏

　　本節便從五個方向來討論九〇年代台灣現代詩都市主題的象徵意涵、表現技巧與內在意義：

一、都市的公式、規格化──對都市的質疑與批判

　　九〇年代台灣現代詩都市主題的寫作，和前行代有相當的差異，從過去強調敘述者進入都市之後的反省與批判，轉變成都市寄生在人類體內成為人體的血液流竄全身。人類在九〇年代裡開始思考到自身便是一座座的都市本體，人類不再只是都市的觀察者、參與者，都市客體與人類主體合而為一，都市的流動就是人類心靈的流動，我們不再進入都市，反而是都市進入了我們[9]：

　　　　如此強悍的痛苦在我的體內我無法以眼睛嘴巴性
　　　　器將它排出我不能用聲影液體煙霧將它殺死

　　　　我在信封上書寫姓名地址
　　　　我拿起電話按下一堆數字
　　　　我走進黑暗的街道直到破曉
　　　　我駕著車任憑儀錶求救尖叫

---

[9]　可另參筆者〈一首都市詩的爵士小品──我讀晶宇的〈失題九行〉〉一文裡首段所言，民89.1.3《台灣新聞報》之「西子灣副刊」。

我打開門找到床枕
躺下以前照例我
祈禱

可是始終它在生長還在我的體內像某種外太空的
異形指節伸進我的指節如同手套腳掌踩壓我的腳
掌彷若鞋子它的身體終於取代了我餘下空殼的我
不過是它臨時的居所偽裝

除了我
沒有人知道
除了它
沒有人知道

（孫維民〈異形〉，Y82：P.153-155）

　　每個人在都市叢林裡總有一套屬於自我的生存法則，然而文明都市的可怕之處似也在此，它有如異形般進入人類的生活當中先寄生，接著共生，最後的目的是希望取人類而代之，當人類已習慣於每日都市在體內例行性的運作之時，或許感到的並非是文明資訊的便利，而是對於被其控制的強烈質疑與恐懼。都市在九〇年代中已然成為一種具有生命的活物，在每日的運動當中把自己的指節植入人類的體內繁殖、分裂，直至佔領人類的感官與思維，不僅是都市被無限延展的都市化侵襲，人類也將被都市本體給強迫都市化。這種闖入者夜以繼日地不斷咬嚙著敘述者的精神，讓他在無助中等待那文明的崩毀，但此時都市已然同化了每日在其中生活的人們。詩裡運用沒有標點的長句與擬人化的技巧，表示那沒有終始的都市文明對於人類的強迫寄生，第二段的押韻處理則代表著每日循環的都市生活，縱使生命本體已然覺醒於被文明控制的痛苦，但似乎已無法逃離而又必須依賴都市所給予的養分才能生存，那到底這個都市是由什麼元素所構成的呢？可以讓人深深陷溺，卻又急於擺脫：

　　這是一個快樂與悲哀同在的年代，**七月半鴨不知死活的世界。**
　　你醉你的紙醉，我迷我的金迷，你攪你的騷擾，我搞我的高潮，
　　庄腳愛簽六合彩，都市就來搏職業棒賽，
　　母仔捅牛郎公仔捅幼齒，縱貫路邊檳榔西施滿滿是。
　　我得意地飆，飆不完飆車飆舞飆股票，外加公共工程十八標，
　　你快樂地盜，盜不盡盜山盜林盜國土，還有各地垃圾隨便倒，
　　唉，這樣一個快樂與悲哀同在的年代，
　　分不出來我的快樂比你的悲哀悲哀還是你的悲哀比我的快樂快樂？
　　　　　　　　　　　　　　　　（向陽〈咬舌詩〉，Y85：P.90-91）

　　　悲哀與快樂本來應該是二元對立，但在這個城市裡卻變成了相互依賴而共生的狀態，生活在這個非常態的都市中，所有的矛盾同時並存在人們的心靈之內，一方面追求慾望的無窮滿足，一方面卻有另一種聲音力圖喚醒沉睡許久的自省能力，然而都市既然制約了人類的生活過程，人類的思考模式在兩者的拉扯之中，終究是會偏向於寧願深陷在文明的漩渦之中不願自拔。〈咬舌詩〉裡特意運用華語與台語交雜的方式去反映出當代都市裡所存在的內部矛盾，讀者可以透過各種方式的解讀去觀察自身存在的都市本體，的確正如向陽所言是「一個快樂與悲哀同在的年代」，所有的「物質文明」在九〇年代已然不只是八〇時期那「以麻醉品來填補內心的虛空」[10]，而成為植入人類心靈與大腦的標準規格與公式，人類必須仰賴各種不同的文明追逐才能滿足身體內的資訊破洞，才能防止每日例行的動脈大量出血，止血的方式就是讓都市徹底進入我們，和我們同化、共生：

馬路三天兩頭要脫皮
　　　　　關我屁事
計時收費器常常停擺

---

[10]　詳參羅門〈都市與都市詩〉一文，收錄於《羅門創作大系・卷二：都市詩》，台北：文史哲出版社，1995，P.53。

　　　　　　　關我屁事
車位總是他媽的不夠
　　　　　　　關我屁事
台北天色老是陰陰的
　　　　　　　關我屁事

　　　　　（張默〈城市風情·停車收費員〉，Y79：P185）

我焦慮的手中
一具宇宙光年特殊的暗碼
這冰冷的速度自城市撥出

——直到我被聽了進去

　　　　　（劉正驊〈電話〉，民86.12.10之《自由時報》副刊）

鋼骨構成已經蓋了一年
仍像戴帽而忘了穿衣的卓別林
從城市任何一個角落都能看見它在顧盼
粉紫加磚朱再減掉八分明艷的過氣裝扮
而想起台北泥濘的雨和冷

　　　　　　　　　　（晁成婷〈無題〉，Y84：P.127）

猝然
越過一公頃又一公頃的私家草地
越過被變更被竊佔的國土
越過濫挖濫墾濫建的荒原
越過污染而無魚的河溪
越過窒息而無鳥的大氣
越過焦臭的屍體屍體屍體
赫然六十四具，越過

犯法又犯法的火燒島，越過

這貪婪之島特權之鄉一只小白球

（余光中〈高爾夫情意結〉，Y84：P.28）

率皆如此

即使我

更親愛的前妻

在沒有回房前

也只能收到我

傳不出心跳的一紙

ＣＯＰＹ

（向明〈傳真機文化〉，Y86：P.78-79）

我追尋了大半輩子

只為了努力成為一些

號碼

然而呼叫器行動電話以及

各式各樣的卡

很快便成為人

（渡也〈號碼〉，Y87：P.18）

　　張默以抒寫收費員的心聲，諷刺台北都會樣貌的破碎、擁擠與不堪，雖然寫作於九○年代的初期，但如今的都市狀態似乎是有過之而無不及。劉正驊則在〈電話〉一詩裡傳達了與八○年代都市生活不同的思考，「直到我被聽了進去」這樣的心靈思維，傳達了九○年代的通話過程，並非單純是以電話維繫兩方的情感與思念，而是一種流動式的例行寒喧，透過電話這種節省時間的工具，完成維繫彼此聯絡的工作而已。其中焦慮的緣由來自於對於對方生存狀態是否與自身相容的猜測與不安，而電話除了是工

具外似乎也成為都市的代稱，被電話所吸納實際上就是被都市所佔領，電話聽筒變成了宇宙黑洞，電話線變成了無止盡的文明甬道，我們在電話中迷途就像在都市中逐漸無所適從一般，令人無助。

其實，台灣每個城市的角落的確都可以觀察到這樣一個如鋼骨結構睥睨人群、冷靜殘酷的空間圖像，這種圖像經過速食文明擠兌變裝後，新的公共空間取代了舊的公共空間，「台灣城市原有的紋理也被迅速地改變，夷平、拔除且重建高樓成為提供憧憬的都市地景。它們的價值觀似乎已化身成為都市本身的性質……穿透並成為支配性意識形態霸權的一部份」[11]，舊式的空間便成為晃成婷筆下的「卓別林」，雖然滑稽但卻令人同情。而都市化的過程便並存了這些新、舊的建築，交織出來一種公式規格的城市圖景，但這個台灣都市空間的構築似乎是奠基在對於生命環境的踐踏之下而完成的，余光中在詩裡就對於都市空間裡人為政治自私的破壞提出強烈批判，用「貪婪之島」這樣嚴厲的語彙去撻伐那些政客與包商的卑劣行為，不但「國家對於非正式經濟（informal economy）的無能管理、有意無意地縱容與姑息的特殊關係，支配了台灣都市的基本性格」，並且「都市政策在政府體制中未受重視，編制、權力有限」[12]，於是都市空間的計劃與都市思維的走向便控制在少數投機與自私的政客手中，當都市思維的方向被物慾與科技主導時，我們的情感與生活就會被一連串的卡、密碼與機器所控制，我們將用最迅速的工具去傳達失去溫度的情感，到最後或許連這些機器與工具都將侵奪了人類的身體而成為人類。

二、渴望解脫與選擇逃避的辯證——孤獨而無助的都市靈魂

對應於上述公式規格化的現代都市空間，九〇年代的都市人更強烈地感覺到自身心靈空間的荒蕪與孤獨，現代消費文化所提供的價值追尋，使都市人棲身在速食性的生活空間裡學會各種喘息的姿態，人類被都市所奴役，對於都市空間已然過度依賴，所有人的內心世界充斥著速度與物質，文

---

[11] 詳參夏鑄九《空間，歷史與社會論文選1987-1992》，第十一章〈都市過程，都市政策和參與性的都市設計制度〉，台灣社會研究叢刊-03，1995年版，P.253。

[12] 詳參夏鑄九《空間，歷史與社會論文選1987-1992》，第十三章〈全球經濟再結構過程中的台灣區域空間結構變遷〉，台灣社會研究叢刊-03，1995年版，P.282-283。

明給人類帶來的則是無窮盡的物慾追逐，都市就像遼闊的海洋場域，人類在此處成為被控制的魚兒或是船隻，被都市裡的各種暴風圈所吞噬、淹沒。

> 反正上流下流都是流
> 　　溝水河水海水都是水
> 清不出來的　都進入陰溝
> 走不出來的　都擠進黃燈
> 　　將東南西北在方向盤裡
> 　　　炒成一盤雜碎
> （羅門〈長在「後現代」背後的一顆黑痣〉，Y81：P.18-19）

在這個現代文明都市裡生存的人類，已然無法清晰的辨認對錯、好壞等等道德上二元對立的命題，人類失去了方向感，也不在乎任何的迷途，所有在生命美學裡衝突的部分在九〇年代時，居然可以和諧並存，成為一種嶄新的生活美學，那並非是精神的錯亂，那是人類為了消弭心靈衝突所找出來的解決方案，反正所有的腐敗與堂皇在這個強調多元並立、去中心化的後現代都市裡，都應該被相同對待、一視同仁的，於是「歌星與莫札特同進一間錄音室／詩人與師爺同坐一張書桌」，都市裡所有的等級在追逐物慾的同一標準下達到了弔詭的公平，而人類就在追逐與失落裡成為一個孤獨的都市遊魂：

> 他流浪過一千棟公寓
> 之後進入他日常起居的房間
> 水龍頭滴滴答答
> 流著昨夜他的精液
>
> （陳克華〈公寓神話〉，Y80：P.87）

在都市裡的流浪靈魂，尋找了許多可供棲身的居處，這個居處在陳克華的詩裡有多重的隱喻，公寓不只是作為避風港的家，也代表著女性體內

的停泊之處，更可能指涉出都市裡相同規格的生命空間。詩裡的流浪靈魂
在生命與生活上均無法安定，在這個流動迅速的都市中，他在一千棟公寓
裡不斷的漂泊，靈魂飄零無根，我們並非要透過此詩去思考人類存在意義
如此大的命題[13]，而應該思考到底是什麼讓這個都市遊魂的價值與人格變
形成如此？當他回到日常起居空間時，原來他每日的例行公事竟是浪費、
排泄他的生命原質，與生存價值。其實，在這個荒蕪的都市空間裡，還有
許多孤獨無助的都市靈魂在遊蕩著，在排放自己所剩無幾的青春，假託著
彼此心事的糾雜難解，假託著生命的孤寂源自誕生時的最初，假託著夜晚
是孤寂發酵的最佳時間，假託著咖啡館是心靈孤寂的最佳宣洩出口：

> 每到了夜
> 唇便載著身體
> 在一條黑色的河流上
> 漂浮
>
> 　　　　　　　　　　（陳宛茜〈咖啡館〉，Y84：P.204）

　　黑色的夜晚，黑色的心事，咖啡杯裡黑色的孤寂，彼此隱藏著自己
「心事的漩渦」，在「靜靜地互望」中猜測對方的心事，一場都市裡無聲
的懸疑故事，在每一座不同樣式卻提供相同功能的咖啡城堡中反覆上演，
所有的靈魂都被蒸煮成一杯杯凝重苦澀的咖啡，藉著咖啡因來喚醒體內極
想擺脫孤獨的生命活力，然而在清醒時間裡的孤寂感，反而讓人們更加的
痛苦而難以承受，所有的陰鬱都隨著夜晚的來臨而加速奔騰，流竄至都市
的每一個角落，幻化成皮膚裡每一根神經，直至清晨到來：

> 宿醉的落葉
> 歇在，晏起的晨霧中

---

[13] 編者李瑞騰對於此詩的短評認為「恐怕我們是真正需要從根本上來思考人的存在之意義了」，
收錄於《八十年詩選》，爾雅出版社，民81，P.89。

酒館裡自虐的人聲，承載著
暗昧的氣息

天使，張望
都市人該死的甜蜜

ＣＤ片砸在椅背
城市來不及回神，盛裝
淪為死寂
（晶宇〈失題九行〉，民88.12.2《台灣新聞報》之「西子灣副刊」）

　　所有飄零在夜晚中宿醉的都市遊魂，進入清晨的世界裡剎那間立即停格，此時便必須尋找各自棲息的藏身之處，等待下一次夜晚的降臨，如此週而復始地投身於入夜後的魔幻都市。晶宇在詩裡並未使用混合情慾與頹廢的濃重香精，去勾勒這個讓孤寂靈魂追逐脫序的現代都會，而是以簡單的線條與事物勾勒一個九○年代都市進入人類身體裡竊據思維的荒謬圖景，純潔無瑕的天使，作為一個旁觀者（窺視者？），到底是要懲罰都市人崩毀的生活模式呢？還是嫉妒都市人這種頹廢的甜蜜？我們不得而知，然而作者在末段的處理，以城市作為敘述主體，卻是將城市當作人類生命的本體，來不及回神的已不再是人類，而是如異形般控制人類進而成為人類的城市所感覺到的情緒感受，盛裝打扮的都市在倏然來到的清晨裡，心靈無法從溢出軌道中驚醒，只得當下靜止於夜晚的荒無與頹廢，把狼籍留給另一個屬於清晨的自我分身來洗滌。作者刻意製造城市的人格分裂，去象徵九○年代都市人的精神分裂：一方面利用入夜後的損耗「重構生命結構」，一方面去需要清晨的靜謐修補生命的坑洞，既想逃離實存空間，卻又耽溺於物質的追逐，靈魂的拉扯與糾纏就在此處成為每日例行的循環，讓人類徹底的成為一座座孤立而荒蕪的都市本體。

三、新都市情慾空間

身體的秘密部位，往往是文本敘述的偏僻地帶，的確對於這個偏僻地帶，似乎在父系的思維裡，是不容許女性自我開發的[14]，因為男性懼怕女性掌握了情慾的自主權後，就不再受到他們這種原始的控制，而這種思維卻又是懼怕被閹割情結的另一種反向質變；而對於女性而言，身體本能存在的常識告訴她們，此地是所有生命運轉的泉源，是情慾本體濫觴的源頭，是需要自主呼吸的地方，但矛盾的產生便在於這個嘗試與社會化所共同制定的父權價值標準有了牴觸，但牴觸的開始，也是曖昧與覺醒的開始。而這個覺醒與九〇年代都市女性要求自主的呼聲共構之後，一種屬於都市的新情慾空間便逐漸在完成，在這個空間當中，許多父權價值下的傳統思維都逐漸地受到各種行動與想法上的挑戰與質疑，情慾的自主已不再完全交由男人來控制與賦予，女性從被窺視者與被動的角度走向了主動與窺視者的位置。在Deunitas的作品〈今晚突然想洗腳指縫了〉裡，我們看到初步的探索與對陽物的解構和之間模糊的矛盾：

> 掰開沉澱多年的溫暖和偏遠
>
> 從來沒想過要探勘這塊地
>
> 雖然常識告訴我這裡不該堆積
>
> 堆積它的呼吸它的汗液
>
> 這彰顯生命不息的記號卻
>
> 證明不是處女座的我
>
> 愛　不愛自己的身體

（《晨曦詩刊》第5期，P.8-9，民87.7）

---

[14] 文明道德的種種要求叫人們把「性」放入隱私的範疇當中，尤其對於女性而言，性是禁忌的部分，然而弔詭的是，男性卻需要女體的誘惑去驅動性慾。請參〈廣告中的性暗示〉，蔡源煌，收錄於《當代文化理論與實踐》，雅典出版社，1996.9，P.167-172。

　　自慰並不是男性的專利，縱使所有的調查數據似乎都在強迫我們接受男性自慰的比例遠超過女性許多的這個童話故事，然而女性的情慾在父權機制的結構下，並不容許她們自主性的去處理自身情慾的問題，她們作為被窺視者，扮演著被插入者，被教育構築稱一個失落自主情慾的碉堡，這個碉堡的主人是男性，似乎也只有男性有權力賦予她們情慾的快感。然而對身體裡的律動與騷亂，無論性別，沒有人比自己更為清楚，更為不安於這種內部的悸動，而作者在此處的書寫卻力圖去正視這個內部的騷亂，把女性在這個都市內的情慾經驗展示出來。到了此詩的末段，作者更展示出另一個屬於九○年代性別議題場域的討論重點：

　　　死水潮間傳來陣陣呻吟
　　　處女座的她浸淫在彼此的隱晦底
　　　原來我的思念不曾在她淤積
　　　潮水殞滅不了我趾間的印記
　　　然而匆匆
　　　已偷渡了數月以來的嗚咽
　　　（同上）

　　詩裡敘述者拼湊出思維的圖像，「……縫間塞不入我肥大的指頭……我肥大的指頭塞不入縫間」，還記得《拇指P記事》的荒誕旅程嗎？書裡的女主角，某天發覺自己腳上的大拇指變成了男性的陽具，受到刺激也會產生屬於男性的快感與功能，故事就在此處展開一段性別界域的解構與顛覆的過程。而此詩第二個敘述角色的出現，使得敘述者的情慾經驗被賦予了雙重的意義，透過兩個角色的互動，我們也理解了多數隱性的詞彙為何在詩中反覆出現的因素，隱晦正是因為無法發聲，無法發聲的因素正是因為只能偷渡，敘述者透過對自身情慾的探勘，實際上是要去察覺同性情慾之間的互動，所有的抗衡在此的著力點不只是父權機制，更涉及到社會化異性戀的控制機制，這雙重的壓力造成敘述者透過自我情慾的探索去省思各種可能，透過同性情慾的鏡像投射，敘述者的自覺探索到底到了什麼程

度，我們其實難以從此篇原本就曖昧隱晦的文本中去妄加推測，然而這樣的文本確實可以透過仔細的閱讀（誤讀？），去思考一些問題，並且可以自瀆意識N次。文本書寫到最後，敘述者的恐懼是如此的清晰，相對於社會大眾一般性的懼同症（homophobia），敘述者所呈現的焦慮正是處在認「同」的邊緣，在臨界點上徬徨，我們並不鼓勵敘述者選擇合法化的生存模式，反而希望敘述者透過自覺去完成生命裡有關於情慾的種種開發與巡禮。江文瑜〈一首以呼叫來朗誦的打油詩〉則結合了呼叫器的功能，投射出其與性愛關係的多重意義，藉此去展示女性對於情慾開發的主動權：

> 答應送你一副隱形的B.B.call
>
> 鑲在你身上的某個衣鈕
>
> 對準我胸部壓出的乳溝
>
> 第一個B仰躺，B，正是我的乳房結構
>
> 第二個B臥躺，B，正是你的胸肌輪廓
>
> B.B.call是兩個躺下的BB應扣
>
> 我們彼此的呼吸對叩
>
> 還有一顆會嗶．嗶．跳，膨脹的B（　）口
>
> 　　　　　（江文瑜〈一首以呼叫來朗誦的打油詩〉，Y86：P.133）

詩裡的「BB」有多重指涉：第一，指可以將思念與感情以號碼傳呼的B.B.call，亦可以代表自己（以物喻己）。第二，則以諧音的修辭技巧去隱喻女性的生殖器官——屄。第三，透過英文字母B的形狀去象徵乳房與臀部。這種原本無生命的現代都市文明的科技產品，在江文瑜結合女性情慾自主的思維後，居然被賦予了如此多重的複雜對應：女性在情慾上採取主動，把隱形的科技產物當作贈禮，而此科技產品的本質就包含「控制」的意義，以呼叫器除了傳遞各種想念的訊息外，以希望能藉此來駕馭對方的行動與狀況，以此來展示這場愛情遊戲裡自己的主動優勢權；而第二重關於性器的象徵，其實正代表著男女雙方在追求情慾上的平等互惠，男女之間的情慾互動之於女性在此詩裡，已不再是羞恥隱晦之事，而是可以具有

主體性思維，以便於採取主動追求去證明本體獨立的存在過程。當然，我們可以在九○年代的某些詩作中看到許多新都市情慾空間的舞台展演，無論是性慾的客體投射，性傾向的角色扮演，性關係的多重映像，在在都呈現出多元交錯的情況[15]：

　　我們從肛門初啟的夜之輝煌醒來

　　發覺肛門只是虛掩

　　子宮與大腸是相同的房間

　　只隔一層溫熱的牆

---

[15] 筆者在〈網路詩女性模式書寫初探〉一文裡提及：嬰兒的意象往往在當代情慾寫作當中呈現的較多的是處理墮胎與養育之類的情事，當母親被迫生產，卻無力撫養時，世界將多出許多不幸的嬰兒，孩子也將形成社會的負荷，然而社會意識卻又弔詭地形成對於墮胎的抵拒意識，因為墮胎牴觸了父權結構的倫理價值，生產本身本來就不僅是細胞繁殖等意義，具有生命存在的母性價值，然而父權行為的二律背反（在公眾場合與媒體以道德價值抵拒墮胎，私下以墮胎解決問題），導致女性的精神領域與內在靈魂結構瀕臨瓦解，所以我們在書寫中經常看到的意象與思維都存在著懷疑與困惑不解，而逐漸甦醒的女性，便開始思考自身選擇的自由，生命的繁殖除了存在的創造外，也負擔著某個生命的即將獨立，女性書寫透過嬰兒這個意象，實際上可以省思許多主體價值的問題。畢竟，並非所有的女性都像父權機制所賦予的道德意義：都想成為母親，都必須實踐母性的價值。反抗與恐懼生殖的價值判斷也不在少數。[病毒編號003-2]讓我摘引一些作品的片段當成剪貼簿吧：霏雪〈09/07/97〉：「……就算我以最美的字體／寫上千遍萬遍愛淚恨愁喜痛苦憂嗔癡怨禱／還是像個未出生就溺斃／的嬰兒／連臍帶都還沒切斷／沉睡在那封死的／自我打造的／冰塊裡」；Queen的〈一星期的枕邊童話‧星期二〉：「……一個黑暗的洞穴／有個被吃掉半個頭的小孩在哭泣／他將是十年後的你」；布靈奇〈我的花園〉：「他虧欠我：／花、水、情調、珠寶、小孩、成就感、氣質與美貌。……」；霏雪〈09/14/97〉：「……你曾是瓶中之水　你曾是／但我最後聽到的在你體內迷了路的聲音／擊碎了／擊碎了那玻璃那瓶／／Sincerely Yours……，／未出即被遺忘的名字」，這是受限於紙媒體而產生的不得已，其實在網路每日擠兌的大量作品中，因為引用模式尚未建立，我們並無法選擇其中更為妥適的文本，然而透過近似於誤讀的剪貼與並置，我們反而可以去思考其中所隱藏的訊息，上述的四個文本片段，的確給予筆者閱讀時的情緒障礙，這個障礙實源自於嬰孩存在時對於母體的矛盾與衝突是如此的令人驚怖，「溺斃」、「擊碎」、「遺忘」、「虧欠」、「被吃掉半個頭」、以至於「千遍萬遍愛恨……」等多種情緒的複雜陳列，讓我再次想到西蒙‧波娃的一段話「母親一方面渴望保留那一塊屬於自己的寶貴血肉，一方面又希望擺脫掉這個侵入她身體內的東西……」（引自《第二性》第二卷：處境，西蒙‧波娃著，楊美惠譯，志文出版社，1997.4再版，P.106）。的確，女性個體的價值自覺往往和繁衍種族的使命產生某種衝突，並且情慾的美好與懷孕的恐懼也的確使得女性擺盪父系結構的邊緣求生，女性拒絕變成物（object），但男性確透過各種方式強迫女性物化，於是生命的繁衍變成為社會化建構的重要部分，女性在情慾與生育（同音字：聲響）的選擇上往往進退維谷。[病毒編號003-3]生殖的意義在當代女性模式的思考裡已漸趨複雜，詩文本裡雖然呈現的是較為模糊的自覺，然而只有透過主體意識的自我覺醒，才能在男性群體所建築權力意志（will-to-power）的包圍與控制下，去完成另一個從抵拒可能走向和諧的新宇宙，女性宇宙並非祇是一個幻想式的烏托邦，而是一個亟待許多個體自覺去豐富的場域，而我們所窺視的文本祇是宇宙銀河中展示的一種模式，所謂世紀末來的情慾新生活，並非是無目的、無意識的的情慾浪擲與決堤，而是透過自我主體的反省去完成真實的生命巡禮，無論在任何場域。收錄於楊平編《雙子星人文詩刊》第七期，1999。

我們在愛慾的花朵開放間舞踊
肢體柔熟地舒捲並感覺
自己是全新的品種
在歷史或將降下的宿命風暴來臨前
並沒有什麼曾被佛洛依德的喉嚨不幸言中[16]

　　王浩威為《欠砍頭詩》的序言指出：「……肛交不再是單純的肛門性愛，不再只是自然動作的做愛；……否定了性愛的繁殖功能，甚至是否定了動物與同一品種之動物的必然連接──因為肛交，人類不再只能和人類做愛……」[17]。多元化的性愛模式，不只是顛覆了「傳宗接代」的生命律則，更否定了早期精神分析學家與性學家對於性慾倒錯認為是病態的詮釋，使得此詩視單純同性愛或異性愛之間的性愛模式是需要解構的對象。

　　另外，在虛擬的空間裡，情慾則不必通過人體實地體溫的傳遞來完成，更可以採用終端機兩方的電子空間來交媾，透過彼此遊移探索的文字來挑逗對方的身體，擦拭自身的寂寞：

我總是非常安靜地進入妳
掩藏在化名之後的放縱思維與
隱密身分。我在密密麻麻的網址中
和許許多多的名字擦身而過
……
而後我終於下定決心
耐心的一層層打開妳
如打開身體隱密部位的皺褶
……

---

[16] 陳克華〈肛交之必要〉，收錄於《欠砍頭詩》，九歌出版社，1995，P.68-69。
[17] 引書同前註，P.4。

夜深而孤獨的時候，他們

如蟄居的昆蟲悄悄爬出洞穴

不斷吐詩成網，向電子激盪的次空間

在寂寞的網路中互相來電

用文字挑逗對方陌生的身體，並且

滋潤，甚至淹沒自己

……

沒有人能夠確定

在終端機、數據機以及複雜的線路後面

也許近在咫尺也許遠在天涯的那個人

叫什麼名字，究竟

是男，是女

（侯吉諒〈網路情人〉，Y87：P.143-145）

　　網路場域所提供的特性，使得所有網路使用者在其上不需使用自己的身分，而可以用各種形式的扮裝在網路空間裡出現[18]，所有關於「情慾」的指涉在其中變成了被操控玩弄的對象，我們並無法分辨在終端機那頭代號的性別取向，在電子次空間裡，所有的情慾遊戲表現上是在挑逗對方，實際上是在淹沒自己。所有在現實空間裡的道德價值規範徹底瓦解，所有肉體接觸的危險與刺激也被文字與語言所取代，彼此在終端機的交談中完成一場又一場的情慾巡禮，所有的體溫也在此失衡，我們不需要透過彼此取暖來心靈共振；我們可以在每日物換星移的不同網路情人的語言遊戲中，機械式的反覆交媾；我們可以扮裝成不痛性別去享受相異的虛擬快感，在這個虛擬的城市空間裡，所有的思維軌道完全推翻，靠著模擬與想像，我們體驗嘗試了各種情慾的模式，這的確是九〇年代都市情慾空間的另類展示。

---

[18] 詳參拙文〈詩史・詩社・詩潮・新世代〉，原發表於文建會主辦之「兩岸詩刊學術研討會」，後收錄於《1998現代漢詩年鑑》，唐曉渡編，北京：中國文聯出版社，1999.4，P.343-359。亦可互參另文〈網路詩界初探〉，收錄於《第一屆中興大學研究生論文發表會論文集》，1998。

四、新頹廢時代誕生——耽溺而墜落

kylesmile的〈新頹廢時代〉[19]：

一、

用保險套套在煙蒂上點燃之後插入
把高粱塗在陰莖上然後手淫
以一杯espresso混合尿液洗頭
擦上深紫色的口紅口交
連罵十八個字關於你家人最私密的髒話
強暴鵝貓牛馬狗去破壞生態的平衡，或許
是一種最環保的方式
反正我們就是反正而已
在高潮絕望中死去也沒有什麼

幹
就算彌留
老子我也要再來
一發

二、

請舔我的屁眼，拜託，也可以用香煙燙
燙出一個戒疤
我喜歡大字形橫躺，拜託，在我的身上
做下四個X的吻痕記號
在眾人面前強姦我，好嗎？我決定收費
來維持我倆生活狀態的美好

[19] 引自海洋大學田寮別業站之《晨曦詩刊》投稿版（140.121.181.168），後收錄於《晨曦詩刊》平面版第六期，1999出版。

> 反正世紀末的狂亂
>
> 即將來臨

　　或許此詩會遭到多數學者的嗤之以鼻，然而此詩的位置不應因為其語彙使用的不堪而受到排擠。乍看此詩的標題，似乎作者向要去標舉一個都市生活的嶄新思考，以便於和過去的都市告別，筆者亦覺得此詩是九〇年代中晚期的都市聲音對於八〇年代的分道揚鑣，新頹廢時代的來臨呼應著顛覆傳統、揚棄模式、抵拒中心的後現代思考，更進一步地象徵九〇新世代在不被認同後，選擇自我放逐去確立主體意識。所有的道德與非道德的軌道在此處已然不再需要區分，「反正我們就是反正而已」，不在乎代表著對於所有對立的揚棄，渡邊淳一《失樂園》結局式的美感，在kylesmile的詩裡被化約成「在高潮絕望中死去也沒有什麼」，縱使面對死亡，也要拚盡最後一口氣享樂。至於各種性交的模式都被找出一種合理的詮釋，各種逆倫的思想根植於體內深處不穩定的生命因子，成長過程中被各種權威不斷的壓抑，只有透過「當下」的快感，遞換抽離出在眾人面前做愛、然後收費的思考，以證明自我主體的確實存在。當然，此時的自我主體成為道德價值之外的核心價值，所有在前行代眼中被視為不堪、墮落、乖張、荒謬的生活態度，在新世代彼此的認同下被合法化，九〇年代末期的都市空間便即將誕生作者所預言的「反正世紀末的狂亂／即將來臨」，新頹廢時代即將在這個都市空間裡無限延展。

　　相對於此，羅門則在九〇年代的初期對可能發生的都市病態提出類似預言式的質疑與批判：

> 直跟著失眠的都市
>
> 　一起抽煙喝酒
>
> 　一起看裸體畫
>
> 　一起卡拉ＯＫ
>
> 一起張大眼睛

> 倒在興奮劑與安眠藥裡
>
> 　翻來覆去
>
> 　　　　（羅門〈「世紀末」病在都市裡〉，Y80：P.204）

　　如今觀察此詩，似乎覺得羅門筆下的都市相對於現今我們所處的都市，似乎是過氣許久了，詩裡所描寫的生活狀態並不令人驚訝。實際上九〇年代台灣都市的發展呈現的是躍進的情況，片斷間的變化往往令人訝異，吳錫和在〈空罐頭〉一詩裡所提出的反省[20]，已然無法涵蓋都市新世代的大腦思維，他們已經不會作如此的思考，他們已然與整座都市共構出一個完整的有機體：

> 然而盆地中這抽搐的城市不斷膨脹再加上膽固醇過高
>
> 注定要有更龐大更冷靜的墳場在灰色的天空傾斜獰笑
>
> 痴肥的城市，痴肥的男女，同樣欠缺凝聚的意志力。
>
> 　　　　（林燿德〈人人都想向我索討食譜〉，Y84：P.188）

　　林燿德在此詩裡再次運用大量而繁複的意象與長句批判這個都市空間裡的各種荒謬行徑，運用令人懼怖的語彙結構嘲諷這座都市碉堡裡的所有謊言與肥胖，城市的膨脹就像人體的膨脹一般，必須迎接「腐敗的宿命」；政客的浮濫就像虛胖的政府預算一般，「包藏著崩潰前夕的噪音」，這就是我們所處身的都市，我們都耽溺而墜落於這個痴肥的都市、痴肥的年代裡，繼續生存、打轉：

---

[20]　「我們是一群空洞的人／活著像一隻隻空罐頭／我們的內臟、靈魂、思想……／都被挖空／只剩下一具空空的軀殼／／空空的腦殼／裡面充盈著悲哀／啊！我們是一群空罐頭／在街上行走／我們有統一的標籤，沒有主見／東南西北吹什麼風／我們就跟著怎樣存在／恨啊——／我瘋狂踢著空罐頭／低頭一看／才發覺我也是一隻空罐頭／楞楞地望著／我的眼中有淚」，此詩把自己與都市人類比喻成內在掏空、無法思維的空罐頭，認為都市裡有許多空洞的人，而自己的眼淚也存在於自身對此的反省。但將此詩放入九〇年代中晚期，其實已無法說服新世代作如此的內省，新頹廢時代裡的都市人類，耽溺於與都市共生，譬如有許多人都希望成為日本或美國所製造的同一款式的空罐頭。（吳錫和〈空罐頭〉，Y80：P.196-198）

　　太陽依然昇起　　日夜旋轉

　　如一張永不生苔的大唱盤

　　……

　　憤怒虛無的時代

　　急躁癲狂的少年身影：回首

　　人生的浪頭已成過去

　　請快來，天亮前的酒館找我

　　讓我做你的DJ

（楊澤〈讓我做你的DJ〉，Y86：P.105-106）

　　或許，唱盤裡旋轉的音樂，是《遠離賭城》裡尼可拉斯凱吉的頹廢生命。在一個憤怒虛無的時代裡，地球仍如唱盤般不斷自轉，生命裡亂竄奔騰的血液只剩下與都市夜晚相契的荒誕虛無，人生曾有過的激進生命，至此居然成為中年酒館裡的頹喪失落。所有散落於夜晚各個角隅的都市星群，也都渴望精神的暫時麻痺與依靠，而DJ便象徵著都市夜貓群精神撫慰的主體，在這個新頹廢時代的夜晚裡摩挲著孤獨靈魂如潮汐般律動的心靈。

五、新烏托邦（Utopia）的夢囈與幻想

　　對於九〇年代的都市現象，或許有詩人感到失望，在失望之餘便期待新世紀來臨的都市能夠帶來嶄新的氣象，然而都市空間的壓迫與內化，已然無法讓詩人樂觀，詩人在虛擬一個新世紀的都市圖景時，所想到的景象居然是一個新的都市廢墟誕生，一個解構到底、連時間結構與所有的度量衡都瓦解的都市，新的都市規則裡充斥著生命的不確定感，人類如鼠一般生活在不須記憶的日子裡，這是一種「毀滅的生命形態」，「在這場灰色的迷霧中，最好的方法就是麻痺，忘掉思考，忘掉呼吸……將喪失當作一種娛樂」[21]；

---

[21] 陳柏伶〈翻閱之時，你已然變成了一只橡皮〉，收錄於詩集《末日新世紀》，丁威仁著，文史哲出版社，1998.5，P.2。

我是一隻畸形的鼠

細胞不斷崩解、分裂、繁殖、崩解

複製的我

即將顛覆關於數量的思維

（丁威仁〈末日新世紀　卷一・地下道排水管內・末日前〉，P.28-29）

當滿城都是惑星裂爆後的餘燼

便宣告了次生代的

來臨

（　　槍　　　聲　　　）

新政權誕生

（丁威仁〈末日新世紀　卷一・首都・末日前〉，P.29）

　　雖然實寫鼠的內部細胞分裂、崩解、繁殖，但指涉的卻是都市荒蕪現象的蔓延，在這座綠意腐朽的都市碉堡中，所有寄生的鼠群均期待死亡，雖然死亡在這個都市空間裡也不自由，這是屬於都市內部靜態的描述。而〈首都・末日前〉則虛擬了一個全面即將毀滅的恐懼，槍生四起與其他高分貝的噪音在都市與人類無止盡的思維衝突裡達到高潮，都市群體的整體性毀滅與腐敗，使得混沌的邊界上即將新生一組嶄新的都市群，雖然整個都市群仍是虛無、慾望、黑暗所浸漬加工的，期待烏托邦的人們將在新的都市廢墟的循環裡再次進化（退化？）為鼠群。是否，在新世紀裡的都市空間仍鼓勵人們墮落？生命本質的毀敗與傾頹是否仍要延續？作者告訴我們：「謊言變形的結果才是真理」、「我是一隻喜歡咬嚙時間的獸」[22]，「嗜好於破壞具有永恆性質的物理現象」，換句話說，世紀末都市空間裡的人類無法安靜於凝滯不動的狀態，希望與物換星移的都市共同擠兌預約多元性質的破壞與重建，在〈末日新世紀　卷三〉中便繼續這種徹底的消解：

---

[22]　引書同前註，〈末日新世紀　卷二〉，P.32-33。

AM

25：01　　　溺水的美人魚

25：05　　　在唱歌

25：05　　　之時，被垃圾哽住了食道

PM

25：10　　　溺水的垃圾桶

25：15　　　一個個遇熱膨脹成

　　　　　　變型的刑具

25：15　　　同時，吞吐街道

……

AM、PM

26：00　　　被反覆咀嚼過的廢墟

26：01　　　再生

26：01　　　美人魚進化，成為

26：01.5　　　　　　　　　食人魚

（丁威仁〈末日新世紀　卷三‧首都‧新政權誕生後〉，P.34-35）

　　這個虛擬的新世紀連度量衡都改頭換面，舊世紀24小時的時間計量方法已然解體，換來的是可能無限延展與無限細緻並存的計算模式，作者並未提出確切的試算表格，只提出對新世紀期待的烏托邦世界的質疑，人類厭倦了九〇年代耽溺而墜落的都市，希望構築一個新世紀的清新都市空間，虛擬一個烏托邦的遠景，然而原本的都市系統已然內化為人類身體裡的程式運作，詩人害怕縱使誕生了嶄新的都市，也仍然是一座嶄新的廢墟，所以詩人只得在現世生活中尋找避難的港灣，一個無污染的桃花源，透過田園的追求避開都市空間的沉重：

有一朵雲在耳邊

有一絲雨在額前

有一個夢在黎明
一整片藍天在行走間

有一神秘的人啊深於情
我要帶她回花蓮

沒有戰爭的硝煙在花蓮
硝煙是海岸山脈的褐雨燕
沒有政客的標語在花蓮
標語是青草上的小露珠
沒有相思的眼淚在花蓮
眼淚是情人座中的夜溫泉
有一神秘的人啊深於情
我帶她終於回了花蓮

（陳義芝〈神秘的花蓮〉，Y87；P.90-91）

　　在作者的筆下，花蓮成為一個世外桃源，是愛情醞釀發酵的清淨空間，沒有都市空間的嘈雜，沒有現代社會的污染，彷彿是避開城市核心的邊緣烏托邦。我們可以看到對於居住在都市裡的詩人，他們觀察到都市空間裡的各種問題，他們想要避開被都市同化，讓都市吞沒的危機，所以他們除了虛擬一個未來都市空間之外，就想在現世空間裡尋求一個當代桃花源。然而，在詩人心中卻又悲觀地看待未來的都市空間，認為這不過將會成為另一座質變的廢墟；對於現世的烏托邦，詩人在實地觀察後也感覺到都市化的侵襲與咬嚙，所有物質商品的追逐也成為原先清淨空間的現代夢魘，林怡翠在〈九份五記〉裡[23]雖然強調著今昔對比後的悲情記憶，然而其對曾經的田園現今都市化的疑慮與批判在詩中卻不言而喻，無論是「逐漸死去的山／眉間仍有一道傷口／我的吶喊／回音以礦災時淒厲的驚

---

[23]　收錄於《八十四年詩選》，現代詩社印行，民85，P.122-124。

叫／苔草讀過無數人的墓碑／一輛煤車從額頭推過」（之3）這種對於開發史上勞動者生命因為災害犧牲的同情，還是「這城鎮／正孵出一些新的招牌」（之5）對於因為觀光客所帶來商業成長與都市化的疑惑，都反映出當代的田園在都市空間的重重包圍下，加上人類以都市性格追求田園生活的心靈糾結，於是田園不但成為都市人的避難所，也成為都市人的垃圾場，直到它徹底的都市化。

第四節　小結

　　本章便以杜十三〈二十一世紀第一班列車來了〉一詩，作為台灣九〇年代現代詩都市主題的抒寫論述的開端，進入二十一世紀的台灣都市，這第一班都市空間的列車車廂，到底充斥的是殘骸，還是躍動的生命體呢？這個命題的確有待所有作家的反省：

> 如此　我們面對面站在彼此的影子中
> 用緊握的手掌輪送二十一世紀最新鮮的體溫給你和我
> 直到千禧年第一輛列車在第一道晨曦中
> 嶄嶄新新的從城外開來
> 我們連忙把舊時代的影子拋在月台上
> 相擁擠在車窗前數著躺在軌道兩邊
> 一路上無止無盡
> 來不及逃離二十世紀的殘肢與斷骸
> 　　　　　（杜十三〈二十一世紀第一班列車來了〉，Y87：P.107）

第七章

都市書寫的趨向（下）：
九〇年代「新世代詩人」都市詩的空間想像

　　「語言」是一種「社會」制度（institution），是一套按照一定規則運作、用以表達意象感情的符號（聲音）系統。[1]

　　都市小說這個次文類語彙，如果有什麼論述的價值與意義的話，並不在於將當代文學中的意識型態和權力分配狀態予以粗糙化約，提示單純化的「城鄉對立」關係，而在於它能夠讓都市中的建築空間變成一種有機正文，充滿著立面的動感、方位的誘導性、透視感，進而提供讀者某種或多種與空間交談的可能性。[2]

　　都市這個大型的存在空間，是由許多不同的「空間群」架構而成，新世代詩人對於都市生活的認知與價值追尋，往往就反應在他們所生產的有機正文（詩）裡，這些作品在尚未被讀者閱讀時，已經介入並參與了空間裡人、事、物所構組出來的多重系統，一方面詩人運用創造性的語言去塑造他們所認知的複雜空間關係，一方面他們也透過語言遊戲，以作品實踐了新的空間計畫，所以我們可以觀察到九〇年代「新世代詩人」對於都市

---

[1]　引自高辛勇《形名學與敘事理論》，台北：聯經，民76.11，P.64。
[2]　引自林燿德《敏感地帶──探索小說的意識真相》，台北：駱駝，1996，P.97。

空間群使用的語言，往往在不確定的遊移中反應出都市這個開放性空間群落的性格，我們在閱讀當中或許便產生了新的書寫思維。換句話說，縱使空間營造（設計）者在規劃時有其意識型態的考量，但空間的參與者卻不會完全受到制約，他們不僅以行動改寫空間本然意圖，也透過語言置換創造出新的空間思維。九〇年代活躍的這個新詩族群，便是如此透過對於都市內空間群的書寫，再次傳達出與前行代相當不同的都市思維，那種與自身共生，在自體之內同化依存的新都市思考，使得他們筆下的各種都市空間，不僅反映出單一的主題動線，更產生出某些可供他者重新填充的問號與括號[3]。

　　本章便在此基礎上擬對於「新世代詩人」在都市詩中所運用的空間語言做初步的分析與整理，進一步地觀察他們在運用這些語言詞組時，所產生的象徵意涵與內在思維，並藉此進入九〇年代都市詩的空間書寫，思考他們如何以肉體與心靈參與都市詩文本的實踐，演繹並展示都市裡不同的空間群落。本章在此研究中便先以《台灣詩學季刊》30期所編纂的「新世代詩人大展」作為主要文本，都市詩的定義則依照筆者在上一章〈九〇年代台灣現代詩都市主題的多項變奏〉的看法，至於九〇年代「新世代詩人」的義界在本文中是依照《台灣詩學季刊》30期的選錄標準（詩人出生年為1965年-1980年）。本章便在此必須存在的制約中進行對於「新世代詩人」都市空間語言的討論，也許這是第三度對於空間的讀者再書寫的空間意義之創造過程。

第一節　居住空間

　　公寓（房間）作為一個都市人類棲身回歸的場所，原本是一件單純的事情，然而九〇年代的都市卻讓許多人歸家的故事曲折離奇，「家成了疲累時投宿的旅館，家人只是住在同一家旅館的陌生人，夫妻更是都會中同

---

[3] 可另參林燿德《敏感地帶——探索小說的意識真相》，台北：駱駝，1996；與拙文〈九〇年代台灣現代詩都市主題的多項變奏〉的分析（收錄於《第二屆中國修辭學學術研討會論文集》，民89.5）．P.11-47。

床異夢的荒謬組合」[4]，這些都市內的流浪靈魂在陳克華的筆下，呈現出多重的隱喻，這些隱喻都指涉出一個書寫的目的：都市人生命的飄零無根，家的概念已模糊不清。亦即是陳克華逆向地將原本具有避風港功能的公寓家庭，操作成流浪靈魂的漂泊寄居之處[5]。吳菀菱則以中性的身分架構出一個中性靈魂的棲身之所[6]：

> 有一個中性的房間，像錄影帶的空白帶一樣虛無……沒有秩序竟是最好的狀態，沒有美感就是最大的美感……過度熟習的記憶任思考變態……鬼哼的自在有點失常，旋轉超越，游蕩失調，在一切還未狂亂之前把鏡頭弄髒。
>
> （〈專題：空間殘餘（Ⅱ）〉，P.100）

　　在失焦／變焦鏡頭的映射下，這個「中性的房間」居然呈現出一種沒有秩序的狀態，存在其中的生命擺盪也不須任何目的性，所有生活的幸福與殘破都可以被堆積並置，存在不過帶著破碎的美感，所有語言系統也即將封閉，在這個中性的房間內，都市靈魂的性別也被消解，只剩下「紊亂的呼吸」、「速度」、「噪音」與「危險的距離」，任何屬於生活的「意徵和意符都已失去」[7]，過去如侯吉諒等人詩裡所存在的「以城市人的自然情緒世界為實在，以科學理性為終極價值」的「新城市精神」[8]已被個人化的私密絮語解構，所謂的科學價值亦被存在價值的哲學命題所取代。林群盛告訴我們，縱使在都市文明象徵的「大廈」當中，也存在著這種自我解構的空間意義[9]：

---

[4]　引自李清志《鳥國狂——世紀末台北空間文化現象》，台北：創興，1999.3，P.17。

[5]　詳參陳克華〈公寓神話〉：「……他流浪過一千棟公寓／之後進入他日常起居的房間／水龍頭滴滴答答／流著昨夜他的精液……」（收錄於李瑞騰編《八十年詩選》，台北：爾雅，民81），與拙文〈九〇年代台灣現代詩都市主題的多項變奏〉的分析（收錄於《第二屆中國修辭學學術研討會論文集》，民89.5）。

[6]　以下所引詩多採自《台灣詩學季刊》30期所編纂的「新世代詩人大展」，此後但標頁數，不再註明出處。

[7]　筆者在〈網路詩女性模式書寫初探〉一文裡，也曾對網路詩裡所呈現的此種狀態作過初步的分析與解釋。此文收錄於楊平編《雙子星人文詩刊》第七期，1999。

[8]　引自周瑟瑟〈城市詩人侯吉諒及其詩歌的啟示〉，收錄於瘂弦、簡政珍主編《創世紀四十年評論選》，台北：創世紀詩社，民83.9，P.292。

[9]　林耀德認為「電梯是一種後設空間，它提醒搭乘者，他們所進出的大廈樓層和各個房間的封

我走入白色而無人的大廈，走進電梯，卻
發現鍵鈕上標示的不是樓數，而是一些名詞：
「憂鬱」、「悲傷」……我楞了一會，終於按下
我最熟悉而最後的選擇：

孤寂。

（〈旅・零光度〉，P.97）

　　「憂鬱」、「悲傷」正是人類在生命裡會面對的痛苦感受，在象徵權力與深度的大廈中，其實反而無法逃避生命裡幽暗的層次，相對於「公寓」（中性的房間）空間而言，具備電梯的「大廈」更能挖掘出都市生活中人類的存在經驗，生活在大廈中的都市人類，或許在經濟、權力上比「公寓」空間中的都市人稍優，然而他們往往卻必須要以強烈的生命力去維持生活的優勢，但在這優勢的背後也更需要主體的確認與建構，這種主體價值的追尋，在林群盛的筆下，卻只剩下「孤寂」作為最終的選擇，這種空間的象徵反而使讀者感到悲觀的惆悵。

　　紀小樣則展示出與吳菀菱異質的「公寓生活」，詩人作為一個既是公寓內生活者，又是觀察公寓他者生活的旁觀者（偷窺者？）的角度，書寫出每日交替的公寓經驗，並置拼貼了在時間順遞流動中的人與空間之關係，使讀者透過他的眼睛偷窺了他對公寓生活的剪輯影片，參與了他導演的一齣都市荒謬舞台喜劇：

　　……

　　上小夜班的年輕女子又把鑰匙插錯了鎖孔　　而

閉、孤立和破碎的性格。它是空間的產道，把人從另一個空間投擲出來；也是直腸，排泄出被廢棄的空間零件」，據林燿德此言，大廈裡的「電梯」便具備了對抗孤獨的可能，然而「電梯」往往給人的反而是一種空間的「孤絕感」，在走出電梯的剎那，都市人類或許才感到一線生機。引自林燿德〈空間剪貼簿——漫遊晚近台灣都市小說的建築空間〉一文，（收錄於《敏感地帶》，台北：駱駝，1996.9），P.127。又，陳清僑曾在〈論都市的文化想像〉一文論及西西筆下的「大廈」與「電梯」的語言隱喻，其中亦有某些觀點可供參考，（收錄於《四十年來中國文學》，台北：聯合文學，民84.6），P.437-455。

> 住在七樓的女人每個週末晚上會在鐵窗看守的
>
> 陽台晾乾彩虹的奶罩……
>
> ……
>
> 是的，如歌的行板　保險套與斷腸草　長島冰
>
> 茶與衛生棉　不虞匱乏之必要　三合一即溶的
>
> 戀情……
>
> ……
>
> 當導盲犬牽著衰老的柺杖越過街去　晨曦總是
>
> 不偏不倚　照亮第三顆路樹分叉出去的第三根
>
> 枝幹……

（〈公寓生活〉，P.63-64）

　　紀小樣所展示的公寓生活，必會引起讀者會心的微笑，的確這就是每日多數都市人所必須面對的各種生活片段剪貼簿，作者利用諧擬的方式導演了這不令人莞爾的舞台戲劇，並重新創造並顛覆了第二代詩人[10]瘂弦筆下〈如歌的行板〉的生命經驗，將原本嚴肅並批判的生命／政治經驗，重新被賦予了生活／情慾的都市經驗，創造出都市內「公寓」空間的存在（語言）經驗，讓讀者身歷其境地參與這場荒謬喜劇。

　　其實，對吳菀菱而言，公寓內「中性的房間」是一個自閉有餘的個人空間，個人在空間中可展示所有精神變化的過程，以及紀錄自身生活的剪影，然而這是一個封閉的場域，是屬於敘述者個人的私密空間展示場；但敘述者則在偷窺（聆聽？）他者的公寓生活時，使整座公寓變成開放場域，不斷讓讀者與作者成為這部電影的導演與參與者，甚至使讀者成為他的共犯，相約一起結構每天的公寓生活。於是，吳菀菱的空間故事也即將進入紀小樣書寫中的某個位置，形構紀小樣與讀者的公寓冒險記。

　　當然，愛情與情慾便是這個居住空間裡重要的生命架構，愛慾的激情

---

[10] 對第二代詩人的定義，可參林燿德〈不安海域──八〇年代前期台灣現代詩風潮試論〉，（收錄於《重組的星空》，台北：業強，P.1-61）。如按此推算，本文中多數詩人為第四代與第五代的詩人，亦即是《台灣詩學季刊》所認為的「新世代詩人」。

與付出，往往是失去定準、無關性別的，九〇年代的都市愛情悲劇往往便建築在「消費」的觀念上，當愛情變成了消費系統中的符號時，原先存在的價值也就被重新定義了：

　　僅僅對一個人有價值的東西
　　是沒有價值的

　　鎖在衣櫃裡的貓被禁食
　　日常生活的悲劇性
　　就是消費你

　　電視關機時的卡答聲響恰到好處
　　孤寂沒有固定的法則
　　她是宗教家
　　愛是苦行

　　　　　　　　　　　　　　（丁威仁〈非關男女之四〉，P.127）

　　的確，敘述者雖然對愛情做出無力的奉獻，然而身為宗教家的她，卻把對方的奉獻當作是步往涅槃的苦行，而一旦涅槃到達時，實際上也是宣佈這段「消費式」的愛情走向死亡。所以，愛情的價值在當代，已不再被賦予絕對專一的意義，而是對方的存在必須要帶有多元的價值系統，這種價值不僅是所需要的，更應是建基在對於他者的存在價值，如此一來的「消費」便可產生變動的意義，愛情本身也被賦予了走出「公寓」、「房間」的可能，愛慾的展示場也不再是男女對象與封閉空間，所有被欲求的激情都即將釋放，或被賦予「自由」、「戰爭」等走出童年的符號意義：

　　早上起來穿著衣服
　　帽子不見了
　　童年也不見了

‧

當「戰爭」還未發展出詩

我拿著刺刀

在你身上 寫 字

‧

血是那麼地簡單

為了自由

我打開了傷口

‧

當你和你愛的人做愛之時

我欲求的激情

也在裡面

（木焱〈短詩〉，P.153）

　　敘述者所欲求的激情已然成為精神上的意義，是一種「自由」，一種
殘虐的快感奔放，是一種從童年走向成人的生命儀式，這是極力想逃脫封
閉空間的生存吶喊，愛情已然不再成為「公寓」或是「房間」的能膠固的
物質，慾望也即將從對方的身體氾濫成災，擴散到都市生活的各個場域，
讓都市人在生命價值的追尋中尋得一個宣洩的方向，縱使這是荒蕪且頹廢
的領域：

　　那時　我從母親的眼裡望見

　　慾望只能端正地坐著　或站著

　　被時代規矩地扣成

　　一整排白色的束縛

　　安靜地等待父親解開

　　她的一生

　　　此刻　　我卻看到未來的自己

　　　正跟不認識的男人玩弄著

　　　彼此的鈕扣

　　　在某旅館床上

（甘子建〈情慾二寫之鈕扣〉，P.231）

　　甘子建此詩的兩段正好是「家居處所（公寓）／賓館（旅館）」與「過去社會／當代社會」的對比與參照，林耀德說：「賓館是一個準虛構的愛慾烏托邦，它被設計成現實世界中不應存在的（卻又具體地擺放在那兒的）異常身體經驗的場所，進入賓館休憩的男女暫時在現實中缺席了，當他們回到現實之後，賓館中的性愛關係也多半無法在公共生活中曝光，無法留下紀錄」[11]，亦即是賓館（旅館）內所存在的肉體關係與現實生活中的愛慾狀態，往往會產生衝突與角力的一面。甘子建詩裡的敘述者正在這個都市中的封閉角落，與一個並不認識的陌生男人造愛，而過往被慾望束縛的母親似乎正在另一度屬於家庭的「公寓空間」內掙扎、喘息，等待婚姻制度下的「丈夫」來解開一生、控制一生。於是原本在九〇年代中個人封閉化的自瀆式公寓，在甘子建的時光轉換下，我們看到了保守的家庭空間，卻也突顯出另一個都市的暫時而流竄的情慾空間、縱慾基地：旅館（賓館）。

第二節　移動空間

　　公車，是最大眾化的運輸交通工具，也是伴隨城市人類成長的共同記憶，在都市當中由公車建構的路網，使得人們可以隨心所欲前往都市中的任一停泊點，追尋自身存在的價值；公車空間的隔離與移動，也使得公車內的都市人群在每一站的顛簸之餘，安全而大膽地透過玻璃探測這個外在空間的廣度；而期待到站與等待公車的情緒，更恰恰地反映出都市人存在價值體系的個人化與內化，人與人的疏離在摩肩擦踵的狹小公車空間內更

---

[11] 引自林耀德〈空間剪貼簿——漫遊晚近台灣都市小說的建築空間〉一文，（收錄於《敏感地帶》，台北：駱駝，1996.9），P.126。

加明顯，公車也成為都市人孤獨的展示場。其實，由公車這個移動空間所建構的空間思維，呈現出多元化的面貌：

> 當公車行經那片水田大地帶
> 逼逼他聽見手機叫喊
> 稻禾間的白鷺倏忽驚飛
> 「你現在到哪裡了？」
> ……
> 「或許公車司機迷路了吧！」
> 忽然他想起童年玩過的躲貓貓
> 驚嘆號如時間匆匆離去
> 意外掉落如鞋子
> ……
> 當檳榔樹目送公車遠離
> 當白鷺與水田玩起躲貓貓
> ──藏進時間的窄巷裡……
>
> 　　　　　　　　　　（羅葉〈迷路〉，P.14-15）

　　這是從都市淨化到鄉村的過程，乘坐公車被羅葉處理成時光之旅，原先應該行走在城市裡的公車卻進入了一個敘述者產生疑慮的回憶空間，於是伴著記憶成長的公車變成了「哆啦A夢」卡通裡的「時光機」、「回到未來」電影裡的「時光車」，這其實也蘊含了「生命列車」的意義。這一次迷路之旅是敘述者喚醒失憶童年的過程，也是追尋生命價值烏托邦的一次嘗試，「迷路」作為詩裡的重點則又代表著敘述者在生命旅途裡的「迷惘」，也代表著筆者定位此詩是否為都市詩的「迷惑」，而這部公車在此處則又轉為存在「救贖者」的涵義，把筆者與敘述者的生命從都市的荒蕪裡代入鄉村與童年的回憶，都市公車的迷路其實成為都市人一次美好的「返老還童」。而在邵惠真的詩裡，公車則被賦予了現實生活上對愛情追求的無力與困境之意義：

清晨有雨

期待中有公車自身旁飄然略過

在你眼前五十公尺處暫停

當你追求的同時

別人上上下下皆有定位

你不曾放棄招手

然而　在後照鏡中的堅持

並未獲得眷顧

他再次從你身邊遠去

水坑中　跌倒的你

任憑黑霧淹沒

（〈情關三疊之Do〉，P.72）

　　在此詩裡，運用公車作為空間語言要表述的有三層意涵：（1）等「公車」＝等「愛情」；（2）公車內（皆有定位）V.S.公車外（孤獨一人）＝已得到愛V.S.失落愛情；（3）公車過站不停＝愛情不曾尋得。作者以公車譬喻愛情的追尋，實際上就是將生活裡的不滿足與空間感的失落相互對應，在對應中突顯個人生命的孤寂，於是公車在邵惠真的筆下被拉回現實，生命不再是因為「迷路」而時光回溯，是因為「轉彎」旅途顛簸，是因為「失去了風景」而喪失「心」的自由。

　　李長青的〈夜間公車〉延續了上述的命題與思維加以拓深：

迷離的月光，不曾灑向未知的方向。夜間

公車的去向，是公路與公路之間的秘密。

夜裡的露水凝重，夜間公車前窗時為起霧

所苦。它載承潔淨又沉默的思想垃圾，白晝來

回世間現象的邊緣，採集人與人之間對話殘

渣，一箱一箱價值不輕的妥協。

我發現自己眼睛到心臟的距離有一點模

糊，記得路況曾是良好的。終點站不變，唯月
光依舊迷離。

（〈夜間公車〉，P.138）

　　夜間公車的作用在李長青的筆下，成為承載著疲憊的都市人類每日
累積的「思想垃圾」與「對話殘渣」的運輸工具，城市生活的迷惘、壓力
的負荷都是深夜時精神疲倦的來源，到底城市的價值應該建築在哪裡呢？
一個迷離的夜晚，每個在妥協中生存的軀體已然失落了存在的價值，觀察
（眼睛）到內在思維（心臟）的距離已然遙遠，所有的垃圾與殘渣就是這
個城市每晚必須接運銷毀的焚化物品，只有這樣才能騰出生命的空間繼
續負載明日的所有廢棄物品[12]，於是夜間公車便成為人類心靈空間的清道
夫，繼續保留它的「救贖價值」。

　　火車則架構了一個長途跋涉的移動空間，是城市與城市之間的接駁工
具，都市人類可以藉由都市間的不同結構而轉換內在情緒，火車空間的穩
定度也使得都市人類在乘坐時的心靈狀態也相對地安定固著，較有餘裕卸
下平日生活的重擔。也因為如此，火車空間往往群集著各種族群或個人，
在幾小時的移遞中留下一幅奇特的存在剪貼簿：

　　　五分之一秒，兩排失去臉孔的身軀站在火車上
　　　搖晃，互相摩擦。

　　　五分之二秒，二車十二、十四號的情侶依偎在
　　　一起，共享一片吐司。

　　　五分之三秒，二車十六、十八號的中年夫妻將

---

[12] 如丁威仁〈城市素描系列：流動〉：「公用電話存檔過期的情慾／巴士停泊處榕樹曬傷／我等
　　了一下午」裡那種堆積如山、壓抑許久的情慾，以及「城市入夜前的所有期待」，甘子建筆下
　　的「公車司機」，則呈現出對於「規律人生」的無奈，「制式的生活」、「一成不變的腳步」
　　都象徵著對城市人類生活的批判。其實這些都將成為李長青「夜間公車」裡必須清運的疲憊。
　　（引自《台灣詩學季刊》30期「新世代詩人大展」，2000年春季號，P.126與P.231）。

手裡的嬰兒推來推去，像個玩皺的洋娃娃，並
開始小聲對罵（基於公德心）。

五分之四秒，依偎的情侶模糊成對罵的夫妻，
車速緊抓住光速，繼續前進。

五分之五秒，車窗上「明月幾時有，把酒問青
天，不知天上宮闕，今夕是何年？」兩排站著
的身軀，以腹語，輕輕哼唱。

（津白〈星期五〉，P.169）

　　一秒內眼瞳映像的分解圖景，書寫了火車空間的眾生相，就在一節車
箱裡，就呈現出許多存在者的面貌，前進的車廂交錯多層次的臉孔，讓火車
空間幻覺出許多生命的動線（Circulation）[13]。公車是城市裡「工作－歸家」
的運輸工具，都市人群在這擁擠的空間內無法交媾思維；但火車卻讓都市人
「旅行」思維能夠短暫存在，這個空間內的各張臉孔，其實就扮演著不同的
生活狀態，這些來自不同地域的生命動線，在火車空間裡交疊共生出許多相
濡以沫的生命疲憊，這是在公車的短站（暫）接駁裡無法共鳴的聲響。

第三節　流動空間

　　街道是城市的血管，也是城市生活的交通脈絡，所有座落在城市當
中的空間基地，均佇立在街道的兩旁；所有載運生命與存在的移動空間，
也行駛在交錯的街道幹線中，流竄成城市的每一根神經。所以，街道作為
城市的流動空間，其實承載著每座城市的「血管」與「神經」的雙重象徵
意義。也因為如此，街道成為都市人「當下」與「回憶」天秤兩端的平衡

---

[13]　李清志提及「動線是指人群素常移動的路線。在都市生活中，人群會因著空間形式及目的之不
　　同，而形成各種不同的動線」，筆者則將動線引申為不同個體存在於都市生活中的過程與內
　　容。（詳參李清志〈歸家動線〉一文，收錄於《鳥國狂——世紀末台北空間文化現象》，台
　　北：創興，P.16-17）。

點，都市人在街道的漫步中常常陷入「懷舊」的沉思：

> 從旅遊指南的讚嘆中走出，我默念
> 採購單上林林總總的物品，穿梭在
> 一百多年來從未寬闊的街道。
> 香菇飄香著山林的回憶，
> 蝦米乾燥著海洋的靜默，
> 一只輝煌的紙燈籠，照出
> 一條通往清代的步道，
> 滿街飄揚的髮辮
>
> （須文蔚〈迪化街〉，P.38）

　　在迪化街上深陷於歷史回憶的渦漩裡，當代都市空間內的古街雖然依舊，然而時代的思維仍然輾過街道，使得此詩在今昔對照之下顯出都市中舊街的孤獨與荒涼，這種荒涼並不是杳無人煙所造成的，而是人聲鼎沸下的不被理解，所有象徵民族的歷史回憶在當代的都市思維中被肢解的支離破碎，「古老的磚牆」代表的不只是迪化街的歷史，更見證了迪化街的孤寂，當日本人出高價買走的剎那，也正是作者「憂心」的時刻，作者所憂心的正是連這條舊街也免不了被澈底都市思維化，而隨著磚牆的飄洋過海到日本，也隱喻著回憶與歷史又將飄零無根，而迪化街也必須如此繼續存在著，至少還有一種年節的象徵意義。

　　除卻了歷史回憶的「懷舊」意識外，詩人已經觀察到「都市寄生在人類體內，成為人類的血液流竄全身……自身便是一座座的都市本體……都市客體與人類主體合而為一，都市的流動就是人類心靈的流動……」[14]，都市的街道終究還是必須回到都市的架構之下，這是一種屬於當下的時空思維，流竄在每一個都市人的血管之中，詩人透過城市碉堡裡的各種流動幹道，力圖展示出都市生活裡的各種思考：

---

[14] 請參拙文〈九○年代台灣現代詩都市主題的多項變奏〉的分析（收錄於《第二屆中國修辭學學術研討會論文集》，民89.5），P.11-47。

寂靜以巨大的音量壓倒這座

淌流著恣笑的城市

無可懷疑的荒蕪在華麗的廢墟裡滋長

枝葉繁茂的盤據街道

空洞的高樓裡淡淡的醚味

空洞的身體還未饜飽的情慾

空洞的，空洞的空洞

（劉淑慧〈寂靜以巨大的音量……〉，P.88）

在選擇題中，猶豫是不道德的

或許你詢問起記憶與真實的異同

路口的指標持續旋轉、膨脹

我站在世代轉彎的地方

猜測，童話的下一站在哪裡停靠？

（孫梓評〈在天使飛走的路口：路口〉，P.188）

無關悲傷　時光與我偷偷換步

你昨天吐掉的口香糖

在今天黏回我的腳底　漆黑冷硬

（邱稚亘〈在街心散步〉，P.208）

　　街道被荒蕪空洞的廢墟所佔據，這座城市裡的遊魂，不斷覓食情慾去填補體內巨大的空洞，縱使空洞的回音依舊空洞，但投下生命的那粒石子，因為空洞的回聲也已然證明的虛無的存在，「不必爭辯了／愛情只是一根溫暖的陰莖」（劉淑慧〈寂靜以巨大的音量……〉，P.88），反正在街道的遊走中，寂寞本來就需要實有的客體來填補，這便是都市人一種無可救藥的荒蕪，畢竟寂寞是沒有邊界的。孫梓評則讓讀者徘徊在生命記憶的十字路口中，迫使我們去聆聽斷代與童年的交響，在路口上猶疑的生命

主體，常常是「一個問號疊著一個問號」（孫梓評〈在天使飛走的路口：
路口〉，P.188），對於生活故事的開始與結束，感受到的都是傷口的痛
楚，而「生活中充滿各式各樣的逃跑」（孫梓評〈在天使飛走的路口：飛
翔〉，P.187），這都是對於存在無力的逃避與抗拒，所以童話的找尋變
成了希望之所寄，至少在童話的十字路口，都市人或許才能藉由童年的回
溯尋回生命的純真與價值。然而時間終究是流逝了，冷硬的口香糖正代表
著淡漠的生命與人際，愛情裡的所有秘密就像是一則「速食廣告」，消逝
的速度與遙遠的溫度都只剩下潮濕空寂的「回音」，原先作為十字路口讓
都市人類選擇題的街道，在邱稚亘的筆下卻成為一條永無止盡又使人沉默
的漫長單行距離，迷路正是這個填充題的最終解答，影子也變成了街道上
「切片的碎屑」。

　　其實，在丁威仁的筆下，街道變成了廢墟建築所吞吐的對象，所有的
街道都通向都市群體的離散，都前往新都市廢墟的進化核心，街道與都市
成為腐敗渾沌的共生群，新的都市便以街道作為其血管與發聲的管道：

PM

25：10　溺水的垃圾桶

25：15　一個個遇熱膨脹成

　　　　變型的刑具

25：15　同時，吞吐街道

……[15]

　　為了抗拒十字路口的掙扎與空洞的都市思維，這個虛擬的新世紀都
市居然連度量衡都重新架構，舊世紀僅24小時的時間計量制度已經解體，
換來的是無限延展與無限細緻並存的計算模組，原本期待的新清靜都市空
間，卻透過街道傳達了不可能的訊息，詩人並無力在詩裡架構一個嶄新的
都市，反而建築了一個吞吐街道的全新廢墟，其中的街道已然成為這座新

---

[15] 引自丁威仁〈末日新世紀　卷三・首都・新政權誕生後〉（收錄於《末日新世紀》，台北：文
史哲，1998.5，P.34-35）

廢墟的血管與神經，扮演了破壞與重建的中樞角色，和內化於都市底層的「下水道」同時並存而不悖，共同架構出都市的荒頹：

> 噤聲是公共場合的最昂貴的配藥，政府也
> 一直宣傳悲傷對民主的好處。住在這裡唯一的
> 秘密就刊印在選票上。
> 微笑是公共建設的圖騰，先微笑再悲傷，
> 先悲傷再微笑，是城市裡人們常討論的熱門話
> 題。
> 下水道漂流些許淡淡血跡，發電廠照不亮
> 選民良心，住在看不見的城市，看不到自己，
> 是常有的事。
>
> （李長青〈看不見的城市〉，P.139）

　　李長青藉著陰暗潮濕隱匿在都市立體空間內部的下水道，表現出城市裡肉眼無法辨認，只能用心靈與精神感受的存在腐朽，這是一個悲傷與微笑並存的荒謬圖景，微笑居然是城市人群悲傷的基礎，那是一個綠意腐朽的碉堡，正如筆者虛擬的都市廢墟一般，「我是一隻畸形的鼠／細胞不斷崩解、分裂、繁殖、崩解／複製的我／即將顛覆關於數量的思維」[16]，寄生與不斷繁殖的鼠群遍存在著看不見的都市內部裡，慢慢腐蝕並破壞這個連度量衡都瓦解的城市，一旦新的規則充斥在新的廢墟當中，人群的良心也經過腐蝕而消耗殆盡。

　　下水道的語言意涵傳達了「毀滅的生命型態」之訊息，或許陳柏伶的思考可以下一個詮釋的註腳，她說：「在這場灰色的迷霧中，最好的方法就是麻痺，忘掉思考，忘掉呼吸……將喪失當作一種娛樂」[17]，對於生命價值的喪失與消解，是當代詩人所欲共同反省的命題，以及批判反省的對象。

---

[16] 引詩（〈末日新世紀　卷一‧地下道排水管內‧末日前〉）出處同前註，P.28-29
[17] 詳參陳柏伶〈翻閱之時，你然變成了一只橡皮〉，收錄於丁威仁詩集《末日新世紀》，（台北：文史哲，1998.5），P.2。

第四節　活動（消費）空間

　　在都市裡有許多供應都市人消費的活動空間，都市人在此種類型的空間裡透過消費得到短暫的愉悅與生活的享受，消費者的消費意識與其社會階層似乎決定了其消費行為的模式與所選擇的消費空間，一如陳大為所觀察的「西門町正是為了因應富裕青少年（所謂西門町族）活動的聚集之需要，娛樂及餐飲服務業的大量崛起，成為電影和大型零售業（百貨公司、服飾專售店）之外，另一個新興的主要機能」[18]，的確在新世代詩人筆下，消費空間也成為他們用身體（語言）所書寫的重要場域：7-11與每日生活的密切關係，夜市內低價位的消費意識，以及百貨公司中眾聲混音的後現代並置高消費空間，在在都構築了新世代詩人所認知的消費場域，反而陳大為論述中所選擇的西門町，在世紀末的九〇年代已不再成為年輕詩人所關注的消費空間，而他們的消費地圖也形成眾聲喧嘩的情形，甚至連百貨公司裡各種消費狀態也成為詩人筆下堆疊並置的流行索引：

　　　　白蘭氏燕窩。四色臘肉。

　　　　路易十五ＸＯ。華盛頓富士蘋果。

　　　　歲末的信箱除了寒流

　　　　也闖進一本銷售手冊

　　　　……

　　　　台塑牛小排。棕欖香皂。

　　　　不同姓氏的年節禮盒

　　　　瘦身減肥的促銷金額

　　　　公開挑逗著我的慾望

　　　　……

　　　　藍山咖啡。黑松沙士。

---

[18] 引自陳大為〈八〇年代的台北西門町〉，收錄於《明道文藝》289期，民89.4，P.113。

得意的一天橄欖油。

並且意外想起了默劇泰斗

卓別林，以他鮮嫩多汁的音色

在那法國餐廳裡朗誦菜單

叫現場仕女們心起淚落

……

人際關係的糖果餅乾，夢想的罐頭

原來生命可以這樣子即溶

人也會過了有效期限

……

電腦桌。波斯花毯。紅木吊扇。

邊翻邊看邊思量：要不要

為黃昏買一架鋼琴立燈

為空氣買一台除濕機

……

女性內在美。複製世界名畫，小張

與大張價差八百。萬用遙控器。

在這被稱作後現代的市場裡

彷彿真理也能夠複製出售

卻不知什麼品牌的遙控器能幫我

找出訊號完整的自己

（羅葉〈遠百愛買手冊讀後〉，P.16-17）

　　百貨公司所提供的消費手冊，實際上就是一本紙上的消費地圖，閱讀
者可以先透過並置的圖文去索引出一個虛擬的消費動線，並且在想像中架
構一個即將完成的消費圖景。林耀德說「整座百貨公司的裝潢都是用來解
除消費者心理對抗的空間設置」[19]，一本消費手冊又何嘗不是如此，消費

---

[19]　引自林耀德〈空間剪貼簿——漫遊晚近台灣都市小說的建築空間〉一文，收錄於《敏感地帶
——探索小說的意識真相》，（台北：駱駝，1996.9），P.111。

者從平面的展覽空間享受具體消費前的虛擬樂趣，而羅葉在此詩中則並置他對於這種虛擬樂趣的內在反省，並質疑「真理」在這個世代的消費空間裡的質變，連自身都在一本消費剪貼簿中迷失了存在的價值，生命也即將過了保存期限，都市人在這個被稱作是後現代的市場中，的確被迫「去中心化」、「消費化」，找不出任何訊號完整的自己，只剩下被消費空間肢解後的殘骸拼圖而已。

　　其實，相對於後現代大型消費空間的百貨公司，與都市人關係更為密切的反而是每日慣性且不由自主會進入且消費的便利商店，雖然在其中多數是小型的消費額度，然而便利商店的擴張與連鎖存在於每個都市的角落，是都市化的重要功臣，所有與人類平日生活聯繫的任何必需品，都可以簡單地從便利商店取得，它是城市裡的需求補給站，一個與都市人共生的停泊點，消費行為在此被約化成滿足基本需求的短暫休息，從不打烊的小額消費空間也提供了都市人生命荒蕪時的暫時去處：

　　　月亮呼了口氣化成月暈
　　　好作為明日起風的猜測　　是不是
　　　有熬夜的7-Eleven
　　　打盹

　　　　　　　　　　　　　　（林麗秋〈與春天錯身〉，P.134）

　　從現實中出走的敘述者，在冬夜中突然得遇半邊春天，便利商店則熬夜替這場邂逅作了見證，敘述者期盼春天的心情在此詩裡表露無疑，希望能夠透過親吻春天驅走內心的孤寂，而便利商店作為一個旁觀者的角色，則是現實生活裡溫暖的冬夜空間，縱使它也有疲倦的時候，但仍然張開雙臂歡迎每時每刻需要撫慰的都市人群，給予短暫的暖意與包容。

　　夜市所提供的消費意識則介於百貨公司和便利商店之間，就空間構造而言，夜市是開放性的地緣空間，百貨公司則是封閉的商業空間，便利商店卻是封閉式的地緣空間；就消費狀態而言，夜市的消費多是小額狀態，是百貨公司品牌販賣的粗製化與地攤化，相對於便利商店而言，夜市的流

動率則頻繁快速，因為它並不是一個固著的空間。所以前往夜市消費的人群，其職業結構分布廣泛，並且逛夜市變成一個簡單的休閒生活，人們不必穿戴整齊、衣冠楚楚，不必具備如去百貨公司般的朝聖心情，只要帶著生命裡的疲憊隨意地換取自在的愉悅，於是消費行為在此處不再有如百貨公司般掙扎痛苦，也沒有任何高尚的形式包裝來支配購買的慾望，在夜市裡反而存在一種小憩後的舒適，一種即興式的生活調整與消費方式，不需要存有任何的空間抵拒之心理機制。雖然如此，在新世代詩人筆下的「夜市物語」仍然帶著一種後現代的生活疲憊：

> 今夜，禮儀的最高尺度是拖鞋
> 邊走邊吃，還要抹上一層很幸福的表情
> 流動攤販的招牌被風霜滷出時間的顏色
> ……
> 標價與成交價的距離足以讓人
> 忘記剛剛買過什麼
> （而我只是想買一大袋滿滿的厚實感）
> ……
> 逛累了，在度小月麵攤坐下
> 蒼蠅是不可或缺的佈景
> 「客人請坐，要不要點一碗清湯掛麵的年代？」
> ……
> 飛鏢與汽球擦身而過，彷彿青春期的尾巴那段
> 還未到站便匆匆下車的戀情
> ……
> 記得在人潮散去前離開，你將不會
> 看見零落的清道夫身影彎腰撿拾失溫的腳印
> 你只需跳進棉被海甩開一雙走得太累的腳
> 等待一群撈魚的小孩把你撈到夢裡去
>
> （林德俊〈我的夜市物語〉，P.215-216）

　　此詩裡撿貼的圖景與前述之〈遠百愛買手冊〉截然不同，詩人在百貨公司內的反省偏重於中層階級族群的生命映像，但夜市裡則並置了一般族群與學生的生活疲憊，所以當我們隨著林德俊進入夜市生活時，似乎就是在處理每日澱積的酸楚與無奈，夜市就是這樣一個吸納人群各種倦怠的地方。也正因為如此，從夜市內我們可以看到許多不同於百貨公司的各種族群，這些族群正好也反映出許多社會裡的弊病與生命景象：無論是補習的學生、受到不景氣波及的民眾、失戀的男女、鑰匙兒童等，在這個流動的消費空間內，每個人都使自己的臉上抹著幸福的表情，但表情的背後，其實就是一個又一個失溫的腳印，生命在此正如作者所言的，「不過是一場沒有輸贏的接力賽」，循環的疲憊與消解都在拉扯著都市人的心靈，夜市便成為了一個可供大眾簡單並暫時紓解存在壓力的去處之一。

第五節　停泊空間

　　所有游蕩在都市迷宮內部的存在者，或許都需要一些喘息或排放青春的停泊空間，都市裡一座一座的咖啡城堡內，每日蒸餾著一群一群的孤寂靈魂，源於時光流逝的哀傷在此發酵，只有藉著咖啡因驅散自己心事的漩渦，趕開淪陷的疲憊：

　　　　黃葉飄落，枝頭
　　　　不留給仰望一個位子

　　　　咖啡冷了，杯沿
　　　　不留給解釋一個位子

　　　　天色夜了，霓虹
　　　　不留給疲憊一個位子

（黃玠源〈位子〉，P.126）

　　雖然，咖啡館裡人群極想擺脫孤獨，然而咖啡因作用下的清醒，反而讓人們的痛苦更難以承受，所有的陰鬱都隨著時間的移遞而在體內奔騰，「每到了夜／唇便載著身體／在一條黑色的河流上／漂浮」[20]，黑色的夜晚，黑色的心事，咖啡杯裡裝盛著黑色的孤寂，都市裡不同裝潢相同性質的咖啡城堡裡，都上演著類似的無聲默劇，所有都市的孤獨靈魂均被蒸煮成一杯杯凝重苦澀的咖啡，糾結難解的心事在這個停泊空間內，化身成為回憶裡哀傷寧靜的原鄉：

　　　　在新開的咖啡館等待
　　　　下午四點十分的陽光與移動的人影
　　　　忙碌穿梭於透明門窗　　風
　　　　掃過樹頂綠色的明信片
　　　　啪啪作響的音訊傳遞遠方
　　　　未曾貼郵的黃頁散落此地
　　　　啊！我的信差在哪裡？

　　　　　　　　　　　　　　　　　（蔡逸君〈POST〉，P.28）

　　無論是在異地旅居，還是在自己的國度內停泊，咖啡館的空間除了戴著黏稠的孤寂之外，更不能缺乏的是鄉愁的氾濫。旅居的遊子所寄託的黑色心事是自己的家鄉，都市的游蕩靈魂則遙念著一個心靈依歸的固定居所，他們都想在所剩無幾的青春中尋找發洩的出口，咖啡館這個停泊空間便提供了靜態的內在宣洩，讓寂寞無助的都市人在此地交換孤獨的生命座標，得到思考與喘息的契機：

　　　　有一首老歌說生命退潮時不妨上街走一走
　　　　在台北我應該相信這舊式的格言嗎？

---

[20] 引自陳宛茜〈咖啡館〉一詩，收錄於辛鬱、白靈主編《八十四年詩選》，（台北：現代詩社印行，民85），P.204。

也許買一杯珍珠奶茶靜坐露天咖啡座

細數粉圓檢驗對無聊的忍耐力

是升向天堂了呢還是沉進地獄？

　　　　（陳耀宗〈夏末的十四行在冬天之前出來曬太陽〉，P.122）

　　陳耀宗在詩裡重新檢視台北的舊式格言，告訴我們在這座都市城堡中，生命的退潮與無助並無法透過「上街」去消解、改變，露天咖啡座上的「珍珠奶茶」反而象徵出單調的生活模式，「咖啡館的招牌可以遮陽／口袋裡零錢在笑／下午的公用電話容易當機」（丁威仁〈城市素描系列：流動〉，P.126），這是一種生活的頹喪與固定，無助且無聊的都市生活在詩裡成為一首「單調的歌」，所有生命裡的憂傷與憤怒，以及城市裡各類型生命的凋零，能夠說清楚的畢竟不多，咖啡館便扮演著自我咀嚼心事的都會空間，可以「讓一切沉進記憶在未來偶爾翻滾／在一杯咖啡或一個朋友的屍骨上浮現」，生活的價值歸趨依然悲觀地呈現在「太陽依舊升起」的單調模式當中不斷循環。

　　相對地，速食店作為停泊空間的流動與思維速度，則相異於咖啡館。咖啡館是一個靜態的停泊空間，在其內的都市人群透過流竄在體內黑色血液，反省並消解心靈的空虛與無助，藉此去解除身心的疲憊，使精神狀態能夠面對接下來的生活狀態；速食店則傳遞著速度與動態的訊息，它是都市裡年輕族群的心臟與幫浦，在這個動線中，許多次文化的資訊擠兌傳遞在彼此聒噪的言談裡，讓都市人能夠迅速吞服簡單實惠的訊息維他命，像速食一般瞬間解除人類定時的飢餓。羅浩原〈四大輓詩（四）〉：

卻又希望我像速食店的漢堡

不知被誰製造

不知被誰販賣

不知被誰收買

不知被誰吃掉

　　　　　　　　　　　　　　　　　（〈四大輓詩〉，P.213）

　　的確，速食店製造販售的漢堡所訴求的對象客體，竟然在都市空間裡被約化成不須姓名的族群，亦即是所有的存在與生命在這個空間裡只像是「一重一重的視窗」，麥當勞族群的記憶迴路，就在速食店空間裡「拔掉一些舊的／換上更多新的」，資訊的迅速汰換衝擊著年輕的都市人類，盲目的追求速度與升級，導致他們不再有餘裕去面對自己的生命與生活，咖啡館裡的棲息空間在此處已被躁鬱的聲響取代，所謂的新新人類不再給自己時間與空間咀嚼生命的孤絕，反而選擇消耗青春。

　　其實，這些飄零在各個空間的都市遊魂，有些會在入夜之後投身於都市的魔幻場域，注射一針頹廢的甜蜜，使生命裡亂竄奔流的黑色血液相契於都市夜晚的荒誕虛無，楊澤筆下中年人在酒館裡的頹喪失落，早已被晶宇詩中「酒館裡自虐的人聲」給取代，原先「憤怒虛無的時代」被替換為「都市人該死的甜蜜」[21]。這是一個後現代的「超空間」（hyperspace）[22]，將都市夜間的混亂隔離，卻在其中形成另一種自足的紊亂；它將公共領域的煩躁隔離，卻形成一種自主的存在焦慮與發洩。林耀德認為「酒吧二十坪的物理空間如同等待書寫的白紙，每個酒客在上面反覆書寫自己。一旦他（她）們坐上吧台，就成為空間的道具，一個具體的空間因素；但是他（她）們一開口交談，又成為空間的書寫者，成為主體，環繞者他（她）們的一切成為空間的配件」[23]，其實，引文裡的「書寫」一詞在當今的都市詩空間語言所反映的思維中，不如修正成「輸血」來得恰當。

　　我們來閱讀李進文〈十七歲〉的片段：「……隔了一條街和昨天，寂寞壓低帽緣／坐在掏空的酒館台階……冷霜們漫步如爵士，喝點粗話／

---

[21] 楊澤〈讓我作你的DJ〉：「人生的浪頭以成過去／請快來，天亮前的酒館找我／嚷我作你的DJ」（收錄於瘂弦、陳義芝主編《八十六年詩選》，P105-106），晶宇〈失眠九行〉：「酒館裡自虐的人聲，承載著／暗昧的氣息／／天使，張望／都市人該死的甜蜜」。前者的思維在九〇年代的末期已然被後者如晶宇等「新世代詩人」所取代，酒館已然是都市人消費生命，結紮存在的地方。關於此二首詩的深入分析，亦可參拙文〈九〇年代台灣現代詩都市主題的多項變奏〉，（收錄於《第二屆中國修辭學學術研討會論文集》，民89.5，P.11-47）。

[22] 詳參夏鑄九《空間、歷史與社會論文選：1987-1992》第二章〈查理‧摩爾後現代主義空間正文的寫作〉，（台灣社會研究叢刊——03，1995，二版），P.51-77。

[23] 引自林耀德〈空間剪貼簿——漫遊晚近台灣都市小說的建築空間〉一文，（收錄於《敏感地帶》，台北：駱駝，1996.9），P.112。

就能了解啊，只不過想揍揍那些善念／罷了，過了十二點／青春陪我走了三兩步」[24]。縱使當代的酒館已不僅是林耀德所言「都市中產階級的頹廢生活和享樂主義風尚在酒吧中得到充分的發洩」如此，但李進文筆下的酒館卻反而弔詭地呈現一種古典的美感，讓人不禁懷疑作者對於酒館空間的簡單（理想？）認知。雖然，李進文身為《台灣詩學季刊》所定義的「新世代詩人」之一員，但他在處理酒館空間的命題時，仍延續楊澤對於青春失落的感傷與無力之命題，到底是什麼樣的都市空間，或是都市思維揠苗助長，使得李進文筆下的十七歲卻老成有如楊澤詩裡的中年人呢？我們並無法確知，而李進文過度古典美感化的酒館空間，反而使得晶宇等人詩裡展示的現實虛無、頹廢的甜蜜恰恰成為了李進文詩裡的「一條虛線」，李進文詩的古典酒館思維，也成為晶宇等人詩裡遙不可及、蒸餾昇華的特異「烏托邦」奇觀景象。

第六節　小結——虛擬空間與其他

　　網路，是都市生活裡一個虛擬的寬闊空間[25]，在這個空間場域中，所有的使用者並不需展示自己原始的身分，也可以隱藏內在原初的人格特性，進而虛擬一個新的身份與性格，利用各種扮裝在虛擬的場域裡自由出沒，任何「存在」都變成了被操控玩弄的對象，我們無法分辨終端機前的代號或類姓名的真實程度，這個空間裡漫遊的使用者似乎也明白著個虛擬的規則，所有在現實空間裡的道德規範徹底瓦解，電子次空間裡的語言遊戲是機械性的反覆交媾，所有的思維在這個虛擬的城市空間裡價值解構，我們透過終端機的架構完成了一次又一次的扮裝與存在的試驗[26]：

---

[24] 引自《台灣詩學季刊》30期「新世代詩人大展」，2000年春季號，P.21。

[25] 或許有學者並不贊同網路作為都市虛擬空間的說法，畢竟在任何不屬於都市的空間群落也有可能有人透過終端機進入虛擬的網路世界，然而筆者認為無論在任何空間，一旦進入網路世界中，實際上就是進入一個資訊擠兌的虛擬空間，在這裡存在的應是都市化的內在思維，而不是非都市的，所以網路其實仍是一個都市空間，但卻是一個虛擬的存在空間。

[26] 關於筆者對於網路空間及詩文本的敘述，亦可參拙文〈詩潮、詩社、詩史、新世代〉（原發表於文建會主辦之「兩岸詩刊學術研討會」，後收錄於《1998現代漢詩年鑑》，唐曉渡編，北京：中國文聯，1999.4，P.343-359）；與〈網路詩界初探〉，收錄於《第一屆中興大學研究生論文發表會論文集》，1998（後收錄於《晨曦詩刊》第六期）；以及〈網路詩女性模式書寫初探〉，收錄於楊平編《雙子星人文詩刊》第七期，1999。

我們的掌中曾經握著每個今日，在滑鼠器的導遊中
彼此進入對方的昨日及明日，但裡頭沒有一個完整的
故事。就像疲憊的塵粒：找不到終站的網址，如同詩

如同詩的降臨，自窗口窺探我們　整夜的遐想
從幻化中飛出去的是不斷變形的文字，輕金屬的句子
彷彿是從身上卸下的肢體器官，一陣分裂一陣痛

（陳晨〈《網路詩》〉，P.23）

我的電腦中毒之後
我才發現
各式各樣的晶片
像棺材嵌在綠色的IC板上
組成人類的記憶迴路
歷史的系統總是不斷要求升級
拔掉一些舊的
換上更多新的

（羅浩原〈四大輓詩（四）〉，P.212）

　　時間觀念在網路空間裡並非線性，而是跳躍式的思維，我們均可以藉由滑鼠器的點選進入任何人還存留在網路上的任何時間點停泊，然而這其中卻無法形成完整的故事，那是一個又一個斷裂的檔案，那是一段又一段變形的語言和文字，這是屬於機械性的虛擬時空，靠著模擬與想像，我們在其中享受著虛擬的存在快感，原本屬於肉體接觸的體溫取暖，在這個空間內被約化成為失溫的語言遊戲，「那些情節全都裹上誘人的密碼」（陳晨〈《網路詩》〉，P.23），我們必須破解密碼，在終端機的情慾交媾裡淹沒自己的感官，完成一場又一場不需要彼此肉體的慾望巡禮，「沒友人能夠確定／在終端機、數據機以及複雜的線路後面／也許近在咫尺也許遠

在天涯的那個人／叫什麼名字，究竟／是男，是女」[27]，在這些密密麻麻的網址裡，我們每日和不同的情人擦身而過，透過彼此遊移探索的文字來挑逗對方的身體，擦拭自身的寂寞，組成新的身分，竄改存在的歷史，這是全新的記憶迴路，縱使電腦在過程裡當機中毒，那也不過是讓使用者再次騰出空間去建構一個嶄新的身分，在一次又一次的升級裡，換上新的名字與存在價值，這的確是一個都市生活中的虛擬場域，給予了都市人在冷漠疏離生活之外的存在滿足，並且不需負擔太多的責任，因為在網路裡所有的謊言都被容許，並且都被視為遊戲規則底下的真實。

　　當然，在這個都市環境裡，新世代詩人除了關心筆者前述的重要空間場域之外，也分別進入了都市裡其他生活與存在的節點與動線：

> 昨天的風仍在今天吹
> 所有床單永遠也不會乾
> 想著地點不明的夏天
> 棒球場飛出的球
>
> （劉季陵〈兇小孩〉，P.68）

> 有怪獸參加選舉
> 兩隻牛角抵著人民的胸口
> 大白齒磨厲磨厲油水的反芻
> 牠毛皮光鮮，屎尿腥臭
> 性器官暴露如秤鉈，朝北方
> 國會殿堂裡招搖擺晃。
>
> （蔡逸君〈有怪獸〉，P.26-27）

> 下水道漂流些許淡淡血跡，發電廠照不亮
> 選民良心，住在看不見的城市，看不到自己，

---

[27] 侯吉諒〈網路情人〉，收錄於商禽、焦桐主編《八十七年詩選》，台北：創世紀詩社，民88，P.143-145。

是常有的事。

（李長青〈看不見的城市〉，P.139）

「真是座博大的機場——看看
那些虛擬的學生與漢堡、
音樂與風；還有著數位化的
知識、感情，小小的，暴動……」老者說
「到底在等什麼，降落？」我問
「過去。」
「什麼？」
「『過去』呀！」
「你說什麼，再說一次
太大聲我聽不見。」

（楊宗翰〈東海見聞〉，P.165）

　　無論是棒球場裡隨著球飛出而遺失的生命時間或存在價值，國會殿堂裡各種怪獸犧牲民眾權益的利益交換，發電廠對於選民良心的無力照明，還是批判大學殿堂裡知識分子虛擬化、數位化的無深度存在，都代表著新世代詩人並非只有表面淺層的都市思考，他們對於都市裡各種空間的展示與表演，都帶著反省與深層思維的心靈共振，進入這個世紀末以至於新世紀的都市結構體裡，在每個自己最貼近的生活空間，思考有關於價值根源與都市未來的種種問題，雖然九〇年代的都市已然與詩人共生，已然如孫維民筆下的「異形」般在詩人體內繁殖，但這一代的詩人一旦開始反省與進入生命的縱深時，他們將比前行代的詩人開創出更多有關於都市空間的深刻觀察，畢竟他們已然都知道都市不再是相對於自己的客體認識物，而是與自身成為共犯（共生）結構的主體感受物，以語言文字書寫生活所在的各個都市空間，就是在書寫自身的反省與生活過程，就是在書寫都市空間與其動線的象徵意義，而我們透過初步的文本分析，也可以了解新世代

詩人在都市詩裡空間語言的運用及欲表現內在思維，以便於讓我們都市的討論進入精采的九〇年代，這一個都市與人類共生的時代。[28]

---

[28] 本文既以《台灣詩學季刊》30期作為主要討論的文本，以下便歸納整理其中對於都市空間的語言使用及其初步傳達的內在思維：

（1）居住空間：

公寓			
姓名	詩題	頁數	象徵意涵
紀小樣	公寓生活	P.63-64	後現代都市生活剪影
吳菀菱	專題：空間殘餘（Ⅱ）	P.100	情慾的解構與還原
丁威仁	非關男女之四	P.127	對愛情的無力與奉獻
木 焱	短詩	P.153	失落的回憶與純真
大廈			
姓名	詩題	頁數	象徵意涵
林群盛	旅・零光度	P.97	生命空間的窄縮與無奈
旅館			
姓名	詩題	頁數	象徵意涵
甘子建	情慾二寫之鈕扣	P.231	規律人生的無奈感

（2）移動空間：

公車			
姓名	詩題	頁數	象徵意涵
羅　葉	迷路	P.14-15	烏托邦的失落（失去記憶的童年）
邵惠真	情關三疊	P.72	生命價值與愛情的追求
丁威仁	城市素描系列：流動	P.126	生活的頹喪與固定
李長青	夜間公車	P.138	城市生活的迷惘與失落
甘子建	公車司機	P.231	規律人生的無奈
火車			
姓名	詩題	頁數	象徵意涵
津　白	星期五	P.169	後現代生活的片段剪接

（3）流動空間：

街道			
姓名	詩題	頁數	象徵意涵
須文蔚	迪化街	P.38	歷史的幻影（懷舊意識）
劉淑慧	寂靜以巨大的音量	P.88	後現代荒蕪頹廢的都市空間
丁威仁	非關男女之五	P.128	對情慾的正面期待
孫梓評	杯子狂想曲	P.186	空虛的生命
	路口	P.188	失落的童話
邱稚宣	賦別	P.208	絕望地尋找生命出口
	在街心散步	P.209	生命的完滿與美好
下水道			
姓名	詩題	頁數	象徵意涵
李長青	看不見的城市	P.139	失落的城市價值

（4）活動（消費）空間

夜市			
姓名	詩題	頁數	象徵意涵
林德俊	夜市物語	P.214	城市剪貼簿
便利商店			
姓名	詩題	頁數	象徵意涵
林麗秋	與春天錯身	P.134	從夢境中清醒而出走
百貨公司			
姓名	詩題	頁數	象徵意涵
羅　葉	遠百愛買手冊讀後	P.16-17	後現代都市生活之反省

（5）停泊空間

酒館			
姓名	詩題	頁數	象徵意涵
李進文	十七歲	P.21	青春之失落與荒蕪

咖啡館			
姓名	詩題	頁數	象徵意涵
蔡逸君	POST	P.28	時光流逝後的孤寂
黃玠源	位子	P.106	生命的疲憊與悲哀
陳耀宗	夏末的十四行在冬天出來曬太陽	P.122	單調複製的生活模式
丁威仁	城市素描系列：流動	P.126	生活的頹喪與固定

速食店			
姓名	詩題	頁數	象徵意涵
羅浩原	四大輓詩（四）	P.213	斷裂的生命存在

（6）虛擬空間及其他

電腦與網路			
姓名	詩題	頁數	象徵意涵
陳　晨	網路詩	P.23	虛擬的生命荒原
羅浩原	四大輓詩（四）	P.212	斷裂的生命存在

棒球場			
姓名	詩題	頁數	象徵意涵
劉季陵	兇小孩	P.68	無力的生存與發洩

國會			
姓名	詩題	頁數	象徵意涵
蔡逸君	有怪獸	P.27	暴力與色情氾濫吃人的世界

大學			
姓名	詩題	頁數	象徵意涵
楊宗翰	東海見聞	P.165	對知識與知識分子的批判

發電廠			
姓名	詩題	頁數	象徵意涵
李長青	看不見的城市	P.139	失落的城市價值（政治批判）

第八章

數位時代的來臨（上）
——論九〇年代網路詩界的發聲

第一節　網路詩界的場域

　　開放性和多元性。當取得網址，或在各BBS站上透過註冊取得張貼的資格抑或是透過internet進入如創世紀、雙子星、妙繆廟所提供的網站投稿page，便有著把自己的作品張貼在poem板上的資格，此資格的取得相對於投稿至文字出版品而言，取得是相當容易的，而且作者可以張貼任何自己的作品，無論是形式以至於內容，均不必受到主編的裁抑與篩選，使得網路文學的張貼成為了一個公共的領域，吸引了許多的創作者與塗鴉者去利用各種的可能性，在網路上創作各類型富於實驗性的作品，運用各種不同於平面媒體的展演形式，透過鏈結，使得網路上的詩作縮短的空間的幅度，在同一時間不同空間均可透過電腦作為媒介，與相同文本互動下，使得網路文學呈現出許多異質於文字出版品的相應文本，反映出不同且多元的聲音。

　　私密性與反文化霸權之姿態。實際上這種開放多元特性的產生必然是因為網路創作者不需使用自己的真實身分，以作為作品的代表，而可以以各種形式的扮裝在版上出現，又張貼的隨意性是操之在己，不必擔心是否會有霸權的介入與操控，畢竟透過網路張貼作品和投稿至文字出版品就極

大的差異，至少不必去接受刊物等陣地的霸權檢驗，一方面又可以以反文化霸權的姿態出現，並且亦可以逃避面對自己的作品的成熟與否。當然，也正因為如此，網路詩的實驗性與多元性是極為複雜的，各種形式與內容的詩均可藉由這種不同於平面媒體的方式去展演，也不需要擔心是否會被刊登出來的問題，畢竟張貼的權力在自身的手上。然而，我們亦不可否認的，網路詩中有許多散化，以及富實驗性卻不知所云的作品充斥其中，當然，網路詩人可以告訴我們說，網路上的詩是不需有任何的價值標準存在的，優劣與成熟與與否的判斷，不應該用以評斷每日成千上百的網路詩作，畢竟網路上是沒有平面媒體的霸權存在，而詩在一些網路詩人的眼中不過就是某種game of post-modernism而已 。但或許我還是傳統了些，在我所見到的各大學詩版，雖然有著或多或少的差異，也的確可以看出，許多的詩作只是網路的創作者所張貼的關於心情文字的分行短語而已，這種情感的直接宣洩和一般文字出版品與文學獎場域所必然會退稿的散化作品完全無異，在這裡我們的取樣絕不可拿精華區或是晨曦詩刊來作為判準，畢竟所謂的精華區也是版主所運用的權力結果。從這種現象，我們不禁懷疑，就詩而言，所謂的沒有價值標準只是在標準混淆的情況下的另一種說辭而已。

　　互動性。網路文本的互動性格，可以透過鏈結（link）與路徑（path）的方式展現讀寫之間的模糊。或是在bbs上透過e-mail以及線上的即時回應，再閱讀、再書寫，讓網上的閱聽者來分享彼此的書寫，這種超文本（多向文本）（Hypertext）使得讀寫之間的界線不再明確，文本是互動且開放的，平面文字所產生的真理法則與典律（canon）思維，在網路文本多層讀寫的挑戰下，似乎已不再與真理劃上等號。而隨著聲音、影像等感官使用於文本創作中，純粹的文字表現已不足以憑恃為判斷作品的唯一價值標準。Morzarpin發表於海洋大學田寮別業站的〈遊戲詩〉，即是充份利用了電腦閱讀下拉式的介質特性，以詩的語言寫出一個類似於捲軸迷宮遊戲的樹狀圖（tree-structured）超文本，讓閱聽者順著↓鍵的移動，作各種不同的判斷與選擇，每次的結局均有不同。雖然如此，筆者卻尚未見到以鏈結等特性去創作的多向文本，這也是網路詩人們有待開發之處。

　　筆者並非是要批判些什麼，畢竟，筆者也常在網路上扮裝，發表一些詩作，我必須承認這種不需受到檢驗的自由，的確是非常吸引人的，但似乎這種自由只有在這種虛擬的時空當中才可以達成，畢竟當無關責任時，我就可以超越性別、可以超越語言文字的範疇、可以任意塗寫一些毫無意義的符號（反正可能會有網路評論去豐富其意義），正因為在網路裡的我，不過就是一個虛擬的代號和一個真實的網址而已。

　　網路詩的呈現，實際上有著反文化霸權的延伸思考。「文化霸權是指一個支配群體運作其控制的權力，這種控制不是透過可見的法規或力量的部署，而是經由公民情願的默認接受從屬地位，他們確認了基本上是不平等的文化、社會和政治實踐與制度」，投稿者必然去默認與接受刊物陣地的hegemony，所以必然要去接受此遊戲規則的檢驗，投稿者實際上是從屬於此規範之下，且承認並參與此規範律則的。而網路本身雖然提供了較為自由多元的文學展演空間，卻形成了與平面媒介領域不同的另一個公領域式的文化霸權。以這種姿態出現的挑戰，吸納的作品必然是參差不齊的，並且網路文學的速食性，是伴隨著汰換速度極快的資訊擠兌而產生的，「當我在瀏覽一個詩版的詩作時，往往帶著的是走馬看花的態度，甚至直接進入精華區中去閱讀較佳的作品，而網路本身的特性，也讓我不會注意此詩的創作者是誰，也讓我有較多的時間去品嚐一首好詩，而不受任何雜質的干擾」。在這個角度上，我們不得不承認晨曦詩刊的確是某種網路精選集的呈現，而回到文字出版品網絡中的晨曦詩刊，正代表著一種網路詩人新身份的建構。

第二節　網路詩的寫作與特色

　　網路詩的閱聽方式，和一般文字出版品的閱讀方式是有較大的差異，畢竟文字所藉由來展演的媒介有著靜態與動態的分別，當然網路詩人透過電腦終端機在現代詩的創作上可以發展的空間向度，明顯第比一般創作者有極大的發揮空間。在閱聽網路詩時，我們未必是整體性地一覽無疑某個完整的文本，事實上受限於電腦的限制，我們對於網路上較長的詩

作，是透過↑、↓、page-up、page-down等鍵的操作來閱讀，所以作品往往是以行與區塊的方式被閱聽者所讀取，因而網路閱聽者的閱讀心理導向便成為單向性的思維，每一行或每一區塊對閱聽者來說既是一首詩的一部份，也可被視為獨立的整體，而閱讀與寫作本身往往就呈現出某種片段的割裂形式，如此一來，行的意義與區塊的意義逐漸地與整首詩的意義有著相等的地位（除非是一個page左右的作品，或是經過printer列印下來的平面文字）。由此則延伸出網路詩創作者的創作心態與方式等等的問題。筆者認為所謂的傳統式寫作，意即是作者已有完整文本的底稿（無論是否發表），而採取原封不動或略作修正的方式，copy至詩版之上，這可能是將網路當作另一種文字出版的場域，去拓展許多隱性的現代詩閱讀互動。

　　然而，網路上許多富於實驗性且大膽前衛的作品，則和電腦終端機作為仲介工具來使用有極大的關係，而網路式寫作所不同於文字出版品上的平面文字，也可以從其中去透顯出某種創新性的意義。ELEA的〈情書〉便是典型的必須使用電腦閱聽的作品：

　　DEAR：

　　　　早上醒來時把愛情乾癟的屍體放入信封
　　　　傻孩子，妳定猜不到
　　　　我翻遍多少塊皮膚才終於聞見
　　　　腐臭
　　　　然後我用我們的拖鞋撲打牠
　　　　愛情長得真像魚
　　　　羞澀地游到東邊
　　　　又游回西邊繼續手淫
　　　　⋯⋯⋯⋯⋯⋯⋯⋯⋯⋯⋯⋯⋯⋯⋯（節錄）

　　從本詩的結構，不難看出此詩在成為平面文字時，已經失去了作品必須透過網路才能閱讀的意義，作者在後記中曾提及這是「一首HTML格

式」的「超文本情書」如果我們要閱讀完整的文本，就必須熟悉基本的網路操作運用，至少在面對如此的作品時，我們不至於有不得其門而入的感覺。這種程式性的網路寫作的確是文字出版平面場域無法達成的，而網路詩透過此種寫作方式，把作品藉由媒體而立體化，賦予現代詩創作更大的空間，也使得類型之間的互涉有著新的可能。Snow的詩也是一篇運用電腦功能的特殊作品：

你所看到的一切
都是意外

一、認真
對於你說的話
我積認真拷濾
你了解我的意思嗎？

二、相信
我不鑲性礙情
像字疤蝕報
駢宜

三、歷史
坦白供告
佈糞事實
一切僵成為歷史

四、非常意外
為了療天
貌出兩顆
青春鬥

　　作者以鍵盤注音輸入法作為創作的工具，把同音字的產生與選擇當作一種意外，反而藉由遞換展現出與原型可能文本不同且更加豐富的意涵，使得新的文本除了承載著因同音字的謬誤所出現的豐富意義外，讀者也可以從新文本中去推測所可能的原型文本，在推測的過程中，讀者也還原了原型文本的意義，並且意外於新文本所提供的意外，從中去思考新文本賦予的新意，達成閱讀的滿足，反而又使得此新文本同時承載的是「新／舊原型」兩種文本的雙重意義。以下是筆者所還原的原型文本：

　　　你所看到的一切
　　　都是意外

　　　一、認真
　　　對於你說的話
　　　我會認真考慮
　　　你了解我的意思嗎？

　　　二、相信
　　　我不相信愛情
　　　像自由時報
　　　便宜

　　　三、歷史
　　　坦白公告
　　　部份事實
　　　一切將成為歷史

　　　四、非常意外
　　　為了聊天

冒出兩顆

青春痘

　　當然，正因為網路提供了作者匿名與私密性的保障，作者就有極大的
空間進行各種平面媒體無法容忍的創作形態，不必去考慮作品的內容是否
應該蘊含某種「道德價值」的規範，而當「文以載道」的觀念因不再受到
外力的支配與控制而徹底瓦解時，「道」亦將被豐富其意涵，無論是性、
暴力、頹廢、死亡，均可以透過作品發現相異於前行代的斷層思維，這些
文本實際上是在平面媒體所難以得見的，我們藉由網路詩的閱聽，往往可
以發覺新世代思維模式的共相與殊相。

　　Kylesmile的：

（一）

用保險套套在煙蒂上點燃之後插入

把高粱塗在陰莖上然後手淫

以一杯espresso混合尿液洗頭

擦上深紫色的口紅口交

連罵十八個字關於你家人最私密的髒話

強暴鵝貓狗牛馬去破壞生態的平衡，或許

是一種最環保的方式

反正我們就是反正而已

在高潮絕望中死去也沒有什麼

幹

就算彌留

老子我也要再來

一發

（二）

請舔我的屁眼，拜託，也可以用香煙燙

燙出一個戒疤

我喜歡大字形橫躺，拜託，在我的身上

做下四個X的吻痕記號

在眾人面前強姦我，好嗎？我決定收費

來維持我倆生活狀態的美好

反正世紀末的狂亂

即將來臨

　　乍看此詩的標題，用「新」去標榜著與「舊」的頹廢分道揚鑣，似乎連頹廢都要和過去、歷史劃出鴻溝，新頹廢時代的來臨也呼應著顛覆傳統、揚棄模式、抗拒中心的後現代思考，也象徵著新世代在不被認同後，選擇以自我放逐去確立主體意識。或許「失樂園」式結局的美感在 kylesmile 的文本中被約化成「反正我們就是反正而已／在高潮中絕望死去也沒有什麼」的不在乎；懼怕針孔攝影的疑慮，卻遞換抽離出在眾人面前做愛、然後收費的設想。涉想的產生正是因為體內深處不穩定的因子，在成長過程中被各種權威不斷壓抑之下，或許「當下」的快感，才可以證明自我主體的確實存在。而此時的自我主體成為了道德價值之外的另一個中心價值，那麼種種在前行代眼中被視為不堪、墮落、乖張、荒謬的行徑，在新世代彼此的認同之下被合法化，那就是他們的世界，所以作者預言「反正世紀末的狂亂成即將來臨」。新頹廢時代即將展開。

　　但我們也不難發現作者內心裡所潛藏的矛盾，畢竟作者以「狂亂」這個有負面價值意義的詞語來概括「新頹廢」，雖然要求顛覆既有傳統、追尋主體確立，但卻又恐懼狂亂之後的毫無秩序，似乎作者的另一首詩可以作為一種證明。也可以反映出所謂新世代在解構權威、顛覆中心的過程中，並非是沒有反省的能力，正因為內心對於真正虛無後的不安，對於毫無秩序的設想之後卻又帶些恐懼，這種精神上的矛盾，透顯在他們網路詩的作品當中，一方面是嘗試實驗，另一方面卻又呈現出與傳統無法割裂的

部分，不管是形式上到文字運用的方式上，似乎都受到一些前行代與中生代詩人的影響，甚至刻意的模仿。當然，如果我們從www前往如妙繆廟等網站，的確不難發現有許多運用電腦程式技術所寫的多媒體作品，非常富有實驗性格，然而筆者的考量，則必須是提出一個疑問，是不是某些具有聲光性的多媒體詩作，可以被稱為詩，還是具有詩質的多媒體作品？畢竟，當影像性在文本當中的地位是主而非是從時，具有隱喻與象徵性的詩文字，似乎就被化約成為作品的附屬地位，一如某些詩劇場的展演，我們完全看不到詩在何處，我們看的是具有詩意的劇場作品。我想本文所採取分析的對象集中於BBS站的原因即在此。

第三節　網路寫手的出櫃策略

在網路上張貼作品的創作者，除了ID之外，就是透過網址的提供，達成與網友的互動。對於瀏覽網路文學的閱聽者而言，他們往往是先行被本文吸引，然後或許才會注意到ID的存在，即是網路文學閱聽者非常明白，他們所接受的訊息是本文的，而面對的真實客體卻是虛擬身份的作者，如果想要有互動與回應，便可以透過彼此虛擬的身份，去投遞e-mail，或是直接張貼於版上，成為一個公開討論的文章。這種意見交流的前提設定，是存在於真實卻虛擬的客體身份，不會有暴露「本尊」的擔憂，所以網路寫作幾乎是一個「無責任的世界」。

這樣的一個公領域空間，的確滿足了創作者藉由身份扮裝而達到作品扮裝的心態。當然，「扮裝」的存在是有可能伴隨的是掙扎於「出櫃」與否的問題，尤其在上網路成為許多人日常生活重要的事情之後，網路的話題性亦不可避免的增加。就會有許多關於網路現象的討論會、座談會，充斥於平面與電子媒體中，例如1997年12月誠品書局所舉辦的詩人特區，即以網路詩人與詩界作為座談內容，並獲得熱烈的迴響，這也提供了網路創作者依次合法且風光的出櫃機會。就網路詩界而言，晨曦詩刊表面上扮演的正是一種「結合網路與平面媒體」的仲介橋樑，實際上則是提供網路上扮裝已久的詩人，一個合法的出櫃管道，這個合法性的建立，在思維上

必須承認平面媒體的霸權中心，然後去結合蘊含反平面媒體霸權思維的網路與平面媒體之間的區隔，調整網路上某些詩作的遊戲心態。亦即是藉由「網路→文字出版品／扮裝→出櫃」的運作過程，使得網路詩人在come out之後，獲得了更多的青睞，甚至更容易趨向市場的需要，更輕易地成為消費文化結構中的一環。畢竟，網路文學的討論是方興未艾，平面文字出版品的霸權優勢亦會持續，在詩成為票房毒藥的現在，網路詩人的策略運用，反而使詩有著另一種展演的可能性。

以反文化霸權去思維的網路詩界，所形成的另一個公領域的文化場域，實際上和文字出版品本身所產生的思維現象有極大的區隔，如果能從眾多的創作中被選入精華區張貼，也代表著版主或是網路編輯對作者的肯定，而這種脫穎而出，在長期資訊擠兌的網路裡，也的確是一件不容易的事情，並且要進入網路的創作空間中，也須具備基礎的電腦基礎操作能力，這對中生代以上的詩人而言，無疑地是一件比較困難的事情，但許多的刊物陣地卻又是被前行代以至於中生代所把持著，造成前述的霸權現象，這也可以看出網路形成的公領域，的確在許多地方是以區隔平面介質的方式去運作的，並且也盡可能地以自主操作的方式去消解可能的霸權介入。然而，我們如何去解釋關於晨曦詩刊以文字出版品作第二度發行的現象呢？或許我並不採取snow所言「藉由電子佈告欄的公開園地從事校園新詩質量的推廣與新詩文化的普及……結合電子與平面媒體」的說明方式，我反而認為此適足以說明網路創作者從事網路詩人身份的建構的一個策略。

網路與平面媒體間的互涉，其實正提供了兩種思考的可能性，一為以文字出版品為主的報刊雜誌，藉由homepage去吸納部份的網路作品，《雙子星》第六期就以及大的篇幅呈現網路詩頁，掌控文字出版品的詩人群體，在面對網路公領域游離並拒斥的挑戰，就採取了迂迴介入的態度，一方面可以藉由網路打開知名度、並獲得一些富實驗性的作品，間接地使刊物在形式上呈現年輕化、青年化的狀態；另一方面，卻又顯露出他們懼怕被閹割而採取介入的迂迴策略。所以有趣的是，每日張貼的作品如此地多，刊物的主編仍然運用本來的權力去選擇可刊登的作品，去完成另一次

的輪迴（實際上只是介質不同而已）。

　　另一種形式可以以晨曦詩刊作為代表，在四個學校的BBS站上提供投稿版面，再從投稿的作品中編選，以文字出版品的方式發行，我們姑且不論這些編輯們是否在意識中要形成另一種權力結構，去抵抗主流權力集團所操控的陣地，然而他們的確形成了不同於一般poem版公領域的私領域空間。或許他們要對峙的應為公領域資訊擠兌之下所產生的資訊氾濫，簡而言之就是要去塑模一個網路詩的天堂。然而，在他們編選的過程當中，必然會因個人的美學價值標準與群體協調之後的標準，來篩選出可供刊登在出版品上的作品，雖然這種方式可以使得網路上較好的詩作不至於被埋沒不彰，但一些不懂得電腦操作的詩人卻被動地被排拒在網路陣地之外，所以我們不難發現從介質性的角度來看，網路相對於平面媒體而言反而形成了另一種私領域的霸權空間。筆者並非在論述當中要作下任何價值判斷，只不過要說明並辨析出兩種類型的發表方式，其實只是權力行使陣地的轉移而已，網路詩界要成為詩的烏托邦，是談何容易，但也似乎網路詩界已成為一個可以提供夢囈與夢遺的避風港

第四節　小結

　　因平面文字出版媒體掌握在特定權威的手上，網路創作者便採取以網路精選的方式，反過來再以文字出版品去尋求自我的定位，使得網路詩人橫跨兩個界域，取得了雙重身份的建構。此建構的過程實可作為一奪權的策略運用。本來在訊息遞換迅速的網路詩界中，被保存下來的作品，就具有指標性的意義，再藉由文字出版品的二度建構，以及不斷會出現的關於網路詩界的各種座談與會議的討論，反而導致網路文學將會成為另一個新興的公領域霸權，或許「不上網就落伍了」的口號，亦將使前行代的詩人開始思考此一問題，而新世代的詩人群體，也不需再執著於文字出版品的單向建構，或許經由網路仲介之後的雙向身份建構，反而可以擺脫前行代所掌控霸權的夢魘，建立新的發表策略與模式，進而取代前行代的權力行使陣地。當然，有一些原本以平面文字出版品呈現的刊物，也正式透過網

路去開發新的可能性，畢竟網路上有許多隱性的閱聽者，對於文字出版品存在著各種的情結，而文字出版品的越界探索，或許對網路創作者而言較容易接受，並且對於這些刊物，他們也樂於吸納和收編這些新的聲音。當然這之間諸多的互涉，仍然有深入討論的必要。

第九章

數位時代的來臨（下）

——八〇與九〇年代詩社群比較研究

　　李瑞騰在〈有關「詩社與台灣新詩發展」的一些思考〉論及「詩社」
與「詩史」之間的關係時，提及：

> 「詩社史」當然不等於「詩史」，但是以「詩社」為中心是可以建
> 構一種「詩史」。請注意，只是「一種」，而且這種「詩史」要很
> 小心，因為很可能忽略掉不參加詩社的重要詩人。遇到這種情況有
> 兩種可能的處理方式，一種是以詩社之友的身分納入討論，一種是
> 以詩風相近來考慮[1]。

　　林燿德曾經以「文學集團」與「集團文學」來區分「五〇—六〇年
代」與「七〇年代」台灣詩壇的詩社群組成狀態，他認為五〇—六〇年
代的台灣詩壇屬於「文學集團」時代，個別集團或許擁有共同的宣言與號
召，卻容納了不同風格與取向的詩人，仍然倚仗以情感凝聚的「人的組
合」進行交互作用。而七〇年代則屬於「集團文學」的時代，集團內組
成分子在主題與價值觀的認識上有濃厚的統一與認同，形成各種類型化的
「觀念的整合」[2]。然而，進入八〇年代，書寫工具的發展使得新興媒體

---

[1]　李氏此文收錄於《台灣詩學季刊》29期，1999年冬季號，P.61。
[2]　詳參林燿德〈要樸素的長大——焦桐與其詩集《蕨草》〉，收錄於《文藝月刊》201期，1986.3。

（如電腦）逐漸扮演著現代詩寫作的重要媒介，再加上新的詩社群組成呈現多元化的情況，我們發現八〇年代的詩社創刊思維，已然不同於前行時期的狀態。到了九〇年代，網路寫手大量產生，以及獨資辦刊的情況，而校園詩刊取代了同仁詩刊的模式，消費化、電子報化，在在都使得九〇年代的詩社群思維更迥異於前代。

　　因此，筆者透過觀察分析，初步地提出「詩文學聯邦」[3]與「詩文學邦聯」[4]的角度來對應這兩個斷代的詩社群創刊思維[5]，不僅可以銜接林燿德「文學／集團」的思考模式，也藉此來溯及靠近二十一世紀初的兩個重要年代，透過社群的角度提供另一個思考的方式，進而補充當代詩史的論述。然而，本文的書寫並非要刻意建構一個「詩社史」，筆者欲透過兩個斷代的十年，觀察其間創刊詩社群的思維變化，並藉此聯繫兩個斷代詩文化思維的轉變，在其中我們應該可以發現某些填補現代詩史空隙的蛛絲馬跡，這也是筆者以此論題作為對象論析的重要因素。

---

[3]　聯邦制度是一種組織國家的方式；中央與地方政府分權，且在其範圍內都是各自獨立的（Wheare, 1946）。通常都配合該國明顯的地理、文化或歷史的界域。許多政府的建制在全國及地方的層次上都有重疊；兩個層次的政府對同一領土及人民都行使有效的控制。因此，聯邦國家的公民同時屬於兩個政治共同體：對憲法上歸屬於地方政府的職務而言，相關的共同體是公民個別的state，canton，province，republic；對歸屬於全國政府的職務來說，則整個國家是相關的共同體。在一個真正的聯邦國家，這兩個層次的政府直接從憲法獲其權力且不能排除另一方的管轄權。如此聯邦國家不同於單一國家，且其一切的權力都是接受中央政府的委任而來。在另一端，聯邦政府的體系與邦聯（confederation或league of states）分開；在邦聯中，中央政府從各成員國得到它所有的權力，且自己並無自主的權力。如果我們此此方式來查考八〇年代創刊的詩社群，可以發現他們有些已經擺脫「文學／集團」的存在模式，更加地強調詩社群裡的個人存在自主，似乎相應於筆者所提出的「詩文學聯邦」的思維。俞寬賜著，國際法新論，國立編譯館主編，台北：啟英文化事業有公司印行，2002.4。

[4]　歷史上，曾出現不同形式的邦聯組合，但有幾項法則大抵為各種邦聯所共同具備的，如：邦聯內各成員均維持其外交權與國防權；邦聯內各成員地位平等；各成員對其內部事務有自決性；以和各成員間的爭端以和平方法解決；各邦聯成員具有共存共榮的關係。如果以此來觀察九〇年代所出現的網路詩社群，基本上符合上述思維操作的情形。俞寬賜著，國際法新論，國立編譯館主編，台北：啟英文化事業有公司印行，2002.4。

[5]　本文主要以八、九〇年代創刊（社）之詩社群作為討論的對象，除了有幫助本文論證的部分之外多不涉及傳統的長青詩社，七〇年代創刊之詩社群，以及2001年以降的結社狀態。

第一節　詩史與社群的構成

　　談論台灣現當代詩史的構成，從歷時性的角度言之，即是談論事件的連續性如何去組構出一個文化思維與時代意識？而事件的發生又和整體的文化、社會思潮有何重大的聯繫？亦或是受到此思潮的影響？這些討論在歷時性的角度上是互動而相涉的，縱使是斷代的定位，每一個被定位的斷代，實際上也是一首連續性的史詩，在史詩裡以一中心主旨去貫串說明歷史片段如何銜接的疑問，進而構築出所謂的「時代思潮」，其中所有的事件、人物，似乎都應被史家處理成此共相思潮下的一個環節，殊相則成為典律之外的歧出。從共時性的角度討論詩史時，則注意的是空間內所有並列事物的殊異與同一性，尤其針對殊異點，共時性研究的詩史學者，力圖去建立各系統思維之間的關係與結構，在長時期的編年過程裡去定位形成斷代的可能，在已被定位的斷代中，去重現各集團群體的互動場域、界限、層次、觀念的區隔和辯證是如何組構出一個斷代的整體風格，這是共時性史家著力之處。

　　如果說歷時性的討論忽視了整體文化思潮是由各種差異的辯證而組成此一事實的話，那共時性的思考則避開了整體文化思潮內在於各差異群體的深層影響此一問題，所以史述者想去建構一個立體式結構，認為「文學事件（包括創作與閱讀）、詩詩潮等交織而成的錯綜關係，在時間座標上構成詩史」[6]，這樣的一個立體模型，似乎才能模型出一種可能完整並客觀「詩史／史詩」詮釋系統。

　　然而，我們也必須承認，縱使所收集到的史料是客觀敘述的材料，甚至也有可能具備了某種程度的完整性，但詩史的構成絕不只是材料收集與方法運用的問題，還有一個根本的核心，就是史家的詮釋問題，因為「詩史的構成絕無律法可循，律法無非是史家對史實的詮釋」[7]，所以詩史家

---

[6]　引自張漢良〈創世紀：詩社與詩史〉一文，原載於《創世紀詩雜誌》65期，引自於《創世紀四十年總目》，1994年9月初版，P.189。

[7]　同前註。

的詮釋便成為了一種具有霸權性格的典律，但弔詭的是，這個典律雖然並非具備文化的控制能力，卻可能因為一種錯誤的詮釋、過度的詮釋，會引起其他詩人以至於詩史家的辯證與討論。這種詮釋系統一旦寫定，的確在詩潮當中必然會引起一波波如潮汐般反覆出現的漣漪，這種文化上的影響是源遠流長而意義重大的。

詩史本身既應存在無數作品寫作與發生事件所疊架的結構裡，也有關於詩史家詮釋系統的方法運用，而流派（社群）的存在與互動正是架構成詩史的一個重要部分，流派的產生「往往只是一群風格各異的詩人，在情感的凝結下組合而成的散漫組織，當詩社和文學運動結合時，或者形成師徒承傳的流派時，才能顯現其文學史的背景性」[8]，而林氏的重點卻是要說明社團、社群實際上有可能在特定斷代中扮演著推動文學發展的重要角色，但未必是單一的社團組織，而是透過互動而完成文學史運行的軌跡。

本章暫時略過林氏所謂斷代的問號，在前述立論上討論台灣現當代詩社（刊）的場域問題。從共時性的角度觀察，其實詩人作為詩歌文本的抒寫者，除了因自身審美意識、創作原則、寫作形式……等因素去完成一首作品之外，也的確會受到同時期集體文化意識的影響，詩人不僅介入文化生命，同時也被集體構成的文化思維所建構，詩社、詩刊的形成，不僅是在前述所提及的同仁懷有類似的文化理想，有意識地揭示他們的寫作態度、方法、理論，其實也肩負著自身對於開創新文化視野的某種期待，或是力圖去抵禦與抗拒主流的文化霸權，這種想型塑「文化新典範」的意識，對於任何有機組成的詩社（刊），或多或少地都成為創社的宗旨之一，只是包裝的糖果紙不同而已。而現代詩社在台灣的風格演變，的確隨著各斷代的文化視角不斷變化，最後都落實在書寫作品上，有趣的是，台灣現代詩史上所形成的詩潮，泰半是由詩社間的互動與辯證去完成，論戰的主體表面上或許看來是詩人間對於創作理念的交流，實際上卻是不同社群在創作意識型態上的攻防，「選集」的編纂也代表著不同陣營互相抵拒的內在思維，詩社所定期出版的詩刊，更是出現群體組織之間差異的代表

---

[8]　引自林燿德〈環繞現代台灣詩史的若干意見〉一文，收於《現代詩學研討會論文集》，P.15。

性展現，每一個詩社群體都力圖去尋找一個自我表現的「劇場空間」，他們彼此之間可能相涉，而此空間的塑構，也端視不同社群所控制的權力場域範疇，並且他們也藉此完成自性生殖，證明主體完全確立，無論是各種「選集」的編纂、「文學獎」的舉辦、「座談（研討）會」的召開、「新詩學會／寫作文教基金會」的設置，都代表著不同群體所產生的多元並存現象，雖然有時多元並存會導致權力場域的爭奪以及攻訐的情況，但也只有多元並存可以構築出豐富的文學建築，使得詩史編年裡的每個斷代裡都滋生許多芬芳燦爛的奇異花朵。

　　從歷時性的角度觀察詩社（刊）的場域，我們不難發現在詩史的長流裡，詩社（刊）扮演著詩潮內主導或改變的契機角色，不同的群體透過不同的鏈結，形成不同的運動與運作，力圖去形成或改變時代意識，見證時代思維，推動時代潮流。「部分詩人所實驗的形式與素材，逐漸為多數詩人與讀者接受時，便形成了詩潮」[9]，實際上詩潮的歷史持續程度不一，在當時或許是文化的主流，但未必在未來的歷史定位中呈現出相同的判準與評價，而詩潮的興盛及沒落，以及新詩潮對舊有詩潮的抗拒與取代，也不斷地推動詩史的延展，這種推動除了某些少數特殊的詩人以個體身分創造之外，其實往往需要「同儕」的互構，此互構也就是詩社（刊）扮演的重要催化劑。我們可以從前述立體結構的思考來觀察，或許是仍然可以區分出主流與邊緣的界限，然而因為主流與邊緣藉由「抵制／抗拒（解構、顛覆）」、「收編／反利用」的辯證與互構中，才創造出台灣精采的現、當代詩史。一個好的詮釋者也應該奠基在客觀的詮釋基礎上，去觀察並且合理的詮釋各斷代的詩歌現象，給予一個並非過度的定位，或許一部好的詩史可以在這種基礎之上呈現出真實的史觀態度與歷史詮釋，這也才能經過時間的檢證，而後世代方能透過它去感受前行代在台灣現代詩的發展中披荊斬棘所走過的歷史，和付出的努力與用心。

---

[9]　同註6。

第二節　八〇年代「詩文學聯邦」的眾聲喧嘩

筆者先摘引張漢良的一段話：

> 如果說連續論者的工作，是把缺乏自明環結的孤立歷史事件串連起
> 來，非連續論者的工作則是把表面看來連續的編年史瓦解。非連續性
> 並不是指歷史事件本身的時間斷層，而係史家的觀物方式與整理材料
> 的方法。他眼中的歷史充滿了斷層與空白的材料，由差異、距離、代
> 換與變形的交互作用構成……換言之，他的工作是建立分散的空間。[10]

　　張漢良所謂的分散空間，就是林燿德所言「多種（重）文化系統並
時性正文的展示」[11]，在這個展示的過程中，所有正文彼此辯證，形成一
個相互指涉的文化系統，每個被編年史定義的斷代，在非連續的史觀中，
均成為相互侵奪的狀態，所有材料重新被閱讀，層次與界線並非獨立的狀
態，而是交互地以網狀的方式構造出多重詮釋的詩史系統，在這樣的分散
空間裡，詩史家詮釋思維或許就佔領填補了那個被連續性史觀所抹滅的空
白與斷裂。如果以此方法來檢視八〇年代詩社（刊）的展示狀態，我們的
確可以發現當時所謂主流大型詩社所言之「私生子」思考[12]是連續性史觀
與文化霸權鏈結下的思維產物。

---

[10] 同註6，P.190。

[11] 同註8，P.7。

[12] 在《笠》115期（1983.6月號）的專題「戰後現代詩史的重點考察」裡，有笠詩社與自立副刊合辦的「藍星、創世紀、笠三角討論會」的紀錄稿，在此文稿後半部有一段討論「私生子」的對話，摘引如下（頁17）：

> 林亨泰：剛才李敏勇提到有沒有私生子……私生子，就笠而言如龍族、林煥彰、喬林，
> 　　　　如詩脈、岩上均曾是笠同仁，可以說那些都是笠的私生子。……
> 張默：笠的同仁中，如陳明台就傾向於創世紀。以前創世紀同仁馮青則有些傾向笠。
> 李敏勇：……我常常可以區分五等分，來說明年輕世代所受三大詩社之影響。還有往往
> 　　　　有我們不曾發覺的詩人或詩刊，成為私生子的存在。

> 可見「私生子」的思考完全是以所謂的主流詩社的出發點思維的結果，這是一種文化權力架構下的吸納，主流詩社也藉此來強調「新世代」詩人的前行屬性，也藉此來揀選新世代詩人中的可能傳承。但如果從筆者本文的脈絡考察，或許「私生子」的思維將被解消重塑。

以下我們摘引某些八〇年代創刊詩社的發刊詞，筆者並以按語的方式，來觀察他們的結社方式與詩社性格[13]：

1. 路寒袖執筆的《漢廣》發刊詞（1982.3創刊）：「『漢』是中華民族，『廣』是廣博，合起來就是『發抒中華民族之情思，廣大包容各種風格』，這是我們不變的宗旨……我們對未來新詩的發展抱著樂觀的態度，更擁有無比的真誠。當然，目前我們的作品中，可能有些人還殘留著西方主義、現代派的餘毒，可能有些人技巧還不夠純熟，然而我們時時在自我檢討，相互批判，朝著坦蕩的路子走去。」（**按：我們看到《漢廣》提出了幾個觀念：一是民族詩風的寫作情感，二是對於不同風格的接受，三則強調檢討批判的重要性。所以在發刊詞中對於現代派與西方影響的作品狀態以嚴厲的兩字「餘毒」來批判，在這樣的情況下，詩的民族化及語言的明朗化似乎變成一個導向**）。

2. 侯人執筆的《詩友》的發刊詞（1982.12創刊），認為詩的本質無流派可言，派別與主義是創造後對作品的認知與判斷，但不能論定哪一派別才能算是詩。（**按：此刊物揭示一個詩文本為主的觀念，所謂的主義與派別都無法影響詩的本質，而詩的寫作本來就應該是詩的，不必被主義與流派影響。如此一來，詩便有意識地脫離了社會化的影響，詩刊應該是一個開放的田野**）。

3. 《晨風》發刊詞以〈留一個心靈空間〉為題（1984.3.15創刊），提出「讓我們留一個心靈空間，同時將這空間擴大開來，願大家一起來散播美的種子」（**按：在這裡更模糊地以心靈空間作為對宣言與霸權的隱性抵拒，說明詩本來就是心靈空間裡的美的種子，不必受到其他無關於詩的任何東西之介入**）。

4. 〈「心臟詩刊」創刊一週年感言〉（1983.3.1創刊）裡提到：「我們知道詩是一種思想，要我們永遠再追尋詩神的真義，所以，我

---

[13] 本節中有些刊物的發刊詞是參考或轉引自林燿德〈不安海域——八〇年代前期台灣現代詩風潮試論〉一文（收錄於林氏《重組的星空》，業強出版社，1991.6，P.1-61），與焦桐〈八〇年代詩刊的考察〉一文（收錄於《台灣詩學季刊》第三期「現代詩學研討會論文專輯」，1993.6，P.95-118）。

們不互相標榜，不寫無所謂的理論，也不求『詩壇權威』之名聲。……我們與創刊時一樣不提出任何對詩的主張，只是在詩的道路上走得更踏實，更健康。」[14]（按：在這裡，《心臟詩刊》有一種反權威與反彼此標榜的情況，似乎代表著詩刊組織內個人化的思維。而不提朱對於詩的主張，其實也間接地承認所有主張對詩本身來說都是一種干擾）。

5. 《傳說》則在發刊詞提及（1984.5.4創刊）：「凡是能把握一個時代的特點，業已表現了民族的特質，甚而作了人與人之間心靈的交通橋樑，進而達到具有普遍性和永久性，而詩歌必然普遍流傳、萬古長新。……所謂『志』，其實指的感情之流露，……《傳說》詩刊追求的方向正式如此，詩旨以抒情為主，絕不是以抒情詩為主……只要詩質裡面表現的是感情之作，我們是竭誠歡迎。」（按：這裡所謂的「主抒情」似乎代表者他們對於《漢廣》反對西方主義與現代派裡「主智」書寫的相同趨向，所以《傳說》也以民族化作為詩歌寫作的方向，更強調了詩的情感內容，好像也是向主智技巧寫作的一種隱性挑戰）。

6. 《春風》（1984.4創刊）發刊詞〈詩史自許・寫出史詩〉則以現實主義直接非難四九年後的台灣新詩「惡性西化」與「橫的移植」，認為那些東西使人無視於時代的惡與苦痛，遁入個人內化的唯心世界，並提出了三大信念：「第一、在形式上，繼承優美的韻文傳統，走向平民化社會化。……揚棄沒有生活內涵的文學；第二，在內容上，秉承優秀的現實主義傳統，及其抗爭精神……揚棄一切個人化的文學觀、價值觀、生命觀；第三，在方向上，繼承新詩發展以降的平民性、運動性，批判不義，擁抱台灣……使詩成為全面的進步運動的一環。」（按：雖然林耀德以較大的篇幅批判了《春風》「三大信念」的治史草率與矛盾重重[15]，但《春風》在八〇年

---

[14] 引自《心臟詩刊》第五期，1984.3.1，P.3。

[15] 可參林耀德〈不安海域——八〇年代前期台灣現代詩風潮試論〉一文，收錄於林氏《重組的星空》，業強出版社，1991.6，P.1-61。

代不以詩主張來宣言的潮流中，反而顯得突兀。如果我們再檢視其
內容，反西化餘毒的思考與《漢廣》、《傳說》並未不同，然而
《春風》卻以平民社會化的鄉土思考對峙《漢廣》、《傳說》的中
華民族化，這延續七〇年代的辯證命題在此時似乎顯得重要。而
《春風》發刊詞的強烈批判性的語言更是暴露出他們的「抗爭精
神」）。

7. 林婷在《四度空間》創刊號撰〈八〇年代的詩路〉一文說明
（1985.5創刊）：「文學除了要直線的繼承外，同樣地需要橫向的
融合，如果完全排斥西方的思想，則中國的新詩除了一脈相承以
外，便很難有顯著的進步與發展……我們可以從我們所生長的領域
來尋找題材，諸如『都市詩』的發展……而前瞻性的『科幻詩』及
『社會詩』、『生態詩』也是我們目前所應發展的重要方向，如此
一來既不會被侷限於狹隘的鄉土觀念，又可保有基本的本土意識觀
念……我們唯有以客觀立場來評判事物……在八〇年代能夠延續傳
統新詩優點並且融合更多前衛性的思想，開創出中國新詩另一獨具
一體的高潮時期。」（按：相對於《春風》而言，《四度空間》提
出了幾個概念，影響了九〇年代的詩寫作：第一、對於「橫向移
植」的修正與肯定，使現代詩在辯證中依舊吸收西方而轉化；第
二、對於「基進抗爭」式的《春風》本土思維提出「開放性」的修
正，以「生長領域」的題材書寫作為本土化的基礎，基本上使得現
代詩的題材與語言有了前衛開發的可能性，也將本土化詩書寫的思
維從偏左路線解放在客觀的空間當中）。

8. 陳去非在《地平線》的發刊詞提出「三大信條」（1985.9.15創刊）
（1.開放的精神與聯合的態度；2.把中國傳統現代化，西方影響中
國化；3.廣義的鄉土與大中國意識）與兩項「基本態度」：「（1）
對內：地平線是一個自由、開放的群體……因此我們不強調社
性……我們將以集體領導的方式，推動社務；（2）對外：奉行不
結盟的信條，以避免捲入詩壇無謂的紛爭……對外界的紛爭，不隨
便以集體的名義，表示意見，至於同仁個別的介入，本社原則上不

予過問……」（按：《地平線》似乎站在一個調和的立場去面對「民族化／西化」與「鄉土／中國」的交叉辯證之命題，在詩社的經營上，更明確地指出個人自由的行動方式，詩刊與詩社似乎被區隔開來，淡化了「詩社」的群性，如果放在詩史的位置上來看，這無疑地有著重要的意義[16]）。

9. 楊維晨在《象群》創刊號〈莊嚴與幽默——象群創刊詞〉說到（1986年創刊）：「我們決定不『具體』地發展『象群』；『象群』的成立以及持續將只依同仁們在藝術上的默契，而不是依於對任何詩學詩觀的認同或共識。換言之，我們將不主動舉辦任何對外的活動，也不會讓『象群』介入任何批評論戰的紛爭之中，除了藝術——『表現的美』的堅持之外，『象群』沒有任何風格。」（按：換言之，《象群》反對社團群性，反對詩社所呈現的共同詩觀與風格，與詩社的活動，亦即是《象群》並非一個「傳統」的詩社，它是由一些「個人」來組成的一種詩「聯邦」，用詩刊的方式呈現「藝術性」，然而這樣依舊會呈現出詩「聯邦」的某種共同傾向[17]）。

10. 《兩岸》詩刊（1986年創刊）〈編輯部報告與稿約〉提及：「希望給讀者看一些和詩有關的其他東西，尤其是評論，全台灣的詩人都抱怨沒有『詩評家』，我們在此代為號召，歡迎詩評詩論，但不要送花籃的那種。」（按：對於評論的號召，是一件重要的事情，也反映出詩評家之缺乏）。

11. 楊維晨在《曼陀羅詩刊》的創刊詞說（1987年創刊）：「藉著詩人和詩刊的魅力，來提昇現代詩的魅力，將是《曼陀羅》深遠的野心和企圖」；又說「原擬採聯合出刊制，可惜部分年輕詩作者過於『率性』，目光仍未正對讀者，以致聯合不成。於是筆者乃針對原南風、象群大部分人同意後，解散此詩刊並改組，加上部

---

[16] 或許這樣的思維有可能受到藍星詩社的啟發，但可以確定這種以詩刊為主，而詩社群性不強的情況，透過這一群當時平均二十來歲大專院校生（應該才是當時的新世代）的宣言傳達後，對於後來新世代的組社有相當的影響。而九〇年代的「植物園詩社」似乎也成為如此的情況。

[17] 有趣的是，這樣的想法被徹底實踐，居然有待於「網路」作為詩傳播媒介的狀態下，而且可以被實踐的更為徹底，如明日報個人新聞台的「我們這群詩妖」。

分其他詩壇同好，共同組成了『曼陀羅』。」[18]（按：在這份同為楊維晨執筆的《曼陀羅詩刊》創刊詞裡，作者的思維與《象群》的創刊詞有著明顯的不同。《象群》力圖要使社團的群性減低，而這裡卻透過批判部分年輕詩作者的率性，而且透過解散一重組的動作去架構另一個權力組織，甚至展示出整合年輕詩刊的企圖，這是非常有趣的。不過，我們也可以看出詩社與詩刊的分離是一個現象，甚至詩社的組成其實是為了發行詩刊，所以詩社的群性不被注重可能是必要的）。

12. 李渡愁在《長城詩刊》（1988年創刊）的發刊詞〈文化鄉愁的鍛接〉裡認為應該延續著中國詩的傳統，帶著濃稠的筆觸書寫遙遠的鄉愁；而黃櫸雅則在《五嶽詩刊》創刊號的〈發刊詞〉說（1989.6.30創刊）：「《五嶽詩刊》的成立，不為什麼，更不標榜什麼主義，什麼派別。因為空談及自捧都不是詩人的作為，《五嶽》只願默默耕耘，略盡綿薄，使詩的發表又多個園地。」（按：《長城詩刊》其實是民族詩型的鄉愁延續；而《五嶽詩刊》其實與《詩友》的思維接近，但並未提出明確或論述性的說法，而且把自己直接就定位為詩的發表園地，這些都可以看出進入八〇年代末期，詩刊的情況出現了極大的起落，而前期與中期詩刊的主張，配合著停刊與無以為繼，進入了九〇年代和網路工具結合成詩「邦聯」時代）。

　　林燿德曾經以「文學集團」與「集團文學」來區分「五～六〇年代」與「七〇年代」台灣詩壇的詩社群組成狀態，他認為五〇～六〇年代的台灣詩壇屬於「文學集團」時代，個別集團或許擁有共同的宣言與號召，卻容納了不同風格與取向的詩人，仍然倚仗以情感凝聚的「人的組合」進行交互作用。而七〇年代則屬於「集團文學」的時代，集團內組成分子在主題與價值觀的認識上有濃厚的統一與認同，形成各種類型化的「觀念的

---

[18] 引自《曼陀羅詩刊》創刊號132頁，1987年。

整合」[19]。林氏並由此來觀察《陽光小集》在1981年3月改版後的情況，認為「自第十期開始，若干計劃與構成卻頗能呈露《陽光》整合後的成績，也同時是《陽光》自『人的組合』逐步邁向『觀念的整合』的具體軌跡」[20]；定且他在論及《風燈》時說道「我們可以發現《風燈》詩刊是一個調和『文學集團』和『集團文學』特性的典型，《風燈》係一定資格身份的『人的組合』，又能因創作路線的趣味而發展出共識，形成了『觀念的整合』」[21]，我們不難發現林氏對於這兩個橫跨七〇～八〇年代並且有所改變的詩刊（社），依舊以其「文學／集團」的思考來一個延續性非區隔性的分析。然而，假使我們先不討論這些五〇～七〇年代成立的詩社在八〇年代的改變與活動，將可以發現八〇年代以降新成立的詩社群，已經產生離異於林氏所區分的某種新的思維。由林白出版社負責人林佛兒獨資創辦主編的《台灣詩季刊》（1983年創刊）在創刊詞提到：

> 一個有使命感的詩人，要有關心社會和憐憫弱者的胸懷。……因而詩人要從人道和博愛出發，他的作品一定要關心民間疾苦，要接近群眾和大眾結合在一起……第一、技巧其次……而不是把詩投降於學院裡的高調論文，或歌功頌德，或變成貴族們的玩意和寵物。

首先我們注意到的這一個個由出版家獨資創辦主編的刊物，並不存在詩社群的問題，因此它的結構與之前所有詩刊不同，表面上稿件的取捨由出資者處理，但單純地以無詩社的詩刊方式，去除了「人的組合」，形成一種出版者與詩刊結合的發行模式；第二、林佛兒將詩的大眾化與現實化作為創作的關懷點，反學院系統的高調書寫模式，認為詩不應是貴族文學，應該讓它回到民間的傳統上面。此點與1984年創刊的《春風》不謀而合。而1985年2月1日復刊的《草根》揭示了八〇年代詩人在創作與研究上

---

[19] 詳參林燿德〈要樸素的長大——焦桐與其詩集《蕨草》〉，收錄於《文藝月刊》201期，1986.3。

[20] 可參林燿德〈不安海域——八〇年代前期台灣現代詩風潮試論〉一文，收錄於林氏《重組的星空》，業強出版社，1991.6，P.17-19。

[21] 同前註，P.15。

的重要課題[22]：認為在詩的藝術上要做更精緻的表現與突破，在題材上要小我、大我、台灣、大陸並重，在溝通傳統與現代上要專精而深入的繼續探索，認為詩原則上可以處理任何題材，並且在面對傳播媒介（電腦）的革命時，要把詩的思考立體化，將詩的創作與發表多元化起來；在研究上則要努力於新詩史料的整理，建立新「詩學」，使新詩與古典詩連接，也要嘗試新詩的外在研究，產生屬於中國自己的批評理論，並有系統地譯介世界各國的詩歌，應把本國的佳作譯成各種外文向世界各國推展。如果我們從文學與集團的角度來觀察，我們不得不承認由羅青執筆的「草根宣言第二號」可以說是將詩社群在八〇年代創作與評論上所應擔負的使命以系統與方法來展示出來，其中包含了創作與批評以至於翻譯各個面向，並且將基進與脫軌的本土思維納入中國的現代詩系統，也注意到電腦與詩的結合與實驗等等的問題，可以說是當時體例上最完備的詩社群發刊宣言。而八〇年代詩社群的「文學／集團」也在此向五〇～七〇年代做了一個良好的示範與回歸。

　　然而，我們將復刊的《草根》與其他相繼創刊的詩刊來對照，不難發現林燿德所採用的「文學／集團」的分析方法，開始有了一些質變的現象，不強調社性、個人化的自由行動、獨資創辦，在在都挑戰著「文學／集團」裡詩社與詩刊對等的內在思維，在加上電腦資訊化的來臨，《草根》與《四度空間》所希望與預言的資訊時代，以及多元化的詩歌創作，多媒體的現代詩展示等等，也馬不停蹄的向前滾進，在這樣的情況下，八〇年代的詩社群已然產生了跳脫「文學／集團」的思考。林燿德在〈不安海域──八〇年代前期台灣現代詩風潮試論〉一文中，歸納了五個方面[23]：

> 在意識型態方面→政治取向的勃興
>
> 在主題意旨方面→多元思考的實踐
>
> 在資訊管道方面→傳播手法的更張

---

[22] 詳參《草根》副刊號（總號第42期）提出的《草根宣言第二號》，1985.2。

[23] 可參林燿德〈不安海域──八〇年代前期台灣現代詩風潮試論〉一文，收錄於林氏《重組的星空》，業強出版社，1991.6，P.45。

在內涵本質方面→都市精神的覺醒

在文化生態方面→第四世代的崛起

　　而孟樊亦言：「八、九〇年代的台灣詩壇最明顯的特色，其實應該說是多元化——正好和八、九〇年代益趨多元化的社會相對應。」[24]，在向陽〈八〇年代台灣現代詩風潮試論〉的一文裡，也認為八〇年代的作品普遍呈現的亦是「多元走向」的概念，並且提出五組八〇年代所出現的互不聯屬以實踐為主的詩學主張[25]：

　　（一）政治詩：詩的政治參與與社會實踐；

　　（二）都市詩：詩的都市書寫與媒介試驗；

　　（三）台語詩：詩的語言革命與主體重建；

　　（四）後現代詩：詩的文本策略與質疑再現；

　　（五）大眾詩：詩的讀者取向與市場消費。

　　學者如果從斷代詩學的角度觀察切入，對於八〇年代的詩學走向都多半集中在資訊化、多元化、都市化、政治化、市場消費化等等的角度來分析。有鑑於這樣的分析論述已然成為一個定論，筆者從詩社群的角度重新窺視八〇年代的詩潮，可以發覺幾個特殊的切面：

　　（1）承繼著林燿德所言：五〇～六〇年代的台灣詩壇屬於「文學集團」，七〇年代則屬於「集團文學」的時代。筆者認為八〇年代則是一個「詩文學聯邦」的斷代，詩社與詩刊的分離是個有趣的現象，甚至某些詩社的組成其實是為了發行詩刊，所以詩社的群性開始不被注重。而在詩社的經營上，個人自由的行動方式使得詩刊與詩社被區隔開來，淡化了「詩社」的群性，個人以聯邦內的個體方式參與並進入詩社群的活動，如此社群裡的

---

[24] 引自孟樊《當代台灣新詩理論》，揚智出版社，1995，P.284。

[25] 引自林淇瀁（向陽）〈八〇年代台灣現代詩風潮試論〉一文，收入《第三屆現代詩學會議論文集》，P.91。

個人成就大於刊物（社團成就）便成為普遍的現象。另外，獨資成立詩刊，將詩刊與出版結合，並且藉此作為推展詩思維的陣地，變成一個奇特的現象，如果放在它們放在詩史的位置上來看，這無疑地有著重要的意義[26]，不僅影響了九〇年代的獨資詩刊與校園詩刊，這樣的思維更與網路結合形成電子報的發行場域。（詩刊＞詩社；個人＞群性；詩社群＝詩聯邦）

（2）我們更清楚的看到幾種詩思維的對峙、辯證與融合：A.民族化的中華詩風、B.擁抱社會的鄉土詩風、C.結合潮流的前衛詩風、D.美感心靈的浪漫抒情詩風。其中B與C代表者本土化的兩種思維系統，一是批判基進的性格，詩風強調寫實；另一個則代表著當時新世代對於本土實踐的前衛呼聲，語言與題材均屬開創性的。而有趣的是，A與C在題材與思維上均屬敵對的型態，但對於西化與橫的移植反而都提出反對的呼聲，C反而強調要吸收某種程度的西方思考。至於D似乎要透過浪漫詩風去塑造一個純美的詩藝術心靈空間，但不免得被譏為與現實脫節，或作兒女姿態云云。這其中透過各個詩刊的文本實踐，或高或低地衝擊著整個詩壇，並且系聯著幾個在八〇年代極欲革新交棒的前行詩社（刊）[27]。

（3）特別是當時的第三、四代詩人對於前衛實驗詩風的社群或是實踐型態的支援，都使得新媒體（如電腦）的產生，很快地與現代詩的創作結合，形成題材與思維的進一步開拓；而都市精神的覺醒使得詩人開始思考本土化容納都市生活的可能，都市詩成為八〇年代詩人創作的重要主題；市場消費的思考，使得八〇年代的詩刊更講究設計與印刷品質，某些暢銷詩集（如席慕蓉現象）也在在刺激著詩社群之間的辯證與解構。於是進入消

---

[26] 如1982年林佛兒的《台灣詩季刊》，1984年鍾雲如的《鍾山詩刊》，1986年蔡忠修的《兩岸詩雜誌》，1988年李渡愁的《長城詩刊》與田運良的《風雲際會》，1989年黃檟雅的《五嶽詩刊》等等。

[27] 詳參焦桐〈八〇年代詩刊的考察〉一文，收錄於《台灣詩學季刊》第三期「現代詩學研討會論文專輯」，1993.6，P.108-112。

費型態的九〇年代時，詩社群創社（刊）的組合與經營走向
了「獨資化」（如《雙子星人文詩刊》）、「網路邦聯化」
（《「我們這群詩妖」》）、與「電子報」、「BBS論壇」以
及「部落格」的情況，詩社與詩刊宣告仳離。

第三節　往九〇年代轉向的契機：網路與詩

其實，向陽提出上述筆者所引用總結性看法前，便已分別用相當的篇
幅論述以上各點，並且認為透過這五個主要板塊的推撞，的確會向後延續
到九〇年代這一個後現代的資訊社會，而媒體在其中亦將扮演著催化的角
色，所以向陽認為九〇年代的詩歌作品將會開創真正多元的新路向。筆者
雖然對於向陽上述五組的分類覺得似乎仍有討論的空間，然而向陽對九〇
年代所可能對八〇年代的繼承與開創，確然是一個中肯的判斷，本節所謂
的新世代也正是向陽所稱之九〇年代，所以本節便以此段作為開端來簡論
九〇年代的詩社群現象，及在九〇年代網路寫手扮演的角色與定位。

八〇年代詩社復興風潮在九〇年代已不復見，強調主體性確立的九
〇年代雖然可以看見一些老字號的大型詩刊，但新生刊物的創立則呈現
了以校園為據點的情況，許多的校園詩歌創作者彼此以情感與興趣作為基
礎，便形成群體組成詩社發行較小型的刊物，刊載同學與朋友們的作品，
然而又往往呈現出斷炊的可能性。在須文蔚、劉家齊〈台灣新世代詩人的
處境〉一文裡曾以表格整理了「台灣校園現代詩社團成員人數概況表」與
「臺灣校園現代詩社團出版概況表」[28]，我們可以發現幾個觀察點：第一、
多以平面刊物的形式出版；第二、自費或接受學校微薄的補助來經營維持；
第三、就人數與聚會狀態來觀察，可以發現傳承與營運的情況不甚良好；

---

[28] 據兩個表的整理，1996年之前共有13個校園詩社，分屬7所大學，除高師大風燈詩社外，其餘
盡在北部；而跨校性詩社只有「植物園詩社」；晨曦詩刊與山抹微雲則是BBS上的詩文社群；
尤里西斯文社則是不限校園作家的詩文團體。然而，就筆者近年所知，還可以補充中部的國立
中興大學之「篡世紀詩文社」（依學期定期出刊──賴芳伶教授指導──已出兩期）與「麻雀
極短篇」（不定期出刊──丁威仁指導──已出兩期）；國立台中師院之「藍風詩社」（不定
期出刊──丁威仁指導）；東海大學之「文欣社」（不定期出刊──丁威仁指導）；逢甲大學
之「倉海詩社」（冬眠復甦中──丁威仁指導）等詩文團體，依舊有各種類型的活動。

第四、因為網路媒體的發展，使得聯絡與發表的方式開始有了轉變。

　　的確，在須文蔚與劉家齊1996年底的整理中，我們可以看出校園詩刊已然呈現疲憊的狀態，加上網路媒體的高度發展，使得九〇年代末期的詩社群與發刊開始大量轉向網路與電子報的形式。假使以筆者曾為社長的「拓詩社」為例，刊物發行了四期，卻因為社員人數的減少，以及投稿數量的降低，再加上大家的各奔前程，縱使仍然有心想要復刊，卻仍然處於紙上作業的階段；成立於一九九四年的「植物園現代詩社」當時號稱是全國各大專院校組成的團體，結合了台灣十餘所大專院校，四十多位新世代詩人（平均年齡十八歲左右）組成的新詩刊，一時也造成某種並非是主流的校園詩潮，至今卻仍然出現了休刊的狀態[29]，無論是經費還是人的問題，從校園刊物前仆後繼、卻極容易物換星移的情況，我們的確可以去注視這個特殊的現象。須文蔚在〈從商業傳播市場轉向公共傳播環境的變貌〉一文裡提到：

> 而新世代詩人無力改變商業傳播環境中文學的式微，因此他們對出版詩刊、結社等前行代或中生代十分注重的文學儀式，多半淺嚐即止，反而越來越多人投身到網路世界中，透過像《詩路》、《晨曦詩刊》、《田寮別業》等站台。建立一個公共服務的文學傳播架構，隱然形成一個新的文學活動場域。[30]

　　這種場域的形成，可能也伴隨著楊宗翰所言「過分迷戀詩社及詩刊的作用，不也是太過於低估詩本身的重要？」[31]去結社化的思維，這種宣告不僅代表著詩文本凌駕於組織的概念，更隱含著個人化寫作時代的來臨。而植物園詩社本身就預告著八〇年代詩社「文學聯邦」的型態即將在此終

---

[29] 植物園詩社有意發展個體的純粹性，楊宗翰所言：「『植物園』的園丁們寧可將時間花在培育新品種上，也不願為滿園該遍植何種花卉這種吵了四十年的老問題再耗上四十年來爭辯。代表著不與主流妥協的決心與勇氣。但缺乏明確的群體文學主張，還有經濟開支的問題，《植物園詩學季刊》從第四期開始，改成年刊，最後依舊休刊。

[30] 引自《詩路1999年度詩選》後記：須文蔚〈新世代詩人的活動場域〉，2000。

[31] 引自楊宗翰〈耗竭文學／文學浩劫？──書寫當代書寫的書寫〉，《創世紀》。第111期，1997。

結[32]，「詩文學邦聯」即將誕生。

其實，筆者想提出兩條路線思考，一是大眾消費文化所宰制的詩出版場域[33]，二是大型詩刊與報紙副刊所宰制的詩文學場域，其實第二個場域的轉向或是配合，這代表著第一個場域產生了強勢的文化控制，然而第二個場域卻多半呈現出知識分子的消費性格，這又和第一個場域有所區隔，形成較為不同的消費與閱讀區域，但台灣當代的詩文化卻受制於這兩類型場域複雜錯綜的互涉控制，這種文化或隱或顯的控制使得新世代的一群處於矛盾與糾葛的狀態中，再加上世紀末出現的主體掙扎與荒蕪頹廢，更使得處於校園的學生陷溺在既不穩定卻又想尋找主體的確立的這種相互辯證的生命糾結中，當他們抒寫生活思考的作品在二種霸權場域的搏殺下，似乎難以有刊登的出路與抒寫的管道，於是他們只有透過另一種糾合群眾的方式來自我夢囈，前往網路張貼扮裝後的原始自我，畢竟中生代和前行代對於新世代本來就抱著許多疑慮的態度，疑慮他們的挑戰，疑慮他們無意義的荒蕪，疑慮他們對詩的理解與寫作已經不再是過去的標準可以規範的，很多很多的疑慮導致他們對新世代帶著敬而遠之的有選擇性的收編態度，或許因為如此，我們反而可以在網路與校園詩刊裡看到比大型詩刊點綴性的所謂代表作品豐富得多的詩歌寫作。

而網路詩的呈現，無論是將網路當成發表介面，或是網路本身就是

---

[32] 楊宗翰曾表示：「植物園人數超級驚人，實際創作者寥寥可數的現象這也要歸罪於我的想法，我以為一個詩社不必盡是由寫詩的人組成，欣賞者或批評家皆可是其中一員，關於這些理念，我在發刊詞上已說得很清楚。」這樣的理念，使得植物園詩社失去了向心力與整體的凝聚力量，產生了個體疏離化的情況，正因為它的出現在於平面，所以它的瓦解也相當迅速。引自楊宗翰〈頑硬齒牙間某些泥軟的聲音〉，《創世紀》109期，1996。

[33] 孟樊在《瀕臨死亡的現代詩壇》，1999，（http://www2.cca.gov.tw/poem/theory）指出，詩集等於票房毒藥。張默也在〈新詩自費出版的研究（1949-1995）〉（引自50年來台灣文學研討會第四場：台灣文學出版研討會中張默的論文，P.5）一文中以數據證明詩人依舊會以自費出版的方式印行詩集，但與其他文類相比，詩集的增加恐怕還是占很少的比例，讀者對詩的閱讀反映在書市與排行榜中是少得可憐。在此情況下，出版商對出詩集多半帶著遲疑的態度，而且依舊是以前行代與中生代的名家作為出版的對象。亦可參筆者〈消費文化結構中的當代台灣現代詩現象觀察〉一文，收錄於《創世紀詩雜誌》112期，1997.10，P.74-83。而須文蔚、劉家齊亦認為「在出刊所需經費上，一直是校園詩刊物出版最不穩定的因子，正式社團往往有學校補助，成員負擔較輕，也較能推出印刷品質較好書刊。相對的，同仁團體在這方面就較為拮据了。在經濟負擔漸漸沉重的情況下，《植物園詩學季刊》從第四期起，從季刊改為一年一期，就是面對財務狀況不佳的變通措施。」，詳參〈新世代詩人的處境〉一文，收錄於《創世紀詩雜誌》109期，1996冬季號。

創作工具（如超文本詩），實際上都存在「反文化霸權」的延伸思考[34]。「文化霸權是指一個支配群體運作其控制的權力，這種控制不是透過可見的法規或力量的部署，而是經由公民情願的默認接受從屬地位，他們確認了基本上是不平等的文化、社會和政治實踐與制度」[35]，投稿者必然去默認與接受刊物陣地的hegemony，所以必然要去接受此遊戲規則的檢驗，投稿者實際上是從屬於此規範之下，且承認並參與此規範律則的。而網路本身雖然提供了較為自由多元的文學展演空間，卻形成了與平面媒介領域不同的另一個公領域式的文化霸權[36]。以這種姿態出現的挑戰，吸納的作品必然是參差不齊的，並且網路文學的速食性，是伴隨著汰換速度極快的資

---

[34] 網路場域的特質：一、開放性與多元性。當取得網址，或在各BBS站上透過註冊取得張貼的資格，抑或是透過internet進入如「詩路」所提供的「投稿塗鴉區」投稿，或是在明日報個人新聞台、無名小站天空部落等網域註冊，便有著把自己的作品張貼的資格，此資格的取得相對於投稿至文字出版品而言，取得是相當容易的，而且作者可以張貼任何自己的作品，無論是形式以致於內容，均不必受到主編的裁抑與篩選，使得網路文學的產生成為一個公共的領域。二、私密性與反文化霸權之姿態。實際上這種開放多元特性的產生必然是因為網路創作者不需使用自己的真實身分，以作為作品的代表，而可以以各種形式的扮裝在版上出現，又張貼的隨意性是操之在己，不必擔心是否會有霸權的介入與操控，也正因為如此，網路詩的實驗性與多元性是極為複雜的，各種形式與內容的詩均可藉由這種不同於平面媒體的方式去展演，也不需要擔心是否會被刊登出來的問題，畢竟張貼的權力在自身的手上。三、互動性。網路文本的互動性格，可以透過鏈結（link）與路徑（path）的方式展現讀寫之間的模糊。或是在BBS上透過e-mail以及線上的即時回應，再閱讀、再書寫，讓網上的閱聽者來分享彼此的書寫，尤其是超文本（多向文本）（Hypertext）使得讀寫之間的界線不再明確，文本是互動且開放的，平面文字所產生的真理法則與典律（canon）思維，在網路文本多層讀寫的挑戰下，似乎已不再與真理劃上等號。詳參拙文〈網路詩學初探〉，國立中興大學中國文學系第一屆研究生論文研討會發表論文，收錄於《晨曦詩刊》第6期。

[35] 此處採取《人文地理學詞典選譯》裡「文化霸權」一詞詞條的定義。

[36] 印刷品所形成的權威對讀者而言是三重的：1.文字出版品（書）文化在思維中代表的是所謂的典律或定則、法式或規範、模式或道統，於是就成為「階級與文化的象徵意涵」。但網路多向文本則是透過循環書寫的開放系統，沒有所謂的模式、典範……。2.作者在平面文字書寫的環節中，是創作的絕對權威，提供文本可閱讀的空間，限制讀者的視野，縱使讀者仍能透過閱讀而思考並再創作，也是在作者所規範的文字書寫界域中。而網路作者因身份（ID）隨時可變，權威因而被置之死地，又網路文本為寫式文本，具有開放性和互涉性（perrida），所以書寫空間由作者操控的絕對權威亦復不須存在。3.又出版社在文學出版品產生的網絡中，扮演了一個既仲介又控權的角色，但網路以電子文化的方式反過來馭線性文本，可以帶來一個新的出版模式。但網路文本書寫空間亦並非完全是去除霸權，反而是在抵抗霸權的過程中形成了另一種新的可能：a.要在網路上張貼文本，必須具備基礎的電腦使用能力，所以因為創作介質的不同，使得網路創作形成了一種限制，對於不熟悉電腦的人，他們仍然採取最簡單的書寫形式。畢竟，多數的網路詩人在網路上的呈現，僅不過是平面文字的recopy而已，而真正的Hypenext也不適於平面媒體的表現。b.另外，網路詩書寫空間雖然是開放、互動性的場域，但逐漸菁英化的現象也是不容忽略的，亦即是成為學院或文學界中同一群人（少數玩家）互相為對方書寫、評論、閱讀的狀況。資訊在網路上的汰換極其頻繁，許多夢囈式的作品，本來就不會受到什麼重視，會受到討論的作品就會集中在某些相對少數的ID上，這些ID互相標榜的情況，在網路上形成了特殊的景象。

訊擠兌[37]而產生的。在這個角度上，我們不得不承認《晨曦詩刊》與《詩路1999年度詩選》的確是某種網路精選集的呈現，而回到文字出版品網絡中的《晨曦詩刊》與《詩路1999年度詩選》，正代表著一種網路詩人新身份的建構。這樣的建構是因著新的媒介出現，而舊媒介依舊操控在中生代以至於前行代的詩人手中，所以網路詩人的寫作便可能出現一種策略的姿態。當然，正因為網路提供了作者匿名與私密性的保障，作者就有極大的空間進行各種平面媒體無法容忍的創作形態，不必去考慮作品的內容是否應該蘊含某種「道德價值」的規範，而當「文以載道」的觀念因不再受到外力的支配與控制而徹底瓦解時，「道」亦將被豐富其意涵，無論是性、暴力、頹廢、死亡，均可以透過作品發現相異於前行代的斷層思維，這些文本實際上是在平面媒體所難以得見的，我們藉由網路詩的閱聽，往往可以發覺新世代思維模式的共相與殊相。

在網路上張貼作品的創作者，除了ID之外，就是透過網站留言版與e-mail的提供，達成與網友的互動。對於瀏覽網路文學的閱聽者而言，他們往往是先行被本文吸引，然後或許才會注意到ID的存在，即是網路文學閱聽者非常明白，他們所接受的訊息是本文的，而面對的真實客體卻是虛擬身份的作者，如果想要有互動與回應，便可以透過彼此虛擬的身份，去投遞e-mail，或是直接張貼於版上，成為一個公開討論的文章。這種意見交流的前提設定，是存在於真實卻虛擬的客體身份，不會有暴露「本尊」的擔憂，所以網路寫作幾乎是一個「無責任的世界」。而這樣的一個公領域空間，的確滿足了創作者藉由身份扮裝而達到作品扮裝的心態。當然，「扮裝」的存在是有可能伴隨的是掙扎於「出櫃」與否的問題，尤其在上網路成為許多人日常生活重要的事情之後，網路的話題性亦不可避免的增加。就會有許多關於網路現象的討論會、座談會，充斥於平面與電子媒體中，例如一九九七年十二月誠品書局所舉辦的詩人特區，即以網路詩人與

---

[37] 因為每日均有許多的作品被張貼，所以未被選入精華區的詩作，往往在很快的時間內就成為過去而消失，近來雖有網路詩的保存圖書館之類的倡議，但筆者認為除非有相當的前置準備工作，要不然又將成為一個大型的精華區。（可參看鄭明萱著《多向文本》，1997.6，揚智文化；以及拙文〈消費文化結構中的當代臺灣現代詩現象觀察〉，刊載於《創世紀詩雜誌》112期，1997.10，P.74-83。）

詩界作為座談內容，並獲得熱烈的迴響，這也提供了網路創作者一次合法且風光的出櫃機會。而「詩路」上除了以斷代分類典藏詩人的作品外，也增列了一項網路詩人的典藏區，其中收有鯨向海、甘子建等28位詩人，他們有許多人也在平面的刊登上取得了優秀的成績。就網路詩界而言，早期的《晨曦詩刊》在表面上扮演的正是一種「結合網路與平面媒體」的仲介橋樑，實際上則是提供網路上扮裝已久的詩人，一個合法的出櫃管道，這個合法性的建立，在思維上必須承認平面媒體的霸權中心，然後去結合蘊含反平面媒體霸權思維的網路與平面媒體之間的區隔，調整網路上某些詩作的遊戲心態[38]。亦即是藉由「網路→文字出版品／扮裝→出櫃」的運作過程，使得網路詩人在come out之後，獲得了更多的青睞，甚至更容易趨向市場的需要，更輕易地成為消費文化結構中的一環。畢竟，網路文學的討論是方興未艾，平面文字出版品的霸權優勢亦會持續一陣，在詩成為票房毒藥的現在，網路詩人的策略運用，反而使詩有著另一種展演的可能。

　　以反文化霸權去思維的網路詩界，所形成的另一個公領域的文化場域，實際上和文字出版品本身所產生的思維現象有極大的區隔，如果能從眾多的創作中被選入精華區張貼，也代表著版主或是網路編輯對作者的肯定，而這種脫穎而出，在長期資訊擠兌的網路裡，也的確是一件不容易的事情，並且要進入網路的創作空間中，也須具備基礎的電腦基礎操作能力，這對中生代以上的詩人而言，無疑地是一件比較困難的事情，但許多的刊物陣地卻又是被前行代以至於中生代所把持，造成前述的霸權現象，這也可以看出網路形成的公領域，的確在許多地方是以區隔平面介質的方式去運作的，並且也較可能地以自主操作的方式去消解可能的霸權介入。然而，我們加何去解釋關於《晨曦詩刊》以文字出版品作第二度發行的現象呢？或許我並不採取snow所言「藉由電子佈告欄的公開園地從事校園新

---

[38] 須文蔚在〈台灣網路作家之社群特質初探——以《晨曦詩刊》為例〉一文裡認為「《晨曦詩刊》一直追求建構一個「網路文學烏托邦」，也就是一個獨立於大文學環境的互動模式。一方面，他們堅持選詩的公正性，因此不講知名度與交情，一概由每期約集的選詩委員會甄選；二方面，不跟隨文學媒體企畫編輯的風尚，不主動依照專欄主題邀稿，只刊登投稿作品。」的確以這個角度思索《晨曦詩刊》帶來的詩社群變革，可以發覺某個程度上是有其反權力控制的思考，但網路文學烏托邦的可能，也因為最終以紙媒體的方式實踐，回到了平媒複雜的出版與行銷的場域，所以也呈現暫時休刊的狀態。

詩質量的推廣與新詩文化的普及……結合電子與平面媒體」的說明方式，
我反而認為此適足以說明網路創作者從事網路詩人身份的建構的一個策
略。代橘在《詩路1999年度詩選》的序言說[39]：

> 自1996年至今，「《詩路》塗鴉投稿區」一直是《詩路》面對
> 作者與讀者最直接的一面，也是不少網路寫手們發表作品的重心。
> 為使其有別於一般電子佈告欄（BBS）之連線詩版或全球資訊網
> （WWW）上提供發表功能的討論區，《詩路》開始於大量的來稿
> 中加入「編選」的機制：原則上塗鴉區的發表資格沒有任何限制，
> 任何作者，只要能以瀏覽器經由網際網路連上《詩路》的網頁，便
> 可經由工程師設計的表單（Form）來發表作品；展示介面上，是以
> 發表順序最近十首為單位，超過十首的部份則以堆疊的方式進入編
> 輯預備區，經過編輯的選刪後，再以十首為單位整理成精萃區。
>
> 此一機制運作後，我們也發現，雖然名為「塗鴉」，但網路上
> 確實有不少相當優秀的創作者，不但詩作的發表維持一定的頻率，
> 詩作質量上的水準亦與成名詩人不遑相讓。在《詩路》經歷兩年的
> 成長之後，遂有將這些精萃結集出版的想法，一方面做為具有網路
> 意義的保存與記錄，另一方面，對於尚未接觸網路的詩友，也是極
> 佳的引介與橋樑。

雖然，貼稿在塗鴉區是寫手的自由，然而只要加入編選的機制，縱
使美其名是保存與紀錄，那也是一種權力的介入，而相對於眾多的詩刊與
報紙副刊而言，純粹以網路詩作為刊物內容的作品集，其實並非常態，那
反而使得《詩路1999年度詩選》與《晨曦詩刊》變成平媒裡的網路霸權，
筆者並非批判此一現象，反而是要藉此來展開討論網路詩人策略運用的論
述，甚至涉及寫手們對於權力更迭的焦慮。

---

[39] 引自代橘〈改變看待詩的觀點〉，收錄於《詩路1999年度詩選》之〈序言〉，2000。

第四節　九○年代「詩文學邦聯」的結盟與不安

　　網路與平面媒體間的初期互涉，其實正提供了兩種思考的可能性，一為以文字出版品為主的報刊雜誌，藉由homepage去吸納部份的網路作品，《雙子星》第六期就以極大的篇幅呈現網路詩頁，《乾坤詩刊》也以相當的篇幅刊登網路詩人的作品，詩路所出版的網路《年度詩選》更是一個大型的編選機制。掌控文字出版品的詩人群體，在面對網路公領域遊離並拒斥的挑戰，就採取了迂迴介入的態度，一方面可以藉由網路打開知名度、並獲得一些富實驗性的作品，間接地使刊物在形式上呈現年輕化、青年化的狀態；另一方面，卻又顯露出他們懼怕被這種工具所產生的詩洪流閹割。所以有趣的是，每日張貼的作品如此地多，刊物的主編仍然運用本來的權力去選擇可刊登的作品，去完成另一次的輪迴（實際上只是介質不同而已）。

　　另一種形式可以以《晨曦詩刊》作為代表，它曾在四個學校的BBS站上提供投稿版面[40]，再從投稿的作品中編選，以文字出版品的方式發行，我們姑且不論這些編輯們是否在意識中要形成另一種權力結構，去抵抗主流權力集團所操控的陣地，然而他們的確形成了不同於一般poem版公領域的私領域空間[41]。或許他們要對峙的應為公領域資訊擠兌之下所產生的資訊氾濫，簡而言之就是要去塑模一個網路詩的天堂。然而，在他們編選的過程當中，必然會因個人的美學價值標準與群體協調之後的標準，來篩選

---

[40]　海洋大學田寮別業站：140.121.181.168 poembook《晨曦詩刊》投稿版。中興法商北極星站：192.192.35.34 poembook《晨曦詩刊》投稿版。花蓮蜘蛛養貓站：203.64.79.74 poembook《晨曦詩刊》投稿版。中山大學南風站：140.117.11.4 poembook《晨曦詩刊》投稿版。

[41]　須文蔚所言的「詩刊創辦人之一的高世澤構想中的《晨曦詩刊》，希望透過『電子佈告欄系統』的公開園地，推廣校園裡的新詩創作與閱讀文化。它的性質和傳統的同仁詩刊如《現代詩》、《笠》、《創世紀》或《台灣詩學》最大不同之處，就在於並非以紙本刊物為精神象徵，而是以『電子佈告欄系統』上的一塊詩版為傳播媒介，提供網友一個自由發表的空間，張貼最新作品，討論詩學理論，提出詩作評論。而且面對一般大眾對於網路創作品質良莠不齊的懷疑，他們一開始就以詩刊編輯的方式進行管理，一旦編輯出一份完整刊物，除可在網路上閱讀外，還期望能編輯印製成平面的書刊。」可以看出《晨曦詩刊》創刊時想與平面媒體區隔的企圖，那種以電子告欄作為發表場域，再進入紙本印刷的思考模式。詳參〈台灣網路作家之社群特質初探——以《晨曦詩刊》為例〉一文。

出可供刊登在出版品上的作品，雖然這種方式可以使得網路上較好的詩作不至於被埋沒不彰，但一些不懂得電腦操作的詩人卻被動地被排拒在網路陣地之外，所以我們不難發現從介質性的角度來看，網路相對於平面媒體而言，反而形成了另一種私領域的霸權空間。筆者並非在論述當中要作下任何價值判斷，只不過要說明並辨析出兩種類型的發表方式，其實只是權力行使陣地的轉移而已，網路詩界要成為詩的烏托邦，是談何容易，但也似乎網路詩界已成為一個可以提供夢囈與夢遺的避風港。

　　因平面文字出版媒體掌握在特定權威的手上，網路創作者便採取以網路精選的方式，反過來再以文字出版品去尋求自我的定位，使得網路詩人橫跨兩個界域，取得了雙重身份的建構。此建構的過程實可作為一奪權的策略運用。本來在訊息遞換迅速的網路詩界中，被保存下來的作品，就具有指標性的意義，再藉由文字出版品的二度建構，以及不斷會出現的關於網路詩界的各種座談與會議的討論，反而導致網路文學將會成為另一個新興的公領域霸權[42]，或許「不上網就落伍了」的口號，亦將使前行代的詩人開始思考此一問題，而新世代的詩人群體也不需再執著於文字出版品的單向建構，或許經由網路仲介之後的雙向身份建構，反而可以擺脫前行代所掌控霸權的夢魘，建立新的發表策略與模式，進而取代前行代的權力行使陣地。而《晨曦詩刊》那種依舊以紙媒體作為最後展演空間的發行方式，也必須在傳統詩社的改變與電子報及「詩文學邦聯」的夾縫中找出一個生長的姿勢。當然，有一些原本以平面文字出版品呈現的刊物，也正式透過網路去開發新的可能性，畢竟網路上有許多隱性的閱聽者，對於文字出版品存在著各種的情結，而文字出版品的越界探索，或許對網路創作者而言較容易接受，並且對於這些刊物，他們也樂於吸納和收編這些新的聲音。當然這之間諸多的互涉，仍然有深入討論的必要。

　　在明日報個人新聞台裡有一個逗陣網的機制，亦即是可以透過數個個人新聞台台長的結盟，共同組織一個「類社團」的組織，在其中的成員

---

[42] 網路本身的話題性與未來性，使得許多的平面媒體與陣地積極地舉辦座談會，或主題性的討論，來強化與網路間聯繫的文化網絡與溝通，也使得選擇出櫃（come out）的網路創作者，取得管道發表理念，挑戰既有的權威。然而有趣（或弔詭）的是，出櫃管道的提供者，卻又是所謂的霸權，這種「收編／利用」的互動性角色扮演的關係，的確可以深入討論。

依舊是經營自己的新聞台，加入並不代表這必須建構出相同的理念或思維，也因為新聞台的機制，所以這種「邦聯」的方式，反而與七○～九○初期的平面詩社有相當的差異，也與《晨曦詩刊》的經營方式不同（畢竟《晨曦詩刊》使用BBS介面，個人新聞台是WWW介面），它既存在著個人自主的文學思維，亦可能透過多元並存的結合模式產生另一股新興力量。在這個機制中，有二個以詩（文）作為結社標誌的逗陣網，名稱叫做「我們這群詩妖」與「我們隱匿的馬戲班」，它是由一群年輕的現代詩寫手共同參與的邦聯，其中每個新聞台都有自己的特色，彼此也透過逗陣的感情聯繫，形成一片新世代詩人裡重要的文學版圖。而其中亦有詩人已然取得平面刊物的編輯權，將網路與平面作一個良好的結合[43]。然而，我們從最近張貼在「詩路」留言版的一篇宣言式的文章〈X們的「網路後現代」降臨──後現代派，在詩妖〉[44]，可以看到網路寫手的權力焦慮：

【台灣平面詩壇沒搞頭】

1・台灣前輩詩人老去，臨無詩階段。

2・詩壇喪失養分的泉源，現代藝術已被遺棄。

3・長青詩社儼然成了老人打屁聊天室。

4・老詩人們不停整理舊作，緬懷過去。

5・詩不再批判，不再理想；精神乾癟，貪瀆聲名。

6・與社會脫節，拒絕網路，害怕新聲，害怕遺忘。

【X們的「網路後現代詩界」形成】

1・草根於BBS，發掘於WWW，進入數位社交，身份代表（ID）暢通無阻！

2・X們年輕、多元、有力、有願景；X們的謬司在駐留。

---

[43]　如兔牙小熊（林德俊）、鯨向海與《乾坤詩刊》的關係，便是一個很好的例子。

[44]　木焱於「詩路」談詩坊2001/8/29下午 03:22:00所張貼的文章。詩路網址：http://www.poem.com.tw/

3．X們探尋多元文化、邊緣文化、現代大眾文化等後工業社會的
靈感。

4．創作通俗作品，調降精神水平；讀者第一，經典再說。

5．用留言版交流，在文學網站創作，尋找平面發聲。

6．當然，X們偶而批判，也會理想，也求人氣指數。

　　我們姑且不論「我們這群詩妖」逗陣網的其他台長是否認同木焱的宣
言，但似乎他想要藉由標舉「後現代派」來效法過去「現代派」集結的意
圖。但木焱並未解釋所謂的「後現代派」的意涵？更何況既然要轉移權力
場域，除了宣言外也應該以一種運動的方式去展示，這種運動可能不僅止
於WWW裡的「邦聯式」結盟而已，否則看起來與前行代以至於中生代的
平面結盟沒什麼不一樣，只是場域的轉移。如果我們來檢視木焱的宣言。
除了第四點，明顯地有「去經典化」的思維外，其他也沒什麼特別之處，
似乎是前代思維的另一種複製而已。而第三點，筆者認為八〇年代林燿德
等人就有一些類似的呼聲與實踐；而每一個斷代都曾經是新世代，也都對
自己有類似的期許過，其他也就是發聲場域的問題而已。所以歸納了木焱
的想法，應該就集中在幾點（重視讀者）：

　　降低精神水平的大眾化

　　偶爾批判，也有理想的不確定性

　　多元、邊緣的通俗作品

　　藉網路作為發聲場域以進入平面

　　就這幾點看來，筆者並不贊同的是所謂的調降精神水平走向大眾，或
許有人會認為這是詩的媚俗，但筆者卻認為這正好反映了新世代（或網路
寫手）對於（擔憂）閱讀人口多少（名氣？）的焦慮；而實際上的數位社
交，美其名是數位社交，但從事網路活動的人都應該知道，數位社交的本
質與走向就有可能成為面對面的人際網絡，而數位社交本身也帶來了另
一種形式的網路暴力（食人魚現象），當然除非你認為強者生存，沒有社

交者淘汰；而回到讀者身上，作品的精神與美學勢必要下降，（我第一次聽到發表文學宣言的人主動要求自己調降精神水平），於是所有作品將會出現浮濫的狀態，只是反映出兩件事情：

1.對於權力轉移的焦慮
2.寫詩應該降低精神水平去迎合讀者

尤其是第一點，身為網路詩人的甘子建（天空魚）異曲同工地討論了這個焦慮，以下引出天空魚在明日報個人新聞台「女鯨學園」[45]的留言（為了排版的緣故，筆者加以分段與標點處理）：

> 給渣妹：對於現代詩而言，我倒不會覺得權力移轉的速度會越來越慢，每個時代都有每個時代的困境和煩惱。以目前的這個情況來探究的話，年輕詩人主要還是以網路發表詩作為主體，少數還有兼跨平面媒體，但就論集會和結社的話熱潮，幾乎不能和八零年代以降相比，如果有也是雷聲大雨點小（近幾年如植物園詩社），造成年輕詩人之間如此疏離的原因，和科技的發達有著密切關係，但可以因為如此就批判年輕詩人對現代詩的投入上沒有以往的詩人來的熱情嗎？我想是未必的。「時勢造就英雄，英雄獲取權力」目前一些大老級的以及握有權力的中生代詩人，他們幾乎都有經歷為了某種主義和理想相互論戰，進而登高一呼，集會結社，辦詩刊的年代，有實力加上有時運，導致了現在他們位居現代詩主流的結果，這當然是無可厚非的（儘管也有少數是沒有實力，憑藉運氣還賴在位子上苟延殘喘）。不過除去極少數的例子之外，大部分的中壯派詩人也都在努力尋找詩風的精進與改變，有些甚至毅然決然地投入了網路詩的行列，這些都是有目共睹的，不只是我們會害怕被更新的浪給覆蓋，因為他們也怕被時代的洪流所湮滅。不管那些改變是自覺

---

[45] 此是2001-08-21-20:52:23的留言。網址http://mypaper1.ttimes.com.tw/user/chekhov/index.html

的還是不自覺，至少對整個現代詩環境而言總是好的。至於那些不肯思索、不肯求進步的詩人（全部的詩人都一樣，在這裡特指握有權力的中壯派詩人）儘管一時間還能呼風喚雨，不過過不了多久還是會被淘汰的。他們的是非功過，以後的歷史自有評判。回到剛才要討論的重點，現在雖然沒有辦法回到像以前那樣動輒筆戰、結社和辦詩刊的熱潮，年輕詩人比較沒辦法憑藉那些媒介，像以前那樣這麼容易就進入現代詩的權力中樞裡面，看起來好像我們這一代表面上相安無事，實際上卻是暗潮洶湧、騷動而不安的。每個年輕詩人都會彼此暗中作比較，探測別人的斤兩，雖說誰都不服誰，不過最有實力的新世代領導者，還是以妳和鯨向海為主，這也是不爭的事實（你們兩個在平面媒體的曝光率也最高）。連妳都會發出權力的移轉速度緩慢的感嘆，其他新世代的詩人又何嘗不是呢？不過我覺得過度的焦慮是沒有用的。至於其他新銳網路詩人，可以網路作為發展地，培養出一定的實力之後，再向平面媒體發展，有什麼比賽就參加，不愁沒有機會，畢竟還是有些肯提拔有實力的新秀的權力握有者，權力移轉的模式就是這麼降臨了，一代傳給一代，只有速度的快慢，沒有有與無的差別。

　　天空魚的這個留言裡，傳達了幾個訊息：1.他認為年輕詩人仍以網路作為主要的發表場域，兼跨平面媒體的只是少數；2.權力控制者（領導者）應該以平面媒體曝光的多寡來決定；3.網路寫手取得權力的策略應該是以網路為根據地，將觸角往平面發展，甚至於參加各種比賽，讓肯提拔新秀的權力握有者欽點之後，權力就會移轉。我們不難發現天空魚的思維與木焱相當不同，他所思考的權力移轉，是透過平面的操控所完成的，亦即是再次強化前行代以至於中生代的權力結構，我們可以說這樣的思維是平媒的共犯結構，而這也是木焱所強烈批判的。他們同樣代表著一種藉網路作為發聲場域進入平面的思維，但木焱則具備著一種反叛的性格，天空魚則代表著舊思維的再次複製。針對天空魚的言論，kylesmile則提出了質疑與批判：

天空魚，好加在，沒有被你定義成新世代的領導者（相信你也不覺得我們是）。畢竟，叫領導者太沉重。不過，以佳嫻和向海，或許還真當之無愧。他們的詩文還真不錯，雖然量產卻少有劣作，很好看，令人感動。但是，我還是要奉勸你一些事情，在下論斷前，尤其是關於權力架構與史述思考時，請作多一點功課，例如：1. 新世代的定義：前六、後六、前七、後七四個斷代，是否都是新世代。隨著斷代的不同，所定義的領導者應該有所不同，如果從你所謂的領導者來看，我們可以得出你所謂的新世代可能以後七為主，或許也包含著前七，但你後來舉出的一些人，似乎又標誌者你所謂的新世代是指後六、前七、後七三個斷代。這樣子的話，你的論斷其實還可以在商榷。更何況定義新世代的問題，還有許多可供討論的地方，很多事情，真的不必急。……3. 新世代發表的場域（平媒與網路）：這個問題的複雜度，以及與權力交疊的問題，可以參考「鄙人在下小的」我、須文蔚、李順興、向陽、陳去非等人的論述，都有諸多論及，這相關於你所謂領導者以及幫新世代詩人排排站的論斷，拜託，你可以多讀一些東西再來幫大家排座位，給成績。當然，如果要涉及權力移轉的問題，這就更複雜了，總之，先做功課比只是書寫自己一些感想式的價值判斷來得重要。最後，我誠懇地希望，你們下次在排等級座位時，把我遺忘甚至丟棄好嗎？千萬不要去擺放我的位置，因為我們還不夠資格被論斷，還有許多進步的空間，也不夠資格成為論斷別人的史家，因為我們現在的能力還不夠，並且我不想介入權力交迭移轉的問題，OK？（哀，我總是無端地被扯入，不管好的壞的），別急著替自己或別人定位，好嗎？我總覺得，新世代的詩人群體不應再存在前行代以至於中生代的舊權力思維，否則新在哪裡，是文本嗎？未必吧千萬別複製舊思維啊！所以，「造神運動」其實還不必須，把新世代各個場域的複雜面貌弄清楚才是真的，那就夠頭疼了，更何況我們還有很多好詩沒讀，也還沒寫出令人滿意的詩作，不是嗎？不管你們怎麼想，我

真的語重心長，也希望大家都繼續在詩的道路上加油，正如長青所言：「詩，才是我們的教主」[46]。

　　Kylesmile觀察到了木焱、天空魚等網路新世代詩群的嚴重焦慮，他們一方面要標舉出自身與前行代、中生代的不同，連結社方式都透過網路所提供的特性完成，造成一種前所未有的「詩文學邦聯」型態，以個人經營新聞台的方式發出新結社時代的訊息，似乎想要藉此來擺脫歷史的糾纏，也藉此樹立新世代寫手的特色，然而以網路作為基礎進入平面的發聲方式，卻讓他們依舊要服膺於平面詩霸權的遊戲規則，甚至在其中受到重視後便以此思維作為取得權力的方式，這其實是前行代與中生代權力移轉方法的複製而已，與網路提供的發表自由突然呈現了一種尷尬的相互矛盾，並且從一些網路上的論述均可發現新世代的存在姿態，他們以網路的去中心的離心力，將挑戰以紙媒的文化霸權；更認為並實踐著將被紙媒暴力排擠的作品，透過網路以電子書或徵稿模式找到生機。然而也正因為某些網路寫手將網路當作一個最自由發表媒介（場域，工具），所以藉此避開平面編輯的審核，並且將他們在網路上經過讀者立即互動的佳作，投稿在平面發表，這也不失為一個良好的策略，更何況當網路詩人取得了詩刊的編輯權時，邦聯裡某些作品不錯卻無法在平面刊登的寫手，也將同時取得合法出櫃的權力。

第五節　小結

　　八〇年代的詩社組成，已然越過林燿德「集團文學」式的分類概念，而詩社與詩刊分離傾向明顯，甚至某些詩社的組成是為了發行詩刊，因此七〇年代以前的「集團群性」明顯淡化，如就詩社經營來看，強調個體的行為，使詩刊與詩社被區隔，個人以聯邦的高度自治概念參與並進入詩社群的活動，如此社群裡的個人成就大於刊物（社團成就）便成為普遍的現

---

[46] kylesmile2001-08-23-09:22:46的留言。網址：http://mypaper1.ttimes.com.tw/user/kylesmile/index.html

象。進入九〇年代，網路作為可與紙本並行的發表介面，去中心化的後現代思維可以透過這個介質部份實現，導致詩社的組成方式，已然被「獨資經營」、「校園詩社」、「網路邦聯」、「電子報」所取代，校園詩刊的存在除了喧騰一時的校際性——植物園詩社已然解散外，另外政大長廊詩社與台大詩文學社，仍都有其活動的能力，在中部的中興大學篡世紀詩文社、台中師院藍風詩社、東海大學文學欣賞社等，也透過維持定期出刊的方式來運作，其實也有許多隱伏在校園之中的地下詩社以自費不接受學校補助的態度，維持集會與出刊[47]，原本七〇～八〇年代詩社團相繼成立的情況[48]，在九〇年代已不復見，這除了新世代強調個人化的寫作外，也與網路媒體的興起有極大的關係。

　　於是便產生了幾個現象：第一、新世代在網路上的集結方式，擺脫了傳統詩社集會方式，一方面網路提供了一個自由但匿名的機制，使得網路上詩社團內的成員，除非有定期在現實空間集會，否則在虛擬空間裡彼此的身分依舊呈現移動的狀態；第二、以明日新聞台「我們這群詩妖」為例，個人新聞台由台長親自經營，組成逗陣網未必要認同什麼主張，甚至可以避開有任何人情關係，而加入之後，你仍是自己站台的經營者，你亦可以不去理會任何詩社團裡的交誼活動，這都是自由且自主的，這更加強了個人化詩書寫模式的開發；第三、他們並非透過結社去發行同仁刊物，反而結社並不妨礙他們個人經營自己作品的情況，同仁刊物成為不必要的結社產品；第四、電子報的發行透過網路的傳播更形迅速，所有的詩人均可以透過自己所編輯的電子報，提供大家訂閱，來發表自己的詩作，這相對地更將瓦解過去社群的集團思維；第五、新世代的網路詩人在權力的焦慮上更加明顯，因為沒有強而有力的大型組織與共同性的宣言主張，在個人自由化的思維下，反而導致權力的移遞略顯緩慢，所以他們在上世紀末以至於本世紀初便透過各種發言方式來反映對於權力位置的焦慮（如本文所言的木焱

---

[47] 以筆者就讀淡江大學時與CRAZYFOX、陳先馳所成立的拓詩社，就是一個自費的地下社團，總共出版過四期刊物（每期印刷兩千份），當時也有遠從中國大陸的來稿。不過因為畢業與經費的緣故，所以在第四期時就決定停刊。《國文天地》與《創世紀詩雜誌》都曾有介紹過此一社團。

[48] 根據張默《台灣現代詩編目（1949-1991）》第四編所記載，八〇年代創辦的詩刊，共有50餘種，這與九〇年代詩刊的凋萎，不可同日而語。（台北：爾雅出版社，1992.5.4）

與天空魚的言論，似乎都是一種對於權力移遞速度緩慢的一種發聲）。在
「我們這群詩妖」的留言版上，銀色快手提出了關於詩妖定位的方式[49]：

〈詩妖的文學目標〉

發揮網路的特有屬性，摸索出現代詩與文學新的版圖，逐一建構網
路文學康莊大道，而不是淪為次文代出版現象，淪為散漫的零星戰
鬥，淪為新世代創的泡沫。

〈詩妖的精神導向〉

自由自在地寫詩，無拘無束地寫詩，隨心所欲地寫詩，把生活寫進
詩句裡，把理想把社會的願景寫進詩句裡，成為無入而不自得，情
感和精神世界都很豐富的詩妖。

〈詩妖開創革新〉

致力於現代詩教學與評論的建構，推薦論壇的風氣，開創詩藝、美
學、哲思融貫的數位文學世代。

　　有趣的是，銀色快手的個人想法，並未引起多數詩妖內個人台的共
鳴，甚至許多詩妖帶著旁觀的態度窺視著這場關於詩妖定位的論戰，而銀
色快手更認為「詩妖是希望被看見的一群創作者，而他者（other）並不在
詩妖之中，但因為他者（other）的注視，使得詩妖被看見了，因此詩妖
的主體性才被確立，就好像讀者和作者彼此需要，藉由文本的對話作為溝
通，而詩妖本身則積極參與著作者和讀者甚至守門員這三種角色」[50]來說
明詩妖主體性的確立。然而如果我們真的以他者的身分來觀察詩妖的話，
並不難發覺銀色快手的想法成為孤立聲響的可能。存在於詩妖的「邦聯」
狀態已然不是過去詩社組成的方式，而經過八〇年代詩社與詩刊分離，以

---

[49] 「我們這群詩妖」留言版的網址：http://ourpaper.ttimes.com.tw/leave_messageboard.php?ourpaper_flow_no=28&page=10。

[50] 同前註。（按：自明日報個人新聞台不穩定取消「逗陣新聞網」後，這些資料在網路頁面已然消失）。

及獨資經營詩刊不組詩社的操作方式，「我們這群詩妖」實際上承接了此一思維而藉由網路做得更加徹底，也因為如此銀色快手那種複製舊詩社思維的定位方式，當然不會引起諸多的共鳴，畢竟詩妖的「邦聯」狀態無法群性化、組織宣言化。而須文蔚所言的網路傳播狀態，區隔了平面結社與網路思維的相異之處：

> 就網路創作的社群集結觀之，透過教育網路（TANet）之便，各大專院校、系所的電子佈告欄（electronic bulletin boards，BBS）上，不乏設立現代詩的專版討論區，供作者發表新作品的新空間，像是架設在中山大學的「山抹微雲藝文專業站」、海洋大學的「田寮別業」，以及政大的「貓空行館」，都是相當熱門的地點。這些網路討論與發表的社群吸引了大批學生參予，更由於網路無遠弗屆的特質，網路詩刊呈現了以校園學生及剛離開校園不久的新詩寫作者為結合的特色。以發跡於校園BBS站，而屹立不搖的《晨曦詩刊》為例，在成立短短五個月之內就累積了千餘首詩創作，在版上發表作品的詩人高達五十餘位（高世澤，1996：4），迄今已經出版了六本詩刊，人事幾經更換，始終能凝聚新生代作家，並能不斷提出新論述。
>
> 　就重新找到讀者群觀之，由於網路免費服務的風氣，加上寄送電子報的效率高、成本低，《詩路：臺灣現代詩網路聯盟》集合了臺灣中生代與新生代詩人一起編選的〈每日一詩〉電子報，在經過三年的經營後，目前已經每天向超過一萬名以上的讀者發行，可算是相當具有規模的文學媒體。而其之所以能以文學傳播媒體的方式進行公共服務，全賴網路特性之賜[51]。

　　如此一來成立新詩刊不如轉變成用電子報的方式去發行作品，而電子報的傳播效益實際上可能超過紙本的發行。而新世代詩人的詩觀中也隱然

---

[51]　引自須文蔚〈從商業傳播市場轉向公共傳播環境的變貌〉一文，收錄於《詩路1999年度詩選》之〈後記〉新世代詩人的活動場域，2000。

形成一種向內且個體化的書寫思維，成立所謂的社團並不是他們關注的，他們關注的或許是楊宗翰所說的「讓這些寫作變成真正的聲音」[52]，當然也或許詩只是一個存在與荒誕的遊戲[53]。

其實，傳統長青詩社在九〇年代也相映地做出了一些改變：九〇年代中期，《創世紀詩雜誌》就開始逐漸接受新世代的同仁相繼加入，而《笠》在世紀末與新世紀的臨界點，也通過紀小樣、李長青、丁威仁等新世代詩人成為同仁的提案，而《乾坤詩刊》更將詩刊的編輯下放給新世代的詩人群，《藍星詩刊》的編輯也有部分有吳東晟等人協助編務。實際上從《創世紀》以至於《台灣詩學季刊》和《現代詩》等刊物，都普遍作過關於網路或是新世代詩人的專輯或論文的呈現；《創世紀》並且邀請新世代的詩人發表詩作，成立「新的聲音」專輯，以完成薪火相傳的工作，也可以保持詩刊的活力；《笠》則透過校園詩展去反映校園作品的生態；《雙子星人文詩刊》（1995.夏季創刊）也致力於提供網路詩以及新世代詩人作品的展演空間；而台灣現代詩網路聯盟（詩路）的成立，更是透過典藏區連結印刷文本與超文本之間的關係，讓網路詩人透過上網去觀看台灣現代詩文化整體的運行與發展；明日報的個人新聞台則提供網路詩人一個經營自己作品展演的場域，並且使得結社的思維在這個機制中有了新的方式；而新世代的詩人在各種風格作品的展現雖仍不甚成熟，但也呈現出相對於前行代不同的變貌，無論是任何的題材與形式，都取得了特殊的成績，相對於前行代來說，新世代帶來的不應該是荒謬與威脅，而是在詩史潮流基礎上的某種世紀末的變異現象[54]。

---

[52] 摘自楊宗翰在《台灣詩學季刊·新世代詩人大展》的個人詩觀，2000春季號，P.162。

[53] 《晨曦詩刊》第三期，aijread在〈我的親親後現代螞蟻〉一詩的後記中所言「這篇咚咚只寫了八分鐘，也沒修，別問我在寫什麼。記得一件事，看不懂千萬別去問瑪丹娜，我怕她也call電話來。螞蟻們已經開始踩躪我的第三個胃了！可敬可怖的後現代，去他的。」（1987，P.26。）

[54] 網路詩界的現象便亦相當迅速，自2001年以後，明日報個人新聞台系統極不穩定，「逛陣新聞網」這代表90年「詩文學邦聯」的機制已然解散，加上新機制如BBS論壇與部落格（BLOG）的出現，許多年輕網路詩人紛紛從明日報出走，進入新的機制書寫，而一些從網路介面出發取得平面（紙本）介面文化權力的詩人，更是回歸附庸於平面操作的思維，使得早期《晨曦詩刊》的網路基本教義派的堅持，喪失殆盡。現時的網路詩界可以說是BBS論壇與部落格的兩大發聲場域，如果要進一步研究2001年以降的詩歌社群，就必須面對BBS論壇的輸出概念。

第十章
典律的生成（上）
——論「十大詩人票選」

　　既然，台灣新詩史上所形成的各項詩潮，泰半是由不同詩社的互動辯證而完成，論戰或許看來是詩人對於創作理念的交流，實際上卻是不同社群在創作意識型態的攻防，從本文也可以看出台灣戰後新詩的發展趨勢，經過新詩的現代化，走向本土詩學的建立，而此同時，都市詩的大量出現，不僅將現代詩的創作概念從現代化進一步走向都市化，更迫使本土詩學必須從鄉土的認知轉化至接受都市也屬於本土概念的一部份，而九〇年代以降，發表媒體與書寫工具的改變，更使得新一代的年輕詩人，帶著對於平面媒體的抵拒性格，進入網路空間，使詩走向了數位概念的創作與呈現更使得平面媒體與數位媒體在新詩的發展中變成兩個既背離卻又互構的狀況。

　　然而，如果我們從另一種爭奪文化權力與型塑典律的方式，就是「選集」的編纂以及所謂的「詩人」票選來觀察，更可以與本文所論彼此對照或參照，不同的族群、階級或者流派，透過各種「選集」與「票選」，傳達不同陣營間互相抵拒的美學傾向與詩學詮釋權，每一個詩社群體或者學術單位都想力圖製造一個自我表現的「劇場空間」，而兩者之間又可能彼此相涉，交互共謀創造出一組「排他」的「文化符號」，而此符號的「所指」，也端視不同社群所控制的權力場域如何賦予，而觀察者或評論家又如何解讀，或許仍然可以區分出主流與邊緣的界限，但因為主流與邊緣藉

由「抵制／抗拒（解構、顛覆）」、「收編／反利用」的辯證，然後在文化權力的傾斜中，反而更彰顯了典律製造者的真正「企圖」，以下便以「詩人票選」作為本文總結與互構的論證。

第一節　「十大詩人」的票選

　　如果，論及「十大詩人」，就必須追溯源頭至1977年的《中國當代十大詩人選集》，此書的編纂者均為當時《創世紀》的同仁，所選出的十大詩人為紀弦、羊令野、余光中、洛夫、白萩、瘂弦、羅門、商禽、楊牧、葉維廉，已故作家與編委則不在其列[1] 表面上看起來這份名單廣納了當時三大詩社的詩人（以詩社群分野：余光中與羅門為「藍星詩社」，洛夫、瘂弦、商禽、葉維廉、羊令野為「創世紀詩社」，白萩為「笠詩社」，紀弦與楊牧可被視為海外詩人），以及現代派論戰的幾個重鎮，然而除白萩外，其餘詩人的創作思維在當時似乎都不能被稱為具備「鄉土意識」，多數創作者之創作風格更幾乎與《笠》所提及的「新即物主義」[2]的創作傾向不同，反而趨近於《創世紀》提倡的「超現實主義」。而如果我們想質疑其編選十大詩人的標準為何，該書似乎早已預見這樣的質疑，列出了其選擇的標準，一共有四點：（1）在質的方面，必須是好詩人，至少大部分作品是好的；（2）創作有相當的歷史，且作品水準不得每下愈況，風格尤應演變；（3）具有靈視，能透過創作觀照人生與世界諸相，表現出詩的真理；（4）就對讀者的關係與文學史的意義而言，必須具有相當的

---

[1]　詳參張默、張漢良、辛鬱、菩提、管管編《中國當代十大詩人選集》，台北：源成，1977。

[2]　新即物主義通常指德國威瑪時期（1919-1933）的（造形）藝術流派，由於早在威瑪時期之前德意志工匠聯盟的最早期的領導人穆余修斯（Muthesius）即反對「青年風格」的裝飾性與「表現主義」的非理性，而提出對物體客觀理性的描繪（以助機械建築設計），被稱為「即物主義（Objectivity）」。新即物主義的特點為：A.對抗表現主義（Anti-Expressionism）B.具體的寫實C.對右派政客及資產階級腐敗生活的諷刺D.對普羅階級的聯合的讚揚E.對工業及都市的讚揚F.進步性（progress）正面性（postive）。所以在創作主題上即圍繞著上述幾個特點，在創作技巧上則表現剛硬與精密描繪等特點。《笠》的「新即物主義」論述是由吳瀛濤在1966年2月《笠》11期提出的「現代詩用語」，且詳加詮釋以來，逐漸成為笠詩學的一部分。關於「新即物主義」的詩學發展，請詳參丁旭輝〈笠詩社新即物主義詩學初探〉，2004年10月2-3日，國家台灣文學館舉行之《笠詩社四十週年國際學術研討會之論文集》，P.197-239。

引自李敏勇〈洛夫的語言問題〉，《笠》110期，1982.8，P.7-8。

影響力[3]。如果，我們就此資料進一步觀察這部詩選的編選，可以發現幾個問題：

（一）編選者均為《創世紀》同仁，在鄉土文學論戰爆發之前，而正好又是「鄉土意識」成為詩壇論爭重要命題的時代，這本選集的面世，其實正是一種立場與美學概念的傳達，應當被視為一種發言位置的展示。

（二）如何能夠透過五位編者確定詩人作品之質，五位編者如果均是《創世紀》的同仁，那麼《創世紀》的群體性美學觀是否亦是五位編者決定「十大詩人」的標準？

（三）五位編者的採樣對象為何？又何以能決定「十大詩人」對讀者與文學史有相當的影響力？反過來說，難道不是透過「十大詩人」的選擇，來製造經典或是製造詩史？

（四）詩的真理為何？如何能夠透過五人的編選去決定「真理」的內涵是「觀照人生與世界諸相」？如果換成不同的詩社群來編選所謂「十大詩人」，是否真理的定義也有變化？

（五）如果照上述的各項質疑來觀察，似乎只有「創作有相當的歷史，且作品水準不得每下愈況，風格尤應演變」這句話，勉強算得上客觀的編選標準，至少創作的歷史可以有客觀的考察與統計，風格的演變從作品表面上還可以看得出來，至於作品水準的問題似乎又回到了主觀層面。

如果就上述的問題而言，真正屬於客觀的編選標準應只有「創作有相當的歷史」與「風格尤應演變」兩者而已，然而除去主觀層面之後，符合這兩者的詩人應該不在少數，布爾迪厄（Pierre Bourdieu）提出的重要概念，其實正足以解釋初次票選的內在意涵：「文學場是一個力量場，也是一個爭鬥場。這些鬥爭是為了改變或保持已確立的力量關係。」[4]1980年前後的詩壇，在外部不僅要面對社會政治的急遽變化，內部在面臨新世代

---

[3] 同前註，P.2-3。
[4] 布爾迪厄（Pierre Bourdieu）著，包亞明譯《文化資本與社會煉金術——布爾迪厄訪談錄》，上海：人民出版社，1997，P.83。

崛起的抵拒意識時，亦要面對多元思維的彼此激盪與刺激，於是幾個重要的長青詩社，便力圖在這個「力量場」中採用各種策略來展現自身的特殊資本，並以此作為「發聲」主導權的力量展示，其中最好的方式就是透過「詩選」或是「票選」製造「歷史」，縱使這樣的歷史會被不斷檢視與批判，然而面對當時文化權利的爭奪，這樣的製造變得相當必要，而《中國當代十大詩人選集》也可被視為一種權力爭奪的策略。當然，不僅是所謂主流發聲權的爭奪，新崛起的世代與邊緣的一群詩人，也會擔憂這種製造出來的「詩史」，會排除那些被壓制排除的詩人與作品，甚至可能剝離其存在之身分。畢竟這些所謂的編選者往往在「價值判斷的客觀性領域發現一個政治內涵：一大批人從文學規範被排除出去」[5]，被排除的那些不夠資格成為典律嗎？當然不是，居羅利（John Guillory）說：

> 把判斷行為（act of juggment）與性別、種族和階級類別互相關聯，
> 這可能嗎？如果這是可能的，那麼規範組成的歷史就會作為一種陰
> 謀，一個不言而喻的、審慎的企圖出現，它試圖壓制那些並不屬
> 於社會的、政治的，但又是強有力的群體的創作，壓制那些在一定
> 程度上隱蔽或明顯地表達了佔統治地位的群體的「意識型態」的創
> 作。[6]

也就是說初次「十大詩人」的評選，其實是由《創世紀》詩人所選擇可以反映他們一定美學觀點、文學信仰與意識形態的作品。的確，從書名定為《中國當代十大詩人選集》，到十大詩人的籍貫分佈，十大詩人的社團隸屬，以至於十大詩人的美學風格，似乎都可以看到《創世紀》詩人的喜好與取向。這樣的評判確是透過一種「秘密而排他的選票而進行的」，在其中排除了不屬於其意識形態與美學風格的優秀作品。換言之，如果經典形成的歷史，真的是「一個嚴密的排除過程，那麼就應該從現行被壓制

的、從規範中排除的歷史找出大量作品。」[7]於是，當時新崛起的一群新世代詩人群體，便自行呈現了一個「作品擇優過程」，或許可以代表不同社會群體的不同聲音。1982年《陽光小集》舉辦「青年詩人心目中的十大詩人」票選活動，製作了44張選票，供「已有明確文學成績之新生代詩人（限戰後出生，已由學校畢業者），就所有前行代詩人中推舉十位，採不具名方式」。另外，他們為了將評選更加細緻，尤其是針對較為「主觀」的美學風格與創作技巧的部份，設計了「客觀化」的選項，將評分項目分為「創作技巧」與「創作風格」兩類，各類又細分成五個項目[8]，為方便討論起見，筆者先以下圖呈現之：

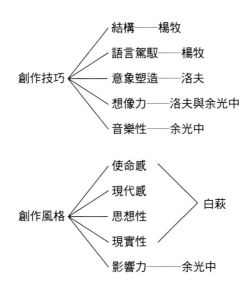

假使「創作技巧」指的是形式部份，楊牧、洛夫和余光中便是當時「青年詩人」心裡較優者；如果創作風格指的是內緣問題以及影響問題，那麼就青年詩人而言，白萩的詩無論在取材、思想與現實意義上都超越其他詩人，影響力最大的則是余光中。最後票選的總結果誕生，「青年詩

7　同前註，P.325。
8　詳參《陽光小集》編輯室〈誰是大詩人：青年詩人心目中的十大詩人〉，收錄於《陽光小集》第10期，1982.10，P.81-83。

人」眼中的「新十大詩人」依序為：余光中、白萩、楊牧、鄭愁予、洛夫、瘂弦、周夢蝶、商禽、羅門、羊令野。覃子豪跟羅門相同票數，楊喚則在他們之後，但因覃子豪與楊喚已故，所以加以扣除[9]。與前述1977年之「中國當代十大詩人」比較，多出鄭愁予和周夢蝶，落於榜外則是紀弦與葉維廉。以詩社群分野，洛夫、瘂弦、商禽、羊令野為「創世紀詩社」，余光中、周夢蝶與羅門為「藍星詩社」同仁，白萩則屬於「笠詩社」，楊牧、鄭愁予被歸類為海外詩人。

　　從以上的說明與整理，我們不禁仍然要提出幾個問題進行討論：第一，《陽光小集》力圖抵拒對抗1977年的《中國十大詩人選集》，似乎也覺得那是一種少數人決議的密室操作，於是改進了方法做「作品擇優」，以選票取代編輯者，然而其製發選票的概念，依舊是另一種「排他」，表面上似乎比前次的「十大詩人」來的客觀與民主，但實際上不過就是將初次的編纂者5人擴充成44人；而編纂者由「創世紀同仁」自行決定「中國當代十大詩人」，改變成為由「陽光小集同仁」擬訂遊戲規則，製發選票邀請被認定的「詩青年菁英」投票選出「青年詩人心目中的十大詩人」罷了，只不過從「共謀的情形而轉變成了表述的情形」，依舊是透過「少數的菁英」來決定屬於「大眾的經典」，莫怪乎就算改變了投票的對象，1982年與1977年的票選結果，並沒有多大的出入與異動。

　　第二，很清楚地無論是第一次與第二次的票選，都在製造所謂的「經典（典律）」，第一次是由一群當時中生代與前行代的詩人製造屬於他們的新詩經典，第二次改由新世代的詩人繼續製造所謂「前行代」的新詩經典，縱使產生了細項的評分，卻不過是提供了細項的神話，於是經典的價值便來自於一群人的「共謀」？而導致十大詩人的選擇變成一種經典區隔正統與異端的工具，一大群被「十大詩人」排他的文本（作者），是否可以建立另一種性格的經典系統？或許第二次的票選便是想要完成另一種可能，但非常明顯的，第二次票選所顯示的意義仍與第一次極度雷同，雖然

---

[9]　同前註。

文學史家可以用「兩次雷同」去確立「十大詩人」的存在與必要性，但兩次票選的方式本身就是一個排除異己的過程，這些「偉大詩人」是經過一道令人困惑的操作手續，建立一個統治性文本的高級地位。

第三，林燿德認為「候選名單遍及一九四一年之前出生的八十二位詩人，揭曉榜單卻與源成版《中國當代十大詩人》名錄過份接近，僅以周夢蝶、鄭愁予更易紀弦、葉維廉，似無任何突破性的新觀點出現。」[10]，並對於紀弦之未被列入，提出對於「投票者」缺乏歷史觀之類的嚴肅批評，也認為這次票選反映出八〇年代前期是一個「現代文學史在新浪潮衝擊下的一個危機時代」[11]。筆者以為他以紀弦未被列入作為一種對於投票者缺乏歷史觀照的批判，是其個人詩史觀延續的結果，無可厚非。而他透過此次票選將八〇年代前期定位為現代文學史的「危機時代」，話說得雖然重，但的確看出了這次票選與投票者缺乏了「突破性」的「創意」，在這次的操作型態中，「十大詩人」的誕生是因為「某些高貴的人，為了決定哪些作品可以成為規範（CANON），哪些不可以成為規範」[12]，那些高貴的人就是被《陽光小集》所選取出來的「詩青年菁英」，他們以投票（推薦）的方式，製造了「十大詩人」的存在位置與文化視野。

難道我們必須用「泛歷史淘汰論」來說明「十大詩人」的擇取嗎？至少在前兩次的「意識活動」裡，只看到某些焦慮的文本（詩人）在密室或選票的共謀中，被評選以至於站上「經典」的位置，然而這些「十大詩人」，他們的偉大是在於文本內緣，還是文本外緣？於是，在《陽光小集》票選的二十年後，由學術單位國立台北教育大學台文所與《當代詩學》在2005年合辦「台灣當代十大詩人」票選，希望藉由學術單位的聲望辦一場「莊重的、學術的（而非可供消費或炒議題式的）選舉」，並且要讓這次選舉帶有一定的文學史意義[13]。以下先列出此次票選的方式，以對照與前兩次之異同：

---

[10] 引自林燿德《重組的星空：林燿德論評選》，台北：業強，1991，P.19。
[11] 同前註。
[12] 同註6，P.321。
[13] 可詳參楊宗翰〈曖昧流動，緩慢交替──「台灣當代十大詩人」之剖析〉，為國立台北教育大學舉辦之「台灣當代十大詩人學術研討會」閉幕報告的宣讀論文，2005.11.5。此文亦可從網路查詢得之，網址為：http://www.fgu.edu.tw/~wclrc/drafts/Taiwan/yang-z/yang-z-20.htm。

（一）由學術單位承辦此一活動，以增加活動之嚴肅性與正當性，並藉由學術單位的聲望使此次選舉產生文學史的意義。

（二）選舉方式為製發選票，寄發選票的對象為「已出版過詩集者」，且為記名選票。

（三）選票上已印有主辦單位列出的一百名詩人，並強調如果票選對象不在此列，可以自行增加。

由上述三點可知，主辦單位選擇的是票選之方式來辦理這次活動，收到票選單的對象為「出版過詩集者」，總共發出209張票選單，且採記名投票，回收張數為84張選票，其中又有6張無效票，換言之有效票為78張，佔總選票數的37.3％，也就是說由四成不到的有效票決定了「十大詩人」的排名。就這個方式而言，可以發現「菁英式民主主義」的思維，主辦單位以「學術」的名義，行「少數政治」之實，這種知識分子式的「少數政治」，在於以「高貴的」學者或是詩人來勾選「十大詩人」，而不是由廣大民眾的選票去完成所謂「台灣當代十大詩人」的排序定位，似乎已把詩定位在學術化、嚴肅性的「存在位置」，當寫詩走向了詩人與學者的分層競技時，莫怪乎最後票選的結果再一次變成了排他性的「近親繁殖」。

另外，選票上已列出的一百名詩人，到底是以何原則產生？假使是以是否有詩集出版作為名單表列，那台灣出版詩集者絕對不只此數；如果以出生年來觀察的話，選票上之最年輕者應屬唐捐、陳大為，他們應屬於五年級後半段的詩人，也就是說六年級前半段較為優秀的詩人，就不應列入在選票當中嗎？更何況有許多影響力極大的網路詩人，就必須被排斥在「票選」之外，只因他們沒辦法取得「平面媒體」或是「學術單位」的詩人通行證？雖然，主辦單位也提供了空間讓選民自行增加詩人姓名，然而「一百人」的建議名單（原始推薦名單），早已限制了投票者的「選舉視野」，使整個投票的過程，喪失了原本的精神。

請再一次注意「台灣當代十大詩人」的操作模式，投票者的代表性從何而來？民眾嗎？當然不是，投票者的代表性是「學術單位」所賦予的「特殊位置」，這是一種意識形態的選擇，於是「十大詩人」的排序，就

在特殊環境的選舉操作下，由一群學術單位欽點的選舉者，以不到四成的
有效票製造出來。如果我們透過選舉結果的分析，會很清楚地發現這次票
選是一場披著「學術」外衣，以便於取得「文化權力」的一種發聲，也是
一場「鬧劇」，首先筆者先把十大詩人的排序表列（按排序應得12人，但
票數前九名已包含10人，因此羅門與蘇紹連以一票之差落於榜外）：

2005台灣當代十大詩人					
得票排序	姓名	出生年	籍貫	目前參與社群	得票數
1	洛夫	1928	湖南衡陽	創世紀	49
2	余光中	1928	福建永春	藍星	48
3	楊牧	1940	台灣花蓮	無	41
4	鄭愁予	1933	河北	無	39
5	周夢蝶	1921	河南淅川	藍星	37
6	瘂弦	1932	河南南陽	創世紀	31
7	商禽	1930	四川珙縣	創世紀	22
8	白萩	1937	台灣台中	笠	19
	夏宇	1956	廣東五華	現在詩	19
9	陳黎	1954	台灣花蓮	無	18
10	羅門	1928	廣東文昌	藍星	17
	蘇紹連	1949	台灣台中	台灣詩學	17

　　從2005年的票選可以發現幾個問題：第一，十大詩人於1940年以後
出生的只有兩人，也就是說一共八人均為六十五歲以上，而另外兩人的年
齡也已五十歲左右，換言之前行代佔了八位，中生代佔了兩位，若照楊宗
翰的說法，認為這份名單是既「曖昧流動」，且又「緩慢交替」，然而這
份名單相當明確地告知我們，不但沒有「曖昧」，更沒有什麼「流動」或
者「交替」，只看見「當代十大詩人」的概念經過二十年來幾乎沒有多大
變動，所變動的只是詩人們的年齡。第二，如果按照省籍觀察，除楊牧、
白萩、陳黎三位詩人為台灣籍外，另外七人均屬外省籍，換言之，這樣的
分佈是否會讓人思考到本土詩人的定位是否被一種「群體意識」所排他？
如果再對照詩人隸屬之社群，有三位詩人隸屬於「創世紀詩社」，隸屬於
「藍星」的有兩位，但隸屬於本土詩社「笠」的就還是白萩一人，這樣的
情況相當有趣，或許我們不能草率的以所謂政治性的詮釋來批判這次票

選，但是不是對於學術單位認定的「票選者」而言，產生了一種集體的美
學傾向，這樣的傾向異於「笠詩社」所認同的美學觀？當然，就主辦單位
與票選者的表述型態而言，票選的各種限制加上澎湃的情感與美學傾向，以
及環境與交誼的影響，也必然會形成共同創造的空間，加斯東・巴舍拉說：

> 這些研究可以稱得上是空間癖（topophilia），它們想釐清各種空
> 間的人文價值，佔有的空間，抵抗敵對力量的庇護空間、鍾愛的空
> 間。由於種種的理由，由於詩意明暗間所蘊涵的種種差異，此乃被
> 歌頌的空間（espace louanges）。這種空間稱得上具有正面的庇護價
> 值，除此之外，還有很多附加的想像價值。……在意象的支配下，
> 外在活動的空間與私空間並不是相互均衡的活動空間。[14]

　　由此可知，票選機制與票選結果的誕生，都與主辦單位以及收到選票
的選舉人面對的各種複雜空間有對應關係，因此「十大詩人」的結果並無
法被視為「經典」的語境，或許只可看作為一個由學術單位主宰與製造的
的文化場域。接著，筆者表列1977年的《中國當代十大詩人選集》，1982
年《陽光小集》舉辦「青年詩人心目中的十大詩人」票選活動，與國立台
北教育大學台文所與《當代詩學》在2005年合辦「台灣當代十大詩人」票
選的結果（不分名次）：

1977年《中國當代十大詩人選集》	1982年《陽光小集》舉辦「青年詩人心目中的十大詩人」	2005年「台灣當代十大詩人」
余光中	余光中	余光中
洛夫	洛夫	洛夫
白萩	白萩	白萩
瘂弦	瘂弦	瘂弦
商禽	商禽	商禽

---

[14] 加斯東・巴舍拉為法國著名科學哲學家、現象學家，做過郵局職員、中學教師等，後自學成為
索邦大學教授。是法國新認識論的奠基者，他的認識論與詩學研究，強調數學、心理學、客
觀性、敏感性、想像性等，啟迪當代如傅科、德勒茲等重要哲學家。其主要著作有《瞬間的
直覺》、《火的精神分析》、《理性唯物論》、《夢想的詩學》與《空間詩學》等二十八部著
作。引文選自龔卓軍、王靜慧所譯的《空間詩學》，張老師文化出版，2003，P.55。

楊牧	楊牧	楊牧
羅門	羅門	夏宇
羊令野	羊令野	陳黎
紀弦	周夢蝶	周夢蝶
葉維廉	鄭愁予	鄭愁予

　　就上表觀察，在三次中均同時列名的詩人有六位，加上後兩次同時列名者，其實真正有所更替的是1982年的羊令野與羅門，轉移成為中生代的夏宇和陳黎，羊令野已逝，而羅門以一票之差成為十大的遺珠，姑且不論三次的排序先後，我們依舊發現三次「十大詩人」的流動狀況看來不甚明顯，也就是說1977年「中國當代十大詩人」的定義與2005年「台灣當代十大詩人」的定義，有六位是相同的，而相異的四位，其實年齡也分佈在五十至八十餘歲中，原來學者與詩人眼中的「當代」是如此的「懷舊」，「台灣」看來還是頗為「中國」。

第二節　「網路百大詩人」的抵拒與嘲弄

　　以反「文化霸權」[15]為思維起點的網路詩界，所形成的另一個公領域的文化場域，實際上和文字出版品本身所產生的思維現象有極大的區隔，網路文學的張貼成為一個公共的領域，吸引了許多的創作者與塗鴉者去利用各種的可能性，畢竟張貼的權力在自身的手上。當然，網路上每日發表的詩無須任何被制約的價值標準，平面媒體所製造的詩美學標準，無法用以評斷每日成千上百的網路詩作，畢竟網路詩人的自由性格，使他們呈現一種對紙媒詩壇文化霸權的抵拒[16]。羅門以這種概念出發觀察「十大詩人」的票選，便很清楚地涉及了「十大詩人」票選的各項問題，他說：

---

[15] 文化霸權是指一個支配群體運作其控制的權力，這種控制不是透過可見的法規或力量的部署，而是經由公民情願的默認接受從屬地位，他們確認了基本上是不平等的文化、社會和政治實踐與制度。假使平面（紙媒）詩壇已經成為一個操控新詩批評與創作場域的文化霸權，那網路的詩創作場域，便成為一種抵拒的空間。此處採取《人文地理學詞典選譯》（R.J.Johnston,Derek Gregory&David M.Smith Edited，王志弘選譯，自印，台北：唐山發行，1995）裡「文化霸權」一詞詞條的定義。

[16] 詳參拙文〈網路詩界初探〉，國立中興大學中國文學系第一屆研究生論文研討會發表論文，收錄於《晨曦詩刊》第6期。

「十大」選真有點像買「樂透」與像上上下下的「股市」，存在有
很大的不確定性。如果明天換一種更公開民主的方式來選，讓所
有上網的新世代詩人來選，選出的「十大」，一定又會大大的不
同。……在後現代大家都是「帶筆的上帝」，同時大家中每個人都
有自己的偏愛，甚至偏見與恩怨，而且看事情的能見度，又高低不
一樣，那選出的結果不理想出問題是可見的……「十大」選若以上
面說的由顛覆偶像與傳統規範的後現代上網新世代詩人來選，一定
帶來存在價值的大失控與奇觀。[17]

　　的確，學術單位與詩人所形成的權威對接受者而言，學者與知名詩
人在思維中代表的是所謂的典律或規範、模式或道統，於是就成為了一
種「階級與文化」的象徵意涵。在這種情況下，如果他們還有意識的利用
「位置」來製造「十大詩人」，就會進一步加強對接受者的「制約」。但
網路文本則是透過循環書寫的開放系統，沒有所謂的模式、典範，而網
路作者因身份（ID）隨時可變，權威性亦成為遊移的狀態，又網路文本
為寫式文本，具有開放性和互涉性（perrida），所以書寫空間由作者操控
的絕對權威亦毋須存在。當然，如果將票選置入「無限可能」的網路世界
中，羅門所言的「失控」與「奇觀」，正好可以反諷或者嘲弄所謂「十大
詩人」的票選，於是在學術單位與平面媒體操作的「台灣當代十大詩人票
選」的同時，網路上也舉辦了一場對抗性、抵拒性、消解性的票選活動：
「臺灣當代網路百大詩人票選活動」，以下便是這個票選的宗旨與方法：

　　　活動名稱：臺灣當代網路百大詩人票選活動（無須登入喜網亦可
　　　　　　　　投票）
　　　主辦單位：臺灣聚義堂

---

[17] 引自羅門〈詩眼看「十大詩人」選〉，全文請詳參網址：http://72.14.253.104/search?q=cache:
qIJpb77xGMMJ:homepage19.seed.net.tw/web%405/chenkuei/lomen10.htm+%E8%A9
A9%E7%9C%BC%E7%9C%8B%E5%8D%81%E5%A4%A7%E8%A9%A9%E4%BA%BA%E9%8
1%B8&hl=zh-TW&ct=clnk&cd=1&gl=tw。

一、活動宗旨：

1. 基於臺灣聚義堂「聚義起事、作亂文壇」之理念，理當有此義旗高舉之事。

2. 最近紙媒（詩壇）正積極從事「當代台灣十大詩人票選」活動，有鑑於此，作為一種「反壟斷」、「抵拒」與「嘲弄」，吾輩當高舉義旗，提倡革命。（按：文人互為吹捧標榜，無代無之；文人自立山頭，爭奪文化霸權、發言權，無代無之；然而，反對文化壟斷的權力解構者亦無代無之，或一而不黨，或以夷制夷，或嘯眾起義，無可無不可。）

二、活動方式：

1. 以自由投票方式選出臺灣當代網路百大詩人。凡能上網的生物，皆具投票資格。

2. 凡曾於網路發表一行或一篇詩作以上者，皆具參選資格。唯是紙本作品轉載於網路者，不在此列；但臉皮夠厚者，又不在此限。

3. 票選結果前一百名者，即強迫授贈「台灣當代百大網路詩人」名銜，若當事人不願接受名銜，喜幸生米煮成熟飯，婚禮辦不辦一點也不重要。

三、活動辦法：

1. 投票期限為文到日起至2005/9/30止，十月上旬公佈票選結果。

2. 投票處為「臺灣聚義堂」網站，網址為：
   http://www.pon99.net/phpBB2/weblog_entry.php?e=818

3. 投票方式：請於「臺灣聚義堂」網站「台灣當代網路百大詩人票選活動」一文之下回貼。基本上，每位訪客一次投票機會，採不分選區N票制，請列出心目中優秀網路詩人「1～N」位，即完成投票動作。[18]

---

[18] 出處網址：http://www.pon99.net/phpBB2/weblog_entry.php?e=818。

　　而這個票選畢竟是完成了，在如此不嚴肅的百大排名中，筆者對於票選活動之結果，取前二十位詩人排序製表：

得票排序	姓名	得票數
1	丁威仁	52
2	鯨向海	31
3	劉哲廷	28
4	許赫	27
5	米羅·卡索 冰夕	24
6	阿鏡	23
7	喜菡	22
8	代橘	21
9	詠墨殘痕 王浩翔 林德俊	20
10	崎雲 莫問狂 子珩 雲蘿 不二家	18
11	侯馨婷 廖大期	17
12	紀小樣	16

　　相當清楚地，這樣一個看似惡搞的活動，卻隱然帶著對於2005年「台灣當代十大詩人票選」的嘲諷與解構。首先就票選宗旨而言，已定位「網路百大詩人」的票選活動有強烈的針對性，針對的客體便是「台灣當代十大詩人」的票選，認為那個票選就本質上是一種平面紙媒與學術單位的文化壟斷，所以自身的票選便成為一種反對霸權的「革命」，我們看到「台灣聚義堂」這個部落格名稱就可知其「反抗暴政」的戰鬥精神，他們的確將「台灣當代十大詩人」的票選視為一種對於「他者」的壓抑與排除，認為這樣的票選徹底忽視網路與大眾的聲音，「它壓制了一個文化整體中不同的聲音」[19]，這種以學者和學術單位共同呈現的意識型態，產

---

[19] 引自帕特遜（Lee Patterson）著〈文學史〉，收錄於Frank Lentricchia 與Thomas McLaughlin編、

生「十大詩人」的社會圖景，再透過一場所謂的「學術研討會」強化「圖景」，再生產製造一次「十大詩人」的復刻版。雖然如此批判，但「網路百大詩人」的票選活動對於這種作法並未採取否定的態度，而是透過肯定其「無代無之」的「文化霸權爭奪戰」，進而強化自身「反文化霸權」的正當性。

第二，以自由投票的方式，至於幾票也沒有規定，在這樣的基礎上，達成一種高度自由，於是唯一的限制在於「凡能上網的生物」，也就是說無法（或是不會）上網的人就自動喪失了投票資格，在此處我們不難發現這個活動對於中生代與前行代的嘲弄，也順便區隔出「網路百大詩人」的票選的確是以較年輕一代為主的投票，而所謂的「當代」不也就建築在「新」的觀念與工具之上嗎？而「十大詩人」的票選就變成一種「舊」的思維，票選方式也變成了一種「毫無自由」的「文化暴力」。

第三，就參選資格而言，一方面設定一個其實頗無意義的標準，只要曾經張貼過任何一行可以稱之為詩的作品，就具備參選要件，換言之「網路百大詩人」的票選並沒有積極制約候選人的資格，甚至於在資格的說明中，連何謂「一行詩」這種關於詩的定義都傾向於自由認定，除了要求紙媒作品複製張貼於網路不符規定外，候選者無須任何標準，選舉人也可以自由選配。當然，我們發現規定中刻意區隔紙媒與網路的不同，但在此處又隱約透顯了另一種排他的意識，排斥不會上網的「他者」，有趣的是，這些不常上網的詩人基本上可能就是「台灣當代十大詩人」票選單上的多數組成份子。或許你會問，網路空間如此廣大無邊，要如何判斷詩人作品不是紙媒作品的複製與張貼？主辦單位也很清楚地告訴你：「臉皮夠厚者，又不在此限」，透過「嘲諷」乾脆地連自身的規定一同消解。

第四，相對於「台灣當代十大詩人」票選主辦單位慎重其事，還大張旗鼓地辦理「學術研討會」強化自身的「正當性」，甚至於獲得此殊榮之詩人猶如再次桂冠加身；台灣聚義堂的「網路百大詩人」票選，卻有趣地強調此名銜為「強迫中獎」，以突顯平面媒體與學術單位辦理「詩人票

張京媛等譯《文學批評術語》，牛津大學出版社，1994，P.342。

選」的「荒誕性」，尤其值得注意的是，所謂的「百大詩人票選」本身就是一件無意義的事（有選跟沒選其實一樣），「百大」本身就刻意地模糊了所謂的「代表性」與「特殊性」，就算被選入百大也不怎麼令人高興，台灣聚義堂透過這種惡搞的票選活動，其實就是為了呈現並反諷所謂的「十大詩人」。

第五，活動限制每位訪客只能投票一次，其實也是沒有意義的限制，畢竟訪客在投票時，可以換任何的ＩＤ，甚至一個實體可以變化很多虛擬的分身，投好幾張選票，難道主辦單會會通過ＩＰ大費周章的查詢嗎？當然不會，主辦單位亦深知這一點，然而透過這些毫無意義且漏洞百出的票選活動，完成一個票選的儀式，也正是這群網路詩人弔詭的抵拒與反抗，刻意炒作一個具有話題性與針對性的票選活動，但賦予這個票選毫無意義的遊戲規則，一方面嘲弄那一堆急於製造經典或典律的學者、詩人，另一方面也藉此在網路上舉行一個狂歡式的嘉年華會，在其中容納各種聲音、各種行為，並透過這種儀式傳達另一個可能的詩人選單。

第三節　網路與平面票選之比較

如果將2005年「台灣當代十大詩人票選」與前述「網路百大詩人票選」，再從其中擇取兩者票數前十名與的名單排序比較，可以形成如下的表格：

排序	「台灣當代十大詩人票選」	票數	「網路百大詩人票選」	票數
1	洛夫	49	丁威仁	52
2	余光中	48	鯨向海	31
3	楊牧	41	劉哲廷	28
4	鄭愁予	39	許赫	27
5	周夢蝶	37	米羅・卡索（蘇紹連） 冰夕	24
6	瘂弦	31	阿鏡	23
7	商禽	22	喜菡	22
8	白萩	19	代橘	21
8	夏宇	19	代橘	21

9	陳黎	18	詠墨殘痕 王浩翔 林德俊	20
10	羅門	17	崎雲 莫問狂 子珩 雲蘿 不二家	18
	蘇紹連 註：羅門、蘇紹連兩人一票之差落 於「台灣當代十大詩人」榜外	17		

　　比對兩份名單，必然會產生一種「錯置感」，假使票選屬於文學生產之一環，那麼票選這個行為「自身便是社會實踐的一種形式：文本不僅反映社會現實，而且創造現實」[20]，也就是說，兩份票選各自傳達出它們所代表「體系」與「語境」，透過後者「網路百大詩人」的挑釁，讓原先「台灣當代十大詩人」票選的「共謀」轉變成為一種兩者的「各自表述」，使號稱嚴肅且學術化的卻呈現「強勢排除他者」的「十大詩人」票選，在「網路百大詩人」的嘉年華狂歡荒誕（carnivalesque）儀式中，變成了一場「封閉」的祭典，其代表性與價值意識就在網路寫手的眾聲喧嘩（heteroglossia）中被稀釋消解[21]。李歐塔（Jean-Francois Lyotard）說：

> 後現代是在現代中以呈現本身來提出那些不能呈現的；是否認本身的良好形式的慰藉，並使到集體地分享那種對不能獲得的事物的懷舊變得可能之品味的共同認識；是在尋找新的呈現方式，但不是為了享受它們，而是要觸發一種對不能呈現的事物之更強感覺。[22]

　　換言之，「網路百大詩人」的票選機制與語言不僅反身指涉，且擬諷自身，透過刺激大笑的效果與票選行為，進一步嘲弄那些假裝正經嚴肅的「票選機制」，避免了單向的典律化，透過不斷地檢驗、質疑，且抵拒任何舊有的論述與行為，使典律避免一直被某個族群、階級或者系統反覆製

---

[20]　同註16，P.355。

[21]　詳參《對話的喧聲：巴赫汀文化理論述評》，台北：麥田，2005.7。

[22]　引自李歐塔著、羅青譯〈後現代狀況有關知識之研究報告〉，收入《什麼是後現代主義》，臺北：學生書局，1989年。

造以致於傾斜。

　　當然，也許會有人質疑，在當今部落格與個人網頁相當盛行的網路場域，網路已晉升為所謂的「文化霸權」，而網路詩人也早已喪失了邊緣性，甚至將「網路百大詩人」票選視作為另一種文化霸權的變形，或是平面紙媒文化權力的複製，但這樣的看法其實相當浮面，第一，「網路百大詩人」的票選，按本文的討論，本來就是一個純粹嘲弄「十大詩人」的活動，完全就是一個後現代式，去中心式的解構行為，換言之就是本文提及的「惡搞」，透過這樣的方式才能突顯「十大詩人」票選的荒謬性，怎麼可以將其定義為文化霸權之變形；第二，相對於平面詩壇而言，就算有任何的選本出現，網路依舊被視為邊緣，此是不爭之事實，如果必須要定義網路文學之霸權，也應定義在使用工具本身存在的排他性，而「網路百大詩人」票選這個行為，本質上就不具客觀、公正性，主辦單位也沒有要強調任何客觀、公正性，也就是說藉此來突顯「票選」這個行為本身的荒謬。

　　縱使，楊宗翰所言「誰都有自己心目中的『十大詩人』，也都可以由自己來選擇『十大詩人』，可見這不涉及什麼專利或特權。」這段話看來並無謬誤，但畢竟典律製造者的身分與階級本就是一種重要的象徵，不同群體製造的典範就成為各自的「特殊偏見」，也是對於「他者」的排除過程，在這個角度觀察「十大詩人」的相關票選，就會發現他們「擇優」的過程就是對於「非我族類」的揚棄，力圖製造一個「作品保存」與「文學史書寫」的價值思維，而台灣聚義堂「網路百大詩人」的票選，代表的便是對於「經典」的嘲弄，以及對於「台灣當代十大詩人」主辦單位的「反諷」與「抵拒」，一旦「邊緣」以無意義的類同行為來「消解」主流霸權時，有時反而更突顯了「主流文化」矛盾的自我定位，而主流文化必然也無法忽視「邊緣」的襲奪，尤其又是「無限性」的網路場域，而本文所言之戰後台灣現代詩發展趨勢也在其中可以看出一些端倪。

第十一章
典律的生成（下）
——兩大報文學獎新詩獎得獎主題研究

第一節　前言

　　詩壇（假設存在的話），是一個透過創作與評論資本構築的文化場域，資本的累積不斷形成了新的文化權力與策略，主宰了台灣的詩學走向，而票選或者詩選，就變成詩壇各流派彼此角逐（排他）或合作的重要象徵。在詩史的長流裡，除了詩社（刊）扮演著主導或改變的角色外，報紙副刊及其所舉辦的文學獎，對於詩潮的推動，也有其相對的高度影響。李瑞騰曾說：「部分詩人所實驗的形式與素材，逐漸為多數詩人與讀者接受時，便形成了詩潮」[1]，實際上各種重要詩潮的持續程度不一，在某時或許是文化主流，但未必在歷史定位中呈現出相同的評價，而不同的群組透過不同的鏈結，也會形成不同的運作，這種運作除了「群體同儕」的互構外，詩人也可以透過自體創造，這就往往需要獵取到評論者高度的評價，其中較快速累積資本的方式，就是獲得文學獎的肯定。侯伯·埃斯卡皮

---

[1]　引自李瑞騰〈有關「詩社與台灣新詩發展」的一些思考〉，《台灣詩學季刊》29期，1999年冬季號，P.61。

（Robert Escarpit）在《文學社會學》中提出「所有文學活動都是以作家、書籍及讀者三方面的參與為前題。」[2]布爾迪厄（Pierre Bourdieu）也提出了「場域」的概念，他認為：

> 文學場是一個力量場，也是一個爭鬥場。這些鬥爭是為了改變或保持已確立的力量關係：每一個行動者都把他從以前的鬥爭中獲取的力量（資本），交託給那些策略，而這些策略的運作方向取決於行動者在權力鬥爭中所佔的地位，取決於他所擁有的特殊資本。[3]

　　換言之，文學獎是創作與評論相互影響的動態場域，在這個「力量場」中，每個投稿者採用各種策略來展現自身的創作資本，並以此作為取得「發聲」權的舞台。而文學獎的操作過程，本來就是一次又一次的「作品擇優過程」，所謂的評審就像是編選者，而在這個擇優過程中，往往就在評審美學價值判斷的客觀領域中，「一大批人從文學規範被排除出去」[4]，而對於文學獎得獎作品的研究，或許不失為一種反省的思考。實際上，中國時報與聯合報文學獎自創立以來，透過副刊的運作，促使台灣文學產生交流與整合，也是當今台灣重要的兩大文學獎項。其得獎者都成為當今台灣許多重要的作家與評論家，反映並且影響台灣文學發展的脈絡，本文將以兩大報文學獎新詩獎的得獎作品作為對焦的對象，透過對於得獎作品內容主題的探究上，比較分析兩大報新詩獎書寫主題的趨向，討論兩大報在新詩獎上所呈現的文化策略與創作走向。

　　筆者擬一方面以量化統計的方式規分別歸納兩大報新詩獎得獎作品的內容主題，另一方面以質化研究的方式，進一步討論兩大報新詩獎得獎作品的風格傾向，當然在此處筆者所判定的主題傾向，是就筆者之閱讀感受而歸納整理，不能視為絕對的標準。另外，再透過比較分析的方式，呈

---

[2] 侯伯・埃斯卡皮（Robert Escarpit）著，葉淑燕譯《文學社會學》，台北市：遠流出版社，1990，P.3。

[3] 布爾迪厄（Pierre Bourdieu）著，包亞明譯《文化資本與社會煉金術──布爾迪厄訪談錄》，上海：人民出版社，1997，P.83。

[4] 引自居羅利（John Guillory）著〈規範 CANON〉，收錄於Frank Lentricchia 與Thomas McLaughlin編、張京媛等譯《文學批評術語》，牛津大學出版社，1994，P.320。

現兩大報新詩獎得獎作品的歧異處，透顯投稿者可能的主題選擇與操作策略。本文因須符合研討會所要求的論文篇幅，因此暫不從評審結構與美學觀念等角度介入討論，畢竟評審與得獎者間構成的隱性對話場域，是另一種權力資本，此資本形成另一種文化策略，必然會對新詩的發展有一定的影響，這個命題未來將以另篇論文呈現，非本文聚焦之處。

第二節　聯合報文學獎新詩獎得獎主題

聯合報文學獎創立於1976年，時以小說作為徵文重點，稱之為聯合報小說獎，1985至1987年曾停辦三屆，1990年聯合報小說獎首次附設報導文學獎，1991年除附設導文學獎外，增加了新詩獎。自1994年的第十六屆起，聯合報小說獎暨附設新詩獎、報導文學獎的徵文方式，正式更名成為聯合報文學獎，每一個徵文文類不再成為小說獎之附設，而擁有自身獨立之地位，本節所討論的詩作，便以1994年第十六屆聯合報文學獎作為起點，迄2007年第二十九屆所有新詩獎的獎作品為主，分析其主題風格之傾向。以下先以表格列出得獎人與得獎作品[5]：

十六	第一名：唐捐（劉正忠）〈「暗中」三首〉 第二名：李霖生〈《男性精品大圖鑑》九四年版增刊〉 第三名：施夢紅（施至隆）〈在雨歇的午後聽Lipatti談巴哈〉	《飛翔之光——聯合報文學獎一九九四卷》
十七	第一名：陳黎〈福爾摩莎・一六六一〉 第二名：彭譽之〈存在的聲音〉 第三名：陳大為〈再鴻門〉	《我寫故我在——聯合報文學獎一九九五卷》
十八	第一名：鴻鴻〈我也會說我的語言〉 第二名：李霖生〈詠物〉 第三名：羅葉〈在棒球場〉	《美麗新世界——聯合報文學獎一九九六卷》
十九	第一名：李進文〈價值〉 第二名：黃嘿〈海的事實裡的，船的說法〉 第三名：裘小龍〈在異國的詩行（給光明）〉 第三名：匡國泰〈看見——山之旅回憶〉	《向時間下戰帖——聯合報文學獎一九九七卷》

---

[5]　本表之基礎來自於柯喬文、張俐璇所製〈附錄十：聯合報文學獎歷年簡史（初編）〉，收錄於張俐璇《兩大報文學獎與文壇生態之形構》，成功大學中文所碩士論文，2007.7，P.200-220。本表由筆者與新竹教育大學語文所碩一學生吳佳蕙在此基礎上修訂補充而成。

二十	第二名：陳克華〈地下鐵〉 第二名：劉淑慧〈嘆息樹〉 第三名：簡捷（簡清淵）〈我的城堡在遠方〉	《華年放異采──聯合報文學獎一九九八卷》
二十一	第一名：陳大為〈還原〉 第二名：陳柏伶〈成熟的秘密──詩致一位女孩C.C.〉 評審獎：鍾宇鵬（1962-）〈在馬桶座上‧未濟〉 　　　　紀小樣〈公寓生活〉	《新的寫作時代──聯合報文學獎一九九九卷》
二十二	首獎：廖偉棠〈致一位南比克拉瓦族印地安少女〉 評審：馮傑〈在母語時代〉	《再現文學的垂天大翼──聯合報文學獎二○○○卷》
二十三	首獎：羅葉〈告解〉 評審：李進文〈波赫士看不見我〉	《羅盤邊緣的標記──聯合報文學獎二○○一卷》
二十四	首獎：嚴忠政〈如果遇見古拉〉／2002.9.17 評審：蔡逸君〈百姓〉／2002.09.18	
二十五	首獎：冼文光〈一日將盡〉／2003.09.18 評審：陳錦昌〈炸彈小學〉／2003.09.21 　　　嚴忠政〈遙遠的抵達〉／2003.09.22	
二十六	首獎：達瑞（董秉哲）〈近況〉／2004.09.17 評審：邱稚亘〈船長之歌〉／2004.09.19 　　　黃茂林〈南方的甘蔗林〉／2004.09.20	
二十七	首獎：攸步〈冬之舞〉／2005.09.27 評審：丁威仁〈德布西變奏──致安地斯區難民〉／2005.10.08 　　　李長青〈歡迎來到我們的山眉──兼記南非小說家姆佩〉／2005.11.10	
二十八	首獎：陳羿澐〈火星文〉／2006.09.17 評審：王怡仁〈不能涉足的遠方〉／2006.09.18 　　　李長青〈六十七號的孩子們──紀念Lisa Tetzner（1894-1963）〉／2006.09.19	
二十九	首獎：波戈拉〈我是一只耳朵或更多〉 評審：曹尼〈同名殊途──載蔣渭水返鄉〉 　　　丁威仁〈罌粟的真理──致柬埔寨畫家凡納特〉	

　　第十六屆新詩組第一名得獎者唐捐的〈暗中三首〉，透過有如推理小說的精心結構安排，以貓作為主體，透過顏色、氣味等各種感官知覺，架構一個看似詭異無法索解，卻在在指向對於「心」與「肉體」的辯證關係，這首詩的確呈現了「生命」與「存在價值」的哲學命題；第二名李霖生〈《男性精品圖鑑》九四年版增刊〉是一首透過「性」與「宗教」彼此辯證，耽溺在語言迷宮裡，無法自拔地呈現「生存價值」命題的作品；第三名施夢紅〈在雨歇的午後聽Lipatti彈巴哈〉則以較為平淺且富音樂性的

文字流動，反省人類在「城市無邊的虛無中」，無法逃咥，卻堅持成為世界構成部分的「存在」反省。換言之，第十六屆的得獎作品，無論是怎樣的語言呈現與風格傾向，但其共同均呈現了「省思生命與存在價值」的主題傾向。

第十七屆新詩組的得獎作品第一名陳黎的〈福爾摩莎・一六六一〉是其「三灣三部曲」之一[6]，透過明永曆十五年（西元一六六一年）四月至年底，鄭成功驅逐荷蘭人取而代之的「歷史敘寫」，呈現一種「反省式的史述」，是一首相當感人的「本土史詩」；而第二名彭譽之的〈存在的聲音〉，綜觀全詩，並不單純地是以「存在價值」作為形上哲學的書寫起點，而是透過「囚房」、「鐵窗」、「歷史課本」、「書寫的痛楚」等詞彙或意象，指向了一個「噤聲」且「囈語」的年代，呈現出一種「史述的不確定感」；第三名陳大為的「再鴻門」，基本上是對於過往中國史書中歷史事件的「重構」或者「揭穿」，透過一個「鴻門宴」歷史區塊的「不信任感」，假設自身再臨鴻門，穿越典律（canon）文本（如《史記・項羽本紀》）長期的宰制，後設地以「詩」彌補原典的縫隙，插入作者自身的想像，這種書寫則屬於一種「創造性的史述」。我們從第十七屆新詩組的得獎作品，可以發現，無論是「本土史敘」、「形上存在」，或是「後設創造」，都傾向於共同的主題：「歷史」。

第十八屆新詩組的得獎作品第一名鴻鴻〈我也會說我的語言〉，以「存在」作為語言，在一個混亂的社會現實裡，學習著與自己獨處，且同時必須與都市共處，這樣存在的一種語言或者姿態，卻令人感覺無盡的疲憊，而生活也變成了一個迴圈；第二名李霖生的〈詠物〉則藉著戲擬王維式的絕句，以「資本主義拜物教徒的障眼法」[7]，透過小詩的書寫，寓意一點對於都市結構體的嘲諷；第三名羅葉的〈在棒球場〉雖然作者自述只是一個「童年生活的剪影」[8]，但對於台灣社會發展的回顧與今昔的對比，用「棒球比賽」作為主軸貫串，是的確可以被定位成「本土現實」

---

6 指的是〈太魯閣一九八九〉、〈花蓮港街一九三九〉，與〈福爾摩莎一六六一〉。

7 李霖生的「得獎感言」，引自《美麗新世界——聯合報文學獎一九九六卷》，台北：聯經，1996，P.348。

8 同前註，P.356。

的書寫。而第十九屆新詩組得獎作品第一名李進文的〈價值〉，其欲表述的主題在於最單純卻也最繁複的情感：「愛」，尤其是兩性之間的「自由的愛」，李進文透過聖經等詮釋角度，將愛上昇成哲學化的思辨，透過詩作投影；而第二名黃嘿的〈海的事實裡的，船的說法〉（外二首），無論是〈海〉一詩透過船的航行與海洋去彰顯抽象的存在意識，還是〈十月二十一日即興〉中對於記憶裡部分的懷想[9]，或是〈在你去旅行的時間〉對於身分與認同的思考，都牽涉到一個較大的創作命題：「存在意識」；至於第三名的兩首詩，裴小龍〈在異國的詩行（給光明）〉與匡國泰〈看見──山之旅回憶〉，前者透過致朋友光明作為書寫起點，表述在異國的存在孤獨，那樣的孤獨透過文化與歷史深刻呈現；後者透山之旅，回憶曾有過一段記憶深刻的情愛，並藉此反省自身的人生行旅。

　　第二十屆新詩組的第一名陳克華的〈地下鐵〉，透過城市中的「地下鐵」，指向自己的存在價值與生命本質的探討，那「一座不斷延展繁衍的城」[10]不僅是心，更象徵著自身錯綜複雜的生命結構；而劉淑慧的〈嘆息樹〉表面上是一首深情的詩，然而似乎卻隱約透過「槍決」、「規章」、「律條」、「土地」、「傷口」等辭彙，隱約暗示並輕輕控訴著某種「迫害」，一首歧義且複調的優秀作品；簡捷〈我的城堡在遠方〉一詩，則運用《聖經》作為導引，在自身真理追尋的過程中，不斷地因著信仰，改變自己的軟弱，向通往「永恆的道路」[11]更加堅定，雖然此詩是一首與信仰相關的作品，但其蘊含的哲學反省則相當深刻。第二十一屆新詩獎第一名陳大為的〈還原〉很清楚地屬於「南洋史詩」，「延續了五年來經營的南洋主題」，以「鄭和」與南洋的關係作為思索的起點，縱使在語言的使用上，被作者視為「轉變中的實驗品」，但其書寫的概念仍與其第十七屆的第三名的〈再鴻門〉雷同，仍後設地以「詩」彌補歷史未說或刻意產生的縫隙，插入作者自身的懷疑與想像，這種「創造性的史述」實為陳大

[9]　黃嘿的「得獎感言」，引自《向時間下戰帖──聯合報文學獎一九九七卷》，台北：聯經，1997，P.246。

[10]　陳克華〈地下鐵〉的詩句，引自《華年放異彩──聯合報文學獎一九九八卷》，台北：聯經，1998，P.155。

[11]　同前註，P.172。

為詩作的特色；第二名陳柏伶的〈成熟的秘密——詩致一位女孩C.C.〉，告訴我們所有青春走向成熟的背後，都有許多繁複且令人感受痛苦與孤獨的故事與秘密在背後鋪陳，然而作者並未以確切或具體的事件作為敘寫的主體，反而透過思維的提煉，使第三人稱的「她」，引領讀者走過所有青春至於成熟的生命過程，抽象的哲思變成此詩較為隱晦的原因；評審獎兩名，紀小樣的公寓生活，是標準的「都市詩」，作者利用諧擬的方式賦予了生活／情慾的都市經驗，詩人作為一個既是公寓內生活者，又是觀察公寓他者生活的旁觀者（偷窺者？）的角度，書寫出每日交替的公寓經驗，並置拼貼了在時間順遞流動中的人與空間之關係，使讀者透過他的眼睛偷窺了他對公寓生活的剪輯影片，參與了他導演的一齣都市荒謬舞台喜劇；至於鍾宇鵬的〈在馬桶座上・未濟〉，的確是一首有些奇思的作品，就題目言看起來應是一首詩，並且運用《周易》的未濟卦，和馬桶並置，產生一種諧謔的效果，但閱讀之後才發現是兩首短詩，而兩者之間的相關度不高，所類似的或許只有兩首詩所具備的「奇思」，與〈在馬桶座上〉一詩所關心的環保議題吧。

　　第二十二屆新詩組首獎作品廖偉棠的〈致一位南比克拉瓦族印地安少女〉，透過對印地安人日趨滅亡的感嘆，反省文明帶來的未必只有新生，有時候反而是對某些族群的傷害與毀滅；馮傑的〈在母語時代〉則以詩探討「母語」的歷史與功能，在一個失語的年代中，母語才是人們必須回歸的本質，而在回歸與依靠母語的過程中，似乎更應該回到母語起源的時代，感念母語的誕生。第二十三屆新詩獎首獎羅葉〈告解〉，以「一具可能提早拆除的軀體」[12]與「疾病」交織而成一首生命存在的書寫，而且藉此作宗教與人性的哲思辯證；評審獎李進文的〈波赫士看不見我〉，透過這位影響歐美文學的拉美作家作為詩作的書寫對象，一方面藉詩論及其創作的內在生命，另一方面隱約涉及土地與族群的反省。第二十四屆新詩獎首獎嚴忠政的〈如果遇見古拉〉，以1984年12月史蒂文・麥凱瑞（Steve McCurry）在巴基斯坦難民營拍攝莎爾巴特・古拉（Sharbat Gula）照片，

---

[12] 羅葉〈告解〉的詩句，引自《羅盤邊緣的標記——聯合報文學獎二〇〇一卷》，台北：聯經，2001。

而17年後，他前往阿富汗尋找17年前拍攝的那個少女的故事，作為端點，探討戰爭、難民、迫害三者所帶來的災難現況，並且呈現高度的人道主義精神，是一首不可多得且宏觀的「戰爭詩」；而評審獎蔡逸君的〈百姓〉，則從大歷史的角度呈現民族、百姓其實應為一沒有歧視與殺戮的「鎔爐」，其關懷的層次也有一定的高度。至於第二十五屆新詩組首獎洗文光的〈一日將盡〉以「閱讀」作為書寫軸線，呈現對於土地的愛；評審獎陳錦昌的〈炸彈小學〉，則是一首具備強烈人道關懷的「戰爭詩」，其主題類似於第二十四屆嚴忠政的〈如果遇見古拉〉；而此屆評審獎嚴忠政的〈遙遠的抵達—致女兒國或者某稱謂〉則以「摩梭族」作為關懷對象，並且呈現少數族群文化原始之美好，並且對照文明社會裡的人為生活，自然與人文，原始與文明的對比，是這首詩相當重要的表現層次。

　　第二十六屆的首獎達瑞〈近況〉與評審獎邱稚亘的〈船長之歌〉，前者以輕描淡寫的手法敘寫時光的移遞，並呈現一種失愛後孤獨的生命意識，簡單卻深刻；後者表面上是寫「船長」，但實際上是透過船長二十年前後的生命歷程，發掘其從年輕走向中年以降的哀戚與孤獨；而評審獎黃茂林的〈南方的甘蔗林〉，透過家庭史與甘蔗林的互構，呈現的是其實是台灣史的一個片段，是一首非常感人的本土現實詩。第二十七屆首獎攸步〈冬之舞〉透過半夜起來小解，穿越時間，回到年少時代，現實與回憶交錯，卻以簡單輕淡的語言，感慨生命的逐漸消亡；評審獎丁威仁〈德布西變奏——致安地斯區難民〉與李長青〈歡迎來到我們的山眉——兼記南非小說家姆佩〉，前者是一首標準的戰爭詩，透過印象主義音樂家德布西將無調性且自由隨機的音樂概念，賦予在戰爭的行進中，並藉此關懷受迫害的難民；後者則透過南非小說家姆佩，與南非種族隔離政策之歷史結合，討論並反省這個族群意識的命題，既具備歷史與人道主義的意義，也可以做為我們島嶼的借鏡。而第二十八屆新詩組的首獎陳羿潃〈火星文〉一詩，以當代網路語言做為反省的起點，透過淺近的嘲諷，指出火星文對於華人文化及語言內涵的消解與悖離；評審獎王怡仁〈不能涉足的遠方〉在語意上雖有些隱晦，但仍可以從一些如「雲豹」、「澤蛙」、「水韭」、「也蕨」、「中央山脈」、「濁水溪」等詞彙與意象，找尋島與這

片土地的記憶；李長青的〈六十七號的孩子們──紀念Lisa Tetzner（1894-
1963）〉則是一首針對納粹時期反省的詩，並且傳遞著「孩子是我們最珍
貴的希望」這樣的深切理念，在兵燹與戰爭的背後，我們更該反省的正是
自由與人性光明的難以保存，這首詩既可以視為反省戰爭的作品，又可以
當作是寄遇希望於未來的預言，的確是一首佳作。

　　至於第二十九屆新詩組首獎波戈拉〈我是一只耳朵或更多〉，以耳
朵做為敘述者，透過聆聽，進入對於存在的與時間的反思；評審獎曹尼的
〈同名歸途──載蔣渭水返鄉〉一詩，透過今昔對照，以蔣渭水的生命過
程與台灣的歷史與文化發展相對映，批判這個時代對於真理的遺棄，也藉
以紀念渭水先生；丁威仁的〈罌粟的真理──致柬埔寨畫家凡納特〉是繼
二十七屆得獎作品〈德布西變奏〉後，再次敘寫戰爭與難民的作品，此詩
的關懷對象為柬埔寨，透過獲頒赫曼／漢莫人權獎的前赤棉波布監獄的囚
犯凡納特，來表述對於戰爭的厭惡。以下先以表格呈現聯合報文學獎新詩
組得獎作品的創作主題：

	第一名：唐捐（劉正忠）〈「暗中」三首〉	生命、存在價值
十六	第二名：李霖生《男性精品大圖鑑》九四年版增刊〉	生命、存在價值
	第三名：施夢紅（施至隆）〈在雨歇的午後聽Lipatti談巴哈〉	生命、存在價值
	第一名：陳黎〈福爾摩莎‧一六六一〉	反省式的歷史敘寫
十七	第二名：彭譽之〈存在的聲音〉	不確定性的歷史敘寫
	第三名：陳大為〈再鴻門〉	創造性的歷史敘寫
	第一名：鴻鴻〈我也會說我的語言〉	現實與都市的存在感
十八	第二名：李霖生〈詠物〉	都市結構的嘲諷
	第三名：羅葉〈在棒球場〉	本土社會的寫實
	第一名：李進文〈價值〉	愛與自由的哲學思辨
	第二名：黃嘿〈海的事實裡的，船的說法〉	存在、記憶與認同
十九	第三名：裘小龍〈在異國的詩行（給光明）〉	異國的存在孤獨
	第三名：匡國泰〈看見──山之旅回憶〉	情愛的人生行旅
	第一名：陳克華〈地下鐵〉	生命、存在價值
二十	第二名：劉叔慧〈嘆息樹〉	對於迫害的控訴
	第三名：簡捷（簡清淵）〈我的城堡在遠方〉	生命哲學與信仰

二十一	第一名：陳大為〈還原〉	創造性的歷史敘寫
	第二名：陳柏伶〈成熟的秘密——詩致一位女孩C.C.〉	青春至成熟生命哲思
	評審獎：鍾宇鵬〈在馬桶座上・未濟〉	環保
	評審獎：紀小樣〈公寓生活〉	都市結構的嘲諷
二十二	首獎：廖偉棠〈致一位南比克拉瓦族印地安少女〉	文明的反省（族群）
	評審：馮傑〈在母語時代〉	母語的功能與省思
二十三	首獎：羅葉〈告解〉	宗教與人性的哲思
	評審：李進文〈波赫士看不見我〉	土地與族群的反省
二十四	首獎：嚴忠政〈如果遇見古拉〉	戰爭詩（難民）
	評審：蔡逸君〈百姓〉	大歷史的敘寫與反省
二十五	首獎：洗文光〈一日將盡〉	土地
	評審：陳錦昌〈炸彈小學〉	戰爭詩
	評審：嚴忠政〈遙遠的抵達〉	原始與文明的辨證
二十六	首獎：達瑞（董秉哲）〈近況〉	失愛孤獨的生命意識
	評審：邱稚亘〈船長之歌〉	中年孤獨的生命意識
	評審：黃茂林〈南方的甘蔗林〉	本土現實的歷史敘寫
二十七	首獎：攸步〈冬之舞〉	生命時間流逝之感歎
	評審：丁威仁〈德布西變奏——致安地斯區難民〉	戰爭詩
	評審：李長青〈歡迎來到我們的山眉——兼記南非小說家姆佩〉	族群意識的反省
二十八	首獎：陳羿潾〈火星文〉	文明消解的批判
	評審：王怡仁〈不能涉足的遠方〉	島嶼與土地的記憶
	評審：李長青〈六十七號的孩子們——紀念Lisa Tetzner（1894-1963）〉	反戰詩
二十九	首獎：波戈拉〈我是一只耳朵或更多〉	存在與時間的反思
	評審：曹尼〈同名殊途——載蔣渭水返鄉〉	本土寫實之歷史敘寫
	評審：丁威仁〈罌粟的真理——致柬埔寨畫家凡納特〉	戰爭詩

　　上述詩作共四十一首，如果進一步由表格整理，就創作主題而言，可以分成幾大類型，如果其中有些作品是多重主題交錯的，筆者會先將其分在較為明顯的一類：

（一）對於生命與存在價值的反省，包含著關於生命流逝之感歎，生命意識與生命哲學，或者是表述自身的存在孤獨，對於存在與時間流逝的反思，均可以放在這一類，此類型之作品多半都會呈現一定的哲學傾向，在閱讀上的晦澀與歧義度也相對較高。在四十一首中總共出現十三首之多，約佔總數的百分之三十二。

（二）對於文明的反省，包含對迫害的控訴，以及宗教與文明，語言
與文明的辯證，或者是控訴戰爭對於文明與人性的殘害，因此
戰爭詩與反戰詩置入於此類型主題中。在四十一首中總共出現
十一首，約佔總數的百分之二十七。

（三）歷史敘寫，不僅是對於過往歷史事件的重構，也包含著島嶼或
族群的歷史敘寫，或是土地或社會的變遷，均可放在此類中，
此類作品的史述傾向相當明顯，有些較為寫實的作品在閱讀上
也比較少難以理解的部份。在四十一首中總共出現十首，約佔
總數的百分之二十四。

（四）都市詩，對於都市結構與都市裡各種存在體的批判或者嘲諷，
抑或是較為中性客觀地呈現都市內各種現象，或是都市裡的環
保議題，均可以屬這一大類。在四十一首中總共出現四首，約
佔百分之十。

（五）其他類型之詩作，例如情詩等作品，在四十一首中總共出現三
首，約佔百分之七。

由以上的整理與分析，不難發現聯合報文學獎自第十六屆以降的新
詩組得獎作品，以生命與存在價值此類主題的呈現為最多；戰爭詩以及文
明的省思主題佔第二；而歷史的敘寫，無論是島嶼或是他鄉，當代或是過
去，此類型主題與前述第二類的書寫比例無分軒輊；至於都市詩與其它就
無法與前述三類主題的創作比例相提並論。假使我們將第十六屆迄今得過
兩次以上的詩人再從中揀選出來觀察的話，可以發現以下的狀況：

（一）陳大為：十七屆〈再鴻門〉、二十一屆〈還原〉。

（二）李霖生：十六屆〈《男性精品圖鑑》九四年版增刊〉、十八屆
〈詠物〉。

（三）李進文：十九屆〈價值〉、二十三屆〈波赫士看不見我〉。

（四）羅葉：十八屆〈在棒球場〉、二十三屆〈告解〉。

（五）嚴忠政：二十四屆〈如果遇見古拉〉、二十五屆〈遙遠的抵達〉

（六）丁威仁：二十七屆〈德布西變奏〉、二十九屆〈罌粟的真理〉

（七）李長青：二十七屆〈歡迎來到我們的山眉〉、二十八屆〈六

十七號的孩子們〉。

在十四首詩中，屬於前述第一類主題的有兩首，第二類主題的佔五首，第三類主題的五首，第四類主題的一首，第五類及其他的一首。可見得過兩次新詩獎的作者在主題或是題材的選擇上，仍是偏愛歷史族群的敘寫，以及文明迫害或是戰爭題材，尤其自二十四屆以降的嚴忠政、丁威仁與李長青，幾乎都是以這兩種主題得獎。

第三節　時報文學獎新詩獎得獎主題

時報文學獎自1978年起徵文，第一屆徵文文類僅有小說與報導文學，自第二屆開始除前兩類外，增加散文與敘事詩獎，1983年第六屆時將敘事詩獎改變成新詩獎，給獎獎額開始減少，奠定日後的規模與基礎。因敘事詩的長度、篇幅與主題限制，與一般新詩徵獎有極大差距。因此，本節的討論由第六屆迄今，分析其主題風格之傾向。以下先以表格列出得獎人與得獎作品[13]

屆	作品／日期	備註
六	評審：蔡文華〈候鳥悲歌〉 　　　陳克華〈建築〉 　　　蘇紹連〈深巷〉 　　　王福東〈旅人之歌〉	
七	首獎：陳煌〈煙灰缸及其他〉／1984.10.08 評審：宋建德〈車站的阿拉伯人〉／1984.10.09 　　　蘇紹連〈三代〉	
八	首獎：沙笛〈蛻之後〉 評審：陳克華〈病室詩抄〉	《一週大事——第八屆時報文學獎得獎作品集》
九	評審：王添源〈我不會悸動的心〉 優等：陳克華〈室內設計〉 佳作：游喚〈帝出記〉 　　　楊平〈坐看雲起時〉	《將軍碑——第九屆時報文學獎得獎作品集》

---

[13] 本表之基礎來自於柯喬文、張俐璇所製〈附錄九：時報文學獎歷年簡史（初編）〉，收錄於張俐璇《兩大報文學獎與文壇生態之形構》，成功大學中文所碩士論文，2007.7，P.179-199。本表由筆者與新竹教育大學語文所碩一學生吳佳蕙在此基礎上修訂補充而成。

十	首獎：李瘦蝶〈昆蟲紀事〉 評審：黃智溶〈今夜妳莫要踏入我的夢境〉 優等：劉滌凡〈永恆的鄉愁〉	《昆蟲記事——第十屆時報文學獎得獎作品集》
十一	首獎：蘇紹連〈童話遊行〉 評審：李渡予〈錄鬼簿〉 優等：羅英〈請牢記你置身的場景〉	《美麗——第十一屆時報文學獎得獎作品集》
十二	甄選：羅巴〈物質的深度〉	《語錄狂——第十二屆時報文學獎得獎作品集》
十三	李渡予〈我們明日的廣告辭大展〉	《手槍王——第十三、十四屆時報文學獎得獎作品集》
十四	甄選：譚石（王浩威）〈我和自己去旅行〉 　　　李宗榮〈幻愛〉詩組曲 　　　侯吉諒〈不連續主題變奏：時代瑣事〉	
十五	首獎：孫維民〈三株盆栽和它們的主人〉／1992.10.28 評審：侯吉諒〈如畫〉／1992.10.28 　　　陳大為〈治洪前書〉／1992.10.28	《異鄉人——第十五屆時報文學獎作品集》
十六	首獎：鴻鴻〈一滴果汁滴落〉 評審：彭譽之〈存在的重量〉 　　　馮傑〈書法的中國〉	《耶穌喜愛的小孩——第十六屆時報文學獎得獎作品集》
十七	首獎：陳黎〈秋風吹下——給李可染〉／1994.19.24 評審：戴瀅〈臺灣苦楝——白色的時代〉／1994.10.25 　　　林燿德〈女低音狂想曲〉／1994.10.31	《送行—第十七屆時報文學獎得獎作品集》
十八	首獎：張善穎〈晚禱詞〉 評審：羅葉〈尋屋〉 　　　林燿德〈人人都想向我索討食譜〉	《魚骸——第十八屆時報文學獎得獎作品集》
十九	首獎：簡捷（簡清淵）〈狩獵〉／1996.10.15 評審：瓦歷斯‧諾幹〈伊能再踏查〉／1996.10.17 　　　李進文〈一枚西班牙錢幣的自助旅行〉／1996.10.19	
二十	首獎：簡捷〈一首詩的誕生〉1997.11.18 評審：唐捐〈游仙〉／1997.11.19 　　　大蒙（王英生）〈綠色的一個早晨〉	
二十一	首獎：離畢華（盧兆琦）〈普普坦之猜想〉／1998.11.10 評審：唐捐〈我的詩和父親的痰〉／1998.11.11 　　　李進文〈大寂靜〉／1998.11.12	
二十二	首獎：廖偉棠〈一個無名氏的愛與死之歌〉／1999.11.08 評審：陳克華〈當時間之風吹起〉／1999.11.09 　　　謝昭華〈狙擊〉／1999.11.10	
二十三	首獎：楊邪〈悼詩〉／2000.11.02 第二名：陳宛茜〈無法靜止的房間〉／2000.11.03 第三名：呂育陶〈只是穿了一雙黃襪子〉／2000.11.04	

二十四	首獎：遲鈍〈有人偷走了我的時光命題〉／2001.10. 22 第二名：紀小樣〈家族演進史〉／2001.10.23 第三名：孫維民〈文字校對的憂鬱〉／2001.10.24	
二十五	首獎：陳雋弘〈面對〉／2002.11.24 評審：方群（林于弘）〈航行，在詩的海域〉／2002. 12.13	
二十六	首獎：凌性傑〈螢火蟲之夢〉／2003.10.02 評審：林婉瑜〈說話術〉／2003.10.02 　　　黃明德〈某SARS報告「漁港篇」〉／2003.10. 　　　02	
二十七	首獎：吳岱穎〈C'est La Vie——在島上〉／2004.10. 　　　07 評審：嚴忠政〈前往故事的途中〉／2004.10.20 　　　紀小漾〈飛魚海岬〉／2004.11.17	
二十八	首獎：甘子建〈島〉／2005.10.09 評審：馮傑〈牆裏的聲音〉／2005.10.10 　　　周若濤〈在噩運隨行的國度〉／2005.10.10	
二十九	首獎：辛金順〈注音〉 評審：曾琮琇〈現代〉／2006.11.28 　　　木葉〈春風斬〉	
三十	評審：林達陽〈赴宴〉 　　　嚴忠政〈海外的一堂中文課〉	

　　第六屆時報文學獎新詩組評審獎蔡文華的〈候鳥悲歌〉、陳克華的〈建築〉、蘇紹連的〈深巷〉以及王福東〈旅人之歌〉，這四首詩雖然著墨之題材不同，有憑藉候鳥之悲聲，或者借建築與深巷呈現存在的意識，抑或是從旅人的角度鋪陳生命與土地的互構，在在都指向生命與存在價值的深刻反省。第七屆首獎陳煌的〈煙灰缸及其他〉，則是一首相當有趣的詠物組詩，以詠日常生活之用品：〈煙灰缸〉、〈刮鬍刀片〉、〈細字筆〉、〈燕尾夾〉、〈迴紋針〉為主題，把生活裡的吉光片羽，或者靈光一瞬之片段或反省置入詩裡，名為詠物，時有寄託；評審獎宋建德〈車站的阿拉伯人〉則透過書寫阿拉伯人的「信仰」與「堅定」展現民族性之堅韌，與生命的孤獨；至於蘇紹連的〈三代〉，透過三個斷代書寫土地，寫台灣政治演變的三個階段，從「向牆壁說」政治犯對自由的渴望，到第「時間，壁上的鐘停了」書寫社會改革運動者與政治黑暗的對抗，而「童年，你要藏起來」則仍然賦予台灣未來的希望，此詩雖有如台灣戰後

史詩，卻不以強烈的控訴作為主調，反而呈現每代台灣人的堅韌生命[14]。第八屆首獎沙笛〈蛻之後〉透過近似科幻的假設，以核爆戰爭之後的現實（想像？），呈現「宗教神話的失效」[15]，以及社會無法遏止的荒誕化，現在來閱讀此詩，的確有種預言末世的感覺；陳克華〈病室詩抄〉，探觸的問題並不只是「死亡」本身，更確切地指涉著「存在的偏離」，以及「生命」與「永恆」的相互辯證，詩想龐大而複雜。第九屆首獎王添源〈我不會悸動的心〉，雖以「不會悸動」為題，實際上卻在此詩裡呈現對於都市與社會的隱性批判與反省，各個異象與各個事件的流動，反而讓我們讀到社會之變異與困境；優等獎陳克華的〈室內設計〉，是一組詠物的連環，但卻又並非純粹形體之詠物，而是藉此思維人的存在價值與生命意識，就詠物詩的變型來說與第七屆陳煌的〈煙灰缸及其他〉類似，但卻更為深刻。

　　第十屆首獎李瘦蝶的〈昆蟲紀事〉，則以昆蟲為歌詠的對象，連續十首亦屬於詠物的連環，藉由各種昆蟲的形體，寄寓自身對於生活與存在價值的內省；評審獎黃智溶〈今夜妳莫要踏入我的夢境〉，透過「無眠的夜」與「不安的羊」呈顯了都市人在城市生活不斷變異下的焦慮，而這樣的焦慮來自於對情愛的不安，以及對生命的質疑；優等獎劉滌凡〈永恆的鄉愁〉，以一九八七年作為軸線，穿過戰爭、不安、紊亂、破碎等各大城市與荒漠的國度，反省著都市與文明背後的殘破與破壞，而這樣的浩劫是否會帶來重生，作者也只能繼續不安地期盼。第十一屆首獎蘇紹連〈童話遊行〉，表面上是給孩子閱讀的童詩，使用的語言也近於孩童式的高度創意，然而卻又揉合了真正的現實，理想的追尋與現實的無奈，交錯地在這首童話的遊行中產生反諷的結構，虛擬的童話中卻隱然批判著社會

[14] 蘇紹連在一次訪談中說：「我的政治背景是一片空白，家族沒沒無聞，祖父至父親這兩代，先是在坡地種地瓜、花生、甘蔗，後來是開個零售米店，而我則教書，如此三代過著台灣大部份老百姓的平庸忙碌的日子。祖父及父親都不識字，什麼政治思想大概都不懂，政治是什麼，並未從他們的口中或是身邊物品傳遞任何徵象給我。」可與其詩作互參。訪談全文詳參：http://203.84.204.121/search/cache?ei=UTF-8&p=%E4%B8%89%E4%BB%A3+%E8%98%87%E7%B4%B9%E9%80%A3&y=%E6%90%9C%E5%B0%8B&rd=r1&u=benz.nchu.edu.tw/%7Egarden/hyp-crit/hyp-milo-i.htm&w=%E4%B8%89%E4%BB%A3+%E8%98%87%E7%B4%B9%E9%80%A3&d=Y-FWhRg5RJP9&icp=1&.intl=tw。

[15] 引自《一週大事──第八屆時報文學獎得獎作品集》，台北：時報，1985，P.165。

的現實，卻又讓讀者沉溺在童言童語中，忘卻現實的悲傷，兩者交錯卻不混亂，實為優秀的詩作；評審獎李渡予的〈錄鬼簿〉，藉著援用某些特殊事物做為對象，產生詠物的連環，而組詩裡的每個主軸意象，卻也各自指涉了對於存在價值的思維，因此在這一群「鬼」裡面，反省了自「個人」以至於「文明」等各項哲學命題，微觀卻巨大；優等獎羅英〈請牢記你置身的場景〉，以都市裡的空間或者事物作為書寫對象，其實仍屬於詠物之一環，在其中或反諷、或批判、或自覺都市裡的眾生形象，與霓虹背後的荒誕與冷漠，是一首上乘的都市詠物詩。第十二屆甄選新詩羅巴〈物質的深度〉、第十三屆新詩甄選獎李渡予〈我們明日的廣告辭大展〉兩首仍屬於詠物詩，羅巴透過詠物反省自身生命與族群的命題；李渡予則極有創意地「由原本的廣告欄滲透到副刊正文裡來」[16]，顛覆並嘲弄了副刊的版面秩序，但他更藉此呈現社會與都市裡的語言活力與生活面貌，是一首優秀的都市詠物詩；第十四屆新詩甄選獎譚石（王浩威）的〈我和自己去旅行〉、李宗榮〈幻愛〉詩組曲、侯吉諒〈不連續主題變奏：時代瑣事〉三首，則各自不同面貌，譚石的詩則透過在車廂中行進的旅行，反省生命的存在與價值；李宗榮的詩是一首書寫「情愛」的作品，但卻呈現著對於情愛、回憶以至於存在的不信任感，似乎隨時都會崩解；侯吉諒的詩語言雖然優雅且具古典與現代交融的美感，以這樣的語言書寫城市生活，較不易帶著批判性格，但反而在高度的美感中讓人的反思低迴不已。

第十五屆新詩獎首獎孫維民的〈三株盆栽和它們的主人〉一詩，透過盆栽作為主體，書寫自身的衰老，在時光的移遞中，產生書寫的焦慮，而第三節以盆栽作為第一人稱的敘述主體，末句「今天，他更接近我的族類」[17]，更呈現了人生命一如盆栽般容易腐朽的慨歎；評審獎侯吉諒的〈如畫〉則依舊以古典的美感書寫眼中都市的情景，不帶批判，反而表現了都市裡靜謐的角隅一方；陳大為的〈治洪前書〉，以「大禹治水」作為起點，穿越歷史上的典律（canon）宰制，再次後設地以「詩」再造並彌

---

[16] 引自李渡予的得獎感言，引自《手槍王──第十三、十四屆時報文學獎得獎作品集》，台北：時報，1991，P.87。

[17] 引自李渡予〈三株盆栽和它們的主人〉，中華民國81年10月28日的中國時報人間副刊。

補那些神話或史傳上未說的縫隙，加以作者自身的想像，這是一種「創造
性的史述」。第十六屆新詩獎首獎鴻鴻〈一滴果汁滴落〉，原是寫給大陸
詩人張士甫的作品，透過詩連結兩個不同成長背景的詩人，藉著一滴果汁
的滴落，暈染出省思生命與存在價值的好詩[18]；評審獎彭譽之〈存在的重
量〉則是以「眼角」滴落的眼淚，指向那遺落的屬於生存或與存在有關的
重量；馮傑〈書法的中國〉巧妙地以中國歷史上重要的幾幅書法作品與重
要書家為主體，反思歷史古典與現代社會的遞嬗，慨歎文明背後的戰爭與
殘破，透過詠物進行對中國的反思。第十七屆新詩組首獎陳黎的〈秋風吹
下——給李可染〉，透過書寫畫家李可染，一方面涉入於歷史與政治的糾
結，另一方面藉此嘲諷世紀末的都市荒蕪；評審獎林燿德的〈女低音狂想
曲〉與戴瀠的〈台灣苦楝——白色的時代〉，前者大量運用較為晦澀的長
句，展開一個男性的尋根之旅，表面上以音樂術語及女低音聲音的節奏作
為書寫本體，但實際上卻是一首呼喚女性，遁入靈魂深處的詩作；後者則
透過詠物反省台灣歷史所帶來的苦難和失語，一首藉詠物以詠史的佳作。

　　第十八屆新詩獎首獎張善穎〈晚禱詞〉以「我們即將流亡」作為每
一段的起始，並且不斷地以類似的語言複沓節奏，傳達自身對於存在的思
考；評審獎羅葉的〈尋屋〉以「我的屋子失蹤了」作為發端，帶來一場魔
幻寫實般的都市冒險，書寫的雖是城市，卻指向自身內部心靈的流亡；而
林燿德〈人人都想向我索討食譜〉，依然一貫有些晦澀的長句組合，卻不
斷地嘲諷都市各種扭曲或者變異的現象，連得獎感言都呈現著對於都市病
態的嘲謔[19]。第十九、第二十屆新詩獎首獎得主簡捷的〈狩獵〉與〈一首
詩的誕生〉，兩首詩共同具備著語意略顯晦澀的特點，前者透過「狩獵
者」作為敘述者，似乎力圖在龐大的「歷史迷宮」裡尋找存在價值與生命
的出口[20]；後者則以濃密且黏膩的語言將書寫一首詩的過程，視為是靈魂
的脫離與密碼的奧秘，其實指向的仍是書寫本身便是存在價值的呈現[21]；

---

[18] 詳情請參看鴻鴻的得獎感言，引自《耶穌喜愛的小孩——第十六屆時報文學獎得獎作品集》，
　　台北：時報，1993，P.23。

[19] 關於這三首詩作與林氏的得獎感言，詳參《魚骸——第十八屆時報文學獎得獎作品集》，台
　　北：時報，1995，P.163-187。

[20] 此詩原刊載於中華民國85年10月15日的中國時報人間副刊。

[21] 此詩原刊載於中華民國86年11月18日的中國時報人間副刊。

第十九屆評審獎瓦歷斯・諾幹的〈伊能再踏查〉以詩作為報導文學，並且呈現出土地的歷史進程，是一首史述與報導兼具的原民史詩；李進文〈一枚西班牙錢幣的自助旅行〉具備強烈的異國風情，閱讀過程恍如一則精簡的西班牙史詩，然而作者在其中想要對映的是台灣這個島嶼的命運，以島嶼印證島嶼，實寫西班牙卻虛擬台灣島嶼的存在價值，自然而不做作。第二十屆的評審獎唐捐〈游仙〉交錯者古典與現代的語彙，其實強烈地指涉並批判都市與社會科技帶來的文明毀滅與破壞，而這些科技竟都披著使人生活更加進步的假象，其實都將成為世界毀滅的源頭，以〈游仙〉為題，極盡嘲弄之能事。第二十一屆首獎離畢華〈普普坦之猜想〉以巴里島人對抗殖民的「普普坦事件」作為詩作主軸，其實要對照並引申的是當時印尼暴動對於華人的侵害，以國外前代之史述做今昔對比，的確令人不勝唏噓[22]；評審獎唐捐〈我的詩和父親的痰〉，雖然在得獎感言時說到此詩為論詩創作的詩，但商禽評論：「此詩不但寫父子親情，也寫代溝、城鄉的隔閡；而對於人與土地著墨最多也最為深刻……」可為確論[23]；李進文的〈大寂靜〉透過整座城市喧囂背後的寂靜，思索並練習存在之姿態，在渴愛卻無聲的旋律中，體會生命的寂靜。

　　第二十二屆新詩組首獎廖偉棠〈一個無名氏的愛與死之歌〉，副標題為「對Bob Dylan的五次變奏」以美國六十年代反叛文化，在反戰抗議和民權運動的歌手Bob Dylan作為主軸，映照自身內心眷戀青春與孤獨生命混搭的生命情調，或許也藉此折射出世紀末群體意識裡的對於存在的不確定感；評審獎陳克華〈當時間之風吹起〉藉由記憶邊緣揚起的光，將時間之風視為「一種想像的練習」[24]，而人生的存在價值，人們的相遇與離別，都必須依賴光的指引，而不確定的存在感卻又在時間之風的吹拂下飄忽不定；謝昭華的〈狙擊〉藉《山海經・大荒北經》做引子，感嘆生命瞬間移遞，當「時光已棄我而去」[25]時，否認時光也無法挽救已經枯槁的軀體，或許存在的意識已然退化，而自身狙擊著時間，也同時成為時間

22　此詩與後記原刊載於中華民國87年11月10日的中國時報人間副刊。

23　引自《八十七年詩選》，台北：，1999，P.163。

24　此詩原刊載於中華民國88年11月9日的中國時報人間副刊。

25　此詩原刊載於中華民國88年11月10日的中國時報人間副刊。

狙擊的對象，但每個階段的自身都飄浮著時間的遺跡。第二十三屆首獎
楊邪〈悼詩──獻給名叫潔白的姊姊〉，整首詩迴盪著「姊姊，妳的名
字叫潔白」[26]，以及各種顏色的意象，但全都指涉「妳」活著的痛楚與悲
哀，作者哀悼的不僅是這個女子，更反映了某種社會剝削弱勢族群與底層
民眾的殘酷現實，寫作手法不直接批判控訴，反而更使此詩的力度增強；
評審獎陳宛茜〈無法靜止的房間〉與呂育陶〈只是穿了一雙黃襪子〉，兩
者都對於族群意識，以及國家主義帶著反省與批判，前者運用較為抒情感
性的語言節奏，緩緩呈現小島等待被命名，與自身有如「一張模糊的明信
片」[27]，這種身分定位的不確定性；後者則直接並強烈地批判虛假的「歷
史」、被玩弄的「和平」，以及無趣且被宰制的「青春」，把社會面對的
各種政治操弄與撕裂赤裸地書寫出來。

　　第二十四屆新詩組首獎遲鈍〈有人偷走了我的時光命題〉，是一首節
奏感強烈的抒情詩，在時光被偷走的情況下，永恆本來就是無法企及的命
題，只有當下真實的肉身，才能證明我們的確存在；第二名紀小樣的〈家
族演進史〉則是一首極度嘲弄且反諷地作品，作者刻意將這樣的書寫方式
運用於其家族，反而更能呈現家族裡各人物的特色，但作者並不滿足於如
此，從詩作中段開始的自我嘲弄，更深刻地呈現人物背後的社會現象，與
其說是家族演進，其實此詩承載的則是台灣社會在演進過程中真正的現實
與狀態；而第三名孫維民〈文字校對的憂鬱〉，詩作雖然隱晦，但不難發
現作者透過文字之誤植，與校對的過程，懷想過往簡單純粹的文化與社
會，隱隱然藉此批判當代文明之複雜歧義。第二十五屆首獎陳雋弘的〈面
對〉應該是時報文學獎新詩組得獎作品中較為輕巧平淡的作品，此詩像是
一首「小情歌」，沒有複雜的語言與情緒，卻是一首簡單美好卻仍帶著一
點距離的愛情物語；評審獎方群〈航行，在詩的海域〉則將讀詩（寫詩）
與在大海航行的凶險作一對映，非常清楚地傳達了我們這些讀詩（寫詩）
者在詩的海域中，作一場華麗冒險的心境。第二十六屆首獎凌性傑〈螢
火蟲之夢〉，一方面以螢火蟲象徵生命中短暫的歡愛，另一方面則感嘆存

---

[26] 此詩原刊載於中華民國89年11月2日的中國時報人間副刊。
[27] 此詩原刊載於中華民國89年11月3日的中國時報人間副刊。

在的無常與迅速；評審獎林婉瑜的〈說話術〉所挑戰的在於語言，以及語言背後的龐大機制，雖然語言有其限制性，但語言本身卻又與文明和生命互構，而語言的存在價值也在於此；評審獎黃明德〈某SARS報告〉一詩，以「六月」作為詩歌段落的迴旋，語言簡單明確卻成熟，正如楊照的評審意見所言：「〈某SARS報告〉成功選擇了疫癘激起之強烈恐懼與無奈……詩說服我們，面對SARS，除了一再悲歎，我們似乎也無可如何，在無可如何中，我們於是一再悲歎。」[28]此詩便以悲傷作為基調，呈現了對生命脆弱的無可奈何。

第二十七屆首獎吳岱穎〈C'est La Vie——在島上〉，呈現了戰爭下暫時寂靜的場景，敘述者即將在動盪中與對方離別，而整個世界仍在崩毀當中運行，此詩書寫戰爭卻不直接描述戰爭的恐怖，反而在暫時的靜謐中呈現異國情調，讓人產生對於未來隱約的不安感；評審獎嚴忠政〈前往故事的途中〉以創作者作為第一人稱的敘述者，在創作者構築故事的過程中，如何不會失控，如何不會脫落書寫的腳步，那是因為讀者的存在，但其實這首詩也可以解讀成一首情詩，生活過程就像是一個故事，而敘述者我本為創作故事的人，但需要妳的參與，正個故事才能得到高度的發展而不會停滯，而書寫本就是「為了趕赴下一場壯麗」[29]；而紀小樣的〈飛魚海岬〉是一首歌頌原民堅毅生命與存在的好詩，而且在其中呈現一段達悟史述，令人感動。第二十八屆首獎甘子建的〈島〉，這一座自蠻荒進入文明的島，原是純樸良善的樂園，然而這座島卻逐漸喪失原有的和平，而島上的所有存在與生命也須面對著茫不可知的未來，但島的意象仍年輕，此詩並不以控訴與批判處理島嶼的歷史，反而透過各種自然的物象去象徵島嶼的變遷，令人耳目一新；第二十八屆評審獎馮傑〈牆裡的聲音〉正如陳芳明的評審意見所言「〈牆裡的聲音〉，呈現了一個被凍僵，被凝固，被彎曲，被遺忘的生命。肉體受到質押，可能來自政治權力，也可能來自道德規範。有形與無形的干涉，對個人的身體築起高牆……」[30]的確，此詩對

---

[28] 此詩與評審意見登於中華民國92年10月2日的中國時報人間副刊。
[29] 此詩原刊載於中華民國93年10月20日的中國時報人間副刊。
[30] 此詩與評審意見原刊載於中華民國94年10月10日的中國時報人間副刊。

於心靈的禁錮，靈魂被高牆擋住的生命存在，透過「失聲」讓自身的世界變成一座孤島；周若濤〈在噩運隨行的國度〉裡的那個破敗腐朽的城市，文明變成了死亡的氣味與麵包香混合的錯置狀態，縱使我們活在這個連先知的預言都延宕的國度，我們也必須相信禱告，此詩並未在末段帶來任何希望，也如一種對末世的預言詩。

　　第二十九屆新詩組首獎辛金順〈注音〉一詩，表面上是一首情詩，但實際上卻是一首土地與身分認同的詩作，一個世代的島嶼歷史，就一如一個世代因殖民而不斷遞嬗的失語敘事，而這些衝突最後終將走向真正的寬容；曾琮琇的〈現代〉一詩虛擬了一個「現代」的國度，一個「鼠灰色」的國度，在這個國度裡所有的人們生活一律相同制式，喪失希望，存在各種「寂寞的神話」，原來這就是現代，就是我們處在的世界，必須遵守著各種制約與規範，但卻喪失了內在最真誠的童心；評審獎木葉的〈春風斬〉運用各種古典的典故，交織成一首隱晦的情詩，古典語言和現代語言交錯進行，而此詩的節奏韻律與分段結構，作者都刻意經營，產生了強烈的音樂化傾向，令人不覺想到方文山書寫的某些歌詞[31]。第三十屆評審獎林達陽的〈赴宴〉以Michael Cunningham的《The Hours》作為引子，緩緩鋪敘出詩中存在的豐盈的孤寂氛圍，整首詩對於生命存在的價值，並不是以相當哲學化的方式書寫，反而是透過首段的「穿越」、「想像」到第二段的「漂浮」、「著地」以至於「失去」、「透明」等語彙，娓娓傳達那種生命的孤寂；評審獎嚴忠政的〈海外的一堂中文課〉，以繁體中文的書寫作為主軸，實際上要力圖回歸過往純樸的美好與傳說，更進一步地反省島嶼的價值與存在意義，以及那些存在過的各種書寫，的確是一首好詩。以下先以表格呈現時報文學獎新詩組得獎作品的創作主題：

	評審：蔡文華〈候鳥悲歌〉	生命與存在價值
六	陳克華〈建築〉	生命與存在價值
	蘇紹連〈深巷〉	生命與存在價值
	王福東〈旅人之歌〉	生命與存在價值

---

[31] 如〈東風破〉、〈青花瓷〉等歌詞，其中〈青花瓷〉甫獲本屆金曲獎流行歌曲最佳作詞人獎。

七	首獎：陳煌〈煙灰缸及其他〉	詠物組詩
	評審：宋建德〈車站的阿拉伯人〉	民族與孤獨
	蘇紹連〈三代〉	政治史詩
八	首獎：沙笛〈蛻之後〉	荒誕的社會寫實
	評審：陳克華〈病室詩抄〉	生命與存在價值
九	評審：王添源〈我不會悸動的心〉	社會的批判與變異
	優等：陳克華〈室內設計〉	詠物詩（生命與存在）
十	首獎：李瘦蝶〈昆蟲紀事〉	詠物詩（生命與存在）
	評審：黃智溶〈今夜妳莫要踏入我的夢境〉	都市生活的焦慮
	優等：劉滌凡〈永恆的鄉愁〉	都市文明的破壞
十一	首獎：蘇紹連〈童話遊行〉	現實與童話的交錯
	評審：李渡予〈錄鬼簿〉	詠物詩
	優等：羅英〈請牢記你置身的場景〉	都市詠物詩
十二	甄選：羅巴〈物質的深度〉	詠物詩
十三	李渡予〈我們明日的廣告辭大展〉	都市詠物詩
十四	甄選：譚石（王浩威）〈我和自己去旅行〉	生命與存在價值
	李宗榮：〈幻愛〉詩組曲	情愛回憶
	侯吉諒：〈不連續主題變奏：時代瑣事〉	城市生活
十五	首獎：孫維民〈三株盆栽和它們的主人〉	詠物詩（生命與存在）
	評審：侯吉諒〈如畫〉	城市生活
	陳大為〈治洪前書〉	史詩（創造性史述）
十六	首獎：鴻鴻〈一滴果汁滴落〉	生命與存在價值
	評審：彭譽之〈存在的重量〉	生命與存在價值
	馮傑〈書法的中國〉	詠物詩（文明與戰爭）
十七	首獎：陳黎〈秋風吹下──給李可染〉	贈詩（歷史與世紀末）
	評審：戴瀅〈臺灣苦楝──白色的時代〉	藉詠物以詠史
	林燿德〈女低音狂想曲〉	男性的尋根之旅
十八	首獎：張善穎〈晚禱詞〉	生命與存在價值
	評審：羅葉〈尋屋〉	都市詩（心靈流亡）
	林燿德〈人人都想向我索討食譜〉	都市詩（都市病態）
十九	首獎：簡捷（簡清淵）〈狩獵〉	生命與存在價值
	評審：瓦歷斯‧諾幹〈伊能再踏查〉	原民史詩
	李進文〈一枚西班牙錢幣的自助旅行〉	西班牙史詩（對映島嶼）
二十	首獎：簡捷〈一首詩的誕生〉	生命與存在價值
	評審：唐捐〈游仙〉	都市詩
二十一	首獎：離畢華（盧兆琦）〈普普坦的猜想〉	史詩（印尼普普坦事件）
	評審：唐捐〈我的詩和父親的痰〉	論詩的創作（親情土地）
	李進文〈大寂靜〉	都市詩（生命的寂靜）

二十二	首獎：廖偉棠〈一個無名氏的愛與死之歌〉		世紀末的存在不確定感
	評審：陳克華〈當時間之風吹起〉		生命與存在價值
	謝昭華〈狙擊〉		生命與存在價值
二十三	首獎：楊邪〈悼詩〉		社會寫實詩
	第二名：陳宛茜〈無法靜止的房間〉		族群與國家
	第三名：呂育陶〈只是穿了一雙黃襪子〉		族群與國家
二十四	首獎：遲鈍〈有人偷走了我的時光命題〉		生命與存在價值
	第二名：紀小樣〈家族演進史〉		社會寫實史詩
	第三名：孫維民〈文字校對的憂鬱〉		對當代文明之批判
二十五	首獎：陳雋弘〈面對〉		愛情物語
	評審：方群（林于弘）〈航行，在詩的海域〉		讀詩者的華麗冒險
二十六	首獎：凌性傑〈螢火蟲之夢〉		存在之無常
	評審：林婉瑜〈說話術〉		語言之存在價值
	黃明德〈某SARS報告「漁港篇」〉		社會寫實詩
二十七	首獎：吳岱穎〈C'est La Vie──在島上〉		戰爭詩
	評審：嚴忠政〈前往故事的途中〉		論創作之詩（情詩）
	紀小漾〈飛魚海岬〉		原民史詩
二十八	首獎：甘子建〈島〉		島嶼史詩
	評審：馮傑〈牆裏的聲音〉		生命與存在價值（政治）
	周若濤〈在噩運隨行的國度〉		對末世的預言
二十九	首獎：辛金順〈注音〉		土地與身分認同
	評審：曾琮琇〈現代〉		對於現代文明的批判
	木葉〈春風斬〉		情詩
三十	評審：林達陽〈赴宴〉		生命與存在價值
	嚴忠政〈海外的一堂中文課〉		文字與島嶼的存在價值

　　上述詩作共六十七首，如果進一步由表格整理，就創作主題而言，可以分成幾大類型，如果其中有些作品是多重主題交錯的，筆者會先將其分在較為明顯的一類：

（一）對於生命與存在價值的反省，包含著關於生命流逝之感歎，生命意識與生命哲學，或者是表述自身的存在孤獨，對於存在與時間流逝的反思，均可以放在這一類，此類型之作品多半都會呈現一定的哲學傾向，在閱讀上的晦澀與歧義度也相對較高。在六十七首中總共出現十九首之多，約佔總數的百分之二十八。

（二）歷史敘寫，不僅是對於過往歷史事件的重構，也包含著島嶼或族群的歷史敘寫，或是土地或社會的變遷，均可放在此類中，此類作品的史述傾向相當明顯，有些較為寫實的作品在閱讀上也比較少難以理解的部份。在六十七首中總共出現十七首，約佔總數的百分之二十五。

（三）詠物主題，無論何類型詠物，或是名為詠物，但實際上是透過詠物表述其他思維者，均置於此類。在六十七首中共出現九首，約佔總數的百分之十三，且較為集中在第七屆至第十六屆。

（四）都市詩，對於都市結構與都市裡各種存在體的批判或者嘲諷，抑或是較為中性客觀地呈現都市內各種現象，或是都市裡的環保議題，均可以屬這一大類。在六十七首中總共出現八首，約佔百分之十二。

（五）對於文明的反省，包含對迫害的控訴，以及宗教與文明，語言與文明的辯證，或者是控訴戰爭對於文明與人性的殘害，因此戰爭詩與反戰詩置入於此類型主題中。在六十七首中總共出現五首，約佔總數的百分之八。

（六）以詩論詩，包含以詩論創作，以詩論讀者接受等，是較為特殊的一種主題，在六十七首裡出現三首，約佔總數的百分之五。

（七）其他類型之詩作，例如情詩等作品，在六十七首中總共出現六首（情詩約三首），約佔總數百分之九。

　　由以上的整理與分析，不難發現時報文學獎自第六屆以降的新詩組得獎作品，以生命與存在價值此類主題的呈現為最多；其次是歷史的敘寫，無論是島嶼或是他鄉，當代或是過去，此類型主題與前述第一類的書寫比例無分軒輊；詠物主題與都市詩，則分佔第三與第四大類，但其實也相差無幾。至於戰爭詩以及文明的省思主題相對於聯合報文學獎而言則有極大的差異，時報文學獎新詩組得獎作品在此一類型的選取上較為少量，無法與前述四大類型相提並論；另外時報文學獎也出現了類似「以詩論詩」主題的得獎作品，雖然量不多，但也相當特殊；假使我們將第六屆迄今得過兩次以上的詩人再從中揀選出來觀察的話，可以發現以下的狀況，得過四次者：

（一）陳克華：第六屆〈建築〉、第八屆〈病室詩抄〉、第九屆〈室
　　　內設計〉、第二十二屆〈當時間之風吹起〉

得過三次者：
（一）蘇紹連：第六屆〈深巷〉、第七屆〈三代〉、第十一屆〈童話
　　　遊行〉。

得過兩次者：
（一）李渡予：第十一屆〈錄鬼簿〉、第十三屆〈我們明日的廣告詞
　　　大展〉。
（二）孫維民：第十五屆〈三株盆栽和它們的主人〉、第二十四屆
　　　〈文字校對的憂鬱〉。
（三）馮傑：第十六屆〈書法的中國〉、第二十八屆〈牆裡的聲音〉。
（四）林燿德：第十七屆〈女低音狂想曲〉、第十八屆〈人人都想向我
　　　索討食譜〉。
（五）簡捷：第十九屆〈狩獵〉、第二十屆〈一首詩的誕生〉。
（六）李進文：第十九屆〈一枚西班牙錢幣的自助旅行〉、第二十一屆
　　　〈大寂靜〉。
（七）唐捐：第二十屆〈游仙〉、第二十一屆〈我的詩和父親的痰〉。
（八）紀小樣：第二十四屆〈家族演進史〉、第二十七屆〈飛魚海岬〉。
（九）嚴忠政：第二十七屆〈前往故事的途中〉、第三十屆〈海外的
　　　一堂中文課〉。

　　在二十五首詩中，屬於前述第一類主題的有八首，第二類主題的佔五
首，第三類主題的五首，第四類主題的三首，第五類主題一首，第六類主
題二首及其他類型主題一首。可見得過兩次新詩獎的作者在主題或是題材
的選擇上，仍是偏愛對於生命與存在價值的反省，與歷史族群和詠物主題
的敘寫。

第四節　小結──兩大報新詩獎得獎作品主題比較

首先，先觀察兩大報文學獎新詩組得獎作品的主題趨向，以下表先並置呈現之：

聯合報文學獎	百分比	時報文學獎	百分比
生命與存在價值的反省	32	生命與存在價值的反省	28
文明的反省（含戰爭詩）	27	歷史敘寫	25
歷史敘寫	24	詠物主題	13
都市詩	10	都市詩	12
其他（含情詩）	7	文明的反省（含戰爭詩）	8
		以詩論詩	5
		其他（含情詩）	9
總計	100	總計	100

就兩者在主題上的比較，可以發現幾個現象：第一，兩大報文學獎在新詩組的得獎作品中，以「生命與存在價值的反省」與「歷史敘寫」為兩大主題，聯合報總共佔百分之五十九，時報總共佔百分之五十三，均超過了百分之五十。另外就都市主題而言，兩者也約百分之十，可見這是兩者的共相；第二，聯合報文學獎新詩組得獎作品有一大部分是以文明的反省或是戰爭詩作為主題，已接近三成的數量，尤其自二十四屆以降的的得獎者嚴忠政、丁威仁與李長青，幾乎都有以此類型主題得獎的作品；第三，時報文學獎的詠物主題與以詩論詩是較為特殊的部分，尤其是詠物主題集中在第七屆至第十六屆，而且往往名為詠物，實際上在主題呈現上也越界到另外的類型，當然也集中在生命與存在的反省、歷史敘寫與都市詩幾類；第四，單純的情詩主題在兩大報文學獎中其實並不討好，所佔的比例都極低，除非在情詩的展現外還能呈現其他類型主題的思維。接下來，筆者將兩大報文學獎新詩組（聯合報自第十六屆起，時報文學獎自第六屆起）均得過獎的作者與作品列出：

姓名	聯合報文學獎	時報文學獎
唐捐	第十六屆〈暗中三首〉	第二十屆〈游仙〉 第二十一屆〈我的詩和父親的痰〉
陳黎	第十七屆〈福爾摩莎・一六六一〉	第十七屆〈秋風吹下——給李可染〉
陳大為	第十七屆〈再鴻門〉 第二十一屆〈還原〉	第十五屆〈治洪前書〉
鴻鴻	第十八屆〈我也會說我的語言〉	第十六屆〈一滴果汁滴落〉
羅葉	第十八屆〈在棒球場〉 第二十三屆〈告解〉	第十八屆〈尋屋〉
李進文	第十九屆〈價值〉 第二十三屆〈波赫士看不見我〉	第十九屆〈一枚西班牙錢幣的自助旅行〉 第二十一屆〈大寂靜〉
陳克華	第二十屆〈地下鐵〉	第六屆〈建築〉 第八屆〈病室詩抄〉 第九屆〈室內設計〉 第二十二屆〈當時間之風吹起〉
簡捷	第二十屆〈我的城堡在遠方〉	第十九屆〈狩獵〉 第二十屆〈一首詩的誕生〉
紀小樣	第二十一屆〈公寓生活〉	第二十四屆〈家族演進史〉 第二十七屆〈飛魚海岬〉
廖偉棠	第二十二屆〈致一位南比克拉瓦族印地安少女〉	第二十二屆〈一個無名氏的愛與死之歌〉
馮傑	第二十二屆〈在母語時代〉	第十六屆〈書法的中國〉 第二十八屆〈牆裡的聲音〉
嚴忠政	二十四屆〈如果遇見古拉〉 二十五屆〈遙遠的抵達〉	第二十七屆〈前往故事的途中〉 第三十屆〈海外的一堂中文課〉

　　首先以這些作者在聯合報文學獎創作主題的比例觀察，十六首得獎作品中，最多的是「歷史敘寫」等相關主題，共六首；其次是「文明反省（含戰爭詩）」，共四首；再次之則是「生命與存在價值」的主題，共三首；都市主題與其他則居末，分別是二首與一首。至於時報文學獎的創作主題比例，二十一首得獎作品中，最多的則是「生命與存在價值」的主題，共八首；其次是「歷史敘寫」等相關主題，共五首；「都市主題」則再次之，共三首；詠物主題與以詩論詩各二首；「文明反省（含戰爭詩）」居末，只有一首。換言之，上述都得過兩大報文學獎新詩獎的詩人，在選擇主題時，呈現出共相的差異，以下列出詩人在兩大報文學獎新詩獎寫作主題選擇的前三類：

聯合報文學獎（十六首）	百分比	時報文學獎（二十一首）	百分比
歷史敘寫	38	生命與存在價值	38
文明反省（含戰爭詩）	25	歷史敘寫	24
生命與存在價值	19	都市主題	14
總計	82		76

　　對於兩大報均得過新詩獎的詩人而言，主題選擇居然呈現出如此大的差異，「歷史敘寫」與「生命與存在價值」的主題趨向在兩大報詩獎似乎都是不錯的選擇；而如果要投稿聯合報文學獎，文明反省類型的主題，在近幾年來的得獎機率極高，但卻不是時報文學獎所青睞的主題；如果要以都市主題作為書寫的內涵，投稿時報文學獎得獎的機率來得較大。因此，透過本文各種量化的交叉分析，輔以對兩大報詩獎得獎作品的主題分析，應該可以了解它們在主題展現上的不同趨勢與意涵，而本文作此分析的目的也正在於此。

第十二章

變奏的眾聲

——2000年迄今情詩書寫初探

　　須文蔚在〈新世代詩人的活動場域〉一文說：「以七〇年代以後出生，在九〇年代登上臺灣現代詩舞臺的新世代詩人為對象，分析他們在商業文學傳播環境的挫敗，以及建立一個公共傳播環境的現況與侷限。」[1]因而針對本文論述的命題，既然希望對於臺灣青年詩人的情詩書寫作一個初步且概論式的鳥瞰，並提出一些觀察的思維，因而對於當今青年詩人的界定，筆者先以本文書寫的當下時間——2011年作為基準點，往前推算約最為寬泛的40年，可得以1970年出生的詩人族群為本文書寫的開端。而從1970年向後推算約20年內的詩人群體，則可作為本文的研究對象與範圍，換言之本文討論詩作的創作者以1970年以降出生的詩人為主，並以已有紙本詩集發行者作為主要討論文本，希望能夠呈現2000年迄今青年詩人情詩書寫的特色所在。

第一節　抒情融入理知的哲思

　　前行代詩人已有許多融合抒情與理知的詩作，然而他們的書寫方式往往是以抒情為基調，在其中滲透理知與哲思，例如楊牧。而林亨泰則是

---

[1]　須文蔚〈新世代詩人的活動場域〉，全文載於詩路網站，網址：http://dcc.ndhu.edu.tw/poemroad/shiu-wenwei/2005/11/14/%E6%96%B0%E4%B8%96%E4%BB%A3%E8%A9%A9%E4%BA%BA%E7%9A%84%E6%B4%BB%E5%8B%95%E5%A0%B4%E5%9F%9F/，查詢日期：2011年3月。

藉著理知與哲思經驗的具象化，表達較為冷靜客觀的內在思維。而情詩本以抒情作為基調，若在其中滲透理知，當然就可以繼承楊牧的詩風，產生一種「抒情式理知」的美學呈現，然而新世代詩人在情詩上的書寫，確實產生了一些既繼承又開新的變異，尤其是在抒情與理知的美學位置思考上，出現了融合上述林氏與楊牧兩者風格的變化版本，也就是以理知為主軸，抒情成為語境調整，我稱之為「理知式抒情」的情詩書寫，而李長青《落葉集》可以說是新世代以哲思作為特色標誌的詩人，其詩集裡以〈落頁43──給如〉與〈落頁45──給如〉作為情詩[2]，可以說是「理知式抒情」書寫的新詩代代表詩人，他在情詩中蘊含著詩人對存在的高度哲思，把抒情透過哲學的語言交融出相當特殊的情詩內涵，如〈落頁43〉在首段開始以「書頁（信紙）」回憶自己與情人的回憶，愛情就像「落頁」，每一頁都記載著可以讓人反覆溫習之「深刻的劇情」與「心碎的痕跡」，從青澀到老邁，然而在生命的移遞中，藉著詩人哲思的遞換，把原本的「頁」置換成「葉」，每一棵「茂盛的樹」都擁有著那些回憶的落葉：

> 我們的信仰
> 是一棵茂盛的樹
> 落葉已成頁數，已成不滅的聲音
> 年輕以及老邁的聲音[3]

　　這些「落葉」是一種永恆的留存，一方面被詩人視為時間的移遞，一方面變成記憶的聲音，就像是寫在書頁與信箋上的文字，那是無限紀念的永恆，而詩人更進一步從「落頁」與「落葉」遞換成對於時間與記憶的「信仰」，這種信仰來自於對存在的感悟，在〈落頁45〉中詩人依舊以愛情作為軸心，以書頁的褶痕象徵每一處情感的紀錄，一片一片落頁就像是

2　引自李長青《落葉集》，台北：爾雅，2005.5，P.4。
3　同前註，P.107。

走過的生命劇情,以及記憶的痕跡,在拾遺與編冊中,集合成為一本薄薄
卻珍貴的書冊,而在每一頁翻閱中,就是對於記憶的回歸與複習:

　　落頁像愛情
　　一張一張連續
　　生命中
　　飄搖游移的劇情

　　信紙輕輕的
　　像愛情的頁數
　　安靜等待
　　靈動的字跡

　　薄薄成冊
　　思念鑿鑿
　　愛情像落頁
　　從枯索的高中生涯
　　一直到異地大學的巴洛克圖書館

　　每一處摺痕
　　都要珍藏

　　我們的閱讀像一棵
　　沉默的樹
　　落葉已成眉批
　　已成永恆的
　　頁數[4]

---

[4]　同前註,P108-109。

　　同樣地詩人在詩中絕不只僅如此單純的象徵，詩人其實想要通過「落頁」，扣緊「落葉」這個龐大的哲思命題，假使我們的存在是一株「沉默的樹」，那麼所也的落葉，便是所有存在的見證，見證（「眉批」）的就是那些「已成永恆的／頁數」[5]，那些存在的價值與回憶。但這些存在的價值，就是一種人生答案與理想的尋求，於是落葉變得深情，變得「渺小且幸福」[6]，落葉的舞姿變成了一場「慶典」，甚至於落葉可以穿越時空，變成一首情詩，〈落葉5〉：

　　　　是否可以
　　　　往你身邊飄去

　　　　從遙遠的山
　　　　隨著雪
　　　　花[7]

　　簡單的五行，語言並不複雜，卻極度的深情，原先墜地的落葉，為了往你身邊飄去，可以穿越時間與空間，只為了深情凝視著你，落葉能夠書寫的如此唯美卻內蘊，李長青創造了另一種書寫模式，也就是「客體＝主體→客體」，亦即是主體不預設自身的書寫思維於某種狀態，反而回歸到落葉本身最客觀的姿態與特色，便可以發現除了飄零落寞之外的無限可能，於是這些可能就變成主體各種思維的源起與呈現，使得主體即是客體，客體即是主體，詩人在書寫落葉時，就不會被過去慣有的詮釋系統與文化系統綁住，反而更能突出落葉諸多的象徵意義，的確是首佳作。而七年級，晚於李長青近十年出生的孫于軒（太空人：Spaceman），也善於以平白淺顯的理知型詩句，去呈現情詩裡的抒情思維，例如〈阿茲海默症〉的末兩段：

---

[5]　同前註，P.109。
[6]　同前註，P.21。
[7]　同前註，P.22。

護照都已經過期

地圖上再也沒有想去的半島

記憶逐漸蜿蜒的倒著走

始終深愛著初戀情人

一輩子也不夠讓

我們一起慢慢變老

反正你都已經決定了

突然黃昏也離開了

有些事情很傷心

是很可能會死

至少也要有個好玩的地方

讓我們一起變老[8]

　　詩人藉由歌手趙詠華〈最浪漫的事〉這首歌的歌詞，去帶出此詩的命題，但卻在其中讓人感覺不到足夠的抒情氛圍，這些簡單的陳述句法反而帶來了一種理知式的說明感受，雖然此詩所含蘊的愛情內涵，以及哲學思維似乎都屬於七年級世代的迅速玩世的愛情觀，與李長青那種堅決且恆定的思考不同，但那種不相信一輩子，只相信當下現在的理知思維，卻依舊反映出情詩從抒情走向理知化的新世代書寫特色，另一首〈潮間帶〉的最後兩段則更帶有智性的美學風格：

偶爾有人覬覦

固著的珊瑚

沿著潮線盜採

愛不想成為淤泥

8　謝三進、廖亮羽編《台灣七年級新詩金典》之〈太空人專輯〉，秀威資訊，2011.2，P.169-170。

也不想只是一粒沙
期待大雨不停
同流合污

每一日
睜眼醒來都是大海
又還能怎樣[9]

　　雖然詩人依舊運用具象化的意象「珊瑚」、「淤泥」、「大海」等語彙，其句子的結構與敘述方式，仍然是一種說明與詰問的句法，尤其是末段「又還能怎樣」的結句，表面上是情緒式的發洩，其實其背後存在的是一種理知上深深的無奈之感，這首情詩中的大海若與李長青筆下的落葉相比，雖然所欲表達的哲思不同，但李長青欲賦予落葉與前人不同的象徵意涵，以及孫于軒給與大海新的隱喻，在這種哲學性的巧思層面上，則有類似的創意。

第二節　孤獨荒蕪的私語空間

　　其實，新世代詩人的情詩更多地是以一種私語性的方式呈現，往往在他們私語的文本中，會產生只屬於他們私語中能夠共感的語境與氛圍，這其實類同於「私小說」的書寫概念，只不過因為詩的本質更為適合更私密性的自語，再加上這個荒蕪的都市空間裡，還有許多孤獨無助的都市靈魂在遊蕩，在排放自己所剩無幾的青春，那些心事的糾雜難解，與生命的孤寂，使得新世代詩人的情詩確實適合以一種「私詩作」的概念呈現出來。陳宛茜收錄於年度詩選裡的〈咖啡館〉，其實便可以視為一首「私詩作」的情愛自語，原來夜晚是孤寂發酵的最佳時間，只能假託咖啡館是心靈孤寂的最佳宣洩出口：

9　同前註，P.172-173。

> 每到了夜
> 唇便載著身體
> 在一條黑色的河流上
> 漂浮[10]

　　黑色的夜晚，黑色的心事，咖啡杯裡黑色的孤寂，彼此隱藏著自己
「心事的漩渦」，在「靜靜地互望」中猜測對方的心事，一場都市裡無聲
的懸疑故事，在每一座不同樣式卻提供相同功能的咖啡城堡中反覆上演，
所有的靈魂都被蒸煮成一杯杯凝重苦澀的咖啡，藉著咖啡因來喚醒體內極
想擺脫孤獨的生命活力，然而在清醒時間裡的孤寂感，反而讓人們更加的
痛苦而難以承受，所有的陰鬱都隨著夜晚的來臨而加速奔騰，流竄至都市
的每一個角落，幻化成皮膚裡每一根神經。葉覓覓的〈四座島〉則藉由嘴
唇的意象來產生一種想像的私語：

> 四片嘴唇就是四座島
> 他用牙齒的絃琴
> 彈出一朵溫熱浪花
> 我的臉
> 海得好藍好藍
> 酒窩很鬆
>
> 每一座島都有貓在跑[11]

　　初步閱讀此詩像是在窺看戀人擁吻，但詩人靈動的譬喻，卻又讓我
們在四座島交疊的情話私語中，產生一種無以言喻的心跳，就像最末一句
居然可以用「貓在跑」把情人間內在情欲的蠢動形容地如此貼切，這樣的
「私詩作」雖然依舊無法讓我們進入較為完整且鋪張式的閱讀情境，但

---

[10] 引自《八十四年詩選》，臺北：爾雅，1996年，P.204。
[11] 引自《現在詩》第八期，心靈工坊文化事業，2009.12，P.17。

卻在作者靈活的語言中，把個人私語境之詩作做了一個較為容易解讀的呈現。鯨向海的〈重組〉與林維甫的〈紙月亮〉也是「私詩作」類型情詩的佳作：

> 你和誰，又重組了星圖
> 但已不是最初
> 我隸屬的那個偶像團體
>
> （如果分手是為了測試對方
> 　確實愛你）
> 我也該去旅行才對
>
> （掩飾此刻身分
> 　需要外星生物的安慰）
> 太傷心了
> 恆星融化於胸前，隕石墜落口袋
> 我試圖修復這個主題
> 彷彿銀河系的焊接工人[12]

林維甫〈紙月亮〉

> 把你的手指割下來
> 泡在水中
> 醃成詞
>
> 紙月亮
> 在鏡子的另一側

---

[12] 同前註，P.60-61。

等待，閃爍
眼翳的陰影
暈眩如蝕——
是鐮刀割走了
手指，是手指

收穫了鐮刀[13]

　　鯨向海的詩給與筆者一個在愛情中出軌的想像，從星圖的重組至主題的修復，似乎都可以看出敘述者對於修復一段愛情出軌的努力，然而我必須承認，對於此詩中出現的許多意象，例如「恆星」、「隕石」等等，我並不想過度去詮釋其可能延伸的意涵，縱使無法了解這些詞彙，也不妨礙此詩的呈現，畢竟在「私詩作」的領域中，作者並不會為了讓讀者了解自己的情感而刻意書寫清晰的作品，反而作者會沉溺於自我當中無法自拔，寧願給與讀者無法索解的情詩，上述林維甫的〈紙月亮〉亦然，就筆者看來，像是詩人在跟詩談一場有目的性且不純粹的戀愛，而紙月亮象徵著「紙＋月亮」，也就是「變化＋恆久不變的天象」，換言之或許詩人反省的正是自己愛戀的詩作（或者是情人），就像是紙作的月亮般既不純粹又容易消失，然而針對這一首私密性更高的「私詩作」情詩，筆者也只是提出一種屬於自己閱讀後的想像。

　　而七年級詩人吳佳蕙則深化了「私詩作」的情詩書寫，把自己自言自語式的淡淡憂傷，透過一種「潛在」的方式使之自己呈現，如〈寫給你的情詩〉：

想像你走過我的窗前
悄悄的，如同一雙波西米亞涼鞋
而你柔軟的鞋底：那些

---

[13] 引自林維甫《歧路花園》，逗點文創結社，2010.12，P.154-155。

我細聲嘆息和疲憊猶豫的
質地，就會隨你一起悄悄的
慢步走過

如何才能這樣
看著你，如何才能這樣
輕柔的想像你走過的我窗前
是月光拉長的影子，
微風吹過的沙窗，和
指尖溫柔的撫觸

如何才能這樣看著你，這樣
輕柔的，像一句輕輕說的
晚安[14]

　　我們讀到這首情詩，「你」出現了五次，「我」出現了兩次，便可以看到詩人的確投注了許多情感，但整首詩的氛圍卻透過「影子」、「悄悄地」等詞彙間接地淡化「你」原本清晰的影像，把詩中愛情的主體回歸到「我」身上，整首詩既模糊卻又能讓讀者感受的詩人內在對於愛情的孤寂感，使此詩變成一首「潛書寫」的情詩，一首「私詩作」，〈譬如的四次方*〉其實清楚地指出了「私詩作」概念的緣起：

　　「我們都會打勾，在這樣的下午」——夏宇〈耳鳴〉

　　譬如夏天，譬如
　　一雙有花的鞋走過街道

---

[14] 引自張日郡、王珊珊等五人詩合集《停頓以前，步行之後》之〈吳佳蕙卷〉，臺北：角立 2010.11，P.195。

譬如在紅燈時焦躁不安
譬如雷陣雨沒有帶到的傘

譬如寄信，譬如等待收信
譬如信箱總是把嘴抿緊

譬如在一個空曠的沙灘
把腳浸在有你的大海

譬如快溶化的冰棒
譬如握在手中的礦泉水
譬如斷電，譬如通電
譬如無法停止的電風扇

譬如濕漉漉的手心跟右耳
譬如想像帶上相機的旅行

譬如一個有風的午後
我從巷底走來，你在巷口等待

附註：*夏宇，《摩擦·無以名狀》，〈耳鳴〉[15]

　　一連串的譬如，把時間感轉化成空間感，原本是屬於時間的旅行，卻在詩人對於時空的不信任中，以連續不斷客體事物的移遞轉換，產生了一種強烈的私語語境，似乎我們並無法參與這樣的語境構成，卻又能在強大的節奏感中感受到詩人想要給我們的模糊美感，若以詩人在此詩裡所希望我們互文的夏宇〈耳鳴〉一詩對照來看，其實可以發現「私詩作」的情詩

---

[15]　同前註，P.196。

思維，似乎都帶有一種屬於夏宇式節奏、結構、語境或者美感，若閱讀夏宇的詩，必須放下所有既定的觀點與成見，我們只能感受夏宇詩而無法介入夏宇詩的話，那麼新世代詩人這種「私詩作」的情詩書寫，的確也構築了屬於自我的一個迷宮或者碉堡。就像是吳佳蕙這首拿到第三十一屆中國時報文學獎新詩評審獎的〈時光〉：

　　　你離開的午後，陽光悄然睡去
　　　睡緩了時間的移動，睡沉了空氣
　　　睡靜了夏日玩耍彈珠時晶瑩的笑聲
　　　將世界層層，層層的
　　　睡成一個無聲密閉的房間

　　　我於是在房間內慌忙踱步，慌忙的
　　　開關所有的空瓶、書櫃、保險箱
　　　慌忙的開關所有記憶，企圖
　　　找尋你存在過的蛛絲馬跡：
　　　一袋高空中的尖叫聲；一球掉落的冰琪淋
　　　溶化如將要過完的暑假；一張被緊捏在手中
　　　汗濕模糊的入場卷上，青春無以名狀的興奮

　　　我開始躲雨般奔跑，企圖再尋找
　　　你終究會遺留下的什麼，在那個
　　　陽光悄然睡去的午後
　　　一把能鬖開慌亂的木梳，一個堅強的布包
　　　還是一雙能夠遠行的鞋
　　　你終究會為我留下什麼嗎？會不會
　　　留下那把艷紅色的傘，為我
　　　撐起龐大如雨季的哀傷

就留下那把傘吧，讓我
在雨季之外，還能撐起如陽光毒辣的流言
撐起人群目光的寒冷，撐起不斷離去的
每一個昨日

但我終究沒能找尋到什麼
在那個一切悄然睡去的午後，在
那個密閉的房間裡，只能隨手拿起
一把舊鑰匙，打開一只舊櫃子
找到一個能夠藏匿起自己的地方[16]

　　我們看見了一個女詩人內在的一排抽屜，卻發現每一個抽屜的編號與握把都不同，而且隨時可以變換，我們只能按著自己閱讀的直觀感覺，去查看詩人內在情愛的孤寂，你打開任一個抽屜，都可以看到不同的哀傷。而此詩唯一可以連繫前後的關鍵意象就是「傘」，一把傘撐起了詩人在雨季的哀傷，撐起了時間悄然的流逝，也撐起了人群目光的寒冷，而詩人卻想從這些複雜的抽屜與空間中逃開，躲到另一個更能藏匿自己私語的安全〈角落〉：「角落存在每個背面／每只影子，或者每次轉彎的／地方。適合窩藏，適合／寂寞的午後，寒冷的／季節，還有潮濕的／髒空氣」[17]，然後把自己躲藏起來，繼續書寫，繼續把愛情變成喃喃自語的私我，然後「默默看著你們路過」，看著一切流動的事物與人群，路過這個私語外的所有空間。

第三節　解消父權的情慾流動

　　延續著顏艾琳、江文瑜等中生代女性詩人對於身體與情欲作為主體的書寫，新世代女性詩人的情詩在女性特質與女性情欲經驗的書寫上，似乎

---

[16] 　同前註，P.177-178。
[17] 　同前註，P.174。

更多地向自身本體的存在經驗與價值探勘，崔舜華〈所有的邊疆都存在矛盾〉一詩，便把女性情欲的流動，以及與情人間的感應互動，透過質疑與不確定的想像，架構出一個隱性解消男性主體位置的國土與邊疆，此詩的第一段：

> 命名你為：我的國土。
> 在我身體虛弱時
> 難以順利地術馭
> 一套窗簾，一張床，一把扁梳
> 我的權位由這些構成
> 現世如積木
> 那麼輕而空心[18]

　　透過替情人命名為國土，彰顯出自己擁有操控愛情的權杖，然而這片國土的大小卻只有一個以床為主體所更成的狹窄空間，換言之，女性主體的彰顯必須透過以床為情欲的核心，而這樣的權位其實相當漂浮並且貧弱。詩人一方面藉著情欲自主的私為彰顯女性主體，卻一方面不得不質疑在性的國土之外，愛情本身又剩下了什麼，然而詩人繼續在主體意識中進行這種愛與性的對價關係，在詩的末段，詩人把邊疆賦予了一種屬於「愛」的價值性：

> 作為莊嚴而年輕的寵官
> 你天真，且缺乏謀略
> 所有的邊疆都存在著矛盾
> 出航垂釣時
> 看動搖的湖心發起最微弱的革命
> 你望我時就彷彿已

---

[18] 謝三進、廖亮羽編《台灣七年級新詩金典》之〈崔舜華專輯〉，秀威資訊，2011.2，P.219。

為我握取了世界

為我培養了條件

匆匆一瞥，我們稱那為愛

或者，奇怪。[19]

　　「國土V.S.邊疆」其實就是「情欲V.S.愛情」，而你是我的國土，又是我年輕的寵官，可見詩中的敘述者無論如何都希望自己掌握著愛情與情欲的權柄，然而詩人以「匆匆一瞥」四個字，將時間的短暫點出，原來肩築在國土遊移至邊疆的愛情，似乎存在著高度的不確定性。就像〈沉默〉一詩：「——或許並不是喜歡你／我躺在床上，吸著菸／夕陽的顏色偏向一種淫靡橘／我的肌膚熟爛而柔軟／心在深處，產生動搖」[20]，這樣的愛情與生命最原始的欲求已經變成一種證明存在價值的意志，即使會走向墜落，或者衰敗，詩人似乎都透過詩裡的敘述者「我」，表達出與傳統女性極度相異的愛情思維，把情欲變成國土，把情愛視為邊疆。而這個覺醒其實承繼著九〇年代都市女性要求自主的呼聲之後，一種屬於都市的新情慾空間便逐漸完成，在這個空間當中，許多父權價值下的傳統思維都逐漸地受到各種行動與想法上的挑戰與質疑，情慾的自主已不再完全交由男人來控制與賦予，女性從被窺視者與被動的角度走向了主動的位置。例如De-unitas的作品〈今晚突然想洗腳指縫了〉裡，我們看了對陽物的解構和自我情欲之間模糊的矛盾：

掰開沉澱多年的溫暖和偏遠

從來沒想過要探勘這塊地

雖然常識告訴我這裡不該堆積

堆積它的呼吸它的汗液

這彰顯生命不息的記號卻

---

[19]　同前註，P.221。

[20]　同前註，P.224。

　　證明不是處女座的我

　　愛　　不愛自己的身體[21]

　　情詩的對象通過欲望已然無須男性身分的介入，誰說愛欲的投射必須要有一個不屬於自己的對象客體，尤其女性的情慾在過往父權機制的結構下，並不容許她們自主性的去處理自身愛慾的問題，她們作為被窺視者，扮演著被插入者，被教育構築出一個失落自主情慾的碉堡，這個碉堡的主人是男性，似乎也只有男性有權力賦予她們情慾的快感。然而女性對身體裡的律動與騷亂，以及對身體的執著與愛戀，其實更像是對戀人一般更為不安於這種內在的悸動，而作者以一種對自己的情詩書寫力圖正視這個內部的騷亂，把女性主體在的情慾經驗展演出來。此詩的末段，更展開一段同性情欲的鏡像投射：

　　死水潮間傳來陣陣呻吟

　　處女座的她浸淫在彼此的隱晦底

　　原來我的思念不曾在她淤積

　　潮水殞滅不了我趾間的印記

　　然而匆匆

　　已偷渡了數月以來的嗚咽[22]

　　詩人在詩裡藉敘述者拼湊出一個清晰的性愛圖像：「……縫間塞不入我肥大的指頭……我肥大的指頭塞不入縫間」[23]，使此詩第二個敘述角色的出現，把敘述者的情慾經驗賦予了雙重意義，透過兩個同性角色的互動，我們也理解了多數隱性的詞彙為何在詩中反覆出現的因素，這首情詩開頭出現的一種情欲表現的隱晦或許正是因為無法直截地發聲，無法發聲正是因為祇能以隱喻偷渡，情詩中的敘述者透過自我情欲的探索，這首情

---

[21] 引自《晨曦詩刊》第5期，1998.7，P.8-9。

[22] 同前註。

[23] 同前註。

詩書寫到最後，敘述者的疑慮如此的清晰，相對於社會大眾一般性的懼同症（homophobia）而言，敘述者所呈現的焦慮正是處在認「同」的邊緣與臨界點上的徬徨不安，所有的抗衡在此的著力點更涉及到解構異性戀的宰制，雖然敘述者自覺探索的程度多寡，我們只能在這樣仔細的閱讀（誤讀？）中推測，但新世代情詩書寫在性別議題上的拓深與反省，的確有著一些不同於前世代的進展，例如靠雪〈09/07/97〉：

就算我以最美的字體
寫上千遍萬遍愛淚恨愁喜痛苦憂嗔癡怨禱
還是像個未出生就溺斃
的嬰兒
連臍帶都還沒切斷
沉睡在那封死的
自我打造的
冰塊裡[24]

以及〈09/14/97〉：

你曾是瓶中之水　　你曾是
但我最後聽到的在你體內迷了路的聲音
擊碎了
擊碎了那玻璃那瓶

Sincerely Yours，
未出世即被遺忘的名字[25]

---

[24] 引自楊平編《雙子星人文詩刊》第7期「網路女性詩專輯」，1999。
[25] 同前註。

Queen的〈一星期的枕邊童話‧星期二〉：

　一個黑暗的洞穴
　有個被吃掉半個頭的小孩在哭泣
　他將是十年後的你[26]

布靈奇〈我的花園〉：

　他虧欠我：
　花、水、情調、珠寶、小孩、成就感、氣質與美貌。[27]

　　上述的情詩，我們看到了許多令人驚怖的語彙：「溺斃」、「擊碎」、「遺忘」、「虧欠」、「被吃掉半個頭」、以至於「千遍萬遍愛恨……」等多種情緒的複雜陳列，而其中卻產生了一個共通的意象：「嬰孩」，霏雪以此自喻，但卻沒有產生一種附屬於男性的自憐與哀傷，反而是藉著嬰兒與臍帶的聯繫，把愛情回歸到一種原始的純粹。Queen則以一種驚悚式的小詩童話，表面上與情人枕邊細語，卻在詩裡告訴我們一個拿掉嬰孩的殘酷事實，因而那個你既是嬰孩又重疊了情人的影像，詩人透過此詩，將情慾的美好與懷孕的恐懼之間的矛盾表達出來，的確反映出女性往往擺盪於父系結構的邊緣求生，縱使女性拒絕變成社會標誌的對象物（object），但男性確透過各種方式強迫女性物化，於是懷孕生子變成為社會化建構的重要部分，女性在情慾與生育（聲譽）的選擇上，其實進退維谷。

　　而布靈奇的小詩則一反女性被動柔弱的情詩形象，展示了一個女性主體意識需求的烏托邦，詩文本透過主體意識的自我覺醒，在男性群體所建築的權力與意志之（will-to-power）的包圍與控制下，去尋求一個物質與精神的反撲，希望從抵拒走向一種平等的新宇宙，或許在此詩裡，情愛被

26　同前註。
27　引自布靈奇《我和我破碎的詩》，臺大詩文學社，1998.5，P.73。

化約成對方所虧欠的女性需求，而布靈期也想以此詩寫帶來女性主動需求的主體自覺宇宙，這些都可以看出新世代情詩書寫的一個面向並非是無目的、無意識的的情慾浪擲與決堤，反而是去完成真實的女性生命巡禮。

第四節　華麗蒼涼的記憶敘事

　　情詩是詩人永恆的主題，尤其是愛情，新世代詩人往往最擅於以詩表達屬於後現代式的男女情慾，以及自身隱晦且私密的個人情事，卻常無法喚起不同世代讀者的共鳴。但王珊珊的情詩卻存在著兩個相當特殊的特色：高度敘事性與具象畫面感，換言之她的情詩可以使讀者像是在讀一個男女情愛的糾葛與故事，也同時把強烈的畫面與空間感深植於讀者的想像中。就高度敘事性而言，〈過往〉一詩的開頭：

　　　我用雙手
　　　捧起六年的眼淚
　　　每一滴，都訴說著
　　　遺失記憶，以及積欠的
　　　所有你以雨水灌溉
　　　的年輪[28]

　　作者先點出了兩人交往的時間共是六年，然後把所有要說與未說的敘事及記憶，置入那主體的眼淚與客體的雨水中，然後藉著高度節奏感的連續性語言：「愛情太短，遺忘卻／太長，舊相片裡封存了／一首情歌，唱著那年無人的／操場，聽雨，聽風，聽你輪廓裡／有一闋寧夏……」[29]藉著一張張舊相片裡的合照，以及一首梁靜茹的情歌，把這首詩的敘事帶入了那年寧夏時的愛戀，也發散出一點點回憶的憂傷。接著詩人則淡出自身

---

[28] 引自張日郡、王珊珊等五人詩合集《停頓以前，步行之後》之〈王珊珊卷〉，臺北：角立2010. 11，P.125。
[29] 同前註。

的回憶，從一頁頁自己撰寫的網誌去尋找各種預示著分離的蛛絲馬跡，原來孤單既是傷口也是每一段言語中的字母：

> 一頁網誌，寫不完整年的脈搏
>
> 我尋找屬於分離的韻腳
>
> 像幾株孤單的字母
>
> 拼湊成
>
> 鮮紅的傷口
>
> 然後，你也變成齜牙裂嘴的犬
>
> 在雪地裡運送
>
> 爪痕
>
> 像一張張蓋過私章的
>
> 存證信函，控訴
>
> 片面的，所有片面[30]

　　但此詩最精采的地方則在於詩人藉著書寫對方分手後的狀態，把男女在情愛熄滅後彼此的怨懟與控訴，以及那些在腦中對於對方誓言變成謊言的記憶存證，透過「片面的」這三個字揭櫫了愛情的本質，本就是兩個獨立個體的男女，在熱戀時接受彼此的片面，卻在分手時怨恨這些已然存在的片面，或許愛情正如同詩人所言的「而今，過往已成一朵／乾枯的花」[31]，不過就只是一個片面的過去式。的確，珊珊的心靈是超越其年齡的，只有對於愛情能夠透徹的個體，也才能譜寫出這樣蒼涼與悲傷的詩句，但其蒼涼本質的外表，她也力圖透過一種自然卻華麗的文字，把情愛映像化，〈繽紛的夢中〉一詩藉著繽紛兩字卻反襯出愛情本質的荒涼與無奈，以「乾杯，敬你們在隔街的騎樓磨刀」、「乾杯，敬你們在隔雨的騎樓喘息」、「乾杯，敬你們在隔空的騎樓談判」、「乾杯，敬你們在隔世的騎樓踉蹌」四個單句作為每一個長段落的引起，不僅使讀者產生閱讀的

---

[30]　同前註。

[31]　同前註。

懸念，這樣的設計不僅是為了做一個情感上的敘事，更藉此把此詩的頓挫感推到極致。而此詩中呈現的三角情愛，也脫離了一般新世代詩人所呈現的浮濫感，其中對於色彩與意象的運用，往往高度呈現作者自我哀傷裡的高度蒼涼，而詩句卻是相當的精練：

> 沒有一滴血不是亮的
> 你點燃了菸
> 把噴出的霧關在巷子裡
> 擁擠，面對我
> 寫出幾行預言的小箋
> 把信賴燒紅
> 燙成一場諜對諜的遊戲
> 重疊了她的過去
> 那一堆滿是叛變的
> 名字[32]

從這首較長的詩作中摘出了這一段，發現作者以「血」、「菸」、「霧」作為主要意象，藉著「噴出」、「關」、「燒紅」、「叛變」等動詞，把整個段落經營出一種本質蒼涼的華麗感，原來所謂繽紛的夢，只是一種充滿背叛欺瞞的假象，所謂的三角愛戀，也不過是作者被排除之後的愛情遊戲，所謂的信賴往往在背後假託著欺騙，愛情本來就是如此的令人無法信任，兩人的關係從一開始本來就是一場間諜遊戲，更何況這場遊戲還有第三個玩家。若我們進一步對照其較新的作品〈剝落〉：

> 剝落，且但願
> 比時間快　比記憶慢。
> 比紙屑凌亂　比呼吸整齊。

---

[32]　同前註，P.114-115。

比月色照映的湖水要

白。比夜半未熄的燭光還黃。

或者　比新生兒紅潤比樓上女子茫然。

比　巧遇一株自己栽下的玫瑰洶湧。

或者　或者；

或者，只是延後剝落[33]

　　這一首詩可以說是徹底的將珊珊在情詩上的獨特風格呈現出來，就節奏感而言，詩人以連續的「比」，不僅經營此詩結構上的秩序，使讀者在聽覺上有強烈的震撼，更透過這個貫串全詩的字，作為故事的重心，強調愛情就是一連串悲傷與無力的比較，在比較當中，受傷的幾乎都是付出最多的那一方，而詩中的意象結構似乎在告訴我們一個故事，一個在泛黃燈光下，女子發現自己生命在愛情中逐漸走向蒼涼的故事，強烈的畫面感既現代又古典，把自古以來女子對於愛情的執著與心事，表露地淋漓盡致，而末句的「延後剝落」卻又更顯無奈，就形式上而言，可以說是敘事性與畫面感交錯呈現，其情感與語境部分，則有如張愛玲般的華麗與蒼涼並存。

　　這種以古典抒情語境賦予現代性空間感的情詩書寫模式，在崎雲詩集裡也有高度的呈現，他往往更利用了這種用典的概念，加上現代化的語言，導致其情詩書寫的深刻性，產生於其塑造的節奏感與畫面感之中，如〈大難〉一詩：

來日大難

纏繞肉身的藤蔓汲取血骨萎落於

不可盈握的月光

拉長路燈的獨行為寒巷，來日

撿拾散落的髮束為柴禾

大火烈烈卻冷
如我的魂魄遊走在妳飄盪的衣袖

坦裸而且尖銳
如提琴之錯絃
如妳的手骨撫著我的足脛
無無來日，擊起聲紋的骨節收盡聲紋
擊起骨節的聲紋收進我的耳袋

而後勢必將用妳的眼補我的眼
用妳幽微的青光煉我與搥打
鑄成與妳一般長的宿命
與意外。來日大難
我的眼聽不見石頭的響聲
我的耳看不見妳[34]

　　以「大難」隱喻「愛情」的「形成」及「消亡敗壞」，大量古典意象語法運用，加強了一種畫面感，將各種感官交錯於熾烈的愛情中，「搥打」、「鑄煉」，卻未能喚回圓滿，帶來的卻是一種生命與存在的劫難。崎雲此詩似乎不僅汲取古典意象作為詩作流動的節奏，卻又不失去詩的現代性，產生了兩者之間的非常密合的銜接，不會有著古典與現代的衝突與變異，又造成了高度的互文性，因而營造出一種「古典敘事語境中的現代畫面感」，如〈有雪〉：

讀妳微笑的隱喻
如讀大海

---

[34]　引自崎雲詩集《回家》，臺北：角立，2009.12.18。

　　黃昏化成半座宮燈

　　明滅的眸光為我

　　氾濫一窗又一床

　　哽咽的夢境

　　而此刻我們對立

　　折柳為簪，為稻草人之

　　以禾株為信物的愛戀

　　閉上眼睛傾聽

　　遠方有雛鳥鬱鬱

　　歸來。那些扯著小指的美麗哀愁

　　至此有雪[35]

　　首段以大海做為主要意象隱喻「妳」的微笑，畫面感清晰，情緒的掌控恰到好處。但接下來就可以看到接連不斷的古典意象與語句，「宮燈」、「眸光」、「折柳為簪」、「雛鳥鬱鬱」，帶領我們進入一個古典語境的情愛敘事中，在古典意象塑造的意境後，立刻接以現代感十足的句子「閉上眼睛傾聽」、「扯著小指的美麗哀愁」，把時間與空間又拉回了當代年輕人的情愛糾葛裡，這種情詩書寫方式，提供了多層次的閱讀體驗，使兩者在互文中相互組構成更多的意義，產生高度歧義性，的確相當有特色。

　　而林維甫在《歧路花園》這本詩集裡的情詩書寫，也力圖創造一個敘事型的語境，其中筆者認為最具特色的詩作〈昨日當我年輕時〉透過約44行較長篇幅的詩作，以及〈今夜我們往新加坡航去〉透過約42行的篇幅，幾乎都在敘說一個相當具備畫面感的故事。例如〈昨日當我年輕時〉第一段：

---

[35] 同前註。

昨日當我年輕時

我有一位紅色的愛人

她的眼睛是雪，嘴唇是火

我愛上她野蠻的乳房，溫暖的手心

歡快的笑容裏隱藏的輕蔑與哀愁

我們曾一起發呆、流浪，倉促地大聲做愛、歌唱

老是耽於探索美麗而不切實際的夢想

喔，我匆匆地得到了她又失去了她

可能那真的有些理由，或者沒有

也許只因為她是陷阱，我是毒藥

也許我們只是兩件不甘寂寞的衣裳

彼此偶然地飛離水槽，成排晾著的曬衣場

在空中短暫地糾纏、碰撞……[36]

　　這首詩很明顯地把敘事元素作為主體滲透於情詩書寫中，反而可以讓讀者從一個類似於小說的故事中，更加進入於作者所想傳達的情感語境中。另外，張日郡的〈為你早點〉[37]、廖亮羽的〈塞納河午睡〉[38]、邱稚亘的〈二十三個開始〉[39]、李東霖的〈養一隻貓〉[40]等新世代情詩的重要作品，幾乎都產生這類型的書寫模式。

　　若這種書寫方式要找出一個繼承前世代的系譜，或許就像張日郡在〈科幻長詩的兩種空間對映：以陳克華《星球記事》與丁威仁《新特洛伊。NEW TROY。行星史誌》為討論中心〉一文裡可以發現線索：

---

[36]　引自林維甫《歧路花園》，逗點文創結社，2010.12，P.60-61。

[37]　此詩收錄於張日郡、王珊珊等五人詩合集《停頓以前，步行之後》之〈張日郡卷〉，臺北：角立2010.11，P.63。

[38]　此詩收錄於《2010臺灣詩選》，臺北：二魚文化，2011.2，P.70

[39]　此詩收錄於《臺灣詩學季刊》第24期「大學詩人作品特展」1998.9，P.23。

[40]　此詩收錄於李東霖詩集《終於起舞》，臺北：九歌，2010.10.10，P.43-44。

> 總的來論，筆者認為這兩首科幻長詩的特色，或許可用「散文式的敘事長詩」與「小說式的敘事長詩」這兩種類型來區分。……也就是說〈星球紀事〉的敘事模式，是較為偏向散文式的抒情……沒有清楚的故事結構，卻可以讓讀者盡可能地去填滿。長詩裡存在的空隙。至於丁威仁的〈新特洛伊。NEW TROY。行星史誌〉則是「小說式的敘事長詩」，這首長詩是「說故事」的書寫模式，閱讀起來充滿了畫面，它有清楚的敘事結構、情節，以及戲劇張力，較無抒情的成分存在，是一首高度詩意的故事，沒有太多的空隙可供讀者去想像、填補。[41]

　　若以這樣的系譜觀察新世代的情詩書寫的敘事性與空間感，的確可以發現以王珊珊為主的女性詩人在處理時，會以抒情性作為主體，在其中涉入敘事性，並輔以有如電影視角般畫面的移遞產生高度的空間感，但因為以抒情性為主軸，所以讀者對於其所欲在詩裡表達的故事，就可以產生較多的想像去填補縫隙，便可以讀出各種不同的情愛故事發展。而以林維甫為主的男性詩人，則藉由敘事作為主體，在其中加入抒情的元素，恍若給予讀者一個小說般強烈鮮明的故事，可以說是與丁威仁的798行科幻長篇情詩《新特洛伊。NEW TROY。行星史誌》同質性的「小說式情詩」。

第五節　小結

　　楊宗翰在〈誰怕七年級！——「臺灣七年級文學金典系列」策劃人語〉一文裡論及世代與世代之間的差異提到：

> 「世代差異」四字有時極為好用：譬如每個世代都有各自的閱讀脾性與寫作傾向，部分前輩作家也慣於採「新世代」籠統概括他者

---

[41] 張日郡此文引自丁威仁詩集《新特洛伊。NEW TROY行星史誌》之〈跋壹〉，國家文藝基金會補助，角立出版，2010.5，跋30頁。

（the other）之存在，以便建構鞏固自我（self）與同齡文友間的想像群體意識。……[42]

假設這個觀點可以成立，新世代的情詩書寫應該也有不同於前世代的展現，其實就本文初步的觀察，他們的情詩的確有一定的程度異於前世代的書寫概念，但卻也必然地可以發現一種系譜的繼承。無論是「理知式抒情」的美學語境、「私詩作」的自我建構、「去中心」的女性書寫，以及敘事性與空間感的交響，似乎都在過去的創作成績上拓深加廣，或許有論者可能變因此認為，這並無法突顯新篩人在情詩書寫上的「世代差異」性，然而筆者提出的四個觀察方向，正足以證明其特色與差異之所在，所謂差異性的呈現並非徹底的斷裂，並不只是揚棄承繼的絕對創新，反而多存在於一種詩風的延伸與延異，所謂差異性的光譜，往往來自於生活環境與資訊科技的變貌，而情詩書寫的本質比然延續著各世代彼此共通的影響，若未來我們能夠以此來討論新世代各家的情詩書寫，想必會看到更多元且嶄新的質變。

---

[42] 此文引自謝三進、廖亮羽編《台灣七年級新詩金典》，秀威資訊，2011.2，P.2。

第十三章

結論
——「新世代」定義的再商榷

　　華文詩壇發展至今，對於詩人斷代之界定，以及由此斷代界定所衍生之對於詩史流變的判定，一直是研究現代詩領域學者亟欲探尋的問題。尤其在現代詩斷代的分界上，有著各種不同的名詞，例如：前行代、新生代、中生代、新世代、後中生代、前中生代等。此種斷代的界定與命名，或許如同自然科學領域對各項物種的界定和分判，希望能夠達到一種研究的科學性與便利性，然其困難之處在於，自然科學對於物種的界定及其對象，多半已不存在於現當代，故其界定與判別，能較輕易地依照對象的出現或存在年代，賦予其相對應的命名和歸類。但這種方式與對象若套用於現代詩人身上，則反而難以清晰、妥善地賦予詩人們不同位置的界定，其原因主要有以下幾點：

1、　所欲界定之詩人們，多半仍生活於現代，前期出生的詩人與後期出生的詩人都並存於同一時空之中，並且依舊多有詩作發表，故難以使用創作或者出生年代的方式給予界定。

2、　斷代的界定多數亦有著對於該時代詩歌風格與社會背景的投射和關注，多數詩人不僅仍生活至今，且持續創作不輟，對於詩歌風格與詩學觀念亦推陳出新，某一詩人早期的創作風格與內容，或許在其後來的創作歷程中即被自身推翻或更新之，故於斷代界定上有其難處，難以清楚劃分各時代或各詩人族群間的風格與定義。

　　其實線性的時間不斷前進，在世代的交替下，過往的詩人們都會漸漸被新興起的詩人族群所取代，原先屬於「新世代」的詩人們，也會逐漸轉為「中生代」甚至是「前行代」的一群；這並非是指創作內容或質量方面的貶義詞，而是在世代交替中自然而然會產生的現象，如同季節的變化一般，在2000年6月24日在耕莘文教院舉行，由中央大學中文系和《台灣詩學季刊》合辦的「新世代詩人會談」中，現任國家台灣文學館館長，當時擔任《台灣詩學季刊》社長的李瑞騰教授，在「台灣新世代詩人及其詩觀」一文的報告中指出，新世代詩人群裡更年輕的一輩幾乎都是活躍於網路，他們的詩觀多以自我為中心，強調自我與感覺。雖然這裡是就詩觀或風格來定位新世代，但其論及「網路」的概念，確實可以視作為新世代發聲場域的共相。而對於「新世代」一詞的出現，最早可見於簡政珍和林燿德主編之《台灣新世代詩人大系》一書[1]，簡政珍在序文〈由這一代的詩論詩的本體〉中已提出：

　　　　一九四九年以後出生的詩人對於這一個特定的時空有什麼看法？這個時空對這一代的詩人有什麼影響，詩人和時代的互動是否會波及詩的本體？
　　　　何謂詩的本體？[2]

　　除了在序文一開始明確指出該書所界定的新世代是以一九四九年出生為界，簡政珍更於註解中提到：「以下簡稱這一代詩人或新生（世）代詩人。[3]」可見其所定義之新世代是以一九四九年出生之詩人為區分的，而其所收錄詩人與詩人出生年分可見下表：

---

[1]　《台灣新世代詩人大系》（上下兩冊）由簡政珍、林燿德主編，台北：書林書店出版，1990.10。

[2]　簡政珍、林燿德主編《台灣新世代詩人大系》（上下兩冊），台北：書林書店出版，1990.10，P.1。

[3]　同註2，P.14。

序號	詩人名字	出生年分（西元）
1	蘇紹連	1949
2	簡政珍	1950
3	馮青	1950
4	杜十三	1950
5	白靈	1951
6	渡也	1953
7	陳義芝	1953
8	溫瑞安	1954
9	方娥真	1954
10	王添源	1954
11	楊澤	1954
12	陳黎	1954
13	向陽	1955
14	徐雁影	1955
15	苦苓	1955
16	羅智成	1955
17	夏宇	1956
18	黃智溶	1956
19	初安民	1957
20	林彧	1957
21	劉克襄	1957
22	陳克華	1961
23	林燿德	1962
24	許悔之	1966

*本節資料與表格製作與整理為新竹教育大學中國語文學系四年級謝獻誼同學

　　除從以上表格所顯示資訊可看出，其中所收錄的24位詩人，率皆於1950年代後出生，符合簡氏所定義之新世代——即以1949年為界，此前的詩人代表可舉如洛夫、余光中、鄭愁予、周夢蝶等為例，此後則進入所謂「新世代」的範圍。再看《台灣新世代詩人大系》一書的出版年代，乃1990年10月初版。綜觀以上資訊，可推得數點關於「新世代」詩人定義的要素：

1、以1949年為界，此後開始納入新世代的範圍。

2、斷代的計算或範圍，約20年為一代（即以所收錄最後一人許悔之

初生的1966年，減去蘇紹連的1949年，可得17年的數字，約略以20年為整數計算）。

3、若以當時該書出版的1990年為時間點，則新世代的年分界限約從1950年到1970年間，也就是定下某個時間點，從往前推斷的40年算起，經過約20年的時間內之詩人族群皆可納入所謂新世代的範疇。

此三項要點中，尤以第二、三點為關鍵。雖然《台灣新世代詩人大系》在當時出版的年代算來，確實如此定義新世代詩人是可以接受的，但隨著時代的更新與交替，當時的年代在今日看來，又多了約二十年左右的歲月，故在現代詩集其斷代的界定上，勢必也將往後推移，故第一點的定義已不合時宜。但對於第二點以「二十年為一代」，以及第三點「從現在時間點往前推算約四十年開始計算為新世代」，則是《台灣新世代詩人大系》一書提供給我們關於界定「新世代」的重要原則，對於本文欲論述之「新世代」，有著重要影響。

除《台灣新世代詩人大系》外，嚴忠政在〈場域與書寫——新世代詩人書寫走向之研究〉一文中亦提到：

> 本文係以1965年以後出生的詩人為研究對象，以「臺灣」為觀察場域，以「新詩」為研究文本，透過觀察、分析、研究，以彰顯新世代詩人的特質。[4]

此可見嚴氏對於新世代的界定是以1965年為始，此不同於簡政珍《台灣新世代詩人大系》一書的界定；即符合前述年代更替後，時間點的開始亦將後移。其他不同之處猶有，論文中所探討的66人，從1965年的李進文、羅葉開始，到最後1983年的江凌青為止[5]，其年代比《台灣新世代詩人大系》往後推移了約20年；這20年的時間區段，大致同於前述《台灣新世代詩人大系》的第二點分析，但因為起始時間是以1965年肇始，故其結

---

[4] 　詳見嚴忠政〈場域與書寫——新世代詩人書寫走向之研究〉，南華大學碩士論文。

[5] 　可參見嚴忠政〈場域與書寫——新世代詩人書寫走向之研究〉之附錄一：新世代詩人重要創作資歷一覽表，南華大學碩士論文。

束時間亦往後加算20年，而嚴氏的論文完成時間為2004年12月，其所探究
的「新世代」詩人迺以1965年為起始，此亦符合關於《台灣新世代詩人大
系》的第三點分析。由此可見，除了因為當下時間點定位的不同，關於以
20年為一代，且自當下時間點往前推算起的40年開始計算為新世代的原
則，可從以上兩者間得出。

　　張雙英在《二十世紀臺灣新詩史》中，於「九○年代：詩人自我定位
的努力」一節裡曾有以下標題：「年輕詩人（所謂「新世代」、「新新世
代」，或「X世代」詩人）追求自我肯定的努力[6]」。此可見張雙英對於
新世代的界定，是從九○年代伊始的，同時張氏認為所謂新世代詩人在創
作與自我肯定方面，會從三種角度出發：1、競逐詩壇獎項 2、組詩社，辦
詩刊 3、推動網路詩[7]；此除了給予新世代時間上的界定外，更明確指出
新世代詩人族群常見的特徵。張氏的年分定位則較前兩者不明確，迺大致
以九○年代為界，但其對於新世代詩人的特徵捕捉，則有其獨到之見地。

　　而近來對於有關「新世代」詩人之界定，以楊宗翰在第四期春季號
《詩評力》提出一篇論述〈歸納六年級，演繹七年級〉提出較為整合型的
看法，他把「新世代」這個詞彙視為上個世紀的流行語，而欲以字頭斷代
法或者年級說來取代此一不甚準確的語彙：

　　　　奇怪的是：今日詩壇還有少數人對「新世代」、「多元化」等詞念
　　　　念不忘，卻忘了它們都是上個世紀九○年代的流行語，理應易以新
　　　　詞，好描述嶄新的詩世代與詩視野。我自2001年起陸續發表〈新浪
　　　　襲岸──台灣文學七字頭人物〉、〈尋找台灣新詩界的U-30〉、
　　　　〈「崛起」中的七字頭後期女詩人〉等文，可惜幾乎毫無迴響。我
　　　　所謂「Under 30」指三十歲以下的詩人；「七字頭」則是仿中學時期
　　　　的學號開頭（依入學年份而生）來劃分世代，或可稱為「字頭」斷
　　　　代法。大眾所能接受的，顯然還是自暢銷書《五年級同學會》（圓
　　　　神，2001）印行後開始流行的「年級」說。林德俊編選《保險箱裡的

---

[6]　詳見張雙英《二十世紀臺灣新詩史》，台北：五南，2006.8，P.423。
[7]　詳見張雙英《二十世紀臺灣新詩史》，台北：五南，2006.8，P.423-P.426。

星星——新世紀青年詩人十家》（爾雅，2003）時，也採用此說來彰
顯六、七年級詩人的存在。即將於2011年2月出版的《台灣七年級新
詩金典》，我在策劃時也只好隨俗從眾，直接以年級說來標誌。[8]

　　並且提出自家版六年級新詩金典十家的想像樣貌，而作為更年輕的評
論者謝三進同樣地在《台灣七年級新詩金典》中也以年級論來區分各個斷
代底下的現代詩人，然而無論上述所謂的斷代論、年級論、字頭論。綜合
以上內容觀之，對於所謂「新世代」一詞的界定，大致符合以下兩個原則：

　　（一）以當下時間點為基準，向前推算約20～40年左右開始，可視為
　　　　　一個「新世代」的開始。

　　（二）新世代的分期計算，大略以10～20年為一代計算之。

　　由以上兩點觀察，以此計算方式，較類同於須文蔚在〈新世代詩人的
活動場域〉一文所說：「以七〇年代以後出生，在九〇年代登上臺灣現代
詩舞臺的新世代詩人為對象，分析他們在商業文學傳播環境的挫敗，以及
建立一個公共傳播環境的現況與侷限。」[9]因而針對本文論述的命題，既
然希望對於臺灣新世代詩人的情詩書寫作一個初步且概論式的鳥瞰，並提
出一些觀察的思維，因而對於當今「新世代」詩人的界定，筆者先以本書
書寫的當下時間——2011年作為基準點，往前推算約最為寬泛的40年，可
得以1970年出生的詩人族群為本書定義新世代的開端。而從1970年向後推
算約20年內的詩人群體，則可作為現今探討「新世代」詩人的研究對象與
範圍，換言之可以將1970年以降出生的詩人為主，分成「前新世代」，與
「後新世代」，而「前新世代」或許疊合現今所謂的「後中生代」，雖然
這樣的斷代法仍有其疑問所在，且抵拒當代某些學者提出的不必以斷代論
述的觀點，然而若我們仍就必須進行詩史的討論，斷代與分期或許仍是不
可避免去面對的問題。

---

[8]　引自http://www.wretch.cc/blog/poppoetry/14788462，查詢日期：100年4月5日。

[9]　須文蔚〈新世代詩人的活動場域〉，全文載於詩路網站，網址：http://dcc.ndhu.edu.tw/poemroad/
　　shiu-wenwei/2005/11/14/%E6%96%B0%E4%B8%96%E4%BB%A3%E8%A9%A9%E4%BA%BA%
　　E7%9A%84%E6%B4%BB%E5%8B%95%E5%A0%B4%E5%9F%9F/，查詢日期：2011年3月。

參考書目與文獻

（1）詩刊

《笠》1～261期（1964.6～2007.10）

《藍星》（期數不定，詳參內文所引）

《現代詩》（期數不定，詳參內文所引）

《創世紀詩雜誌》（期數不定，詳參內文所引）

《臺灣詩學季刊》（期數不定，詳參內文所引）

（2）詩（選）集專著（依人名筆劃排序）

白萩，《風的薔薇》，笠詩刊社，1965

白萩，《天空的象徵》，台中：田園出版社，1969.6

白萩，《香頌》，笠詩刊社，1972

白萩，《風吹才感到樹的存在》，台北：光復出版社，1989

白萩，《自愛》，笠詩刊社，1990

吳政上、陳鴻森編，《笠詩刊三十年總目》，高雄：春暉出版社，1995.10

吳晟，《向孩子說》，台北：洪範出版社，1985.6

吳晟，《吾鄉印象》，台北：洪範出版社，1985.6

吳晟，《吳晟詩選》，台北：洪範出版社，2000.5

吳晟，《飄搖裏》，台北：洪範出版社，1985.6

吳晟，《泥土》，台北：遠景出版社，1979.6

李敏勇，《戒嚴風景》，笠詩刊社，1990.3

李敏勇，《暗房》，笠詩刊社，1986.2

李敏勇，《詩人的憂鬱：寫給台灣的情書》，台北：玉山社出版公司，2004

李敏勇，《傾斜的島》，台北：圓神出版社，1993.6

李敏勇，《台灣進行曲》，台北：前衛出版社，2006

李敏勇，《複眼的思想》，台北：前衛出版社，2005

李敏勇，《青春腐蝕畫——李敏勇詩集（1968-1989）》，台北：玉山社出版公司，
2004

李敏勇，《傷口之花──二二八詩集》，台北：玉山社出版公司，1997.2

李敏勇 編，《一九九四‧臺灣文學選〈詩〉》，台北：前衛出版社，1995.4

李瑞騰 編，《七十四年詩選》，台北：爾雅出版社，1986.3

杜國清，《杜國清詩集：殉美的憂魂》，笠詩刊社，1986

杜國清，《杜國清作品選集》，台中文化中心，1991

李魁賢 編，《1982年台灣詩選》，台北：前衛出版社，1983.3

李魁賢 編，《陳秀喜全集》，新竹市立文化中心，1997.5

李魁賢，《李魁賢詩集1-6冊》，台北：行政院文化建設委員會，2001

沈花末 編，《1985年台灣詩選》，台北：前衛出版社，1986.2

林亨泰，《爪痕集》，笠詩刊社，1986.2

林亨泰，《林亨泰詩集》台北：時報文化，1986

林亨泰、呂興昌 編，《林亨泰全集／文學創作卷，一～十》，彰化縣立文化中心

林宗源，《力的舞蹈》，高雄：春暉出版社，1984.7

林宗源，《補破網》，高雄：春暉出版社，1984.7

瘂弦、簡政珍 編《創世紀四十年評論選》，台北：爾雅出版社，1994.9

桓夫，《不眠的眼》，笠詩刊社，1965.10

桓夫，《媽祖的纏足》，笠詩刊社，1972.12

桓夫，《野鹿》，台北：田園出版社，1969.12

馬悅然、奚密、向陽 編，《廿世紀台灣詩選》，台北：麥田出版社，2001.8

郭成義，《台灣民謠的苦悶》，笠詩刊社，1986.2

陳千武，《安全島》，笠詩刊社，1986.2

陳千武，《獵女犯：臺灣特別志願兵回憶》，台中：熱點出版社，1984

陳千武，《陳千武作品選集》，台中縣立文化中心，1990

陳秀喜，《覆葉》，笠詩刊社，1977.11

陳鴻森，《雕塑家的兒子》，笠詩刊社，1976.9

陳鴻森，《期嚮》，笠詩刊社，1970

莫渝編，《詹冰詩全集》（一～三），苗栗縣文化局，2001.12

笠詩社 編，《本省籍作家作品選集第十輯「詩選集」》，台北：文壇社，1965

笠詩社 編，《華麗島詩集‧中華民國現代詩選》，東京：若樹書房，1970.11

笠詩社 編，《美麗島詩集》，笠詩刊社，1979

笠詩社 編，《臺灣詩人選集》，笠詩刊社，1985

彭瑞金 編，《李魁賢文集1-10冊》，台北：文建會，2002

覃子豪，《覃子豪全集》，台北：覃子豪全集出版委員會，1965.6

詹冰，《綠血球》，笠詩刊社，1965.10

趙天儀等 編《笠詩選：混聲合唱》，高雄：春暉出版社，1992.9

鄭炯明，《悲劇的想像》，笠詩刊社，1976.3

鄭炯明，《番薯之歌》，高雄：春暉出版社，1981.3

錦連，《挖掘》，笠詩刊社，1986.2

錦連，呂興昌 編，《錦連作品集》，彰化縣立文化中心，1993

(3) 一般論著

Pierre Bourdieu著，包亞明譯《文化資本與社會煉金術——布爾迪厄訪談錄》，上海：人民出版社，1997

Pierre Bourdieu著，孫智琦譯《布爾迪厄社會學的第一課》，台北：麥田出版社，2002.2

Margaret Wertheim著，薛絢譯《空間地圖》，台灣商務印書館，2001.8

丁旭輝，《台灣現代詩圖象技巧研究》，高雄：春暉出版社，2000.12

中國古典文學研究會 編，《文學與傳播的關係》，台北：台灣學生書局，1995

文訊雜誌社 編，《臺灣現代詩史論：臺灣現代詩史研討會實錄》，台北：文訊雜誌社，1996

文訊雜誌社 編，《臺灣文學雜誌展覽目錄》，台北：文訊雜誌，2003

文曉村 編，《葡萄園詩論》，台北：詩文藝出版社，1997.11

王浩威，《台灣文化的邊緣戰鬥》，台北：聯合文學出版社，1995.10

王德威，《如何現代、怎樣文學》，台北：麥田出版社，1998

加斯東・巴舍拉（Gaston Bachelard）著，龔卓軍、王靜慧譯，《空間詩學》，張老師文化出版，2003版。

古繼堂，《臺灣新詩發展史》，台北：文史哲出版社，1989.12

司徒衛，《五十年代文學評論》，台北：成文出版社，1979.7

白萩等 編，《詩與台灣現實》，笠詩刊社，1991.1

丘為君、陳連順 編，《中國現代文學的回顧》，台北：龍田出版社，1978.12

羊子喬，《蓬萊文章臺灣詩》，台北：遠景出版社，1983

朱雙一，《戰後台灣新世代文學論》，台北：揚智出版社，2002.2

朱壽桐 編《中國現代文學史》上、下冊，江蘇：江蘇教育出版社，1998.5

呂正惠，《戰後臺灣文學經驗》，台北：新地出版社，1992

呂正惠，《文學經典與文化認同》，台北：九歌出版社，1992

呂正惠，《殖民地的傷痕——臺灣文學問題》，台北：人間出版社，2002

孟樊，《當代臺灣新詩理論》，台北：揚智文化，1998

孟樊 編，《當代臺灣文學評論大系・新詩批評卷》，台北：正中書局，1993

李魁賢，《台灣詩人作品論》，台北：名流出版社，1987.1

李魁賢，《詩的反抗》，台北：新地文學出版社，1992.6

李敏勇，《台灣詩閱讀——探觸五十位台灣詩人的心》，台北：玉山社出版，2000.9

李瑞騰，《文學的出路》，台北：九歌出版社，1994

李歐梵，《現代性的追求》，台北：麥田出版社，1996

林明德 編，《臺灣現代詩經緯》，台北：聯合文學出版社，2001

林燿德，《重組的星空》，台北：業強出版社，1991.6

林燿德、孟樊，《世紀末偏航——八〇年代台灣文學論》，台北：時報文化，1990.12

林淇瀁，《書寫與拼圖：臺灣文學傳播現象研究》，台北：麥田出版社，2001.10

林亨泰 編，《台灣詩史「銀鈴會」論文集》，彰化縣立文化中心，1995.6

林瑞明，《台灣文學的本土觀察》，台北：允晨文化實業公司，1996.7

周英雄、劉紀蕙 編，《書寫台灣——文學史、後殖民與後現代》，台北：麥田出版社，2000.4

周昌龍，《新思潮與傳統—五四思想史論集》，台北：時報文化，1995

金尚浩，《戰後台灣現代詩研究論集》，台中：晨星出版社，2005.3

金耀基，《從傳統到現代》，台北：時報文化，1990.10

金耀基，《中國現代化與知識份子》，台北：時報文化，1991.11

東海大學中文系 編，《戰後初期台灣文學與思潮論文集》，台北：文津出版社，2005.1

東海大學中文系 編，《笠與七、八〇年代台灣詩壇關係論文集》，2007.11

洪子誠、劉登翰，《中國當代新詩史》，中國河北：人民出版社，1993

洛夫、張默、瘂弦 編，《中國現代詩論選》，高雄：大業書店，1969

侯伯·埃斯卡皮（Robert Escarpit）著，葉淑燕譯，《文學社會學》，遠流出版社，1990。

紀弦，《紀弦回憶錄》一～三冊，台北：聯合文學出版社，2001.12

施敏輝，《台灣意識論戰選集》，台北：前衛出版社，1988.10

施淑，《兩岸文學論集》，台北：新地，1997

柳鳴九 編，《未來主義、超現實主義、魔幻寫實主義》，台北：淑馨出版社，1990

柳鳴九 編，《二十世紀現實主義》，中國社會科學出版社，1992.2

奚密，《現當代詩文錄》，台北：聯合文學出版社，1998

韋本 編，《走向美麗島——戰後反對意識的萌芽》，台北：時報文化，1999.11

張文智，《當代文學的台灣意識》，台北：自立晚報社，1993.6

張京媛 編，《後殖民理論與文化認同》，台北：麥田出版社，1995

張誦聖，《文學場域的變遷》，台北：聯合文學，2001

張漢良、蕭蕭編，《現代詩導讀——理論·史料》，台北：故鄉出版社，1979

張默，《台灣現代詩概觀》，台北：爾雅出版社，1997.10

張默，《台灣現代詩編目》，台北：爾雅出版社，1992.5

尉天聰，《鄉土文學討論集》，台北：遠景出版社，1978.4

陳鴻森 編，《笠詩社學術研討會論文集》，台北：台灣學生書局，2000.9

陳義芝 編，《台灣文學經典研討會論文集》，台北：聯經出版社，1999

陳千武，《臺灣新詩論集》，高雄：春暉出版社，1997

陳少廷，《台灣新文學運動簡史》，台北：聯經出版社，1977.5

陳映真，《清理與批判》，台北：人間出版社，1998.12

陳明台 編，《桓夫詩評論資料選》，高雄：春暉出版社，1997.4

陳明台，《抒情的變貌：文學評論集》，台中市文化中心，2000.12

陳芳明，《鏡子與影子──現代詩評論》，台北：志文出版社，1974.3

陳芳明，《典範的追求》，台北：聯經出版社，1994

陳芳明，《深山夜讀》，台北：聯合文學出版社，2001.3

陳芳明等 編，《先人之血，土地之花──台灣文學研究論文精選集》，台北：前衛出
　　版社，1989.8

陳啟佑，《渡也論新詩》，台北：黎明文化，1983年9

許世旭，《新詩論》，台北：三民出版社，1998

國家圖書館 編，《臺灣文學作家年表與作品總錄（1945～2000）》，國家圖書館，
　　2000

莫渝，《笠下的一群──笠詩人作品選讀》，台北：河童出版社，1999.6

莫渝，《彩筆傳華彩──台灣譯詩二十家》，台北：河童出版社，1997.6

莫渝，《臺灣新詩筆記》，台北：桂冠出版社，2000

彭瑞金編，《李魁賢文學國際學術研討會》，台北：文建會，2002

彭瑞金，《台灣文學探索》，台北：前衛出版社，1995.1

彭瑞金，《台灣新文學運動四十年》，台北：自立晚報，1991.3

游勝冠，《台灣文學本土論的興起與發展》，台北：前衛出版社，1996.7

焦桐，《台灣文學的街頭運動（一九七七～世紀末）》，台北：時報文化

覃子豪，《現代詩論》，台中：新企業世界出版社，1977.7

須文蔚，《台灣數位文學論》，台北：二魚文化，2003.3

葉石濤，《沒有土地，哪有文學》，臺北：遠景出版社，1985.6

葉石濤，《臺灣文學史綱》，高雄：文學界，1996

葉石濤，《走向台灣文學》，台北：自立晚報，1990.3

葉維廉，《歷史、傳釋與美學》，台北：三民出版社，1988

葉維廉，《比較詩學》，台北：東大圖書出社版，1988.6再版

葉維廉，《解讀現代‧後現代──生活空間與文化空間的思索》，台北：東大，1992

楊牧，《文學的源流》，台北：洪範出版社，1984

楊宗翰，《臺灣現代詩史——批判的閱讀》，台北：巨流出版社，2002

楊澤 編，《七〇年代——理想繼續燃燒》，台北：時報文化，1994.12

楊澤 編，《狂飆八〇——紀錄一個集體發聲的年代》，台北：時報文化，1999.11

解昆樺，《心的隱喻——文學場域中知識份子的書寫意識》，苗栗縣文化局，2002

趙天儀，《臺灣文學的週邊——臺灣文學與臺灣現代詩的對流》，台北：富春文化出
　　版社，2000

趙天儀，《時間的對決——臺灣現代詩評論集》，台北：富春文化出版社，2002

劉紀蕙，《孤兒‧女神‧負面書寫——文化符號的徵狀式閱讀》，台北：立緒文化，
　　2000.5

劉登翰等 編，《臺灣文學史》，中國福建：海峽文藝，1993

劉登翰、朱雙一，《彼岸的繆斯——台灣詩歌論》，南昌：百花洲文藝出版社，
　　1996.12

廖咸浩，《愛與解構：當代臺灣文學評論與文化觀察》，台北：聯合文學，1995

鄭振鐸 編，《中國新文學大系／文學論爭集》，台北：業強出版社，1990

鄭炯明 編《臺灣精神的崛起——「笠」詩論選集》，高雄：文學界，1989

鄭炯明 編《笠詩社四十週年國際學術研討會論文集》，台南：國家台灣文學館，
　　2004.11

鄭樹森 編，《現象學與文學批評》，台北：東大出版社，1984

鄭明娳 編，《當代台灣政治文學論》，台北：時報文化1994.7

蔡源煌，《當代文化理論與實踐》，台北：雅典出版社，1996.9

蕭蕭，《現代詩入門》，台北：故鄉出版社，1982

龍泉明，《中國新詩流變論》，北京：人民文學出版社，1999.12

應鳳凰 編，《光復後台灣地區文壇大事紀要》，台北：文建會，1985.6

嚴勝雄，《都市的空間結構》（經濟學百科全書第八冊），聯經出版社，1986。

羅宗濤、張雙英，《臺灣當代文學研究之探討》，台北：萬卷樓，1999.5

羅青，《詩的風向球——從徐志摩到余光中》，台北：爾雅出版社，1994

羅青，《詩的照明彈》，台北：爾雅出版社，1994.8

譚楚良，《中國現代派文學史論》，上海：學林出版社，1996

（4）期刊論文（依時間先後排序）

洛夫，〈建立新民族詩型之芻議〉，《創世紀》第5期，1956.3，頁2-3

白萩，〈實驗階段〉，《創世紀》第15期，1960.5，頁1-2

林亨泰，〈古剎的竹掃〉，《笠》第1期，1964.6，頁3-4

張彥勳，〈座談會：「鄭烱明」作品研究〉，《笠》第17期，1967.2，頁40

鄭烱明，〈評不善打扮的趙天儀〉，《笠》第21期，1967.10

笠詩社，〈新即物主義〉，《笠》第23期，1968年2月，頁20

洛夫，〈超現實主義與中國現代詩〉，《幼獅文藝》六月號六期，1969.6，頁164-182

陳千武，〈台灣現代詩的歷史和詩人們〉，《笠》第40期，1970.12，頁49-52

李敏勇，〈座談記錄：星火的對晤〉，《笠》第56期，1973.8，頁91-100

洛夫，〈請為中國詩壇保留一份純淨〉，《創世紀》第37期，1974.7，頁4-9

雁蕪天〈現代詩人的基本精神──詩人林亨泰先生訪問錄〉，《創世紀》第47期，
　　　1978.5，頁51-54

李魁賢，〈笠的歷程〉，《笠》第100期，1980.12，頁36-53

張彥勳，〈從「銀鈴會」到「笠」〉，《笠》第100期，1980.12，頁30-33

趙天儀，〈詩的精神力量──笠百期編輯後記〉，《笠》第100期，1980.12，頁60

李魁賢，〈詩的見證〉，《笠》第105期，1981.10，頁4

拾虹，〈審視與驗屍〉，《笠》第106期，1981.12，頁1

趙天儀，〈現代詩的反省〉，《臺灣文藝》第76期，1982.5，頁15-21

郭成義，〈臺灣現代詩的本土意識〉，《臺灣文藝》第76期，1982年5月，頁27-44

陳明台，〈承接和創新──八十年代現代詩之形成和展望〉，《臺灣文藝》第82期，
　　　1983.5，頁43-47

張默，〈傳遞現代詩的香火〉，《笠》第115期，1983.6，頁27-28

笠詩社，〈藍星、創世紀、笠三角討論會〉，《笠》第115期，1983.6，頁4-26

笠詩社，〈詩與現實──中部座談會記錄〉，《笠》第120期，1984.4，頁4-18

楊牧，〈談臺灣現代詩三十年〉，《創世紀》第65期創刊卅週年紀念號，1984.10，頁
　　　202-207

杜國清，〈「笠」詩社與臺灣詩壇〉，《臺灣文藝》第118期，1985.7，頁19-20

侯吉諒，〈寫在前面──如果你們不光只是「繼承」，為什麼不乾脆另創一個詩刊〉，
　　　《創世紀》第67期，1985.12，頁7

陳千武，〈談「笠」的創刊〉，《台灣文藝》第102期，1986

尹章義，〈臺灣意識之史的發展〉，《中國論壇》286期，1986.10，頁19-25

中外文學主辦，〈現代詩座談會〉，《中外文學》10卷8期，1987.1

杜國清，〈流派與臺灣新詩的發展〉，《文學界》第21期，1987.2，頁86-91

陳其南，〈本土意識、民族國家與民主政體〉，《中國論壇》第289期，1987.10，頁
　　　22-31

向明，〈五〇年代新詩論戰〉，《藍星詩刊》第15號，1988.4

呂正惠，〈現代主義在臺灣從文藝社會學的角度來考察〉，《臺灣社會研究季刊》第

一卷第四期，1988

笠詩社，〈論臺灣新詩的獨特性與未來開展〉，《笠》第148期，1988.12，頁122-144

陳千武，〈笠25歲〉，《笠》第151期，1989.6，頁6-8

杜國清，〈笠・臺灣・中國・世界——笠詩社25週年感言〉，《笠》第151期，1989.6，頁11-20

李敏勇，〈譜出戰後臺灣人精神史的重要樂章〉，《笠》第151期，1989.6，頁24-25

張信吉，〈這一代的語言哀愁〉，《笠》第152期，1989.8，頁1

李瑞騰，〈八〇年代臺灣文學——以文學出版為中心的討論〉，《臺灣文學觀察雜誌》第1期，1990，頁25-31

李豐楙，〈新詩四十年的詩社與詩運〉，《幼獅文藝》第437期，1990.5

張默，〈臺灣近四十年出版現代詩選集書目初編「一九四九至一九九一」〉，《創世紀》第82期，1991.1，頁94-103

陳明台，〈戰後臺灣本土詩運動的發展與成熟——以笠詩社為中心來考察〉，《現代學術研究》第4期，1991.5，頁75-90

李魁賢，〈詩的選擇——（混聲合唱）笠詩選編後記〉，《笠》第166期，1991.6，頁125-131

向陽，〈從「小圈圈」到「大圈圈」——試析臺灣現代詩的傳播困境〉，《文訊》81期，1992.7，頁17-24

李敏勇，〈臺灣在詩中覺醒——笠集團的詩人像和詩風景〉，《笠》170期，1992.8

白萩，〈臺灣戰後現代詩思潮〉，《笠》第170期，1992.8

李敏勇，〈在壓制與破壞下點亮臺灣文學香火〉，《文學臺灣》第4期，1992.9，頁5-6

李敏勇，〈「笠」的現在〉，《臺灣文藝》第81期，1993.3，頁156-157

林燿德，〈環繞現代臺灣詩史的若干意見〉，《現代詩學季刊》第三期，1993.6

王浩威，〈一場未完成的革命—現代主義與臺灣現代詩幾點個人的思考〉，《現代詩學季刊》第三期，1993.6

李瑞騰，〈臺灣現代新詩發展趨勢的考察〉，《臺灣文學觀察雜誌》第8期，1993.9，頁81-87

王明珂，〈集體歷史記憶與族群認同〉，《當代》91期，1993.11，頁6-19

施淑，〈現代的鄉土六〇年代七〇年代臺灣文學〉，收於《從四〇年代到九〇年代》，楊澤主編，臺北：時報文化，1994

吳潛誠，〈臺灣在地詩人的本土意識及其政治涵義——以《混聲合唱——「笠」詩選》為討論對象〉，《文學臺灣》第9期，1994.1，頁208-227

林燿德，〈九〇年代前期臺灣現代詩傳播情境〉，《文訊》第104期，1994.6，頁13-16

岩上，〈《笠詩刊》的出版與編輯回顧〉，《笠》第181期，1994.6，頁98-108

廖咸浩，〈前衛運動的焦慮：詩與小說的典律空間之爭〉，陳東榮、陳長房編《典律

與文學教學——第十六屆全國比較文學會議論文選集》，比較文學學會，1995，頁293-309

張誦聖，〈當代臺灣文學與文化場域的變遷〉，《中外文學》第281期，1995.10，頁128-132

鄭慧如，〈從敘事詩看七十年代現代詩的回歸風潮〉，文訊雜誌社主編，《臺灣現代詩史論——臺灣現代詩史研討會實錄》，文訊雜誌社，1996，頁377-398

李豐楙，〈七十年代新詩社的集團性格及其城鄉意識〉，文訊雜誌社主編，《臺灣現代詩史論——臺灣現代詩史研討會實錄》，文訊雜誌社，1996，頁325-356

廖咸浩，〈離散與聚焦之間——八十年代後現代詩與本土詩〉，文訊雜誌社主編，《臺灣現代詩史論——臺灣現代詩史研討會實錄》，文訊雜誌社，1996，頁437-450

林燿德，〈八十年代現代詩世代交替現象〉，文訊雜誌社主編，《臺灣現代詩史論——臺灣現代詩史研討會實錄》，文訊雜誌社，1996，頁425-436。

李瑞騰，〈六十年代臺灣現代詩評略述〉，文訊雜誌社主編，《臺灣現代詩史論——臺灣現代詩史研討會實錄》，文訊雜誌社，1996，頁265-280

簡政珍，〈八十年代詩美學——詩和現實的辯證〉，文訊雜誌社主編，《臺灣現代詩史論——臺灣現代詩史研討會實錄》，文訊雜誌社，1996，頁475-498。

楊澤，〈現代詩與典範的變遷〉，文訊雜誌社主編，《臺灣現代詩史論——臺灣現代詩史研討會實錄》，文訊雜誌社，1996，頁619-622

蕭蕭，〈五十年代新詩論戰述評〉，文訊雜誌社主編，《臺灣現代詩史論——臺灣現代詩史研討會實錄》，文訊雜誌社，1996，頁107-122

向陽，〈微弱但是有力的堅持——七十年代現代詩的回歸風潮〉，文訊雜誌社主編，《臺灣現代詩史論——臺灣現代詩史研討會實錄》，文訊雜誌社，1996，頁363-376

莫渝，〈六十年代臺灣的鄉土詩〉，文訊雜誌社主編，《臺灣現代詩史論——臺灣現代詩史研討會實錄》，文訊雜誌社，1996，頁199-224

呂正惠，〈臺灣現代詩的歷史傳承與歷史斷層〉，文訊雜誌社主編，《臺灣現代詩史論——臺灣現代詩史研討會實錄》，文訊雜誌社，1996，頁617-618

董崇選，〈讀劉紀蕙「超現實的視覺翻譯——重探臺灣現代詩橫的移植」〉，《中外文學》第284期，1996.1

廖輝英，〈八〇年代女性創作與社會文化之關係〉，《文訊》第89期，1996年5月，頁42-43

劉紀蕙，〈臺灣現代運動中超現實脈絡的日本淵源：談林亨泰的知性美學與歷史批判〉，韓國：「東亞細亞比較文學國際學術大會」論文集，1997.6

呂正惠，〈鄉土文學中的「鄉土」〉，《聯合文學》14：2期，1997

明道文藝，〈臺灣文學雜誌的回顧與展望座談記錄〉，《明道文藝》第300期，頁16-25

岩上，〈《笠》的風雲——笠詩刊的位置與進程簡述〉，《臺灣史料研究》第9期，1997.5，頁94-97

向陽，〈八〇年代臺灣現代詩風潮試論〉，《臺灣史料研究》第九號，1997.5，頁98-118

張健，〈臺灣各詩社白描〉，《臺灣詩學季刊》第20期，1997.9，頁12

陳去非，〈一片晦暗的九〇年代臺灣現代詩壇——一個年輕人的觀察報告〉，《台灣詩學》第12期，1995.9，頁17-20

鄭慧如，〈狂戀福爾摩沙（上）——詩社、詩選與族群認同〉，《臺灣詩學季刊》第20期，1997.9，頁42-57

丁威仁，〈消費文化結構中的當代臺灣現代詩現象觀察〉，《創世紀》第112期，1997.10，頁74-83

葉笛，〈戰後台語詩的發展〉，《台灣新文藝》第9期，1997.12，頁227-237

奚密，〈回顧現代詩論戰：再論「一場未完成的革命」〉，「青春時代的臺灣：鄉土文學論戰二十週年回顧研討會」，《中國時報人間副刊》，1997.10

鄭慧如，〈狂戀福爾摩沙（下）——詩社、詩選與族群認同〉，《臺灣詩學季刊》第21期，1997.12，頁108-120

陳映真，〈向內戰·冷戰意識型態挑戰——七〇年代臺灣文學論爭在臺灣文藝思潮史上劃時代的意義〉，《聯合文學》14：2期，1997.12

莫渝，〈笠下的一群〉，《笠》第204期，1998.4，頁107-112

艾農，〈詩的跨世紀對話：從現代到古典，從本土到世界——洛夫V.S李瑞騰〉，《創世紀》第118期，1999.3，頁42-57

丁威仁，〈創世紀於時間的臨界〉，《創世紀詩雜誌》第118期，1999.3，頁20-22

艾農，〈詩的跨世紀對話：從「詩與臺灣」到「詩與科技」——瘂弦V.S杜十三〉，《創世紀》第119期，1999.6，頁35-48

向陽，〈長廊與地圖：臺灣新詩風潮的溯源與鳥瞰〉，《中外文學》第二十八卷第一期，1999.6

向陽，〈五〇年代臺灣現代詩風潮試論〉，《靜宜人文學報》第11期，1999.7，頁45-61

張默，〈臺灣新詩大事紀要（一九〇〇～一九九九）〉，《文訊》166期，1999.8，頁37-51

陳玉玲，〈臺灣八〇年代的政治詩——以《笠》詩刊為主的觀察〉，《文訊》第166期，1999.8，頁67-70

趙天儀，〈笠詩社戰後新生代詩人的臺灣意象〉，《笠》第217期，2000.6，頁77-95

鄭慧如，〈隱藏與揭露──論臺灣新詩在文化認同中的世代屬性〉，《臺灣詩學季刊》第32期，2000.9，頁7-36

陳鴻森，〈臺灣精神的回歸──《笠》詩刊前一百二十期景印本後記〉，《書目季刊》第34卷第2期，2000.9，頁99-109

楊宗翰，〈重構詩史的策略〉，《創世紀》第124期，2000.9，頁132-143

林亨泰，〈研究《笠》詩刊的基本原點〉，《文學臺灣》第36期，2000.10，頁237-238

林于弘，〈傾斜的神殿──從「年度詩選」看八〇年代前期的新詩版圖爭霸〉，《臺灣人文》第5號，2000.12，頁17-41

林亨泰，〈停滯與革新──從我的角度來看戰後的現代詩意識〉，《笠》第222期，2001.4，頁116-129

劉滌凡，〈六〇年代臺灣新詩本土意識的研究──以「笠」為考查對象〉，《中外文學》第349期，2001.6，頁84-113

李豐楙，〈嘲諷與浪漫──「笠」戰後世代詩人的兩種精神面向〉，《笠》第224期，2001.8，頁42-73

葉笛，〈臺灣現代詩《笠》的風景線〉，《笠》第224期，2001.8，頁74-91

潘麗珠，〈論近二十年來的臺灣現代詩研究〉，「一九八〇年以來臺灣當代文學學術研討會」會議論文，行政院文化建設委員會主辦，2001.9，頁39-54

阮美慧，〈《笠》與現代主義：笠詩社成立史的一個側面〉，《笠》第225期，2001.10，頁82-117

周玟慧，〈現代主義與現代藝術中的現代性〉，《僑光學報》第19期，2001.10，頁1-33

趙天儀，〈論林亨泰的詩與詩論──現實主義與現代主義的對話〉，《臺灣詩學季刊》第37期，2001.11，頁9-16

丁旭輝，〈林亨泰符號詩研究〉，《國立編譯館館刊》30卷1期，2001.12，頁349-367

施懿琳，〈從笠詩社作品觀察世代背景與詩人創作取向的關係──以《混聲合唱》為分析對象〉，《笠》第226期，2001.12

李長青，〈基礎的素描──青年詩人會談專輯〉，《笠》第232期，2002.12，頁12-36

向陽，〈文學雜誌與臺灣新文學發展──以日治時期臺灣新文學雜誌為觀察場域〉，《文訊》第213期，2003.7，頁8-12

吳穎萍編，〈臺灣新文學雜誌評論目錄（續編）〉，《文訊》第213期，2003.7，頁138-152

丁威仁，〈從「詩文學聯邦」到「詩文學邦聯」：初論八〇年代至九〇年代新詩社群的結構與思維〉，南華大學文學所學報《文學新鑰》第三期，2005。

丁威仁，〈現實主義的藝術導向──八〇年代笠詩論初探〉，笠與七、八〇年代台灣詩壇關係研討會宣讀論文，東海大學中文系主辦，2007.11.24-25。

丁威仁，〈典律（CANON）的製造與傾斜──論台灣詩壇的詩人票選〉，第四屆台灣
　　文學與語言國際學術研討會宣讀論文，真理大學主辦，收錄於《第四屆台灣文學
　　與語言過繼學術研討會論文集》，2007.11.25。

(5) 學位論文

周永芳，《七十年代台灣鄉土文學研究》，文化大學中國文學研究所碩士論文，1992
藍博堂，《台灣鄉土文學論戰及其餘波──1971～1987》，台灣師大歷史研究所碩士
　　論文，1992.7
黃郁亭，《現代詩論中的「詩語言」的探討》，文化大學中文系碩士論文，1994
沈靜嵐，《當西風走過──六〇年代現代文學派的考察與論述》，成功大學歷史語言
　　研究所碩士論文，1994.6
戴寶珠，《「笠詩社」詩作集團性之研究》，政治大學中國文學研究所碩士論文，
　　1995年
邱茂生，《中國新文學現代主義思潮研究：1917-1949》，文化大學中國文學所博士論
　　文，1995
阮美慧，《笠詩社跨越語言一代詩人研究》，東海大學社會學研究所碩士論文，1996年
李桂芳，《逆聲與變奏的雙軌？──現代詩語言觀的典範化與延變之研究》，淡江大
　　學中文所碩士論文，1998
林于弘，《解嚴後臺灣新詩現象析論（1987-2000）》，臺灣師大國文所博士論文，
　　1999.1
陳全得，《臺灣《現代詩》研究》，政治大學中文系博士論文，1999.6
廖慧萍，《林宗源及其詩作研究》，成功大學中國文學研究所碩士論文，2000.6
蘇昭英，《文化論述與文化政策：戰後臺灣文化政策轉型的邏輯》，國立藝術學院傳
　　統藝術研究所碩士論文，2001.8
阮美慧，《臺灣精神的回歸：六、七〇年代臺灣現代詩風的轉折》，成功大學中國文
　　學研究所博士論文，2001
陳怡瑾，《李魁賢的詩與詩論》，靜宜大學中國文學研究所碩士論文，2005
陳稚柔，《趙天儀現代詩與詩論研究》，靜宜大學中國文學研究所碩士論文，2005

新鋭文叢9　AG0139

新鋭文創
INDEPENDENT & UNIQUE

戰後台灣現代詩的演變與特質（1949-2010）

作　　者　　丁威仁
責任編輯　　黃姣潔
圖文排版　　邱瀞誼
封面設計　　陳佩蓉

出版策劃　　新鋭文創
發 行 人　　宋政坤
法律顧問　　毛國樑　律師
製作發行　　秀威資訊科技股份有限公司
　　　　　　114 台北市內湖區瑞光路76巷65號1樓
　　　　　　電話：+886-2-2796-3638　傳真：+886-2-2796-1377
　　　　　　服務信箱：service@showwe.com.tw
　　　　　　http://www.showwe.com.tw
郵政劃撥　　19563868　戶名：秀威資訊科技股份有限公司
展售門市　　國家書店【松江門市】
　　　　　　104 台北市中山區松江路209號1樓
　　　　　　電話：+886-2-2518-0207　傳真：+886-2-2518-0778
網路訂購　　秀威網路書店：http://www.bodbooks.com.tw
　　　　　　國家網路書店：http://www.govbooks.com.tw

出版日期　　2012年5月　一版
定　　價　　450元

版權所有・翻印必究（本書如有缺頁、破損或裝訂錯誤，請寄回更換）
Copyright © 2012 by Showwe Information Co., Ltd.
All Rights Reserved

Printed in Taiwan

國家圖書館出版品預行編目

戰後台灣現代詩的演變與特質(1949-2010) / 丁威仁著. --
　一版. -- 臺北市：新鋭文創, 2012.05
　　面；　公分. --（新鋭文學叢書；AG0139）
　ISBN　978-986-6094-76-7（平裝）

　1.臺灣詩　2.新詩　3.臺灣文學史

863.091　　　　　　　　　　　　　　　　101006578

讀 者 回 函 卡

感謝您購買本書，為提升服務品質，請填妥以下資料，將讀者回函卡直接寄回或傳真本公司，收到您的寶貴意見後，我們會收藏記錄及檢討，謝謝！如您需要了解本公司最新出版書目、購書優惠或企劃活動，歡迎您上網查詢或下載相關資料：http:// www.showwe.com.tw

您購買的書名：＿＿＿＿＿＿＿＿＿＿＿＿＿＿＿＿＿＿＿＿＿＿＿＿

出生日期：＿＿＿＿＿年＿＿＿＿＿月＿＿＿＿＿日

學歷：□高中 (含) 以下　　□大專　　□研究所 (含) 以上

職業：□製造業　□金融業　□資訊業　□軍警　□傳播業　□自由業
　　　□服務業　□公務員　□教職　　□學生　□家管　　□其它＿＿＿

購書地點：□網路書店　□實體書店　□書展　□郵購　□贈閱　□其他

您從何得知本書的消息？

　□網路書店　□實體書店　□網路搜尋　□電子報　□書訊　□雜誌

　□傳播媒體　□親友推薦　□網站推薦　□部落格　□其他＿＿＿＿＿

您對本書的評價：(請填代號　1.非常滿意　2.滿意　3.尚可　4.再改進)

　封面設計＿＿＿　版面編排＿＿＿　內容＿＿＿　文／譯筆＿＿＿　價格＿＿＿

讀完書後您覺得：

　□很有收穫　□有收穫　□收穫不多　□沒收穫

對我們的建議：＿＿＿＿＿＿＿＿＿＿＿＿＿＿＿＿＿＿＿＿＿＿＿＿

＿＿＿＿＿＿＿＿＿＿＿＿＿＿＿＿＿＿＿＿＿＿＿＿＿＿＿＿＿＿＿

＿＿＿＿＿＿＿＿＿＿＿＿＿＿＿＿＿＿＿＿＿＿＿＿＿＿＿＿＿＿＿

＿＿＿＿＿＿＿＿＿＿＿＿＿＿＿＿＿＿＿＿＿＿＿＿＿＿＿＿＿＿＿

請貼
郵票

11466
台北市內湖區瑞光路 76 巷 65 號 1 樓

秀威資訊科技股份有限公司　　　收

BOD 數位出版事業部

....

（請沿線對折寄回，謝謝！）

姓　　名：＿＿＿＿＿＿＿＿　年齡：＿＿＿＿　性別：□女　□男

郵遞區號：□□□□□

地　　址：＿＿＿＿＿＿＿＿＿＿＿＿＿＿＿＿＿＿＿＿＿＿＿＿

聯絡電話：(日) ＿＿＿＿＿＿＿＿＿＿＿　(夜) ＿＿＿＿＿＿＿＿＿＿＿

E-mail：＿＿＿＿＿＿＿＿＿＿＿＿＿＿＿＿＿＿＿＿＿＿＿＿